Lorna Landvik
Patty Jane's Frisörsalon

SERIE PIPER

Zu diesem Buch

Alles fängt so wunderbar an: Patty Jane feiert ihre Traumhochzeit mit dem unverschämt gutaussehenden Norweger Thor. Kurze Zeit später trifft ihre Schwester Harriet Avel Ames, der zwar klein und rundlich, dafür aber äußerst charmant und Erbe eines millionenschweren Corn-flakes-Imperiums ist. Doch das große Glück ist nicht von Dauer – Thor macht sich aus dem Staub, kurz bevor Töchterchen Nora das Licht der Welt erblickt, und Harriet verliert Avel bei einem tragischen Unfall drei Tage vor der Hochzeit. Da nehmen die beiden patenten jungen Frauen ihr Leben selbst in die Hand und eröffnen einen Frisörsalon der besonderen Art: Während Patty Jane ihren Kundinnen Strähnchen färbt, spielt Harriet die Harfe, und Thors Mutter Ione reicht frisch gebackene norwegische Plätzchen herum. Patty Janes »Flotte Locke« ist bald der beliebteste Treffpunkt der Nachbarschaft, denn hier finden auch Kochkurse, Diashows und Tanzfeste statt. Bis Patty Jane und Harriet ihr neues Liebesglück finden, müssen noch einige dramatische Situationen gemeistert werden – bei denen weiblicher Zusammenhalt und das Herz am rechten Fleck von unschätzbarer Hilfe sind.

Lorna Landvik wuchs in Minnesota auf, wo sie auch heute mit ihrer Familie lebt. Als Schauspielerin und Kabarettistin arbeitete sie einige Jahre in San Francisco und Los Angeles, bis sie mit ihrem Debütroman »Patty Jane's Frisörsalon«, gefolgt von »Das Haus am Flammensee«, »Das Café in Tall Pine« und »Immer dieses Lampenfieber«, die Herzen ihrer Leserinnen eroberte.

Lorna Landvik
Patty Jane's Frisörsalon

Roman

Aus dem Amerikanischen von
Mechtild Sandberg

Piper München Zürich

Von Lorna Landvik liegen in der Serie Piper vor:
Patty Jane's Frisörsalon (3544, 6090)
Immer dieses Lampenfieber (3742)
Das Haus am Flammensee (6077)
Das Café in Tall Pine (Piper Original 7005)

Ungekürzte Taschenbuchausgabe
Oktober 1998 (SP 2710)
Januar 2004

Titel der amerikanischen Originalausgabe:
»Patty Jane's House of Curls«, Bridge Works Publishing Company,
Bridgehampton / New York 1995

erschienen im Verlagsprogramm Kabel
Umschlag: ZERO, München
Foto Umschlagvorderseite: Dawlat, Mondadori Press / PicturePress
Foto Umschlagrückseite: Jennifer Bong
Satz: Ebner Ulm
Druck und Bindung: Clausen & Bosse, Leck
Printed in Germany ISBN 3-492-26090-X

www.piper.de

FÜR CHARLES GABRIELSON

Mein Glücksstern hat mich mit dir zusammengeführt.

Und

DEM ANDENKEN MEINES VATERS

GLEN WALLACE LANDVIK,

der über meine Witze lachte und immer auf mich gewartet hat,
wenn ich abends nach Hause kam.

Prolog

PATTY Jane hatte eine ganze Schublade voll bunter Baumwolltücher, die mit Billigparfum besprüht waren – *Tabu* und *Soir de Paris* und, gelegentlich, *My Sin*, für mich der Inbegriff des Schicks. Ich half nach der Schule und samstags in der *Flotten Locke* aus. Immer, wenn jemand den Laden mit Dauerwellengestank verpestete, mußte ich die Tücher verteilen und sie unseren Kundinnen so sorgfältig, wie eine Krankenschwester dem Arzt den Mundschutz umbindet, über Mund und Nase legen. Alle im Salon trugen sie (außer Clyde Chuka, dem Handpfleger, der behauptete, er bekäme von *Tabu* schlimmere Kopfschmerzen als von der Dauerwellenlösung), so daß es aussah, als wäre eine Horde Western-Banditen zum großen Goldraub eingefallen.

»Dufttücher sind nur eines der netten kleinen Extras, durch die sich unser Geschäft von anderen unterscheidet«, sagte Patty Jane oft. Zu den anderen netten kleinen Extras gehörten hausgebackenes Bananenbrot, das den unter der Trockenhaube schmorenden Frauen mit Kaffee serviert wurde; blaßgrüne Kittel mit den Monogrammen unserer Stammkundinnen (wir hatten auch einen Vorrat neutraler Kittel – mit »VIP« und »First Lady« – für die Laufkundschaft zur Hand); und Harfenkonzerte, dargeboten von meiner Tante Harriet, die mich bei der Verteilung der Tücher stets mit der Wilhelm-Tell-Ouvertüre begleitete.

Patty Jane, meine Mutter, stand auf nette kleine Extras.

»Ja, Himmelherrgott«, sagte sie, »wenn schon, denn schon!«

Sie studierte alles, was an Gesellschaftsklatsch im *Minneapolis Star* zu finden war, als wollte sie sich zur High-Society-Spezialistin ausbilden; sie kurvte in ihrem klapprigen alten DeSoto um den Lake of the Isles herum und suchte sich Herrenhäuser aus, in die sie eingezogen wäre, hätte ihr Erbe sich auf mehr belaufen als ein Paar Türkismanschettenknöpfe und eine unvollständige Sammlung der *World Books* von 1947; sie probierte in Dayton's Oval Room und bei Powers Modellkleider an und ließ sich dann von meiner Großmutter auf ihrer schweren schwarzen Pfaff-Nähmaschine Kopien anfertigen.

»Mein Leben hat vielleicht in der Ramschabteilung angefangen«, erklärte sie, »aber das heißt noch lange nicht, daß ich nicht mit der Rolltreppe zu den feinen Kristallwaren rauffahren kann.«

Ganz ehrlich, wäre meine Mutter bei den feinen Kristallwaren gelandet, es hätte garantiert Scherben gegeben.

Einmal, als wir in der Stadt bei Kresges Hot dogs aßen, versetzte sie mir plötzlich einen so heftigen Stoß, daß die

Chemie-Schoko, die ich trank, umkippte und mir quer über den Pulli lief. Sie langte rüber, riß ein paar Papierservietten aus dem Halter und drückte sie mir in die Hand, ohne auch nur einen Moment das Objekt ihres Interesses – irgendein Kerl, der bei den Schallplatten stand und die Singles durchging – aus den Augen zu lassen. Sie machte ein Geräusch wie jemand, der gerade beschlossen hat, nicht mehr zu fasten, und nun in der Schlange am Smörgasbord ganz vorn steht.

»Ich sag's ja, ein gutaussehender Mann in einem gutgeschnittenen Anzug – da kann man doch an Gottes Existenz gar nicht mehr zweifeln, oder?«

Ich seufzte. »Mama! Ich bin ein *Kind*!«

»Kinder sind wir alle. Manche sind nur ein bißchen größer.«

Ich machte mich wieder daran, meinen Busen abzutupfen. Ich war eine Anhängerin der Siebtkläßlerparole, die da lautete: »Auf der Brust ein bißchen schwach, hilf einfach mit Watte nach«, und warf meiner Mutter jetzt einen giftigen Blick zu, weil sie meinen Vorbau aufgeweicht hatte. Aber sie war viel zu sehr damit beschäftigt, dem Kerl bei den Schallplatten zuzuzwinkern, um es zu bemerken.

Mir schoß das Blut ins Gesicht, als der Mann zur Theke geschlendert kam. Er klopfte auf die Resopalplatte und deponierte mit einer schwungvollen Handbewegung wie ein Zauberkünstler seine Visitenkarte auf dem Tresen.

»Ich bin verheiratet«, sagte er zu meiner Mutter und senkte den Kopf, um das Panorama zu bewundern, das ihr Minirock bot, »aber ich genieße es immer, von einer hübschen Frau gewürdigt zu werden.«

Er gab ein kleines Brummen von sich, zuckte mit den Augenbrauen und stolzierte dann durch die Drehtür hinaus.

»So ein Affe«, sagte Patty Jane. Ohne die Karte zu lesen, riß sie sie in kleine Fetzen, die sie in den Aschenbecher streute. »Seine Frau wird ihn eines Tages schon erwischen«, sagte sie. »Und wenn das passiert – na, du würdest dich wundern, wie laut Männer heulen können.« Ihr Blick war auf die fuchsienrote Flüssigkeit gerichtet, die im Glasbehälter des Tropical-Punch-Automaten herumschwappte. Als sie sich mir zuwandte, machte sie ein erstauntes Gesicht.

»Oh, du hast dich aber wirklich gründlich naß gemacht, hm?« Sie neigte den Kopf zur Seite und musterte eine Zone meines Körpers, die Musterung kaum gewöhnt war. »Pilot an Co-Pilot«, sagte sie, ihre Hände wie ein Megaphon um den Mund legend, »du verlierst an Höhe.«

»Ach nee, gibt's sonst was Neues, Mutter?« gab ich mit der ganzen Würde, die eine tropfnasse Zwölfjährige aufbringen konnte, zurück. Flüchtig stellte ich mir vor, ich würde den Rest des Chemiegetränks meiner Mutter über den auch nicht ganz ungepolsterten Busen kippen, aber dann nahm ich statt dessen die Rechnung und bezahlte mit dem Fünfdollarschein, den Grandma mir in die Manteltasche gesteckt hatte.

Ich war der Liebling meiner Großmutter Ione und jahrelang der einzige Mensch, der sich mit Vergnügen die Erzählungen über ihren Sohn, meinen Vater, anhörte.

»Thor entwickelte sich zu einem bildschönen Jungen«, sagte sie mit ihrem singenden norwegischen Akzent. »Ja, wirklich, die Mädchen haben ihm Blumen geschickt und Briefchen mit Siegelwachs in Herzform, und ein junges Ding hat ihm sogar Kaschmirsocken gestrickt! Du kannst es mir glauben, Thor ist bestimmt mit der Hälfte aller Frauen von Minneapolis ausgegangen und mit einem Drittel von denen in St. Paul, aber als deine Mutter auf der Bildfläche erschien, konnte er den Verlobungsring nicht schnell genug kaufen. ›Ma‹, hat er gesagt, ›nun hat mich die Liebe doch gepackt.‹«

»Ja, und wie sie ihn gepackt hatte«, sagte Patty Jane nur, als sie diese Geschichte hörte.

Ich fragte mich, wie Grandma die ständigen Beschimpfungen ertragen konnte, mit denen Patty Jane und Tante Harriet ihren Sohn überhäuften. »Stinkbombe« und »Fiesling« waren Schmähwörter, die Harriet benutzte, um Thor zu charakterisieren; Patty Jane bevorzugte Beschreibungen, die weniger mild und dafür plastischer waren; »dieses blonde Arschloch« war einer ihrer Lieblingsausdrücke. Aber Ione reagierte mit stoischer Gelassenheit. Wenn sie die Schimpftiraden hörte, zu denen ihr Sohn inspirierte, hob sich ihr kleiner runder Busen unter der weißen Baumwollschürze, und sie erklärte mir, jeder hätte sein Kreuz zu tragen und sie könnte Patty Jane wahrhaftig keinen Vorwurf daraus machen, daß sie so denke. Und dabei tätschelte sie mir die ganze Zeit die Hand, bis mir die Knöchel brannten.

Manchmal, spät in der Nacht, wenn sie glaubten, ich schliefe, hörte ich meine Mutter und Tante Harriet darüber spekulieren, was aus meinem Vater geworden sein könnte, der die Familie nur wenige Tage vor meiner Geburt verlassen hatte. Ein- oder zweimal im Jahr schickte er, in einen kurzen, mit Maschine geschriebenen Brief eingeschlagen, einen Fünfzigdollarschein, aber die Poststempel mit den Namen von Touristenorten legten nahe, daß die Briefe aus dem Urlaub kamen und nicht aus seinem Wohnort. Harriet vermutete, er lebe in Los Angeles oder Chicago – »irgendwo, wo man untertauchen kann« –, aber Patty Jane meinte, nein, er sei nicht für die Großstadt geschaffen; er sei wahrscheinlich oben im Norden und arbeite als Führer für die Urlaubs- und Sonntagsangler an einem der Seen an der Grenze, oder er habe es vielleicht bis nach Alaska geschafft und schürfe dort nach Gold.

Personal und Kundschaft der *Flotten Locke* hatten ihre eigenen Ansichten. Grimmy Bultram war überzeugt, er sei »mausetot«. Dixie Anderson, die mir meine ganze Kindheit lang die Stirnfransen schnitt, meinte, er hätte vielleicht geheiratet und eine zweite Familie gegründet »wie diese Mormonen«. Inky Kolstat wunderte sich, daß Hollywood ihn nicht entdeckt hatte. »So wie der aussieht, hätte er Rock Hudson an die Wand spielen können.«

Das war keine Übertreibung; ich hatte die Mighty-Bites-Kartons mit seinem Konterfei darauf gesehen.

»Er hatte überhaupt nicht die Absicht, Reklamemodel zu werden«, erzählte mir Grandma Ione, als sie mir die Stapel von Müslipackungen zeigte, die sie unter ihrem Bett hatte, »aber ein Verkäufer im Lebensmittelgeschäft hat mir gesagt, die Mighty Bites sind weggegangen wie warme Semmeln. Anscheinend wollte jeder meinen Sohn an seinem Frühstückstisch haben.«

Als ich meinen Vater schließlich kennenlernte, wollte ich ihn auf keinen Fall an meinem Frühstückstisch oder sonstwo in meiner Nähe haben. Als Teenager suchte ich die Antworten auf die großen Fragen im *Tiger Beat* und in der *Seventeen*, aber diese Zeitschriften brachten keine Artikel, die mich gelehrt hätten, den Mann zu lieben, der einmal Thor Rolvaag gewesen war.

Am Ende nahm ich mir Clyde Chuka, Grandma Ione, Tante Harriet und vor allem Patty Jane zum Vorbild. Sie waren schließlich viel häufiger und durch viel härtere Schläge in die Knie gezwungen worden als ich und hatten trotzdem die Kraft gefunden, sich wieder hochzurappeln

»Schatz, das Leben kann ein Walzer sein«, belehrte mich meine Mutter, »und es kann voller Scheiße sein. In beiden Fällen mußt du aufpassen, wo du hintrittst.«

Patty Jane hat einen Schatz an »Lebensmaximen«, und einige davon sind nicht mal ordinär.

Ihr persönliches Lieblingswort, »Erwarte das Unerwartete«, ist seit langem die Parole der *Flotten Locke*, mit dem Zusatz »und dazu einen guten Haarschnitt«.

I

I

PATTY Jane Dobbins Hochzeitskleid war perlmuttrosa und aus so hochwertigem Reyon, daß es im richtigen Licht wie Satin aussah. Sie hatte es selbst genäht, und obwohl der Saum mäanderte, als hätte er seinen eigenen Kopf, und der eine Ärmel gut zweieinhalb Zentimeter kürzer war als der andere, konnte dieser Dilettantismus dem strahlenden Glanz der Braut keinen Abbruch tun. Das nach italienischer Art kurzgeschnittene braune Haar unter dem Strohhut ringelte sich durch die Luftfeuchtigkeit. Ihr Gesicht war ungeschminkt bis auf den pinkfarbenen Lippenstift, der bis zum Ende der Trauungszeremonie größtenteils abgenagt war. Sie war einundzwanzig Jahre alt und sprudelte vor Leben.

Sie und ihr Bräutigam, Thor Rolvaag, standen an jenem Julitag im Jahre 1953 vor dem Altar der Lutherischen Kirche zum Guten Hirten, und während Pastor Schulberg Thor die vielen Pflichten aufzählte, die er als Ehemann auf sich nehmen würde, wischte Patty Jane den Schweiß unter ihrer Nase weg und hoffte, die im Kleid eingenähten Schweißblätter würden ihre Pflicht tun.

Die Sonne draußen war feurig. Ihre Hitze sog alle Farbe aus dem Himmel, erweichte den Teerbelag der Straße, so daß man mit den Absätzen einsank, und trieb die Briefträger unter schattenspendende Bäume und auf die Veranden der Häuser, wo mitfühlende Hausfrauen sie mit kalter Zitronenlimonade versorgten.

Die Kirchenfenster waren geöffnet, und Patty Jane konnte das Morsen der Bienen hören, ein kurzes zorniges Staccato, durchbrochen von langen, tiefen Summtönen. Feuchtigkeit klebte auf ihrer Haut wie schwere Seide, und sie hatte aufgehört zu zählen, wie oft Pastor Schulberg an seinem steifen Kragen zog.

Ihre Schwester Harriet stand mit einem müden Strauß aus Zinnien, blauem Phlox, Amaryllis und Margeriten in der Hand an ihrer Seite. Sie und Patty Jane hatten die Blumen auf dem Weg zur Kirche gepflückt. Sie hatten sich in Vorgärten geschlichen und die Stengel mit Nagelscheren, die sie extra für diesen diebischen Zweck gekauft hatten, abgeschnitten. Außer Atem waren sie vor der Kirche angekommen und kichernd nach unten gelaufen, zur Damentoilette.

»Ein zusammengestohlener Brautstrauß«, sagte Patty Jane, während sie vor dem Spiegel stand und ihre Augenbrauen nachzog. »Ist das vielleicht typisch für die Dobbins?«

»Wenn du eine Blume wärst«, entgegnete Harriet, die dabei war, ihr langes Haar zu einem Knoten zu schlingen, »würdest du dann nicht gern in einem Brautstrauß stecken? Außerdem haben wir uns einen Haufen Geld gespart. Versuch mal zu stricheln.«

»Was?«

»Mit dem Augenbrauenstift. Die Linie ist zu hart. Du siehst aus wie Frankensteins Braut.«

Patty Jane schob ihre Zunge vor und wischte die dunklen Striche mit dem Daumen weg.

Harriet musterte die Füße ihrer Schwester. »Wenigstens hab ich dich aus deinen alten Tramplern rausgekriegt.«

Patty Jane trug lieber unansehnliche »solide« Schuhe als solche, die dem Fuß schmeichelten, und Harriet hatte sie in ein Schuhgeschäft gelotst, wo sie die flachen Ballerinas gekauft hatten, die jetzt ihre Füße zierten.

»Ja«, sagte Patty Jane, ihre Beine im Spiegel bewundernd, »aber vorm Altar kann ich bestimmt nur dran denken, wie weh mir die Füße tun.«

Harriet lachte, und dann flog ihre Stimme eine Tonleiter hinauf, drei Oktaven mi, mi, mi, mi, mi, mi. Zufrieden zündete sie sich eine Zigarette an und blies den Rauch zur Decke hinauf.

Harriet hätte ebenso hübsch sein können wie Patty Jane, aber sie war dünn, so dünn, daß die Stellen, die gerundet hätten sein sollen, spitz waren; und ihr Körper hatte etwas so Sprödes, daß man den Eindruck hatte, sie brauchte nur zu gähnen, um sich einen Knochen zu brechen.

Patty Jane tupfte ihren Lippenstift mit einem Blatt kratzigen Toilettenpapiers ab und zog das Band an ihrem Hut gerade.

»Also«, sagte Harriet, ihrer beider Bilder im Spiegel musternd.

»Also«, sagte Patty Jane, »dann mal ran.« Sie bot ihrer Schwester den Arm, und *Treulich geführt* singend sprangen sie, immer zwei Stufen auf einmal nehmend, die Treppe hinauf.

Ione Rolvaag stand neben ihrem Sohn und bemühte sich, die Tränenflut einzudämmen, die ihre Augen überschwemmte. Sie sah sich als eine unsentimentale Person und war überrascht über die Tiefe ihrer Gefühle. »Lieber Gott, laß mich nicht quieken«, betete sie leise. Sie weinte selten, aber wenn sie es tat, dann nicht mit seelenvollem Schluchzen, sondern mit dünnem Affengefiepe, das ihr peinlich war, da es die Bedeutung dessen, was sie zum Weinen gebracht hatte, minderte. Sie schniefte diskret in ihr Taschentuch und dachte an ihre eigene Hochzeit mit Olaf Rolvaag im Jahre 1929. Sie hatte in der Küstenstadt Stavanger in Norwegen stattgefunden, und es war eine wunderbare Feier gewesen bis auf den Moment, als die Organistin, die ihr Lampenfieber gern mit einer großzügigen Dosis Schnaps dämpfte, vom Klavierschemel fiel und der versammelten Gemeinde mehr enthüllte, als ihr lieb war.

1930 waren Ione und Olaf nach Minneapolis ausgewandert, und Thor war ein Jahr später zur Welt gekommen. Ione glaubte, der Glückstroll, den ihre Mutter ihr in die »neue Heimat« mitgegeben hatte, täte seine Wirkung, bis sie sich plötzlich, mit dreiunddreißig Jahren, in den Witwenstand versetzt fand, nachdem Olaf beim Softballspielen von einer Straßenbahn überfahren worden war. Seine Mannschaftskameraden, alle Kollegen bei der Frisch-und-Rein-Molkerei, berichteten Ione, er sei einem Ball nachgelaufen, den Mig Coughlin, auch »Der Eisenarm« genannt, geschlagen hatte, und dabei, den Arm mit dem Fängerhandschuh hoch in die Luft gestreckt, rückwärts über die Straße direkt in eine westlich fahrende Straßenbahn gerannt. Der Ball wurde unweit seines Handschuhs gefunden und dem sechsjährigen Thor als Andenken geschenkt. Später wurde Olaf postum zum

Ehrenpräsidenten des Frisch-und-Rein-Sportvereins ernannt, und Ione erhielt eine Einladung zum Festbankett, aber genug, sagte sie, sei genug.

Schniefend zwang sich Ione, ihre Konzentration auf das Brautpaar vor dem Altar zu richten. Thor und Patty Jane waren ein schönes Paar. Ione wollte sich ja nicht selbst beweihräuchern, aber sie konnte nicht leugnen, daß Skandinavier mit Schönheit begabt zu sein schienen – vor allem die Norweger und Schweden natürlich; nach Süden hinunter, in Richtung Dänemark, traf man dann immer häufiger auf schiefe Zähne und rotblonde Augenbrauen.

»Nach Italien mußt du gehen«, hatte Olaf zu ihr gesagt. »Da findet man die wahren Engel Gottes. Die Italiener könnten allein schon dafür Eintritt verlangen, daß sie den Touristen erlauben, sie anzusehen.«

Olaf war, noch nicht einmal zwanzig, bei der norwegischen Marine gewesen und hatte jeden Kontinent gesehen. Neiderfüllt hatte Ione sich seine Reiseberichte angehört und sich geschworen, daß eines Tages auch sie die Welt bereisen würde, und zwar bestimmt nicht in Schlaghosen und mit einem weißen Schiffchen auf dem Kopf.

Vielleicht jetzt, dachte sie, während am Altar ihr Sohn »Ja« sagte. Vielleicht bin jetzt ich an der Reihe. Vielleicht lasse ich mir gleich morgen ein Paßfoto machen.

Thor schob den Ring – im Juweliergeschäft Zimmermann gekauft und bar bezahlt – an Patty Janes Finger. Am unteren Knöchel blieb er hängen, und einen Moment lang wurde gezogen und gezerrt, ehe er schließlich den Weg zu seinem Platz fand.

Patty Jane kicherte und sagte laut flüsternd: »Puh!«

Ione glaubte, nach dem Tausch der Ringe sei der Gottesdienst vorbei, und war überrascht, als Harriet zu singen begann. Ihre Stimme war klar und kräftig. Volltönend stieg sie zum Dach der Kirche hinauf:

»So singe meine Seele
Dir mein Gott und Herr,
Denn du bist groß,
Denn du bist groß.«

Ione starrte Patty Janes Schwester an und klappte nach einem Moment verlegen ihren Mund zu, der offen gestanden hatte. Die wenigen Male, die sie Harriet begegnet war, hatte sie sie immer ordinär und billig gefunden, die Sorte Frau, die Männer flennend in einem Motelzimmer irgendwo am Straßenrand zurückließen, die Sorte Frau, die mitten am Nachmittag in einer Kneipe hockte und Bier aus der Flasche trank. Aber Ione glaubte, daß Talent eine Gottesgabe sei und daß jeder, der sein Talent nutzte, ein Licht in sich trage. Sie war überzeugt, während sie Harriets Jubilieren lauschte, daß diese Frau innerlich von Kopf bis Fuß leuchtete.

Pastor Schulberg überlegte, ob er zum Abschluß einen persönlichen Segen sprechen sollte, ehe er das Paar zu Mann und Frau erklärte. Das war nicht eine seiner besten Trauungen gewesen; er hatte gern ein großes Publikum, das die Bänke füllte, und es fiel ihm schwer, angesichts einer Gruppe von vier Leuten zu seiner Form zu finden, zumal der Bräutigam so unsympathisch war. Pastor Schulberg war der Meinung, es sei von Übel für einen Mann, so gut auszusehen; aus dem Gesicht dieses Thor sprach das Werk des Teufels; es diente dem Hochmut, der Eitelkeit und der fleischlichen Lust. Daß Pastor Schulberg ein fliehendes Kinn hatte und Gewichtsprobleme, die ihren Niederschlag in seinen Hüften und seinem Gesäß fanden, hatte mit seinen Ansichten über das rechte christliche Aussehen natürlich nichts zu tun. Diese beiden waren nicht einmal Mitglieder seiner Gemeinde – wie konnte man von ihm erwarten, praktisch Fremden eine bewegende Trauungszeremonie zu bereiten? Sie hatten miteinander telefoniert und sich in der Woche zuvor einmal kurz getroffen, aber das Paar hatte Pastor Schulbergs Einladung, sich in die Herde seiner Schäfchen einzureihen, abgelehnt.

»Eine bessere Gemeinde werden Sie nicht finden«, hatte er gesagt, als sie in seinem Büro Platz genommen hatten.

»Oh, das glaube ich«, sagte Thor, »aber mit Respekt gesagt, wir suchen eigentlich auch keine.«

Obwohl sie für die Feier schon bezahlt hatten, hätte Pastor Schulberg sie am liebsten auf der Stelle nach Haus geschickt.

Und jetzt stand da diese schamlose Person mit einem Dekolleté, das für ein Nachtlokal gewagt gewesen wäre, geschweige denn für eine Kirche, und sang eine seiner Lieblingshymnen:

»Denn du bist groß.
Denn du bist groß.«

Es blieb einen Moment ganz still, nachdem die letzten Schwingungen von Harriets Stimme in den Sommerlüften verklungen waren. Dann räusperte sich Pastor Schulberg.

»Nun gut«, sagte er mit einem kurzen Hüsteln, »dann erkläre ich Sie hiermit kraft meines Amtes zu Mann und Frau.«

Später an diesem Tag, als sie in ihrem Zimmer im Leamington Hotel in ihrem Bett lagen, schenkte Thor Patty Jane ihr viertes Glas Champagner ein. Patty Jane hatte noch nie Champagner getrunken und fand, daß die sprudelnden Bläschen für den sauren Geschmack mehr als entschädigten.

»Auf uns«, sagte sie und stellte sich, das Glas zum Toast erhoben, mit wackligen Beinen im Bett auf.

»Auf uns haben wir schon getrunken«, sagte Thor, dem Champagner ausweichend, der aus Patty Janes Glas schwappte.

»Oh, entschuldige! Dann auf den Mann am Empfang.« Sie stemmte eine Hand in die Hüfte und leerte ihr Glas mit einem Zug. Dann schleuderte sie es mit gut durchtrainiertem Arm an die Wand gegenüber, wo es allerdings nicht zersprang, sondern abprallte und auf den dunkelgrünen Teppich fiel.

»Donnerwetter«, sagte sie, »es ist nicht zerbrochen.« Sie ließ sich neben Thor aufs Bett fallen. Der gerüschte Saum ihres hauchdünnen schwarzen Negligés umspielte ihre Knie wie ein Kranz von Blütenblättern. Mit großen lichtbraunen Augen sah sie Thor an.

»Ist das zu glauben, das verdammte Glas hat nicht mal einen gottverdammten Sprung gekriegt.«

Thor riß die Augen auf. Er hatte viele Frauen gekannt, aber keine, die so geredet hatte. In Iones Haus waren Kraftausdrücke und Flüche so verpönt wie Staub, und Thor fiel es selbst jetzt noch schwer, ein drastischeres Wort zu gebrauchen, als die norwegische Allzweckvokabel *»Uff-da«*. Er fand Patty Janes lästerliche Sprache aufregend; sie fluchte in aller Unbefangenheit und bildete oft ganze unsinnige Sätze aus Schimpfwörtern. Sie sprach diese Wörter mit der gleichen Selbstverständlichkeit aus, wie sie »Bus« oder »Mittagessen« sagte. Thor mochte Frauen, die frisch und gefällig wirkten, und körperlich gesehen entsprach Patty Jane diesem Bild.

Aber was ihr Vokabular anging, sprengte sie all seine Vorstellungen.

Als er seine junge Frau jetzt betrachtete, das glänzende braune Haar, das sich über den Rändern ihrer Ohren ringelte, die langen Wimpern, die sich dunkel von ihrer rosigen Haut abhoben, schwollen ihm Herz und Hose, aber als er nach ihr greifen wollte, setzte sie sich torkelnd auf.

»Oh, Thor«, sagte sie und stieß ihn weg. »Ich glaube, ich muß mich übergeben.«

Ihre Tochter Nora wurde am folgenden Morgen gezeugt, nachdem unter der Einwirkung von Kaffee die letzten Champagnerbläschen in Patty Janes Kopf geplatzt waren.

»Ich hab's sofort gewußt«, erklärte sie Harriet später am Telefon. »Gleich, als er von mir runtergerollt ist. ›Thor‹, hab ich gesagt, ›du wirst Vater.‹«

»O nein!« rief Harriet. Sie und Patty Jane hatten ausgemacht, daß sie beide erst in reiferem Alter Kinder bekommen würden – wenn sie mindestens fünfundzwanzig waren. »Vielleicht bildest du dir das nur ein.«

»In neun Monaten wirst du's ja sehen«, sagte Patty Jane. »Ich weiß es schon jetzt.«

Sie hatte die Anweisungen zur Benutzung ihres Diaphragmas so oft gelesen, bis sie sie auswendig wußte; sie hatte einen ganzen Suppenlöffel mehr Gelee genommen, als angegeben war, und dennoch wußte sie irgendwie, daß eines ihrer Eier und eines von Thors Spermien den Sicherheitsschild durchbrochen hatten und miteinander durchgebrannt waren.

Thor fand, Patty Jane sei eine rechte Spielverderberin. Er hatte engumschlungen mit ihr in der Morgensonne liegen wollen, ihre süße Haut riechen und ihren feuchten Rücken streicheln wollen, bis sie zu einer Reprise bereit sein würde. Jetzt flatterte sein Verlangen zum Fenster hinaus wie ein loser Vorhang. Er schob sich ein Kissen unter die Brust und sah sie an.

»Aber du hast doch dieses – dieses Ding drin, oder nicht?«

»Das Diaphragma, Thor. Es heißt Diaphragma.« Ihr Gesicht war dem seinen sehr nahe; um ihm in die Augen sehen zu können, mußte sie schielen. Sie ließ ihren Kopf aufs Kissen zurücksinken. »Ja, das hab ich drin. Aber ich bin trotzdem schwanger.«

»Wir werden's ja sehen, Schatz«, sagte er. »Wir werden's sehen.«

Mit dreiundzwanzig war er noch nicht bereit, eine Familie zu gründen, aber er war sensibel genug zu wissen, daß Patty Jane keine Widerrede von ihm hören wollte. Er glaubte an weibliche Intuition, aber er glaubte auch, daß Frauen dazu neigten, ohne ersichtlichen Grund hysterisch zu werden.

Thor betrachtete Patty Janes Brüste; die rechte war ein klein wenig größer als die linke, und keine konnte seine Hand füllen, aber sie waren wunderschön geformt und hatten einen hohen Ansatz. Sie hatte eine bessere Figur als ein Mannequin, mit schmaler Taille und leicht ausladenden Hüften und so wohlgeformten Beinen, daß man sie beinahe sinnlich nennen konnte. Thor rieb mit der Hand über Patty Janes Bauch, eine glatte, ebene Fläche zwischen den spitzen Erhebungen ihrer Hüftknochen. Er atmete tief und mit Erleichterung; ihr Bauch war zu flach, sie konnte nicht schwanger sein, auch wenn die Schwangerschaft erst Minuten alt war.

»Also, ich hab wirklich nicht vorgehabt, gleich in den Flitterwochen ein Kind zu produzieren, Thor.«

Thor drückte sich an sie und küßte sie unterhalb der Rippen. »Schscht«, sagte er.

Das junge Paar zog in eine Wohnung über einer Bäckerei an der Ecke Minnehaha Avenue und 38. Straße und wurde jeden Morgen um halb sechs vom Geruch frischer Brote und Donuts geweckt. Dieser wohlduftende Weckruf paßte Thor; er studierte im Rahmen des G.I.-Programms (er hatte während des Koreakriegs in Fort Ord die Jeeps instandgehalten) Architektur an der Universität von Minnesota und lernte gern noch ein Weilchen, ehe um acht Uhr sein Unterricht in technischem Zeichnen begann. Er braute sich nach Iones Rezept (ein Ei und ein Teelöffel Zimt pro Kanne) eine Kanne Kaffee, setzte sich an den kleinen Küchentisch und sah seine Aufgaben durch.

Manchmal wickelte sich Patty Jane, die ebenso gern lang schlief wie sie lang aufblieb, in die Steppdecke und ging, vom Licht geblendet, blinzelnd in die Küche hinaus, um ihrem Mann guten Morgen zu wünschen. Sie war so stolz auf ihn; sie hatte nie im Leben erwartet, daß sie einmal einen Mann heiraten würde, der studierte und Blaupausen mit nach Hause brachte, auf denen Bemerkungen wie »gefällige Linienführung« oder »kühne Raumaufteilung« standen. Patty Jane ließ seine Papiere immer auf dem Couchtisch liegen, wie Zeitschriften ausgelegt, doch Thor, dem das peinlich war, nahm sie wieder weg.

An den Tagen, an denen sie sich morgens aufraffen konnte, pflegte sie leise hinter Thors Stuhl zu treten; sie schlang ihre Arme um seinen Hals und schob ihre Hände seine Brust hinunter. Er begann dann immer zu stöhnen (Patty Jane kannte seine erogenen Zonen Jahre bevor sie überhaupt wußte, was erogene Zonen waren), schlug sein Heft zu und sagte etwas wie: »Aber ich muß heute vormittag eine Arbeit in Elektrotechnik schreiben.«

Doch seine Ausflüchte hielten dem Ansturm der Leidenschaft nicht stand. Unweigerlich landeten die beiden auf dem Küchenboden oder an die Spüle gepreßt. Wenn sich der Sturm gelegt hatte, fiel Thor dann plötzlich ein, was er an diesem Tag noch alles tun mußte, und er stieg eilig in seine Kleider, packte seine Bücher, küßte seine Frau und rannte mit fliegenden Hemdzipfeln zur Tür hinaus.

Patty Jane kletterte, tonlos vor sich hin summend, wieder in ihr Bett und genoß den Geruch ihres Mannes – eben noch ein Aphrodisiakum, jetzt ein Mittel zu sanftem Schlummer – an ihrem Körper.

Gegen neun pflegte sie aufzustehen, sich ein Bad einlaufen zu lassen und Kaffee für Harriet zu machen, die gewöhnlich auf ihrem Weg zur Arbeit in Donaldsons Warenhaus auf einen Sprung hereinschaute.

Eines Tages brachte Harriet, die einen kleinen Flirt mit dem alten Mr. Vogstad, dem Bäcker, unterhielt, eine Tüte warme Karamelschnecken mit.

»Oh! Gib her!« sagte Patty Jane und riß die weiße Tüte auf.

»Ein halbes Dutzend für fünf Cents«, sagte Harriet. »Ich glaube, der alte Knabe mag mich.«

Patty Jane goß den Satz von Thors Kaffee weg. Ihre Mutter hatte, um Geld zu sparen, immer wieder denselben Kaffeesatz verwendet, bis das Gebräu, das in der Maschine blubberte, wie Spülwasser aussah. Jetzt waren die Schwestern in ihren Kaffeegewohnheiten verschwenderisch; Aufwärmen oder Wiederverwendung von Kaffeesatz waren verboten.

Sie setzten sich zusammen an den Tisch und gaben sich in der Augustsonne, deren Licht in Blockmustern auf den Boden fiel, den Wohlgerüchen der Bäckerei und des frischen Kaffees hin.

»Gottverdammich – ich meine, dingeling, sind die gut«, sagte Patty Jane nach dem ersten Biß in eine dick glasierte Schnecke.

»Dingeling?« fragte Harriet lachend. Sie riß eine Schnecke auseinander und bestrich sie mit Butter. »Gehört das zu deiner Kampagne für saubere Sprache?«

Ein paar Abende zuvor hatte Patty Jane Ione zu Nudelsalat eingeladen und war mitten im Erzählen einer Geschichte gewesen, die sie sehr komisch fand.

»... Da schaut der Busfahrer den Bauern an und sagt: ›Und deine verdammten Hühner schaffst du gefälligst aus meinem Bus.‹ Worauf der Bauer sagt –«

Ione legte Messer und Gabel neben ihrem Teller nieder und entschuldigte sich.

»Was ist denn los?« fragte Patty Jane, als sie sah, daß ihre Schwiegermutter zielstrebigen Schritts durch den Flur zum Badezimmer ging. Sie schnupperte an der Schüssel mit dem Nudelsalat. »Ich hab doch hoffentlich die Mayonnaise nicht zu lange draußen stehen lassen.«

»Die Mayonnaise ist ganz in Ordnung, Patty Jane«, sagte Thor. Er zog mit den Zinken seiner Gabel ein Karomuster auf die Tischdecke. »Es ist nur, weil sie ... na ja, sie mag keine anzüglichen Geschichten, und sie kann Fluchen nicht ausstehen.«

»Scheiße«, sagte Patty Jane ehrlich verwirrt. »Hab ich eine

anzügliche Geschichte erzählt?« Sie schob sich die braunen Locken aus der Stirn. »Und geflucht hab ich auch?«

Thor nickte bedrückt. Die Verletztheit und Verwirrung im Gesicht seiner Frau taten ihm weh.

»Ja, aber warum hat sie denn nichts gesagt?« fragte Patty Jane.

Thor zuckte die Achseln. »Das ist nicht ihre Art. Wenn sie etwas stört, sagt sie gar nichts; sie geht einfach.«

Als Ione wieder an den Tisch zurückkehrte und sich ein paar Scheiben frischer Tomate nahm, als wäre nichts geschehen, hätte Thor sie am liebsten geschüttelt und gebrüllt, bring meine Frau ja nie wieder in solche Verlegenheit. Aber Ione hatte ihn gewissenhaft erzogen; er war zu strikter Beachtung des elften Gebots der Norweger angehalten worden: Vermeide jede Konfrontation. Inspiriert von Patty Jane hatte er mit großer Anstrengung begonnen, es zu brechen. Er räusperte sich. »Ma, Patty Jane möchte wissen, warum du –«

»Ach, du bist eine wunderbare Schwiegermutter!« rief Patty Jane, von ihrem Stuhl aufspringend. Sie rannte zu Ione und kniete neben ihr nieder. »Was ich sagen wollte, Ione, ich meine, ich wollte nicht sagen, daß du keine nette Schwiegermutter bist. Bestimmt nicht.« Sie sah Thor ratlos an. »Aber ich wollte sagen, daß es mir leid tut, wenn meine Geschichte dich beleidigt hat.«

Thor sah, wie seine Mutter errötete – die Neigung zu erröten war solch ein Unglück für Menschen, die es vorzogen, ihre Gefühle zu verbergen –, und er genoß ihr Unbehagen.

»Ich will versuchen, darauf zu achten, was ich sage«, beteuerte Patty Jane und krauste in angestrengtem Nachdenken die Stirn. Sie klopfte mit ihren Fingern an ihre Wange, dann schnalzte sie mit ihnen. »Ich weiß! Jedesmal, wenn ich ›Scheiße‹ oder ›verdammt‹ sage, zahle ich dir einen Vierteldollar.«

Ione zuckte zusammen, und Thor lachte.

»Hoppla«, sagte Patty Jane, »das wären schon die ersten fünfzig Cents.« Sie ging zum Schrank und wühlte im Marmeladenglas mit dem Kleingeld, bis sie zwei Vierteldollarstücke fand. Die legte sie triumphierend neben Iones Teller.

»Nein, behalt das Geld«, sagte Ione, die wünschte, sie wäre sonstwo, nur nicht am Tisch ihrer Schwiegertochter. »Ich brauche es nicht.«

Patty Jane, die mit ihrem Vorsatz sehr zufrieden war, setzte sich und schnitt eine dicke Scheibe Roggenbrot ab. »Ich weiß, daß du's nicht brauchst«, sagte sie, »aber es geht ums Prinzip. Ich bezahle jedesmal, wenn ich fluche« – sie zwinkerte ihrem Mann zu – »und entweder gehen wir pleite, oder ich rede am Ende wie Mamie Eisenhower.«

»Na, dann kannst du dein Sparbuch vergessen«, sagte Harriet, während sie Sahne in ihren Kaffee rührte.

»Danke«, versetzte Patty Jane mit einem Anflug von Gekränktheit im Ton.

»Du mußt die Dinge sehen, wie sie sind, Patty Jane. Du hast nun mal ein freches Mundwerk, und es gehört zu dir. Es ist genau wie ein Muttermal oder ein Haarwirbel oder so was.« Sie zündete sich eine Zigarette an, und ganz überraschend überkam Patty Jane eine Welle von Übelkeit.

»Ich kann mich ändern«, sagte sie und schluckte krampfhaft.

Harriet trank von ihrem Kaffee. Über den Rand der Tasse hinweg sah sie Patty Jane an. »Dein Wort in Gottes Ohr.«

»Ich kann mich ändern«, war ein Refrain, der, bettelnd oder drohend vorgebracht, in der Familie Dobbin Tradition hatte. In ewiger Wiederkehr hatten ihn die Schwestern von ihrem Vater, Elmo, und ihrer Mutter, Anna, zu hören bekommen, deren wettkämpferisches Bemühen, einander im Alkoholkonsum zu übertrumpfen, meist in einem toten Rennen geendet hatte – beide besinnungslos hingestreckt im schäbigen Wohnzimmer. Keiner von beiden änderte sich – jedenfalls nicht im positiven Sinn. Elmo starb an Leberzirrhose, und Anna wäre es ebenso ergangen, hätte nicht vorher, vier Monate nach Elmos Tod, ihr Herz versagt. Patty Jane war sechzehn gewesen, Harriet fünfzehn, und sie lebten im Jahr vor Patty Janes High-School-Abschluß bei ihrer Tante Louise, Elmos Schwester. Sie bot den Mädchen ein Dach über dem Kopf, drei Mahlzeiten am Tag und so viele Ausgaben des *Wachtturm*, wie sie nur lesen konnten. Patty Jane und Harriet teilten sich ein Klappbett in Louises kleiner, düsterer Wohnung und bemühten sich, ihrer Tante so weit wie möglich aus dem Weg zu gehen. Beim Flicken oder Zubereiten ihres bitteren schwarzen Tees gab Louise gern Bemerkungen wie »Gott hat mir einen Trinker zum Bruder gegeben, und dann hat er mir die beiden Kinder des Trinkers geschickt« von sich.

Am Tag nach der Abschlußfeier bekam Patty Jane einen Job als Fakturistin bei der Getreidebörse, und am Ende des Sommers hatte sie genug Geld beisammen, um mit Harriet aus Tante Louises Wohnung auszuziehen und sich eine eigene zu nehmen. Dort lebten die Schwestern drei Jahre zusammen, bis zu Patty Janes Heirat.

Doch an diesem warmen Augustmorgen in Patty Janes Küche schien all ihr Ungemach weit hinter ihnen zu liegen. Sie meinten, ihr Maß an schweren Zeiten erschöpft zu haben, und waren überzeugt, daß auf die schlimme Kindheit zum Ausgleich ein herrliches Erwachsenenleben folgen würde.

Das einzige Haar in der Suppe war, soweit Harriet sehen konnte, Patty Janes Beharren darauf, daß sie schwanger sei.

»Was sagt denn Thors Mutter zu dieser Nachwuchsidee?« fragte sie.

»Es ist keine Idee, Harriet. Aber Thor meint, ich soll es ihr vorläufig nicht sagen.«

»Klar, wozu auch falsche Hoffnungen wecken.« Harriet schüttelte den Kopf. Ihre Schwester war sonst immer so vernünftig. »Schau dich doch mal an«, sagte sie, es mit einer anderen Taktik versuchend. »Du bist beinahe so dürr wie ich.«

Patty Jane schälte eine Spirale von ihrer Karamelschnecke und stopfte sie sich in den Mund. Harriet beobachtete ihre Schwester voller Unwillen; in Auflehnung gegen ihre Eltern und die hastig an Theken oder im Auto verschlungenen Mahlzeiten hatten sie und Patty Jane sich bemüht, gute Tischmanieren an den Tag zu legen.

»Ich habe einen Riesenappetit«, erklärte Patty Jane kauend, »aber ich habe fast vier Pfund abgenommen.«

»Na bitte«, sagte Harriet. »Wenn man ein Kind erwartet, nimmt man doch zu.«

»Anfangs vielleicht nicht. Ach, gib mir doch mal den Zukker rüber, ja?«

Harriet sah zu, wie ihre Schwester etwa ein Viertel des Zuckers in der Dose in ihre Kaffeetasse löffelte. »Und was ist mit der Tante?«

»Harriet«, sagte Patty Jane mit einem breiten Lächeln, »ich hab die Tante seit der Woche vor der Hochzeit nicht mehr gesehen.«

Harriets Herz klopfte schneller. Sie holte tief Atem. »Na ja, bei uns kommt die Periode doch immer unregelmäßig. Weißt du noch, in meinem letzten Schuljahr, da hatte ich sie nur dreimal? Und die Schulschwester hat gesagt, ich sollte mir deswegen nur keine Sorgen machen.«

»Harriet, ich spüre den Unterschied. Warum will mir keiner glauben, daß ich ein Kind bekomme?«

»Warum gehst du nicht mal zum Arzt und läßt es feststellen?«

Patty Jane zuckte die Achseln. Weshalb sollte sie jemanden dafür bezahlen, daß er ihr etwas sagte, was sie bereits wußte? Sie nahm einen Schluck von ihrem zuckersüßen Gebräu und schauderte. Sie trank ihren Kaffee normalerweise schwarz und ohne Zucker.

2

DIE Liebe blühte in diesem Jahr für beide Schwestern. Im Oktober, als sie mit einer Tüte gezuckerter Donuts aus Vogstads Bäckerei trat, begegnete Harriet einem Mann, den sie sich nicht einmal zu erträumen gewagt hatte, dem Märchenprinzen hoch zehn: Avel Ames III.

Er kutschierte in seinem nagelneuen austergrauen Packard Patrician die Minnehaha Avenue hinunter, als er Harriet erblickte. Innerhalb einer Millisekunde sandte sein Gehirn dringliche Signale an die Hände am Lenkrad und den Fuß auf dem Gaspedal: Fahr rüber und halt an. Bei dem plötzlichen Manöver wurde ihm von einem vorüberkommenden Wäschereilieferwagen beinahe die Stoßstange abgerissen, und ein Hupkonzert begleitete ihn, als er zum Bordstein hinüberscherte, mit den Reifen daran entlangschrammte und ein gutes Stück Profil abscheuerte.

Harriet schüttelte den Kopf. Diese kopflose Art Auto zu

fahren war ihr nur allzu vertraut. Sie hatte schließlich jahrelang ihrem Vater zugesehen, wenn er, nachdem alle Kneipen geschlossen hatten, mit seinem verbeulten Studebaker in die Einfahrt vor dem Haus geschlingert war und Mülltonnen und Holzstöße mitgenommen hatte, einmal sogar eine Ecke der Garage.

Solchen Leuten müßte man das Fahren einfach verbieten, dachte sie. Mit einer kurzen Kopfbewegung schwang sie ihr langes braunes Haar über ihre Schultern und ging an dem blitzenden Packard vorbei, ohne den betrunkenen Fahrer eines Blickes zu würdigen. Als er hupte, fuhr sie zusammen, aber sie ignorierte ihn und ging einfach weiter, etwas schneller, mit klappernden hohen Absätzen.

Aus dem Augenwinkel sah sie, daß der Wagen langsam neben ihr her rollte. Harriet war es gewöhnt, daß Männer ihr folgten. Für sie waren sie nicht anders als Hunde oder Waisenkinder: jederzeit bereit, für ein kleines bißchen Aufmerksamkeit alles zu tun.

An der Ecke bog sie nach rechts ab und sah, daß der Wagen mit ihr abbog. Dieser blöde Kerl, dachte sie. Hängt sich einfach an mich dran. An der nächsten Ecke machte sie plötzlich kehrt und rannte zur Minnehaha Avenue zurück. Mit einem Ruck hielt der Wagen an, krachend wurde der Rückwärtsgang eingelegt, und verblüfft sah Harriet, daß der Packard ihr rückwärtsfahrend folgte. Sie blieb stehen und wirbelte herum.

»Wollen Sie eigentlich jemanden umbringen?« schnauzte sie den Fahrer an und schwang zornig die weiße Bäckertüte in die Luft. »Fahren Sie lieber nach Hause und schlafen Sie Ihren Rausch aus, anstatt harmlose Leute zu belästigen.«

Zum erstenmal sah Harriet den Mann hinter dem Lenkrad. Er lächelte, zuckte die Achseln und bedeutete ihr, näher zu kommen. Harriet ging zu ihm hinüber und öffnete die Tür auf der Beifahrerseite.

»Soll ich Ihnen mal was sagen, Mister«, schimpfte sie. »Sie sind wirklich das Letzte. Und jetzt hauen Sie ab, eh ich die Bullen hole.«

Einladend klopfte der Mann auf den grauen Ledersitz. Ein Kranz schwarzer Haare umgab seinen kahlen Scheitel, seine Pausbäckchen waren rosig, und sein Lächeln war so entwaffnend, daß Harriets Zorn abzuflauen begann. Mit einer leichten Drehung des Kopfes schnupperte sie und roch keinen Alkohol, sondern Leder und Sandelholzduft. Sie stieg in den Wagen und zog die Tür hinter sich zu.

»Sie sind also gar nicht betrunken«, sagte sie.

»Nur trunken vor Liebe«, entgegnete er.

»O Mann«, sagte Harriet. Sie berührte den Rand des Armaturenbretts mit einem Finger. »Aber Sie fahren wirklich wie ein Irrer.«

»Normalerweise nicht. Nur wenn ein Objekt von solcher Schönheit mir die Sicht raubt.« Er bot ihr seine kleine, gepflegte Hand. »Ich bin Avel Ames«, sagte er. »Von jetzt an Ihr Ritter.«

»Und warum bist du da nicht gleich wieder ausgestiegen?« fragte Patty Jane sie später.

Harriets Augen blitzten. »Weil ich gewußt hab, daß er der Richtige ist, Patty Jane.«

Die Donutstüte zwischen ihnen hin und her gehen lassend, fuhren Avel und Harriet ohne festes Ziel und ohne viel zu sprechen Seitenstraßen hinauf und hinunter, den Mississippi entlang, nach St. Paul hinein, über die Lake-Street-Brücke wieder zurück und stadtauswärts. Der blaue Himmel und die warme Sonne und die vielen Bäume, die an den Straßen Spalier standen und mit roten und goldenen Blättern winkten, verliehen dem Tag einen herrlichen Glanz.

»Mögen Sie chinesisches Essen?« fragte Avel, als sie vor einer roten Ampel in der Hennepin Avenue abbremsten.

Harriet zuckte die Achseln. »Ich hab's noch nie probiert.«

»Heiliger Bimbam«, sagte Avel und bog nach links ab. »Das müssen wir schleunigst ändern.«

Er hielt vor einer Parkuhr an und nahm seinen leichten Mantel. Als er aus dem Wagen stieg, sah Harriet überrascht, daß der Mantel ein hartes Lederpolster verborgen hatte, einen handgearbeiteten Hochsitz, auf dem er saß. Er eilte vorn um den Wagen herum. Er sah aus wie ein Zwölfjähriger mit vorzeitiger Glatzenbildung. Als er ans Fenster klopfte, kurbelte Harriet es herunter.

»Ziemlich klein geraten, was?«

»Hm, ja«, sagte Harriet.

»Mit Einlagen bin ich eins fünfzig«, sagte er, »aber ich trage sie nie.«

Er kehrte mit zwei Tüten aus dem Port Arthur Café zurück. Harriet hielt sie, warm und exotische Düfte verbreitend, auf ihrem Schoß, während sie nach Westen zum Calhoun-See fuhren.

»Ein Picknick am See?« fragte Avel. »Hat es in der Geschichte unserer Beziehung je eine bessere Idee gegeben?«

»Nein, ich glaube kaum«, sagte Harriet.

Ein ausgemergelter, grauer Mann, der in der Gosse nach Zigarettenkippen suchte, hielt in seiner Tätigkeit inne, um das Auto zu bewundern, dem Avel und Harriet entstiegen. Er ließ einen langgezogenen Pfiff hören, und Harriet wollte sich schon über seine Unverschämtheit aufregen, als sie erkannte, daß er wegen des Wagens gepfiffen hatte.

»Gefällt er Ihnen?« fragte Avel und strich mit der Hand über die Motorhaube.

»Der ist eine Pracht«, sagte der Mann nickend, in den Augen, wie Harriet sah, den ekstatischen Blick, den Frauen beim Anblick von Babys bekommen und Männer beim Anblick erstklassiger Maschinen. »Ich hatte mal einen Model T.« Sein breiter Mund war zahnlos.

»Ach was?« sagte Avel. »Ford baut gute Autos. Wie heißen Sie, alter Freund?«

»Joe«, antwortete der Mann.

Avel griff in seine Hosentasche und zog seinen Schlüssel heraus. »Hier, Joe. Machen Sie eine kleine Spritztour.«

Die Schlüssel funkelten, als sie in einem Bogen in die offene Hand des Mannes flogen.

Harriet unterdrückte den Impuls, Avel an die Stirn zu fassen; er konnte doch nur im Fieberwahn sein.

»Na, machen Sie schon«, sagte Avel. »Meine Freundin und ich machen ein kleines Picknick. In anderthalb Stunden treffen wir uns hier wieder.«

Der Mann erwachte aus seiner Benommenheit und rannte zu dem Packard wie ein kleiner Junge, der unter dem Weihnachtsbaum eine Modelleisenbahn entdeckt hat. Harriet hielt die Tüten mit dem Essen fest an ihre Brust gedrückt, während sie verfolgte, was sie für einen schweren Fehler hielt.

»Halleluja«, sagte Joe und sprang in den Wagen. Er ließ den Motor an und setzte elegant zurück. »Danke, Mister.« Keß winkte er mit zwei Fingern. »Bis in anderthalb Stunden dann.«

Sie blickten dem Packard nach, als er sich in den Verkehr auf der Lake Street einreihte.

»Avel«, sagte Harriet gedämpft. »Verabschieden Sie sich von Ihrem Auto.«

Avel sah sie an und lächelte. »Ich habe dem Mann nicht mein Auto geschenkt, ich habe ihm mein Vertrauen geschenkt, Harriet. Er kommt wieder.«

»Na klar.«

Avel nahm ihr eine der Tüten ab und zog sie mit sich zum grasbewachsenen Seeufer. »Ach, Harriet, dieser Mann ist mir im Moment so dankbar, er war ja ganz vernarrt in das Auto, haben Sie das nicht gesehen? Wetten, er läßt mir den Wagen sogar noch von den Pennys, die er für seine nächste Flasche Mogen David zusammengespart hat, polieren, ehe er ihn zurückbringt.«

Harriet, die sich der Euphorie erinnerte, die das Gesicht des Penners in das eines Mannes, dem die Welt zu Füßen liegt, verwandelt hatte, versuchte, ihren Zynismus in der Flut von Avels Vertrauen zu ertränken, doch wie eine Boje schnellte er immer wieder hoch.

»Zwanzig Dollar, daß Sie Ihr Auto zum letzten Mal gesehen haben.«

»Abgemacht«, sagte Avel, und sie gaben einander die Hand darauf.

Enten watschelten in der Hoffnung auf freundliche Spenden am Seeufer umher, und Avel und Harriet saßen im Gras, neben sich die Behälter mit Hühner-Chow-Mein und geröstetem Reis, und beobachteten sie. Sie saßen an den dicken Stamm einer massigen Eiche gelehnt, von der, wenn ein Windstoß durch sie hindurchfuhr, die Blätter wie Konfetti auf sie herabregneten.

»Ich dachte immer, das Schicksal hätte mir eine blonde Frau zugedacht«, bemerkte Avel. Er hielt Harriets Hand, die größer war als seine. »Meine Traumfrau sollte eigentlich klein und mollig sein. Eine Südstaatlerin wahrscheinlich, aber im Osten erzogen, und mit einer Stimme, die am Ende des Satzes langsam ausschwingt. So-o-o-o.« Seine Stimme klang in einem gedehnten Vokal aus. »Aber da sehe ich Sie plötzlich durch die Windschutzscheibe – groß und dünn und dunkel, mit einem Pferdeschwanz, der wie eine Fontäne dem Kopf entspringt, und in einem Rock, der mehr Knie zeigt, als er eigentlich sollte –, und da sagt plötzlich was in mir, aufgepaßt, Avel, das ist sie.«

Harriet zog an ihrem Rocksaum. »Ich zeige nicht mehr Bein als jedes andere Mädchen in meinem Alter.«

Avel lachte. »Sie sind süß, Harriet.«

Es gab wildes Flügelschlagen, als ein Hund seinem Herrn davonlief, um die Enten zu jagen. Harriet stieß Avels Hand weg und sprang auf.

»Hey!« schrie sie. »Weg von den Enten!«

Der Golden Retriever machte am Wasserrand halt und drehte sich mit höhnisch hochgezogenen Lefzen nach Harriet um, als wollte er sagen, wer will mir hier den Spaß verderben?

Sein Herr blies auf einer schrillen Trillerpfeife, und der Hund sprang zu ihm zurück.

»Sie sollten Ihren Hund an die Leine nehmen, Mister«, rief Harriet ihm nach.

Der Mann winkte ab, ohne sich auch nur nach ihr umzusehen.

»Ach ja?« rief Harriet, die Hände in den Hüften. »Kommen Sie her und sagen Sie's mir ins Gesicht.«

»Setzen Sie sich«, sagte Avel und zog an ihrer Hand. »Ich schütte Ihnen mein Herz aus, und Sie wollen einen Streit vom Zaun brechen.«

Harriet setzte sich.

»Was nicht heißt, daß ich was gegen Courage habe. Bestimmt nicht«, sagte Avel. »Schon in dem Moment, als ich Sie aus diesem Bäckerladen kommen sah, mit schwingenden Armen, als wären Sie die Weltmeisterin im Bantamgewicht, hab ich gewußt, daß wir beide ein sehr farbiges Leben miteinander führen werden.«

»Wieso habe ich Ihnen nicht schon längst eins auf die Nase gegeben?«

Avel berührte nachdenklich seinen Nasenrücken. »Weil Sie mein hübsches Profil nicht ruinieren wollen und weil Sie wissen, daß ich recht habe.«

Harriet blickte über den See zur sinkenden Sonne und zu der goldschimmernden Lichtbahn, die sie auf die Wasserfläche warf. »Sie haben tatsächlich recht«, sagte sie, den Kopf schüttelnd über die Geschwindigkeit, mit der sie sich in diesen Mann, der fast einen Kopf kleiner und weiß der Himmel wie viele Jahre älter war als sie, verliebt hatte. »Ich weiß nicht warum, aber Sie haben völlig recht.«

Als sie zur Straße zurückkehrten, war der Mann, der sich Avels Packard und sein Vertrauen ausgeliehen hatte, noch nicht zurück. Avel sah auf seine runde goldene Uhr und steckte sie wieder ein. Er verzog keine Miene.

»Wie spät ist es?« fragte Harriet.

»Fünf Uhr achtunddreißig«, antwortete Avel fröhlich.

»Hm«, sagte Harriet. Sie wippte auf ihren Füßen hin und her und hielt den Mund. Ihr Pferdeschwanz klopfte auf ihren Rücken.

»Der Mann hat sich nur fünfzehn Minuten verspätet.« Avel grub die Spitze eines seiner blankgeputzten schwarzen Schuhe in das feuchte Laub, das im Rinnstein klebte. »Wahrscheinlich ist er pünktlich gekommen und hat dann beschlossen, noch eine Runde um den See zu drehen, als er sah, daß wir noch nicht da waren.«

»Wahrscheinlich«, sagte Harriet.

Sie wanderten an der Straße auf und ab, bis der Himmel dämmrig wurde. Jedesmal, wenn sich ein Auto näherte, tauschten sie hoffnungsvolle Blicke, die von Enttäuschung überschattet wurden, sobald sie erkannten, daß es nicht der austerfarbene Packard war.

Als Harriet zu frösteln begann, gab Avel ihr seinen Mantel. Die Ärmel waren zu kurz, und um die Schultern war er zu eng; Harriet fürchtete, sie würde das Futter zerreißen, wenn sie den Arm hob.

»Mensch, Sie sind ja eine Amazone«, sagte Avel.

»Mensch, Sie sind ein Zwerg«, sagte Harriet.

Sie lachten. Erst war es nur ein halb unterdrücktes Kichern, aber bald lachten sie aus vollem Hals, so heftig, daß sie am Ende nur noch nach Atem ringen konnten.

»Mein Hochsitz«, sagte Avel schließlich und wischte sich die Tränen mit einem Monogramm verzierten Taschentuch aus den Augen. »Hätte er mir nicht wenigstens meinen Hochsitz dalassen können? Ich habe ihn nach Maß anfertigen lassen. Haben Sie gelesen, was vorn ins Leder eingeprägt war?«

Harriet schüttelte den Kopf.

»Da stand, ›Hier hat Napoleon gesessen‹.«

»Ach, Sie können sich doch einen neuen besorgen«, meinte Harriet. »Und dann lassen Sie draufschreiben: ›Eigentum des Zwergenlandes‹.«

Als es halb acht wurde, gingen ihnen langsam die Witze aus, und Avel schien endlich bereit zu akzeptieren, daß er sich ein anderes Transportmittel würde suchen müssen. Von einer Tankstelle in der Lake Street aus rief er ein Taxi, und als es kam, stellte er sich auf die Zehenspitzen und zog Harriets Kopf zu sich herunter, um sie feurig auf den Mund zu küssen.

»Arrivederci, meine Liebste. Sie werden bald von mir hören.«

»Sie kommen nicht mit?«

Er öffnete ihr die Tür des Taxis. »Ich muß wegen dieser Autogeschichte zur Polizei.« Er zog eine Geldklammer aus seiner Tasche und nahm von einem dicken Bündel Scheine einen Zwanziger, den er Harriet gab. »War nicht schön, diese Wette zu verlieren«, sagte er, »aber der wahre Verlierer fährt jetzt in meinem Wagen herum.« Er tätschelte ihr den Kopf. »Kommen Sie gut nach Hause und vergessen Sie nicht, daß Sie geliebt werden.«

Harriet machte es sich auf dem Rücksitz bequem und zog die breiten Revers von Avels schmalem Mantel dichter zusammen. Sie wurde sich erst bewußt, daß sie summte, als der Taxifahrer mit weichem Bariton einstimmte, und gemeinsam sangen sie *Glühwürmchen*, wobei sie sich darin einig waren, daß abgesehen von den beiden Sängern im Taxi die Mills Brothers die beste Interpretation des Liedes gebracht hatten.

»Hört sich an, als wär er ein Spinner«, sagte Thor, der mit einem Badetuch um die Hüften vor dem kleinen Spiegel über der Spüle in der Küche stand. Sein Gesicht war halb eingeseift, halb rasiert, und Patty Jane saß am Küchentisch, wo sie, mit ihrem eigenen Frühstück fertig, die Reste von Thors aß.

»Ja, find ich auch, aber red mal mit Harriet. Die ist hingerissen von dem Kerl.« Patty Jane wischte sich einen Klacks Eigelb von der Lippe. »Aber Harriets Geschmack in Sachen Männer war ja noch nie das, was man gut nennen würde.« Sie schnitt eine Grimasse bei der Erinnerung an Big Gene, Harriets letzten Freund, der am Kopf eine Drachentätowierung gehabt hatte, die wie eine Wunde eitrig triefte.

»Wenigstens geht der Bursche nicht stempeln«, meinte Thor. »Ich meine, er hat immerhin einen neuen Packard.«

»Er *hatte* einen neuen Packard.«

Sie lachten ausgiebig bei dem Gedanken an diesen Einfaltspinsel, den Harriet sich da an Land gezogen hatte, der einem Wildfremden und noch dazu einem Penner seinen nagelneuen Packard zu einer Spritztour geliehen hatte.

Das gemeinsame Gelächter löste Verlangen aus – das wie ein unzerstörbares Virus durch ihre Wohnung schwirrte –, und Patty Jane löste das weiße Badetuch von Thors Hüften und ließ es zu Boden fallen.

Für einen Mann, der gerade mal einen Meter fünfzig maß und dessen Stirn bis zum Hinterkopf reichte, war es nicht einfach, flott auszusehen, aber Avel Ames schaffte es. Er wußte es, Harriet wußte es, und auch die Frauen, die ihre Tanzpartner in ihre Nähe steuerten, mit den Fingern schnippten und Avel baten, ihnen einen Tanz aufzuheben, wußten es.

»Ich bin für den Abend ausgebucht, meine Damen«, sagte Avel, wobei er Harriet hintenüber kippte und sie einen effektvollen Moment lang so hielt.

Als sie an ihren Tisch zurückgekehrt waren, um sich von Kellnern in roten Boleros Cocktails und Hors d'œuvres servieren zu lassen, kamen die Leute in Scharen, um guten Abend zu wünschen.

Eine Frau, deren Ohrläppchen unter dem Gewicht ihrer Ohrgehänge sichtlich litten, lud sie ein, sich ihren neuen Manet anzusehen, und nachdem sie gegangen war, sagte Harriet: »Avel, ich bekomme langsam den Eindruck, daß Sie so was wie ein großes Tier sind.«

»In gewissen Kreisen«, antwortete er. »Hoffentlich in Ihren.«

Sie waren auf dem Ernteball, einer Wohltätigkeitsveranstaltung zur Erhaltung von Courtney Manor. Es war ihre erste Verabredung. Avel hatte Harriet am Morgen in Donaldsons Warenhaus angerufen. Als sie sich mit »Galanteriewaren« meldete, sagte er: »Oh, da bin ich ja genau richtig«, und lud sie zu dieser »Tanzerei« ein. »Ich hole Sie um sieben ab.«

»Oh«, sagte Harriet, den Telefonhörer unter das Kinn geklemmt, um einen Kassenzettel abreißen zu können. »Sie haben Ihren Wagen wieder.«

»Noch nicht«, erwiderte Avel. »Aber die Polizei scheint zu glauben, daß er jeden Tag auftauchen kann.«

»Wo gibt es Wärmflaschen?« fragte eine korpulente Frau, beide Hände in ihr Kreuz gestemmt.

Harriet sagte ins Telefon: »Also dann, bis um sieben.«

Avel Ames kam nicht mit leeren Händen. Er trug eine Pyramide von Kartons: einen Kleiderkarton ganz unten, eine Hutschachtel in der Mitte, Schuh- und Ansteckblumenkartons obenauf. Er selbst war hinter dem Turm aus farbenfrohen Hochglanzschachteln kaum zu sehen, als er sich an

Harriet vorbei durch die Tür zwängte. Er warf die ganze Bescherung auf das schmale Sofa in der Mitte des Zimmers. Die Hutschachtel fiel herunter, ihr Deckel sprang auf, und darunter zeigte sich ein Schimmer blauen Samts in Seidenpapier.

Avel trug einen schwarzen Frack. Sein brillantinegelackter Haarkranz glänzte wie das Revers seiner Frackjacke.

»Harriet«, sagte er, »Sie sind ein Glas Wasser für einen Mann in der Wüste Mojave.«

»Sie haben doch gesagt, wir wollten tanzen gehen«, erwiderte sie. Sie hatte ein Kleid mit weitem Glockenrock angezogen, das üppig mit dicken rosaroten Rosen bedruckt war. Sie trug dieses Kleid immer, wenn sie tanzen ging, weil der Rock bei jeder Drehung so schön flog.

»Das stimmt«, sagte Avel, ging zu ihr und nahm ihre Hand. »Sie werden die Schönste auf dem ganzen Fest sein. Kommen Sie, gehen wir.«

»Und das hier soll ich einfach ignorieren?« rief sie und hob den Deckel des Kleiderkartons. Mit einem kleinen Aufschrei hob sie das Kleid so vorsichtig heraus, als wäre es ein Baby. Es war ein bodenlanges Abendkleid aus blauem Samt mit tiefem eckigem Ausschnitt und langen Ärmeln, die an den Handgelenken spitz zuliefen.

»Oh, Avel!« sagte Harriet.

»Oh, Harriet«, sagte Avel und zwinkerte die Tränen aus seinen Augen.

Während Avel sich schneuzte, raffte Harriet den ganzen Staat zusammen und rannte in ihr Zimmer, abergläubisch überzeugt, sie müßte, wie Aschenputtel, alles vor dem Glokkenschlag anhaben, wenn sie sich nicht in ihrem Rosenkleid beim Polkatanzen mit Big Gene wiederfinden wollte.

Harriets Haar lugte unter dem kleinen Schleierhütchen hervor. Die neuen dunkelblauen Pumps machten sie noch ein Stück größer als Avel, doch er hielt sich so stolz und selbstsicher, als wäre er gute eins achtzig groß.

»Sie sind reich, stimmt's, Avel?« fragte Harriet, als er ihr draußen die Tür zu einem neuen schwarzen Cadillac aufhielt.

»Sehr reich«, sagte er und half ihr, die Mengen blauen Samts im Wagen zu verstauen. Nachdem er es sich auf einem Brokatkissen (»Mein neuer Hochsitz ist schon bestellt«, bemerkte er) bequem gemacht hatte, fügte er hinzu, »stinkreich«, und sie sahen einander an und kicherten.

Bis auf die kurze Zeit, die Harriet in der Toilette verbrachte, tanzten sie den ganzen Abend miteinander. Abklatschen ließ Avel niemanden. »Sie ist allergisch gegen Salonlöwen«, erklärte er.

»Was tun Sie eigentlich?« erkundigte sich Patty Jane, als Harriet Avel zur Inspektion mitbrachte.

Avel lächelte glückselig. »Vor allem liebe ich Ihre Schwester.«

Harriet blies das Streichholz aus, mit dem sie ihre Zigarette angezündet hatte und zwinkerte ihm zu. Gereizt schenkte Patty Jane den beiden Kaffee ein, und es war ihr egal, daß sie dabei die Hälfte in die Untertassen schüttete.

»Ich meine, was arbeiten Sie?«

Avel straffte seinen Rücken und nahm die Schultern zurück, als er begriff, daß Harriets Schwester klare Antworten wollte.

»Ich arbeite im Familienunternehmen mit, Patty Jane.« Als er sah, daß sich die Falte zwischen ihren Augenbrauen nicht glättete, fügte er hinzu: »Ames Grains? Freundliche Konkurrenz von Peavy und Pillsbury? Hersteller von zwei Dritteln der Frühstücksflocken, die in Ihrem Schrank stehen?«

»Ames Grains«, sagte Patty Jane und setzte sich. »Ach, du Scheiße!«

Harriet, die gerade ihre Zigarette zum Mund führen wollte, erstarrte. Sie pfiff leise. In ihrem nun drei Wochen währenden Liebesfrühling hatte sie es trotz Champagner, Gourmetrestaurants, Geschenken und langer Spazierfahrten in Luxusautos vermieden, Avel nach der Quelle seines Wohlstands zu fragen. Sie hatte die Möglichkeit von sich fernhalten wollen, daß er ein Gangster war – eine Lieblingsspekulation von Patty Jane und Thor. Was Avel betraf, so hatte er nie eine Frau gekannt, die nicht über die Familienfirma Bescheid wußte, und er genoß das ungewohnte Gefühl, nur um seiner selbst willen gemocht zu werden.

»Ich sitze natürlich im Aufsichtsrat«, sagte er, »aber die Firma wird von Personen geführt, denen Getreide mehr am Herzen liegt – oder am Herzen zu liegen scheint – als mir.« Er zupfte an der schneeweißen Manschette, die unter dem Ärmel seines Jacketts hervorsah. »Ich ziehe Reisen dem Weizen vor; Philantropie dem Hafer und«, er griff nach Harriets Hand, »die Liebe der Gerste.«

Er küßte Harriet die Hand, und sie küßte die seine.

»Gott sei Dank«, sagte Patty Jane. »Thor und ich haben gedacht, Sie gehören zur Cosa Nostra oder so was.«

Avel schob seinen Schlips hin und her. »Tatsächlich? Ich fühle mich geschmeichelt.«

Patty Jane schob ihm einen Teller mit Plätzchen hin. »Soll ich Ihnen mal was sagen, Avel, und ich sag das jetzt nicht, weil Sie Avel Ames sind, aber Ames Grains Toasty Bites ißt mein Mann zum Frühstück am liebsten.«

Avel machte sich in einem kleinen ledernen Büchlein eine Notiz. »Morgen früh steht ein Karton bei Ihnen vor der Tür.«

Patty Jane sang wie eine Lerche, als Thor an diesem Abend nach Hause kam.

»Stell dir vor, Schatz, Harriet hat sich einen Millionär geangelt!« Sie faßte ihn bei den Händen, und ehe er seinen Mantel ausziehen konnte, schwenkte sie ihn tanzend und hopsend durch die Küche.

»Was?« rief Thor lachend, als sie einen Küchenstuhl umstießen.

»Harriets Verehrer ist Avel Ames.« Patty Jane wartete auf Thors Reaktion. Als nichts kam, fügte sie hinzu: »Avel *Ames*. Ames Grains.«

»Die Leute, die die Toasty Bites machen?«

Patty Jane nickte. »Er schickt uns morgen einen ganzen Karton vorbei.«

Thors Mund verzog sich zu einem breiten Lächeln. »Na, das müssen wir feiern«, sagte er und küßte sie, während er an den Knöpfen ihres Kleides nestelte.

Am Tag der Wintersonnenwende machte Avel in der Hütte, die den Schlittschuhläufern auf dem Calhoun-See als Unterstand zum Schuhewechseln und Aufwärmen diente, Harriet einen Heiratsantrag.

»Du, meine Liebste«, sagte er, vor ihr niederkniend, »du, meine schönste Blume, willst du nicht etwas Licht in diesen dunkelsten Tag des Jahres bringen und mir sagen, daß du bis in alle Ewigkeit mein sein willst?«

Ein kleines Mädchen, das auf seinen ersten Schlittschuhen hereingetorkelt kam, fiel stolpernd gegen Avel.

»Du bist ja ein liebes kleines Ding«, sagte er, dem Kind aufhelfend, »aber du hast mich soeben bei der wichtigsten Frage meines Lebens unterbrochen.«

»Balli, lalli, falli«, sagte das Kind.

»Du hast leicht reden«, versetzte Avel, »aber ich habe nicht dich gefragt, sondern sie.« Er wandte sich wieder Harriet zu, und das Kind rannte auf wackligen Beinen über den rohen Holzboden zur Tür.

Harriet saß ganz still. Sie hatte das Gefühl, das Herz sei ihr so weit geworden, daß ihr Atem nicht daran vorbei konnte.

»Sag ja, oder ich binde die Schnürsenkel von deinen Schlittschuhen zusammen.«

Harriet brach das Schweigen mit einem »Ja«, das die ganze kleine Hütte füllte und all die, die das Paar nicht sowieso schon beobachteten, von ihrer jeweiligen Tätigkeit – die Socken zu wechseln oder ihre Schlittschuhkufen abzuwischen – aufblicken ließ.

»Das war eine Zusage?« fragte Avel.

Sie umarmten einander so lange, daß die anderen in der Hütte es für ihre Pflicht hielten zu applaudieren.

Das Paar verneigte sich, und Avel hielt Harriets Hand fest, als sie ihn aus der Hütte führte, die hölzerne Rampe hinunter auf die Eisfläche, wo Avel im Alter von fünfunddreißig Jahren rückwärts eislaufen lernte.

Avels erstes Verlobungsgeschenk an seine zukünftige Frau (neben einem Ring mit einem Brillanten von der Größe einer Rosine) war die Einschreibung an der McKern-Musikschule. Er hatte geweint, als er sie nach leidenschaftlichen

Umarmungen in seinem Cadillac das erstemal *Come On-A My House* hatte singen hören.

»Deine Stimme ist wie eine Mischung aus Billie Holiday und Miliza Korjus«, sagte er.

»Billie Holiday und wem?«

»Miliza Korjus. Das ist eine Opernsängerin. Ich habe sie einmal in Wien gehört und war hingerissen.« Avel drückte seine Fingerspitzen aneinander und schaute seufzend zum Autofenster hinaus. »Das war eine Vorstellung!« Er wandte sich ihr zu. »Im Ernst, Harriet. Du könntest eine große Musikkarriere machen.«

Harriet lachte und zündete sich eine Zigarette an. »Du bist kaum zu bremsen.« Sie starrten beide auf das glühende Ende ihrer Zigarette.

»Harriet«, sagte Avel schließlich, »ich mache es mir zur Mission, dir zu helfen, an dich selbst zu glauben.«

Harriet lachte leise. »Ich glaube an mich selbst, Avel; ich mache nur keine Religion daraus.«

»Ich kenne Religionen, die auf weniger würdigen Ikonen aufgebaut sind.« Er küßte sie leicht. »Aber ich bin doch bestimmt nicht der einzige, der von deiner Stimme begeistert ist.«

»Na ja, die einzigen ›Sehr guts‹, auf die ich in der Schule immer zählen konnte, waren die im Chorsingen. Und ich habe bei unseren Aufführungen immer die Solopartien gesungen.« Sie lachte scheu, doch als sie ihre Zigarette im Aschenbecher ausdrückte, wurde ihr Lachen bitter. »Ich wollte immer ein Instrument lernen, aber meine Eltern haben mich nie gelassen. Als der Musiklehrer mir mal erlaubte, eine Schultrompete mit nach Hause zu nehmen, hat Dad sie mir weggerissen, als ich *Three Blind Mice* spielte, und sie zum Fenster rausgeworfen. ›Geht's hier nicht schon schlimm genug zu?‹ hat er gebrüllt. ›Muß ich mir auch noch diesen Krach anhören?‹« Harriet zog die Augenbrauen in die Höhe und seufzte tief. »Das Mundstück war nicht mehr zu finden, und das ganze Ding war voller Beulen. Mr. Deckom, das war der Musiklehrer, sagte, ich solle mir keine Sorgen machen, die Schulbehörde hätte gerade zusätzliche Mittel für den Musikunterricht bewilligt. Er sagte, ich könnte auf einer anderen Trompete im Musiksaal üben, aber ich habe mich so geniert, daß ich das Angebot nie wahrgenommen habe.«

»Dann lernst du es eben jetzt«, sagte Avel. Er streichelte ihren langen, glänzenden Pferdeschwanz. »Du fängst sofort mit Trompeten- und Gesangsunterricht an.«

»Auch Harfe?« fragte Harriet leise.

»Wie bitte?«

»Ich wollte immer schon Harfe spielen.« Sie schmiegte sich dicht an Avel und legte ihren Kopf auf seine schmale Schulter.

»Harfe und Trompete«, sagte er. »Die Instrumente von Engeln und von Louis Armstrong.«

»Ein und dasselbe«, sagte Harriet.

Da Avel sie nun finanzierte, hörte Harriet in der Galanteriewarenabteilung bei Donaldsons auf und begann mit dem Musikunterricht.

Nach ihrer ersten Trompetenstunde und ihrer ersten Harfenstunde am folgenden Tag waren beide Lehrer hochentzückt über die Entdeckung einer außergewöhnlich begabten Schülerin. Ed Donavan, der Trompetenlehrer, begann die Stunde in der Erwartung, daß seine neue Schülerin mindestens eine halbe Stunde mit verzweifelten Versuchen zubringen würde, dem Mundstück einen Ton zu entlocken, und in der zweiten Hälfte der Stunde sich ebenso verzweifelt damit abmühen würde, das endlich hervorgebrachte Quaken zu variieren. Doch am Ende der Stunde spielten sie gemeinsam *Danny Boy*.

Mr. Donavan hatte sich mit seiner eigenen Trompete auf dem Knie auf seinem Metallstuhl zurückgelehnt, und über den Klang und die Klarheit der Töne, die seine neue Schülerin hervorbrachte, nur den Kopf geschüttelt.

»Sie sagen, Sie haben noch nie Trompete gespielt?« fragte er.

»Doch«, antwortete Harriet. »Als Kind.« Und als Mr. Donavan verstehend nickte, fügte sie hinzu: »Einmal.«

Als Harriet bekannte, daß sie noch nie die Saiten einer Harfe berührt hatte, blickte Evelyn Bright auf die Wanduhr in dem kleinen schalldichten Raum und dachte, die nächste Stunde würde eine Tortur werden. Sechzig Minuten später bat sie Harriet, gleich noch eine Stunde zu bleiben – sie gebe erst nach der Mittagspause ihre nächste Stunde und Harriet würde doch sicher gern einen Blick auf Lektion 3 werfen. Harriet hatte die Harfe ohne die sonst übliche Steifheit einer Anfängerin in Position gebracht und die Saiten, die sie mit Kraft und Sicherheit zupfte, von Anfang an wissen lassen, wer den Ton angab.

Stella Amundsen, Harriets Gesangslehrerin, hielt Harriet nicht nur für begabt, sondern für die Sängerin, die sie aus dem Lehrerinnendasein befreien und zur Managerin würde machen können; sie sah sich schon bei Geschäftsessen im Russian Tea Room, um mit dem Agenten der Carnegie Hall Harriets Vertrag auszuhandeln.

Und so kam es, daß Ed Donavan und Evelyn Bright und

Stella Amundsen, deren Berichte über ihre erstaunliche neue Schülerin die Fakultätssitzung dieser Woche beherrschten, sich betrogen vorkamen, als sie entdecken mußten, daß sie alle von derselben Person sprachen.

3

TROTZ Patty Janes Ankündigungen vom ersten Tag an war es Thor nicht schwergefallen, die Schwangerschaft, die er für reine Einbildung hielt, zu ignorieren. Aber als im sechsten Monat ihr Bauch zu schwellen begann wie eine reifende Melone, mußte er schließlich, ganze dreiundzwanzig Jahre alt und noch zweieinhalb Jahre Studium vor sich, wohl oder übel anerkennen, daß er im Begriff stand, Vater zu werden. Er hatte in seinem Leben schon Aufregenderes erlebt.

Aufregend fand er zum Beispiel den Gedanken, eines Tages Architekt zu werden. Mit fünf hatte er zusammen mit seinem Vater ein Vogelhäuschen gebaut, und seine Liebe zur Baukunst war an jenem Samstagnachmittag erwacht, als Olaf ihm beigebracht hatte, was Ausdrücke wie Nivellieren, Planieren und Dachschräge bedeuteten.

»Mein kleiner Architekt«, hatte sein Vater gesagt und

ihm das weißblonde Haar gezaust. »Vielleicht baust du eines Tages mal große amerikanische Häuser, hm?«

Im Geist hatte Thor schon Dutzende gebaut. Er war ein Anhänger der Prairie-Schule und liebte Bauten mit klaren, sauberen Linien und überraschenden, großzügigen Räumen; er konnte den Tag kaum erwarten, da er sie aus dem Boden wachsen sehen würde.

Im vergangenen Winter war Bing Norling, einer der erfolgreichsten Torjäger der National Hockey League, in Bill Blaines Sportgeschäft gekommen, wo Thor jobbte. Eigentlich hatte er nur einen Hockeyschläger kaufen wollen, aber dann hatte er sich eine halbe Stunde lang mit Thor darüber unterhalten, wer die trinkfestesten Spieler in der Liga waren. Das war aufregend gewesen. Beinahe an die Front zu kommen (»Wir brauchen Sie dringender hier, um die Jeeps zu reparieren, als wir Sie in Seoul brauchen«, hatte sein vorgesetzter Offizier zu ihm gesagt) war aufregend gewesen. Vater zu werden war jedoch keine Aussicht, für die Thor sich begeistern konnte. Er war noch nicht bereit, die Verantwortung auf sich zu nehmen, die damit verbunden war, von einem Kind so geliebt zu werden, wie sein Vater von ihm geliebt worden war. Nein, noch nicht. Später vielleicht, wenn er seinem Vater verziehen hatte, daß er gestorben war und ihn allein gelassen hatte. Aber jetzt noch nicht.

Auch Harriet war nicht begeistert. Patty Jane hatte sich ihr Leben lang um andere gekümmert; um Elmo und Anna, wenn sie betrunken gewesen waren, und natürlich um Harriet. Jetzt, meinte sie, verdiene ihre Schwester endlich einmal Zeit für sich.

»Deine einzige Pflicht sollte jetzt sein, deinen Mann glücklich zu machen«, sagte sie zu Patty Jane.

Der Widerstand von den beiden Menschen, die ihr auf der Welt die liebsten waren, gab Patty Jane doppelten Ansporn. Sie würde Thor und Harriet mit reiner Willenskraft dazu bringen, sich auf das Kind und ihre neuen Rollen als Vater und Tante zu freuen. Ihre Gefühle wuchsen im gleichen Maß wie ihr Leib: Aus der Ambivalenz im Leamington Hotel wenige Augenblicke nach ihrer inneren Erkenntnis, daß sie schwanger war, entwickelte sich im Lauf der nächsten Tage Akzeptanz, die jetzt zu einer täglich wachsenden stillen Freude über das, was in ihr vorging und was daraus werden würde, ausgereift war. Oft stellte sie sich nackt vor den Spiegel im Badezimmer, um sich aus verschiedenen Blickwinkeln zu mustern, und dachte, während sie mit beiden Händen über die Wölbung ihres Bauches strich: »Vielleicht gebe ich in diesem Moment meinem Kind eine Rückenmassage.«

Im ersten und zweiten Monat ihrer Schwangerschaft wachte Patty Jane immer wieder mitten in der Nacht auf. Dann entdeckte sie jedesmal, daß sich ihre Hände schützend über ihren Bauch gelegt hatten, und während sie in der stillen dunklen Nacht lag, weinte sie fast vor Ehrfurcht über die Weisheit ihres Körpers. Eine dunkle Linie erschien, die unter ihrem Nabel begann und in ihrem weichen braunen Schamhaar verschwand, und Patty Jane fand es wunderbar, als wollte die Natur ihr mit dieser Zweiteilung eine graphische Darstellung liefern: Also, links von dieser Linie befindet sich der Kopf des Kindes, rechts liegt der Körper ...

Der Fleck über ihrer linken Augenbraue und die dunkle Verfärbung der Haut zwischen ihrer Nase und Lippe störten sie auch nicht.

»Das ist die Schwangerschaftsmaske«, erklärte sie Harriet stolz.

»Fröhlicher Karneval«, sagte Harriet.

Da sie in ihrer Ehe nur wenige Stunden *nicht* schwanger gewesen war, konnte Patty Jane nicht beurteilen, ob ihr wachsendes Verlangen nach Thor eine Nebenwirkung ihres Zustands war oder nicht; aber wie auch immer: ihr Verlangen war groß. Thor war zu jeder Zeit und an jedem Ort Ziel ihrer Leidenschaft, aber je stärker ihr Körper sich veränderte, desto abwehrender wurde Thor.

»Schatz, was ist denn nur los?« fragte ihn Patty Jane eines Abends mit Tränen in den Augen.

Thor lag mit dem Rücken zu ihr im Bett. Von der Straße fiel zwischen Fensterbrett und heruntergezogener Jalousie ein dünner Lichtstrahl ins Zimmer.

»Nichts«, sagte Thor. »Ich möchte nur ein paar Stunden Schlaf kriegen.«

Patty Jane kuschelte sich an ihn und drückte ihre Wange an die gerippte Baumwolle seines ärmellosen Unterhemds.

»Ich weiß was, das dich richtig schön müde macht«, sagte sie und strich mit der Hand seinen harten, glatten Oberschenkel hinauf.

Thor schlug ihre Hand weg, als würde sie ihn verbrennen.

»Kannst du mich nicht mal eine Minute in Ruhe lassen? Kann ich nicht wenigstens mal eine Nacht schlafen, ohne daß du an mir rumhängst.« Er zuckte mit der Schulter. »Herrgott noch mal.«

Patty Jane rutschte auf ihre Seite des Betts, während Thor sein Kopfkissen aufschüttelte, indem er mit der Faust hineinschlug.

»Manchmal möchte auch der Mann ganz gern die Initiative ergreifen, verstehst du.«

»Tut mir leid«, sagte Patty Jane traurig.

»Laß doch wenigstens ab und zu mal mich den Anfang machen.«

»Okay«, flüsterte Patty Jane. Nur machst du nie mehr den Anfang, dachte sie. Es war, als enthielte ihr Bauch etwas Ansteckendes, das Thor sich nicht einfangen wollte.

Unterstützung fand sie in einer anderen Ecke der kleinen Familie. Ione hatte eine Reise nach Norwegen gebucht; zum erstenmal, seit sie Stavanger als junge Frau verlassen hatte, wollte sie die alte Heimat besuchen. Aber sie stornierte die Reise, als sie sah, daß Patty Janes Schwangerschaft Realität war und nicht, wie Thor behauptet hatte, »nur Einbildung«. Ione wollte da sein, um zu kochen und zu putzen und die Frau, die ihr Enkelkind trug, zu verwöhnen. Sie hatte den Eindruck, daß Thor kein Meister im Verwöhnen war; sie bemerkte eine Veränderung an ihrem Sohn, die ihr nicht gefiel und die sie nicht verstand.

Ione dachte an einen Abend zurück, als das frischgebakkene Paar sie zu Kaffee und Kuchen eingeladen hatte. Sie hatte den Zitronenkuchen hoch gelobt, während sie unauffällig Zitronenkerne in ihre Serviette spie.

Nachdem der Tisch abgeräumt war, kam Patty Jane mit einem Tablett, auf dem unter einem Geschirrtuch ein dreiekkiger Gegenstand verborgen war, ins Wohnzimmer zurück. Sie stellte es auf den Couchtisch und lüftete mit schwungvoller Geste das Tuch.

»Ta-ta-ra-ta!«

Ione lächelte erwartungsvoll, obwohl sie nicht verstand, worum es ging. »Ein Vogelhäuschen?«

Patty Jane lachte. »Ja, das dachte ich auch. Als Thor es mit nach Hause gebracht hat, hab ich gesagt: ›Oh, du hast ein Vogelhäuschen gebaut, Schatz. Das ist ja süß!‹«

Patty Jane drehte das Haus langsam. »Aber schau's dir mal genau an, Ione. Die Details. Es ist ein Modell für unser erstes Haus – das Haus, das dein Sohn mir bauen möchte.«

Ione sah Thor an, der mit seinem Uhrarmband spielte.

»Er hat gesagt: ›Ja, in gewisser Weise kann man von einem Vogelhäuschen sprechen‹«, erzählte Patty Jane, »›weil es nämlich unser Liebesnest sein wird.‹«

Thor errötete tief, aber er lachte. »Du meine Güte, Patty Jane.«

»Aber das war doch so lieb von dir, Schatz«, sagte Patty Jane. »Ich wollte deine Mutter daran teilhaben lassen, weil es so verdammt lieb war.« Sie tippte auf das Dach des kleinen Holzhauses. »Unser Liebesnest.«

Bevor Patty Jane dick geworden war, hatte Thor es nicht fertiggebracht, sie *nicht* anzufassen; entweder hatte er ihr abends beim Essen eine Locke hinter das Ohr geschoben, oder er hatte beim Kartenspielen mit Ione verstohlen ihre Hand gedrückt oder ihr den Arm um die Schultern gelegt, wie am Thanksgiving-Abend, bevor sie aus Iones Haus in den leise fallenden Schnee hinausgelaufen waren.

Einen Monat später sah Ione davon nichts mehr. Am Heiligen Abend, als sie zum erstenmal mit Gewißheit erkannte, daß Patty Jane wirklich schwanger war, feierten sie zusammen in Iones kleinem Haus in der Nähe des Hiawatha-Sees. Das flackernde Licht der Kerzen in den Wandhaltern spiegelte sich in den Böden, die Ione zweimal eingewachst hatte. Strohengel und gehäkelte Schneeflocken hingen am Weihnachtsbaum, und der Duft von Tannenzweigen mischte sich mit dem Aroma von Glühwein, der in einem blaugesprenkelten Topf auf dem Herd stand, und dem Wohlgeruch des Putenbratens, der im Rohr schmorte.

Für Patty Jane war es ein Weihnachtsfest, wie sie es nur aus Büchern kannte. Elmo und Anna hatten diese Tage begangen, indem sie teure Schnäpse gekauft und Patty Jane und Harriet sich selbst überlassen hatten. Einmal hatte Anna am Weihnachtsmorgen mit einer Zigarette ein Couchpolster in Brand gesteckt, und Elmo hatte die Flammen mit einer Flasche Jack Daniels gelöscht.

»Du Idiot!« hatte Anna geschrien. »Weißt du eigentlich, was das Zeug kostet?«

Sie strahlt, dachte Ione, als sie beim Essen saßen. Sie konnte kaum den Blick von Patty Jane wenden. Als sie es widerwillig doch tat, hoffte sie, in Thors Gesicht ein ähnliches Strahlen zu finden. Aber dort sah sie nichts.

Dieses leere Gesicht ihres Sohnes hatte sich zum erstenmal nach dem Tod seines Vaters gezeigt; die schön gebildeten Züge des Sechsjährigen erstarrten, als wären sie gefroren. Ione hatte geglaubt, er verarbeite den Verlust recht gut, bis sie eines Abends auf dem Weg ins Badezimmer hohes dünnes Wimmern aus Thors Zimmer hörte. Leise öffnete sie die Tür und sah ihren Sohn in sein Kopfkissen schluchzen. Als sie genauer hinhörte, bemerkte sie, daß das Wimmern ein ständiges Skandieren war: »Papa, Papa, Papa.« Mit hämmerndem Herzen ging sie zu ihm und setzte sich neben ihn aufs Bett. Er fuhr zusammen, als sie seinen Rücken berührte, und sah sie mit einem Ausdruck der Wut an, die für einen so jungen Menschen viel zu erwachsen schien. Eine Stunde lang saß sie schweigend bei ihm und rieb ihm den Rücken, bis der Schlaf die kleinen verkrampften Muskeln lockerte. Sie versuchte, am nächsten Tag mit ihm über Olafs Tod zu sprechen, stellte ihm behutsame Fragen, drängte ihn, sein Herz auszuschütten, aber der Junge sah sie nur an und sagte: »Papa ist tot, Mama. Er kommt nicht zurück.«

Ione wußte, daß die unbewegte Miene, die er jetzt zur Schau trug, wie die glasglatte Oberfläche eines Gewässers war, unter der es von Haien und Ripptiden brodelte.

Sie sah, daß ihr Sohn seine Hände mit dem Besteck beschäftigt und die Augen auf seinen Teller gerichtet hielt. Nicht einmal strich er Patty Jane mit dem Handrücken über die Wange, nicht einmal zwinkerte er ihr zu, wenn er glaubte, Ione sähe es nicht. Er unterhielt sich mit ihnen, jedoch ohne jede Lebendigkeit. Ione hätte ihn am liebsten bei den breiten Schultern gepackt und so fest geschüttelt, daß die starre Maske über seinem schönen Gesicht zerspringen würde.

Als die beiden Frauen nach dem Essen das Geschirr spülten, zog Ione die Hand aus dem schäumenden Wasser und tätschelte Patty Janes Bauch.

»*Uff-da mayda,* entschuldige«, sagte sie hastig und tauchte die Hände wieder ins Spülwasser.

»Bitte«, sagte Patty Jane. Sie stellte sich vor ihre Schwiegermutter hin und drückte den Rücken durch, um ihren Bauch möglichst weit vorzuschieben.

Ione trocknete sich die Hände an dem bestickten Geschirrtuch und legte sie auf Patty Janes Bauch, ließ sie dort ruhen, als wollte sie sie an einem Feuer wärmen.

»Etwas Schöneres kann man gar nicht berühren«, sagte sie mit geschlossenen Augen.

Patty Jane legte ihre Hände auf die von Ione und spürte die spitzen Knöchel Iones an ihrer Handfläche.

»Thor mag meinen Bauch nicht anfassen«, flüsterte sie. »Er meint wahrscheinlich, er könnte dem Kind weh tun.«

In der Stille, die ihren Worten folgte, fragte sich Patty Jane, ob Ione ihr glaubte. Sie selbst suchte verzweifelt nach einer Entschuldigung für Thors Kälte. Ione tätschelte ein letztes Mal Patty Janes runden Leib, dann begann sie energisch, den Bratentopf mit Stahlwolle zu säubern.

Nach dem Abspülen entdeckten die beiden Frauen, daß Thor auf dem Sofa vor dem Feuer eingeschlafen war. Eine rosige Zehe spitzte aus einem Loch in einer der Socken.

»Irgendwie komm ich nie an meinen Flickkorb«, sagte Patty Jane. Sie bekannte nicht, daß sie gar keinen besaß.

Ione wollte Patty Jane gerade ein Glas Stachelbeerwein anbieten, aber als sie auf der kleinen Uhr über dem Kamin sah, wie spät es war, sagte sie impulsiv: »Patty Jane, die Weihnachtsgottesdienste sind in meiner Kirche immer so schön – hast du nicht Lust, mitzukommen?«

Patty Jane zog die Wolldecke bis zu Thors Kinn hinauf. Normalerweise konnte nichts sie davon abbringen, ihren schlafenden Mann zu betrachten. Sie hatte dann Gelegenheit, sich jeden einzelnen seiner feingeschnittenen Züge einzuprägen und dem Spiel der Flammen auf seinem blonden Haar zuzusehen. Aber die Zeiten hatten sich geändert.

»Gern«, sagte sie.

»Sonst gehe ich immer in den Mitternachtsgottesdienst, weißt du – es hat so was Abenteuerliches, um diese Zeit unterwegs zu sein –, aber um acht ist es auch sehr feierlich, da wird immer gut gesungen – vor allem der Chor ist gut –, und wenn Thor sowieso schläft ...«

»Ja natürlich«, sagte Patty Jane, als Ione eine Atempause einlegte.

Ione spürte ein kleines Kribbeln freudiger Erwartung. Sie war zu zurückhaltend, um sich einzumischen, aber die Tatsache, daß Thor und Patty Jane nie zur Kirche gingen, machte ihr seit langem zu schaffen. Sie wußte, daß sie nicht zur Hölle verdammt waren, nur weil sie in der Kirche keinen Stammplatz hatten; dennoch war sie sicher, daß Gott sich freute, wenn man sich ihm zuwandte, und seine Gnade über denen ausgoß, die bei der Kollekte regelmäßig gaben und das Nizäische Glaubensbekenntnis auswendig wußten.

Sie fuhren die halbe Meile bis zur Lutherischen Erlöserkirche in Iones gepflegtem grünen Plymouth. Ione war eine übervorsichtige Fahrerin, die über dem Lenkrad hing, als wollte sie es mit dem Kinn bedienen – so dicht, daß sie mit der Brust ab und zu an die Hupe stieß und dann jedesmal furchtbar erschrak.

Im Kirchenvestibül roch es nach heißen Heizkörpern und feuchter Wolle, und kleine Matschpfützen bildeten einen unregelmäßigen Pfad, der durch die Flügeltür in die Kirche führte. Ein Kirchendiener begrüßte Ione und begleitete sie zu ihren Plätzen. Vor ihnen wogten Reihen von Festtagshüten mit Samtblumen und irisierendem Federschmuck, Russenmützen aus lockigem Pelz, lange Zipfelmützen, gestreift und mit Bommeln.

»Mein Naomi-Kreis hat das Banner gemacht«, flüsterte Ione. Auf ihm stand in roten und grünen Lettern »Er ist geboren«, und es war hinter dem Altar aufgehängt.

Ein langer Akkord kündigte den Beginn des Gottesdienstes an, und die ganze Gemeinde erhob sich, um *Freude aller Welt* zu singen. Ione und Patty Jane standen dicht nebeneinander, weil sie sich ein Gesangbuch teilten, und Ione erinnerte sich, wie sehr sie es als junge Frau geliebt hatte, mit ihrem Mann in dasselbe Gesangbuch zu sehen. Sein Daumen hatte eckig und kräftig auf der linken Seite gelegen, ihr kleiner lackierter auf der rechten. Und selbst beim ernstesten Klagelied hatte Ione den erregten Schlag ihres Herzens nicht stillen, die Gedanken an Olafs Lippen auf den ihren nicht vertreiben können.

Sie neigte den Kopf leicht zur Seite, um Patty Janes Stimme besser hören zu können. Sie jubelte nicht wie die ihrer Schwester Harriet, aber sie war annehmbar, und Ione stimmte mit ihrem dünnen Alt in den Gesang ein: »... und bereite die Erde, ihren König zu empfangen ...«

Pastor Nelsons Predigt war lebendig und humorvoll, und Ione freute sich, Patty Jane mit dem Rest der Gemeinde lachen zu hören. Mit seiner tiefen Stimme malte der Geistliche ihnen aus, was geschehen wäre, wenn Jesus Christus in Minneapolis geboren wäre – hätten das Dyckman oder das Francis-Drake-Hotel Maria und Joseph auch fortgeschickt?

»Würden Sie«, fragte er, und jeder fühlte sich direkt angesprochen, »würden Sie Ihr Sofa im Wohnzimmer einem armen, obdachlosen Paar zur Verfügung stellen, einer Frau, die jeden Moment niederkommen wird? Oder würden Sie sich mit fadenscheinigen Entschuldigungen, wie z. B. Platzmangel, herausreden? Würden Sie bei Kaffee und Kuchen nach dem Weihnachtsessen über dieses dreiste, zerlumpte Pennerpaar witzeln, das in Ihrem Gästezimmer seine Flöhe ansiedeln wollte?«

Patty Jane umschloß mit beiden Händen ihren Bauch und versuchte, sich Marias Angst und Entsetzen vorzustellen, als sie von Wehen geplagt auf einem Esel geritten war und nicht gewußt hatte, ob sie unter einem warmen Dach oder dem kalten Wintermond gebären würde. Aber in Anbetracht der ungewöhnlichen Umstände der Empfängnis hatte Maria doch gewiß gewußt, daß alles gut werden würde? Wahrscheinlich hatten ihr die Wehen nicht einmal zu schaffen gemacht (»Schmerzen, als wenn sich eine Axt durch den Körper schlägt«, hatte ihre Mutter Anna es beschrieben); falls Gott sie dazu auserwählt hatte, Jesus zur Welt zu bringen, gehörte sie wahrscheinlich zu jenen heiter gelassenen Typen, die still lächelten, wenn andere brüllten.

Pastor Nelson lächelte von der Kanzel herab.

»Freunde«, sagte er, und ein Aufatmen ging durch die Reihen, als die Leute die Änderung im Tonfall vernahmen. Sie waren aus dem Schneider und brauchten kein schlechtes Gewissen mehr zu haben. »Freunde«, sagte der Geistliche wieder, »wir wollen in den Gesichtern unserer Lieben und in den Gesichtern von Fremden das Gesicht Jesu sehen, denn er lebt wahrhaftig in uns allen. Amen.«

Patty Jane war erstaunt, als die Gemeinde »Amen« murmelte. Das war ein allzu abruptes Ende dieser Predigt, von der sie gewünscht hätte, sie würde ewig weitergehen. Sie wollte an Jesus in Thors Gesicht denken (was nicht schwierig war), sie wollte den beruhigenden Klang von Pastor Nelsons Stimme hören.

Gegen Ende des Gottesdienstes, nach der Lesung des Evangeliums und der Kollekte, verdunkelten sich die Lichter, und die Kirchendiener begannen von den Enden der Kirchenbänke aus kleine Kerzen zu verteilen. Jeder zündete seine Kerze an der seines Nachbarn an, bis alle Bankreihen erleuchtet waren.

»Das finde ich immer am schönsten«, sagte Ione, den Kopf ihrer Schwiegertochter zugeneigt, um zuzusehen, wie die Flamme von Patty Janes Kerze den Docht der ihren entzündete.

4

SILVESTER wurde für Thor und Avel zum feuchtfröhlichen Herrenabend. Ursprünglich hatten die beiden Paare vorgehabt, in Avels Country-Club zu essen und zu tanzen, aber als Harriet und Avel bei den Rolvaags ankamen, fanden sie Patty Jane noch im Morgenrock vor. Mit rot entzündeten Augen stand sie am Spülbecken in der Küche und gurgelte mit Salzwasser. Harriet erbot sich sofort, bei ihr zu bleiben.

Patty Jane protestierte unter Niesen. So krank sei sie nun wirklich nicht, und außerdem hätte sie sich so sehr darauf gefreut, das Lance-Jordan-Orchester zu hören. Aber Harriet sagte, nein, eine Frau in ihrem Zustand sei bei minus 25 Grad sowieso viel besser zu Hause aufgehoben, ob sie nun eine Erkältung habe oder nicht, und außerdem fühle sie sich selbst ein bißchen verschnupft. Warum sollte man den Männern also nicht einen Abend Ausgang geben?

Harriet vertauschte ihr schweres schwarzes Satinabendkleid mit einem Flanellpyjama von Patty. Mit ihrem kunstvoll hochfrisierten Haar und in voller Kriegsbemalung sah sie genau so aus, wie man sich in Hollywood eine Frau beim Zubettgehen vorstellte.

»Also los, Jungs. Raus«, sagte Harriet.

»Um zwölf machen wir uns Popcorn und trinken heiße Zitrone«, sagte Patty Jane betreten.

»Liebes«, sagte Avel, Harriet beiseite nehmend, »ich will dich nicht am Silvesterabend allein lassen.«

»Avel, wenn ich mich mit meiner eigenen Schwester nicht amüsieren kann, mit wem dann?«

»Wie wär's mit mir?« fragte er gekränkt.

Harriet nahm den Zylinder, den Avel auf den Tisch gestellt hatte, und stülpte ihn ihm auf den Kopf. »Wir können jederzeit in den Klub zum Tanzen gehen, Avel. Wie oft kann ich meiner Schwester helfen, die im siebten Monat schwanger ist und mich braucht, hm, Zuckerstückchen?«

Avels Gesicht hellte sich auf. Er liebte es, wenn Harriet ihn Zuckerstückchen nannte. Er rief Thor, der gerade dabei war, Patty Jane im Wohnzimmer auf der Couch unter die Steppdecke zu packen. »Sieht so aus, als sei unser Schicksal besiegelt, Thor.«

Als die beiden Männer in die Winternacht hinaustraten, sprang ihnen die Kälte wie ein Straßenräuber ins Gesicht. Avel war an diesem Abend in seiner selten benutzten überlangen weißen Cadillac-Limousine mit seinem ebenso selten benutzten Chauffeur vorgefahren.

»Tut mir leid, Clayton«, sagte er, als der Mann, aus dem Wagen sprang, um ihnen die Türen zu öffnen. »Ich dachte nicht, daß wir so lange brauchen würden. Ich hoffe, Sie haben die Heizung laufen lassen.«

»Wenn nicht, wär ich jetzt schon steifgefroren, Sir.«

Thor sah sich im Wageninneren um und nickte. »Mein alter Dodge sieht daneben ziemlich schäbig aus.«

Avel lachte. »Nein, als Transportmittel ist das Ding nicht übel.«

Clayton stellte den Rückspiegel ein. »Sind wir alle da, Sir?«

»Wir sind alle da«, antwortete Avel. »Das ist die ganze Gesellschaft.«

Die beiden Männer schwiegen, während der Fahrer die Limousine durch dunkle, von Bäumen überdachte Straßen lenkte. Durch das Gewirr vereister, schneebedeckter Äste drang kaum ein Lichtstrahl der Straßenlampen. Ausgelassenes Treiben herrschte hinter unverhüllten Fenstern, wo unter Girlanden von Luftschlangen getanzt wurde. Vor einem Stopschild schlingerte der Wagen. Die Straßen waren eisglatt.

Clayton räusperte sich diskret; er war stolz auf seine Fahrkünste (im Krieg hatte er Obersten und Generäle gefahren – einmal, in Algier, sogar Patton –, weil er schnellere Reflexe hatte als jeder andere in seinem Regiment), und er wollte seine Passagiere wissen lassen, daß so ein kleiner Schlenker auf glatter Fahrbahn keinesfalls bedeutete, er habe den Wagen nicht unter Kontrolle.

Avel beugte sich vor. »Haben Sie eine Ahnung, wohin wir fahren?«

»Zum Klub, Sir?« fragte Clayton, den Kopf kurz nach hinten drehend.

»Nein, ohne die Damen wollen wir nicht in den Klub. Da müßten wir dauernd mit trampeligen Erbinnen und ihren Müttern tanzen.« Er lehnte sich wieder zurück. »Wir könnten natürlich ins Kino gehen, aber das scheint mir doch ein bißchen armselig für Silvester.« Sein Seufzer war kurz und sachlich. »Hast du eine Idee, Thor?«

Thor zupfte an seinen Handschuhen. »Fahren wir doch einfach. Bis uns was einfällt, mein ich.«

Avel setzte sich tiefer in die Polster und verschränkte die Arme über der Brust. Er haßte Unschlüssigkeit, besonders Unschlüssigkeit über so etwas Triviales wie die Frage, wie man einen Abend unter Männern verbringen sollte, aber jetzt zeigte sich, daß weder er noch Thor es gewöhnt waren, derartige Unternehmungen zu planen. Avel hatte mehr geschäftliche und gesellschaftliche Verbindungen als der Tag Stunden hatte, und wenn Thor überhaupt einmal auf eigene Faust etwas unternahm, dann trieb es ihn zu einem Eishockeyspiel.

An der Kreuzung Lake Street und Minnehaha Avenue mußten sie warten, weil ein Güterzug vorüberfuhr.

»Verzeihen Sie, Sir«, sagte Clayton mit britischer Höflichkeit, »aber ich habe heute morgen in der Zeitung gelesen, daß im Calhoun Beach Club ein großes Fest stattfinden soll.«

Der Güterzug ratterte vorbei, und bald sahen sie nur noch seine glühenden Rücklichter.

»Danke für den Tip, Clayton«, antwortete Avel, »aber wir möchten gern mal was Neues versuchen, richtig, Thor?«

»Denke schon, ja«, sagte Thor. Er war es zufrieden, in dieser Luxuskarosse herumzukutschieren; das war ihm neu genug.

»Moment mal, fahren Sie langsam«, sagte Avel plötzlich und neigte sich nach vorn. »Das da drüben sieht doch ganz interessant aus.« Er wies zu einer Bar, deren Name mit flakkernden und teilweise ausgebrannten Glühbirnen ausgeschildert war: *The Den Of.*

»O nein, Sir«, entgegnete Clayton. »Das ist ein ziemlich übler Schuppen.«

»Gut«, sagte Avel. »Fahren Sie hin.« Er erhob sich ein wenig von seinem Sitz und rückte, in den Rückspiegel sehend, seinen Zylinder zurecht. »Und, Clayton, nehmen Sie den Wagen und machen Sie sich einen netten Abend. Frohes neues Jahr.«

Ehe Clayton den Wagenmotor abstellen und aussteigen konnte, um seinen Passagieren die Türen zu öffnen, waren die beiden Männer schon hinausgesprungen. Jeder knallte seine Tür zu, lauschte einen Moment dem satten Klang von Stahl auf Stahl, dann strafften sie beide wie auf ein Stichwort die Schultern und gingen mit langen, federnden Schritten los; es war die Dodge-City-Gangart, die Gangart von Männern, die einen neuen Saloon betreten.

Der Geruch nach Bier, Erdnüssen und Gewürzgurken hing im Raum wie der Dunst eines schlechten Rasierwassers. Ein Gefühl der Erregung durchfuhr Avel. Er hatte seine Cocktails bisher in der gediegenen Atmosphäre vornehmer Sportklubs, eleganter Salons oder Theaterfoyers getrunken. Seit er Harriet kannte, entdeckte er langsam die Gerüche, Geräusche und Anblicke, die zum Milieu solcher Leute gehörten, die ein elegantes Ambiente nicht bezahlen konnten. Es bereitete ihm tiefe Verlegenheit, daß er sich so lange hinter dem Schutz des Geldes versteckt hatte.

»Setzen wir uns an die Bar?« fragte Thor.

»Klar«, antwortete Avel, dessen Augen sich gerade an das schummrige Licht zu gewöhnen begannen.

Sie gingen an einer Reihe gekrümmter Schultern entlang und setzten sich ans Ende des zerschrammten Holztresens. Unter der Decke schwebten ein paar Luftballons, und über dem Spiegel hinter der Bar hing ein Transparent mit der Aufschrift »Willkommen 1954«. Der Barkeeper, dessen tiefhängender Gürtel einen gewaltigen, überquellenden Bauch stützte, nickte ihnen zur Begrüßung mit vorgeschobenem Kinn zu.

»Ein Hamms«, sagte Thor. »Ich nehme ein Hamms.«

»Dito«, sagte Avel, und der Mann hinter dem Tresen zog eine Augenbraue hoch.

Schaum lief an den Außenseiten ihrer Krüge hinunter.

»Also dann«, sagte Avel und hob seinen Krug, »auf meinen zukünftigen Schwager.«

»Ebenso.«

Sie tranken ihr Bier in freundschaftlich meditativem Schweigen.

»Harriet ist ein nettes Mädchen«, sagte Thor schließlich. »Patty Jane läßt nichts auf sie kommen.«

»Es ist schön, wenn Geschwister sich mögen.«

»Das kann man wohl sagen«, meinte Thor und warf Avel, dessen Stimme plötzlich eine Spur von Melancholie zu verraten schien, einen verstohlenen Blick zu. »Hast du Geschwister?«

Avel kippte das letzte Drittel seines Biers hinunter und klopfte mit dem Krug auf den Tresen, um noch eins zu bestellen. »Zwei Schwestern«, sagte er, »und es würde dir schwerfallen zu sagen, welche von beiden fieser und häßlicher ist.«

Thor war schockiert von Avels Worten. Obwohl seine eigene Familie vom Tod zerrissen worden war und Patty Janes Familie vom Alkohol, glaubte er immer noch an die ideale Familie (*wenn* man schließlich soweit war, eine zu gründen), die in schweren Zeiten Halt und Zuflucht bot.

»Ich wußte nicht, daß du Familie hast«, sagte er, nachdem auch er ein zweites Bier bestellt hatte.

»Nur zwei fiese und häßliche Schwestern«, erklärte Avel. »Meine Eltern sind schon vor Jahren gestorben. Mein Vater war fünfundfünfzig, als ich geboren wurde, und meine Mutter fast dreiundvierzig.«

Thor nickte, als erklärte das alles.

»Meine Schwestern und ich sind zusammen in der Firma, aber in meinem Privatleben spielen sie kaum eine Rolle.«

Das Knallen einer Billardkugel lenkte sie ab. Sie hörten ein abruptes, hohes Kichern, ein Lachen, das von Helium gespeist schien.

»Du hast gesagt, die Neunerkugel«, sagte jemand mit leiser Stimme, deren Ton eine einzige Kampfansage war.

Avel und Thor drehten, wie alle anderen Männer an der Bar, ihre Hocker halb herum, um nichts zu versäumen.

»Vom Zielen hast du wohl noch nie was gehört, und schwerhörig bist du noch dazu«, sagte ein magerer Mann mit der unnatürlich hohen Stimme.

»Macht das draußen ab«, sagte der Mann hinter dem Tresen. In seiner Stimme schwang die müde Resignation eines Mannes, der jeden Abend dasselbe sagen mußte.

»Okay, Hank. Gehen wir«, sagte der Mann mit der leisen Stimme.

Der Magere lachte. »Mach schon, Dean, spiel weiter. Prügeln können wir uns nächstes Jahr.«

Dean kratzte sich am Ohrläppchen, als dächte er über Hanks Vorschlag nach. Er war dabei, sein Queue einzukreiden, als er plötzlich grinste und nickte. »Nächstes Jahr«, sagte er. »Schon kapiert.«

Avel und Thor drehten ihre Hocker zurück.

»Schade«, sagte Avel. »Ich hatte gehofft, ich würde es mal richtig krachen sehen.«

»Der Abend ist noch jung«, bemerkte ein Mann, der hinter ihnen die Jukebox mit Fünfcentstücken fütterte.

Les Paul und Mary Ford begannen *Mockin' Bird Hill* zu singen, und mit einem Schlag änderte sich die Stimmung in der Kneipe, als wäre eine Seite umgeblättert worden zu einem neuen, erfreulicheren Kapitel. Avel hob seinen Bierkrug.

»Thor, du bist ein Prinz.«

»Dito«, sagte Thor und rumste seinen Krug gegen Avels. Er genoß diesen Männerabend mehr, als er für möglich gehalten hatte. In einem Drei-Ton-Register stimmte er in *Mockin' Bird Hill* ein:

»It gives me a thrill,
to wake up in the mornin'
to the mockin' bird's trill.«

Avel sah ihn mit zusammengekniffenen Augen an wie ein Juwelier, der ein Schmuckstück taxiert. »Eine Harriet Dobbin bist du nicht.«

»Weiß ich«, sagte Thor, Avels Blick erwidernd. »Und du bist kein Clark Gable.«

Avel lachte und hustete, als er sich an seinem Bier verschluckte. »Reicht schon, wenn du einer bist.«

»Amen«, sagte eine kleine Frau mit blutroten Lippen und kletterte auf den Hocker neben Thors. Ein Dutzend Reifen an ihrem Arm schlugen klirrend aneinander. »Der gute Mr. Gable wird allerdings langsam alt«, sagte sie, ihr Gesicht ganz nahe an Thors heranschiebend, »Sie hingegen nicht.«

»Nein«, sagte Thor, »jedenfalls fürs erste nicht.«

»Ich heiße Faylene«, sagte die Frau, in deren Atem sich

sämtliche Gerüche der Bar in kondensierter Form niederschlugen, »und das ist meine Freundin Suzanne.«

Suzanne tauchte hinter ihr auf wie ein großer Schatten. »Hallo!« Sie lächelte mit verfärbten Kaninchenzähnen.

»Meine Damen«, sagte Avel, der bei sich dachte, daß die beiden wohl vergessen hatten »hier« zu rufen, als die Schönheit verteilt worden war, »setzen Sie sich zu uns.«

»Ich würde sagen, das haben wir schon getan.« Faylene drückte Thors Arm. »Komm, Suzanne, sag dem Kleinen da drüben guten Tag.«

So gehorsam wie sie reizlos war, drängte sich Suzanne neben Avel, der meinte, sie hätte gegen ein freundliches Kopftätscheln sicher nichts einzuwenden.

»Wir haben da drüben eine Nische«, bemerkte Suzanne zwinkernd. Avel fand es faszinierend, daß diese Frau den Mut hatte zu flirten. »Der beste Platz im Haus für jeden, der gern ein Bier springen lassen möchte.«

Thor und Avel tauschten achselzuckend einen Blick – »Warum nicht?« –, und die Frauen sprangen von ihren Hokkern, um zum Tisch zurückzukehren.

»Geben Sie mir vier große Bier, Meister«, sagte Avel.

Mit seinen fleischigen Pranken zapfte der Barkeeper vier Bier und schob Avel die Krüge hin. »Was soll der ›Meister‹-Scheiß?« sagte er. »Ich heiß Lionel.«

Faylene und Suzanne hielten mit ihrem Bierdurst Thor und Avel auf Trab. Einmal blieben die beiden Männer auf dem Weg zum Tresen bei der Jukebox stehen.

»Wir sind doch den Frauen in unserem Leben nicht irgendwie untreu?« fragte Avel. Sein kahler Scheitel war gerötet und voller kleiner Schweißperlen.

»Seit wann ist ein Gespräch gleich Ehebruch?« versetzte

Thor und war stolz auf seine Antwort. Er kniff die eisblauen Augen zusammen, um Avel, dessen Bild nicht ganz scharf war, besser sehen zu können. »Oder hast du mehr im Sinn als reden?«

Avel schauderte.

»Ich hab irres Lampenfieber«, erklärte Faylene den Männern, als sie an den Tisch zurückkamen. Sie trank einen kräftigen Zug aus dem Bierkrug. »Ich hoffe nur, sie sind nett zu mir.« Bier rann ihr Kinn hinunter, und sie wischte es mit den Fingern weg.

»Wer soll nett zu Ihnen sein?« fragte Thor, am Kummerbund seines Smokings fummelnd.

»Die Männer. Das Publikum.« Sie und Suzanne kicherten.

»Sind Sie so etwas wie eine Chansonette?« erkundigte sich Avel.

Faylene schob sich das kraus gelockte Haar aus dem Gesicht. »Wenn das ein besseres Wort für Stripperin ist, ja, bin ich.«

»Ich auch«, sagte Suzanne eifrig. »Lionel zahlt jeder von uns zwanzig Mäuse dafür, daß wir uns punkt Mitternacht ausziehen.«

»Moment mal, hab ich das richtig verstanden?« fragte Avel. »Sie wollen sich für zwanzig Dollar hier ausziehen?«

»Klar«, bestätigte Faylene. »Wir haben das schon früher gemacht.«

»*Du* hast es gemacht, Faylene, ich nicht.« Suzanne zuckte mit ihren großen runden Schultern und lächelte Avel halbherzig an, ehe sich plötzlich ihre Mundwinkel nach unten zogen und sie in Tränen ausbrach. Avel tätschelte ihr ratlos den Rücken. »Faylene hat Freunde, die ihr die Miete bezahlen«, sagte sie schniefend. »Sie hat einen guten Job in einer Reinigung. Sie hat Kinder, die sie lieben.« Sie wandte sich Faylene zu und flüsterte: »Warum hast du mich dazu gebracht, daß ich sage, daß ich mich auch ausziehen würde?«

Faylene stand halb auf und kniete sich auf die Sitzbank in der Nische. »Lionel, kannst du der Heulsuse hier mal 'ne Tasse Kaffee bringen? Das Bier wirkt mal wieder.« Sie drehte sich nach Suzanne um, die sich die Augen mit einer kleinen Papierserviette abtupfte, auf der die Karikatur einer nackten Frau in einem Faß gedruckt war. Die Unterschrift lautete: »Machen wir ein Faß auf«. »Wenn ich mich nicht irre, hast du gesagt, das wär bestimmt ganz lustig, Suzie.«

»Nur weil ich das Geld brauch.«

Avel sah Suzanne an. »Sie wollen wirklich für zwanzig Dollar einen Striptease machen? In diesem Schuppen?«

Suzanne grub ihre Kaninchenzähne in ihre Unterlippe und nickte.

Faylene lachte schrill. »Hey, da ist doch nichts dabei. Wir ziehen uns ja nicht ganz nackt aus. Am Schluß haben wir immer noch 'n kleines Höschen an und Blätter auf der Brust.« Sie sagte zu Thor: »Bei mir müssen die riesengroß sein. Meine Brustwarzen sind nach den Kindern wahnsinnig auseinandergegangen.«

Thor riß erschrocken die Augen auf.

Avel trommelte mit den Fingern auf die Tischkante. »Passen Sie auf, Suzanne, ich zahle Ihnen fünfzig Dollar, wenn Sie sich *nicht* ausziehen.«

»Was?«

»Was ist denn das?« unterbrach Faylene. »Hör ich da jemanden von Geld reden?«

Avel seufzte. »Okay, für Sie gilt das gleiche. Fünfzig Dollar, wenn Sie Ihre Bluse zugeknöpft lassen.«

»Sind Sie vielleicht 'n Pfarrer oder so was?« fragte Faylene.

»Nein. Also, abgemacht, ja oder nein?«

Suzanne nickte wie aufgezogen. Faylene hob das Kinn und strich sich mit einer Hand voller Ringe den Hals hinunter. »Also ich find's schade, die Jungs hier zu enttäuschen.«

Jetzt endlich fühlte sich Thor gezwungen, in das Gespräch einzugreifen. »Glauben Sie mir«, sagte er ernsthaft, »Sie enttäuschen hier niemanden.«

»Halt die Klappe, Sven«, sagte Faylene und klatschte Thor auf den Schenkel.

Jo Stafford sang *Shrimp Boats*, und Hank, der gerade wieder einen gutgläubigen Trottel am Pooltisch geschlagen hatte, sah, wie der geschniegelte kleine Kerl Fay und ihrer häßlichen Freundin Geld gab. Dieses Luder ist nicht nur ein Luder, dachte er, sie ist eine Hure.

»Hast du Lust auf 'n kleinen Spaß?« fragte er Dean.

»Was?«

»Nimm deinen Stock und komm mit.«

Mit jedem ihrer Schritte wurden die Geräusche in der Kneipe – das Klirren der Gläser, die Gespräche – gedämpfter. Hinter dem Tresen verschränkte Lionel seine Arme über der breiten Brust.

> »Shrimp boats is a comin', a comin', a comin',
> Shrimp boats is a comin' ...«

Thor und Avel hingen zusammengesunken in der Nische, das Kinn fast auf dem Tisch. Thor überlegte, ob er lieber ein Nickerchen machen oder mal pinkeln gehen sollte, und als er sich endlich entschieden hatte, sah er zwei Männer vor sich stehen. Mit beiden Händen auf den Tisch gestützt, stemmte er sich in die Höhe.

»Entschuldigen Sie, meine Herren«, sagte er, »aber wenn ich nicht schnellstens die nächste Latrine aufsuche, gibt's hier eine Überschwemmung.«

Hank schlug Thor mit einer Hand auf die Schulter und drückte ihn nieder. »Du machst's jetzt also für Geld, Faylene, hm?« Hank trommelte mit den Fingern auf seinen Billardstock.

»Was?« Faylene blinzelte, als blickte sie in die Sonne.

Hank wies mit einer ruckartigen Kopfbewegung auf Avel. »Ich hab gesehen, wie der Zwerg da dir Geld gegeben hat.«

Faylene kicherte nervös. »Hank, der Mann hat Suzanne und mir Geld gegeben, damit wir *keinen* Striptease machen. Aus irgendeinem Grund will er nicht, daß wir unsere kleine Nummer aufführen, und soll ich für fünfzig Mäuse vielleicht nein sagen?«

Hank musterte Thor und Avel. »Seid ihr Pinguine schwul oder was?«

»Pardon?« sagte Avel.

»Ich muß pinkeln«, sagte Thor.

»Ich hab gefragt, ob ihr Schwule in euren Pinguinanzügen schwul seid.«

»Die sind nicht schwul«, erklärte Suzanne. Sie sah Avel an. »Oder?«

Thor stand auf. Zorn und das dringende Bedürfnis, Wasser zu lassen, hatten sein benebeltes Hirn wieder halbwegs fit gemacht. »Gehen Sie mir aus dem Weg«, sagte er zu Hank.

Hank bewegte sich wie eine Schlange, aber Thor sah die geballte Faust kommen. Er wehrte sie ab und versetzte Hank einen kräftigen Haken in den Magen. Hank gab ein Geräusch von sich wie ein geplatzter Ballon.

Dean hob in Zeitlupentempo seinen Stock und stieg über Hank hinweg, der zu Boden gestürzt war.

»Fang schon mal an zu beten«, sagte Dean. Er schwang seinen Stock in die Höhe. Thor ballte die Fäuste, aber da sprang Avel wie ein fliegendes Eichhörnchen aus der Nische. Er packte den Billardstock und hing einen Moment in der Luft, bis er zusammen mit Dean krachend zu Boden fiel. Avel, der obenauf lag, begann, mit seinen kleinen Fäusten auf Deans Brustkasten einzuschlagen.

Hank rappelte sich taumelnd hoch, und Thor landete einen soliden Faustschlag auf seiner Kinnspitze.

»Mein Kinn! Mein Kinn!« wimmerte Hank im Sopran.

»Avel, hinter Ihnen!« schrie Suzanne. Sie und Faylene hockten auf der Sitzbank der Nische, wo ihnen nichts geschehen konnte. Avel spürte einen Schlag zwischen seinen Schulterblättern und fiel nach Luft schnappend vornüber.

Deans große Faust traf Thors linkes Ohr. Im Wegspringen donnerte Thor dem Mann seinen Ellbogen auf die Nase. Blut spritzte auf den Boden.

Plötzlich ertönte ein schrilles Pfeifen. Thor sah auf. Der Barkeeper stand vor ihm, in der einen Hand einen Knüppel. Mit der anderen zog er gerade die Trillerpfeife aus seinem Mund.

»Der Spaß ist vorbei«, sagte er zu Avel und Thor. »Ihr zwei Idioten verschwindet hier, und zwar auf der Stelle.« Dann wandte er sich an den großen Dicken mit dem blutverschmierten Gesicht. »Komm, Dean, machen wir erst mal deine Nase sauber. Warum hast du dich denn nicht geduckt?« fragte er, als er ihn zur Toilette führte.

Hank war in Richtung Jukebox davongekrochen. Faylene hockte neben ihm auf dem Boden und hielt eine Bierflasche an seine Wange. Suzanne kauerte immer noch auf der Sitzbank.

»Wo ist Avel?« fragte Thor, und hörte seine Stimme in seinem dröhnenden Ohr wie durch einen Lautsprecher.

Suzanne wies unter den Tisch. »Da unten.«

Thor bückte sich und zog an Avels Hosenbein. »Hey, alles in Ordnung?«

Stöhnend kroch Avel rückwärts unter dem Tisch hervor. »Ich glaube, ich bin ein Weilchen in eine andere Sphäre entwichen.« Er rieb sich den dunklen Haarkranz. »Haben wir gewonnen?«

Thor half ihm auf die Beine. »Wenn wir jetzt hier verschwinden, steht es unentschieden.«

Avel lächelte Suzanne zu, während er sich die Hose abklopfte. »Bis bald mal, Schätzchen.«

»Ich hab für euch geschrien«, sagte Suzanne scheu.

Avel zog einen Geldschein heraus und drückte ihn ihr in die Hand. »Für tatkräftige Unterstützung bin ich immer dankbar.«

Suzanne riß die Augen auf, als sie den gefalteten Schein sah. »Mensch, Wahnsinn!«

»Kaufen Sie sich was Schönes«, sagte Avel. Er hob seinen Zylinder auf, der in dem Tumult platt gedrückt worden war, und verbeugte sich vor Suzanne, ehe er mit Thor, von Pfiffen, aber auch von Beifall begleitet, hinausging.

»Nehmen Sie's nicht persönlich«, sagte ein Mann in der

Uniform eines Kammerjägers. »Die Kerle prügeln sich mit jedem, der hier reinkommt.«

In weniger als einer Minute kam ein Taxi. »Wir haben Glück«, stellte Avel fest.

Erst nachdem sie ein Stück gefahren waren, fiel Thor ein, daß er immer noch nicht gepinkelt hatte, und er bat den Fahrer, am Straßenrand zu halten. Er stellte sich hinter einen Baum. Sein Seufzer der Erleichterung stieg in einem weißen Wölkchen in die kalte Nachtluft auf, und sein Urin stach ein gelbes Loch in den Schneewall.

5

FÜR Avel war diese Schlägerei ein Schlüssel, der ihm die Türen zu einem exklusiven Klub öffnete. Er genoß es, im Spiegel die blau-violette Beule an seinem Kopf zu betrachten (er hatte sich die Stirn an der Tischkante angeschlagen) und spielerisch mit ein paar kurzen Haken nach seinem Spiegelbild zu schlagen.

»Ich hab mich vorher noch nie geprügelt«, sagte er zu Harriet. Sie saßen im Cadillac und teilten sich eine Tüte Kokosdonuts von Vogstads Bäckerei.

»Gratuliere«, sagte Harriet.

»Nein, du hast mich mißverstanden. Ich wollte es immer, aber es hat sich nie eine Gelegenheit geboten. In einem Sitzungssaal oder einem Kunstmuseum kann man ja nicht gut losprügeln.«

»Warum nicht?« fragte Harriet.

Avel drehte sich auf seinem neuen Hochsitz ihr zu. »Ja,

warum eigentlich nicht? Manchmal habe ich das Gefühl, daß ich nicht nur im körperlichen Wachstum steckengeblieben bin.« Schneeflocken wirbelten an die Windschutzscheibe, und Avel seufzte. »Ist denn jeder dazu verdammt, alles zu wollen und nur zehn Prozent zu bekommen? Oder verlangen wir einfach zuviel? Sind wir zu selbstsüchtig, um die Schönheit eines jeden einzelnen Tages zu sehen, um jede einzelne Stunde zu genießen, weil wir uns von dem blenden lassen, was die anderen haben?«

»Tja«, sagte Harriet und zündete sich eine Zigarette an, »wenn ich das wüßte.«

Avel neigte zu tiefschürfenden Gesprächen, weil er, wie er sagte, an der Brown-Universität im Nebenfach Philosophie studiert hatte. Doch wenn er mit Harriet zusammen war, blieben die Gespräche meistens Monologe. Harriet hatte ihm einmal erklärt, zuviel Nachdenken mache ihr Angst; ihr liege eher das Handeln als das Denken.

»Es gibt einfach Dinge, die bis heute keiner erklären kann«, sagte sie. »Warum soll ich es dann versuchen?«

Alle Leute, die Avel kannte, hatten Wertpapieranlagen und Treuhandvermögen und Meinungen, und er fand es wunderbar, mit Menschen in Berührung zu kommen, die auf nichts anderes zurückgreifen konnten als auf ihre Gefühle. Wenn er Geschenke brachte, wurden sie mit echtem Entzücken empfangen. Es gab keine wohlerzogenen Dankesworte, wenn er Harriet ein neues Kleid schenkte oder Patty Jane ein Motorola-Fernsehgerät; da gab es Jubelschreie und Umarmungen, bei denen ihm die Luft abgedrückt wurde.

Er hatte schon eine Weile über ein Geschenk für Thor – genauer gesagt, ein Arbeitsangebot – nachgedacht, aber er wollte erst Harriets Meinung dazu hören.

»Ist dir kalt?« fragte er. Sie saßen seit über einer Stunde in dem geparkten Cadillac. Harriet warf die leere Donutstüte auf den Rücksitz und kuschelte sich an Avel.

»Ich hab einen Liebsten, der mich warmhält«, sang sie.

Avel schraubte die Thermosflasche zu. »Harriet, was glaubst du, würde Thor zu einem Job sagen, der vielleicht zwei Stunden Arbeit kosten, ihm zweihundert Dollar einbringen und ihn in Millionen Haushalten bekanntmachen würde?«

»Ich weiß, daß *ich* sofort unterschreiben würde.« Sie klopfte die Asche ihrer Zigarette über dem Aschenbecher ab. »Aber was für ein Job soll das genau sein?«

Avel schob seine Hand in Harriets Ellbogenbeuge.

»Du weißt«, begann er, »daß meine Schwestern mich in der Firma nicht viel machen lassen. Was mich nicht sonderlich stört, da ich sowieso viel lieber das Leben genieße, anstatt Aktennotizen zu kritzeln. Ab und zu wird allerdings mein Werbetalent angezapft. Letztes Jahr zum Beispiel habe ich entscheidend an unserer Werbekampagne für Hefe mitgewirkt – ›Hefe von Ames – treibt alles auf die Spitze‹.« Er machte eine Pause und sah Harriet mit hochgezogener Braue an, während er auf ihre Reaktion wartete.

»Witzig«, sagte Harriet nickend.

»Ja, das fanden die Leute auch. Es war eines unserer besten Jahre im Hefeverkauf.« Er seufzte glücklich, und sein Atem dampfte in der kalten Luft.

»Und was hat Thor nun mit der Hefe zu tun?«

»Es geht nicht um Hefe, Liebes. Es geht um Mighty Bites.«

»Mighty Bites«, wiederholte Harriet. »Ist das so was wie Toasty Bites?«

»Toasty Bites sind ein Haferprodukt. Mighty Bites werden aus Mais hergestellt. Und sie sind mit Zucker überzogen.«

»Aha«, sagte Harriet.

»Die Horror-Schwestern sind der Meinung, meine Mitarbeit wäre ein Gewinn für unsere Werbeabteilung. Am Donnerstag haben wir uns die erste Gruppe möglicher Models angesehen – einen Haufen Riesen vom Gopher-Basketball-Team –, aber was wir gesehen haben, hat uns wenig begeistert. Ist dir schon mal aufgefallen, wie viele Basketballspieler vorstehende Adamsäpfel haben?«

»Nein, nie«, antwortete Harriet.

»Bei denen weiß die Schilddrüse anscheinend nicht, wann's genug ist. Jedenfalls suchen wir einen gutaussehenden, athletischen, ansprechenden Mann – also einen wie Thor –, der mit einem Löffel voll Mighty Bites unsere Verpackungskartons zieren soll.«

Harriet drückte nickend ihre Zigarette aus.

»Meinst du, das würde ihn interessieren?« fragte Avel. »Ich weiß, daß er es nicht mag, auf sein Aussehen angesprochen zu werden.«

»Ach, Avel, für zweihundert Dollar wird ihm das nichts ausmachen.«

»Soll das ein Witz sein?« fragte Thor. »Ich tu so, als esse ich eine Schüssel Maisflocken, lächle in die Kamera und bekomme zwei Hunderter dafür?« Avel nickte.

»Ja, Mensch, warum nicht? Besser als das, was ich bei Bill Blaine kriege, ist es auf jeden Fall.«

Es war beinahe zehn Uhr abends, aber Avel und Harriet hatten es nicht erwarten können, Thor den Vorschlag zu unterbreiten, und waren direkt zu den Rolvaags gefahren.

»Stellt euch nur mal vor«, sagte Patty Jane, die schon im Bademantel war, »ich hab dann beim Frühstück meinen Mann *am* Tisch und *auf* dem Tisch.«

»Und du kannst ihn in den Schrank sperren, wenn er nicht brav ist.« Harriet lächelte, aber Patty Jane hörte den schneidenden Unterton in ihrer Stimme. Obwohl sie zu Harriet nichts von Thors Verhalten ihr gegenüber hatte verlauten lassen, schien sie unbewußt Signale ausgesendet zu haben, die Harriet empfangen hatte.

Der Fototermin fand in einem Atelier in der vierten Etage des Ames-Gebäudes statt. In einem Wald aus mehreren Scheinwerfern stand ein viereckiger Tisch mit einer rotweiß karierten Decke. Auf ein Poster dahinter war ein Fenster mit freundlichen Vorhängen gemalt, durch dessen Scheibe man mehrere Rotkehlchen vor einem sommerlich blauen Himmel fliegen sah.

Avel und ein Grüppchen von Abteilungsleitern standen etwas abseits, während eine junge Frau Thors Gesicht nachschminkte.

»Er ist der perfekte Mighty-Bites-Mann«, sagte der Leiter der Werbeabteilung. »Wenn er nur ein bißchen lockerer wäre.«

»Der Kerl ist so steif wie eine Leiche«, sagte der Leiter der Produktentwicklungsabteilung.

»Ja«, pflichtete der Leiter der Marketingabteilung ihnen bei, »er sieht gequält aus.«

Der Fotograf stellte sich wieder hinter seine Kamera und sagte: »Versuchen wir's noch mal«, worauf die Visagistin Thor erneut mit der Puderquaste über die Nase fuhr und dann aus dem Bild ging.

Thor grub seinen Löffel in eine Schale mit trockenen Mighty Bites (die Milch würde hinterher aufgemalt werden, hatte er erfahren) und lächelte strahlend.

»Versuchen Sie, nicht so verkrampft auszusehen«, sagte der Fotograf.

»Verkrampft?« flüsterte der Leiter der Werbeabteilung. »Er schaut aus, als hätte er Verstopfung.«

»Als hätte er seit Jahren keinen Pups mehr gelassen«, meinte der Mann von der Produktentwicklung.

»Entschuldigen Sie mich«, sagte Avel. Er ging zum Fotografen. »Kann ich mal kurz mit ihm sprechen?«

»Bitte«, antwortete der Fotograf. Er wandte sich der Visagistin zu. »Fünf Minuten Pause, Betty.«

Die Hände in den Hosentaschen, stieg Avel über diverse Kabel hinweg und trat an den Tisch.

»Ich bin sauschlecht, was?« fragte Thor.

Avel zuckte die Achseln.

Thor wischte sich den Schweiß von der Oberlippe. »Mensch, Avel, es ist so heiß hier drinnen, und ich komm mir so blöd vor, wenn ich dauernd gesagt kriege, ich soll ein Mighty-Bites-Lächeln zeigen. Was zum Teufel ist ein Mighty-Bites-Lächeln denn überhaupt?«

Avel lächelte; es war kein Mighty-Bites-Lächeln, aber es war aufrichtig. Er verstand Thors Mißbehagen nicht recht; Avel lächelte mit Freuden, ob er darum gebeten wurde oder nicht. Er zog die Beine seiner Nadelstreifenhose ein paar Zentimeter in die Höhe und kniete sich nieder.

»Thor, ich glaube, es wäre besser, wenn du aus der Situation rausgehst.«

»Ich hab ja gleich gewußt, daß es nicht klappt«, sagte Thor und stand auf. »Tut mir leid, Avel.«

Avel wedelte abwehrend mit den Händen. »Setz dich wieder, Thor. Ich meine nicht, daß du körperlich rausgehen sollst; ich meine, du sollst dich einfach geistig entfernen.«

»Sag das noch mal.«

»Denk an Tahiti oder die Karibik – an irgendeine paradiesische Gegend. Stell dir vor, du wärst dort, und wenn du in die Kamera schaust, siehst du eine bildschöne Frau. Gebrauch deine Phantasie, Thor.«

Der Fotograf und die Visagistin kehrten mit Kaffeetassen in den Händen zurück. Avel schlug Thor auf die Schulter. »Geh aus dir raus.«

Avel kehrte zu dem Grüppchen besorgter Abteilungsleiter zurück. Er schob die Unterlippe vor und nickte.

Nachdem man ihm Stirn und Nase erneut gepudert hatte und der Fotograf wieder hinter die Kamera getreten war, versuchte Thor, sich irgendeine idyllische Gegend vorzustellen, aber die Hälfte des Films war verschossen, ehe er auch nur aus Minneapolis herausgekommen war. Erst ein tiefer Seufzer des Fotografen verlieh seiner Phantasie Flügel. Er hörte das Säuseln einer Meeresbrise anstelle der Ungeduld des Mannes, die heißen Scheinwerfer wurden zur Sonne, und er war am Lido von Venedig – er erinnerte sich lebhaft an die Erzählungen seines Vaters von Italiens schönen Frauen. Er blickte in die Kamera und sah in das Gesicht einer Frau mit olivgebräunter Haut und einem Mund von der Farbe tiefroten Weins. Er lächelte.

»Gut«, sagte der Fotograf und knipste.

Weitere Aufnahmen wurden geschossen, während der Fotograf immer wieder »gut« und »prima« rief und die Abteilungsleiter einmütig nickend und mit freudig glänzenden Augen näher rückten.

Thor hielt einen Löffel voll Mighty Bites hoch. Sein Lächeln war innig und enthielt die ganze Verheißung eines jungen und vitalen Amerikaners. Er blickte in die Kamera, nur sah er jetzt nicht mehr die olivenhäutige Italienerin; er sah Patty Jane, wie sie wenige Tage nach ihrer Hochzeit ausgesehen hatte. Er sah, wie sie aus der Badewanne stieg. Ihr Körper war glatt und geschmeidig, auf ihren Brüsten und ihren Schenkeln glänzten Wassertröpfchen. Er sah, wie sie mit einer Hand ihr kurzes nasses Haar zurückstrich. Er sah, wie ein Lächeln über ihr Gesicht flog und sie winkend den Finger krümmte, um ihm zu sagen: »Komm her zu mir.« Er sah, wie er zu ihr ging.

»Phantastisch! Das ist es!« rief der Fotograf. »Das ist das Mighty-Bites-Lächeln.«

6

DER Teller klirrte, als die Kellnerin ihn vor Patty Jane auf den Tisch knallte. Viel behutsamer servierte sie Thor sein Steak. »Halb durch, leicht zu kauen und noch leichter zu verdauen«, flötete sie und neigte sich so dicht über ihn, daß ihr Busen seine Schulter berührte. Thor wurde rot, und Patty Jane lachte. Das Interesse anderer Frauen an Thor war ihr nur Bestätigung ihres eigenen guten Geschmacks, und je kühner die Annäherungsversuche, desto erheiternder fand sie sie.

»Alles Gute zum Geburtstag, Schatz«, sagte sie, nachdem die Kellnerin widerstrebend gegangen war, um sich ihren anderen Gästen zu widmen. Sie stieß mit Thor an, der seinerseits einen Toast ausbrachte.

»Auf meine Frau, die schönste Frau auf dieser Erde.«

Nun errötete auch Patty Jane, aber mehr aus Überraschung als aus Bescheidenheit; Komplimente von ihm war sie seit langem nicht mehr gewöhnt.

Doch es stimmte: Patty Jane war wunderschön, im achten Monat ihrer Schwangerschaft. Sie trug ein rostrotes Umstandskleid, das die Lichttöne im hellen Braun ihrer Augen ebenso zur Geltung brachte wie den glühenden Pfirsichschimmer ihrer Haut.

Die Grenzen aufmerksamer Bedienung weit überschreitend, kam die Kellnerin bei jeder Gelegenheit an ihren Tisch, bis sie schließlich fragte, ob sie einen Nachtisch wünschten.

»Nein«, antwortete Thor, »den nehmen wir zu Hause.«

Und das taten sie. Zum erstenmal seit Wochen schliefen sie wieder miteinander. Thor rieb Patty Janes dick aufgeschwollenen Bauch und befeuchtete ihn mit Küssen, und als er im dämmrigen Mondlicht zu ihr aufblickte, um zu fragen, »Patty Jane, was haben wir da wohl zustande gebracht?«, da schrie sie auf vor Freude und Erleichterung. In Worten ausgedrückt hätte der Schrei gelautet: »Hurra! Er liebt uns!«

Später schrieb Patty Jane Thors Zärtlichkeit einem Manhattan und mehreren Gläsern Wein und/oder seiner Geburtstagsstimmung zu. Wie auch immer, ähnliche Anwandlungen kamen nicht wieder vor. Je näher der Geburtstermin rückte, desto weiter zog sich Thor von Patty Jane zurück.

Sie flehte ihn an, ihr zu sagen, was los sei, doch wie hätte er ihr sagen können, daß die bevorstehende Vaterschaft ihn mit Angst und Schrecken erfüllte? Wenn er, selten genug, den Schutzschild einmal senkte, gab er sich Tagträumen von seinem Sohn oder seiner Tochter hin (er machte sogar eine Liste mit möglichen Namen), doch Bilder von sich, wie er das Kleine wiegte oder fütterte, wurden sofort von Schatten der Panik verdunkelt. Der Tod seines Vaters hatte ihn früh gelehrt, daß in der Liebe immer auch die Möglichkeit tiefen Schmerzes verborgen lag. Aber er konnte seiner Frau seine Angst nicht zeigen – was hätte sie dann von ihm gedacht? –, und darum begrub er sie genau wie andere unerwünschte Gefühle.

Patty Jane wußte nur, daß sie im Begriff war, ihren Mann zu verlieren. Sie wußte nicht, daß er, je weiter er sich von ihr entfernte, um so mehr die Berührung der Frauen suchte, die in Bill Blaines Sportgeschäft kamen, sie in Gespräche zog, bei denen der Blickkontakt alle Worte überflüssig machte. Er blieb stehen, wenn Frauen in den Unterrichtspausen nach ihm riefen, und war gern bereit, mit ihnen auf eine Tasse Kaffee nach Dinkeytown hinüberzugehen, das Geschäftsviertel in der Nähe des Campus. Er stürzte sich ins Flirten, als wäre es ein klarer blauer See, und er schwamm sich bald frei. Es lenkte ihn von den Beschwernissen der wahren Liebe ab, und für den Moment reichte das.

Zum Trost für seinen emotionalen und sexuellen Rückzug gönnte Thor Patty Jane Gespräche, aber seine Worte waren ohne großen Belang: Anekdoten über seine Dozenten, Geschichtchen über Vorfälle im Sportgeschäft, sein Plan, Avel die Grundzüge der Automechanik beizubringen. »Kannst du dir das vorstellen, Patty Jane«, sagte er, »der Mann hat bei seinem Auto noch nie selbst das Öl nachgefüllt.«

»Wozu auch?« fragte Patty Jane. »Er kann sich Leute nehmen, die so was für ihn erledigen.«

Sie stützte sich auf den Griff ihres Einkaufswagens, während das Kind in ihrem Bauch eine Rumba tanzte. Sie waren auf dem Markt beim Einkaufen und folgten matschigen Fußabdrücken durch die Gänge.

»Das kann ich dir sagen«, versetzte Thor und legte ein Bündel Bananen in den Wagen. »Weil man als Mann gewisse Dinge wissen muß.«

»Hm«, machte Patty Jane und legte die Bananen wieder zurück.

»Und hast du gewußt, daß er ein Boot hat – eine Jacht, würde man vermutlich sagen –, das irgendwo an der Ostküste liegt? Er hat gesagt, wir müssen diesen Sommer alle zusammen eine Kreuzfahrt machen.«

»Tatsächlich«, sagte Patty Jane. »Ein Pfund Leber, bitte.«

Der Metzger hinter der Theke sah sie mit dem väterlichen Lächeln an, mit dem die meisten Männer sie dieser Tage bedachten, und stocherte mit der Zange in dem glitschigen Haufen rotbraunen Fleisches herum. Thor wandte sich ab.

»Wie kannst du dieses Zeug nur essen?«

Patty Jane nahm das Päckchen, das der Metzger ihr reichte. »Es ist gut für das Kind«, sagte sie, und als sie sah, wie Thor die Augen verdrehte, fügte sie hinzu: »*Unser* Kind, falls du dich erinnern solltest.« Sie umklammerte den Griff des Einkaufswagens so fest, daß ihre Knöchel weiß wurden. »Herrgott noch mal, versuch wenigstens, das verdammte Ding zu akzeptieren.« Augenblicklich sandte sie eine stillschweigende Entschuldigung an ihr Kind: Ich wollte dich nicht verdammtes Ding nennen, ich bin nur so wütend, weißt du.

Thor spürte, wie ihm die Röte ins Gesicht schoß, und wandte sich dem Regal mit den Konserven zu.

»Dreh mir nicht den Rücken zu, du Mistkerl«, sagte Patty Jane und wirbelte den Wagen auf seinen Rädern herum. »Ich hab's endgültig satt, daß du mir dauernd den Rücken zudrehst.«

Thor biß die Zähne zusammen und starrte eine Reihe Maisdosen an. »Mach jetzt keine Szene, Patty Jane«, sagte er leise.

»Mach jetzt keine Szene, Patty Jane«, äffte sie ihn nach. »Was zum Teufel soll ich denn sonst tun, damit du mich endlich mal beachtest.« Sie stieß ihm den Wagen in die Beine, während sie sprach.

»Hör auf, Patty Jane.«

Sie rammte ihn noch einmal mit dem Wagen. Die untere Metalleiste krachte gegen seine Fesseln, und er sprang vorwärts.

»Hör auf, sag ich. Das tut weh.«

»Ach, es tut weh. Entschuldige vielmals, aber wie du mir, so ich dir.« Sie schob den Wagen noch einmal an, in der Hoffnung, Thor in eine Pyramide Fleischkonserven am Ende des Ganges zu katapultieren, doch er packte den Wagen und riß ihn herum, so daß er ein kleines Stück auf zwei Rädern rollte, ehe er gegen einen anderen Wagen mit Konserven, die mit »Halber Preis« markiert waren, krachte.

Einen Moment lang starrten sie einander schweigend an.

Dann griff Thor in seine Manteltasche. Er nahm sein ganzes Geld aus seiner Brieftasche und reichte es Patty Jane zusammen mit den Schlüsseln zum Dodge.

»Hier hast du das Geld. Laß dir die Tüten von einem dieser Ladenjungen rausbringen.« Er trat einen Schritt zurück und hielt Patty Jane seinen Finger nur wenige Millimeter vor das Gesicht. »Und jetzt – laß mich gefälligst in Ruhe.« Patty Jane sah ihm nach, als er zwischen den Regalen davonging, und dachte, daß all die grausamen Dinge, die ihre Eltern je zu ihr gesagt hatten, nichts waren, gar nichts, im Vergleich zu den Worten, die ihr Mann eben zu ihr gesagt hatte.

Mit einem Gefühl, als wäre er der Schule verwiesen worden – voll Angst und freudiger Erregung zugleich –, trat Thor aus dem Supermarkt. Ein Windstoß erfaßte den Schnee und er wirbelte ihm um die Füße. An der Ecke blieb er stehen und klappte seinen Kragen hoch. Die guten Manieren, die Ione ihm eingebleut hatte, mahnten ihn, in den Laden zurückzulaufen und sich bei Patty Jane zu entschuldigen, doch das Triumphgefühl dämpfte den Impuls. Als die Ampel auf Grün schaltete, sprintete er über die Straße, als hätte ihm jemand einen Startschuß gegeben.

An diesem Abend besuchte er seine Englischdozentin (die ihn gebeten hatte, sich jederzeit bei ihr Rat zu holen) und Mary Parker, die Einpeitscherin im Gopher-Football-Team.

Die Dozentin flüsterte: »Versprich mir, daß du heute abend Blake liest«, als er sie bebend unter der Chenilledecke zurückließ. Und Mary Parker hatte das Gopher-Kampflied gesungen, während er sich ankleidete. »Du hast das Finale erreicht«, rief sie ihm nach, als er die Treppe vor ihrem Haus hinuntersprang. »Du kriegst das goldene Sportabzeichen in Sachen Liebe.«

Als er später durch die stillen Straßen ging, schlich die Scham sich an; zuerst wie ein scheues Tier, das er in Erinnerung an die Grübchen zu beiden Seiten von Mary Parkers Steißbein abschütteln konnte. Doch je länger er ging, desto hartnäckiger hängte sich die Scham an ihn, wie ein treuer Hund. Am östlichen Horizont über dem Mississippi dehnte sich das rosa Band der Morgenröte, und als er an den Uferfelsen, von denen sich schwarze Baumäste wie arthritische Finger erhoben, die River Road hinunterging, konnte er das Bild Patty Janes, die in die Steppdecke gewikkelt am Küchentisch saß und auf ihn wartete, nicht mehr loswerden.

Er hatte Sodbrennen, und sein Kopf dröhnte. Er hatte bei der Englischdozentin eine halbe Flasche süßen Wein getrunken und bei der Einpeitscherin Bier.

Vielleicht war Patty Jane mittlerweile doch eingeschlafen, vielleicht hatte sie die Lernabschnitte in seinen Lehrbüchern durchgelesen (»Ich möchte doch wissen, was du lernst«), vielleicht hatte sie schließlich gedacht, jetzt ist Schluß, ich kann nicht länger wach bleiben. Sie schlief meistens mit offenem Mund, und manchmal zuckte sie und wimmerte wie ein schlummerndes Hündchen.

Eine so tiefe Zärtlichkeit erfaßte Thors Herz, daß er meinte, er könnte vielleicht weinen. Er hoffte, es würden Tränen fließen, viele Tränen, die ihn irgendwie freisprächen.

»Ich bin ein Schuft«, sagte er. Doch so sehr er sich zu erniedrigen versuchte, so konnte er doch nicht umhin, seine schillernden Selbstbeschuldigungen zu bewundern.

Da versteckten sich Scham und schlechtes Gewissen hinter einem Baum, und seine Gedanken richteten sich auf ein anderes Bild von Mary Parker, die mit dem gleichen Feuer, mit dem sie sich an der Seitenlinie des Gopher-Stadions einsetzte, auf dem Bett gestanden hatte, splitterfasernackt, und ihren Anfeuerungstanz aufgeführt hatte. Ihr dünner, strammer Körper hatte mit dem Patty Janes, der von der Schwangerschaft voll und reif war, nichts gemein. Mein Kind, dachte er, von einem inneren Drängen gepackt. Ich werde mir mehr Mühe geben, nahm er sich vor; ich werde Patty Jane in die Arme schließen, und wenn sie mir nicht mehr böse ist, gehe ich mit ihr frühstücken, und dann kaufen wir vielleicht so ein Ding, eine Wickelkommode. Für unser Kind.

Thor begann zu laufen. Es tat ihm gut, die kalte Luft in seiner Lunge und an seinem bloßen Kopf zu spüren. Der Himmel wurde langsam hell, und Thor meinte, stundenlang laufen zu können. In der Häuserreihe mit Blick zum Fluß sah er jemanden den Hügel vor einem großen Haus hinunterschlittern. Sie winkten einander zu, zwei Verschwörer im Morgengrauen. Der Schneewall zwischen den Bäumen, die die breite Straße säumten, war hoch. Er sprang über ihn hinweg auf die Straße und sprang noch einmal zurück, weil es so ein Spaß war. Er dachte an die Bilder einer Wochenschau, die er einmal gesehen hatte: Jesse Owens auf der Berliner Olympiade beim Hürdenlauf; wie seine Beine in dem Moment ausgesehen hatten, als er die Hürde übersprang; der scharfe, schöne Winkel von Knochen, Haut und Muskeln.

Tempo zulegend, übersprang Thor mit fliegendem schwarzen Mantel, die Arme an den Ellbogen abgeknickt, noch einmal den Schneewall. Höher trugen ihn seine Beine, trieben ihn schneller heimwärts.

Ein Gedanke erfüllte ihn: Ich bin ein Reh. Es war sein vorletzter Gedanke, als er mit den Füßen auf dem eisigen Kamm des Schneewalls ins Rutschen geriet und vorwärts geschleudert wurde. Er war der Geschwindigkeit und der Wucht seines Sturzes hilflos ausgeliefert, und unmittelbar bevor er mit dem Kopf gegen den breiten Stamm einer Eiche schlug, war noch Zeit für einen letzten Gedanken: Patty Jane.

Als das Telefon läutete, spielte Harriet gerade ein Stück von Mendelssohn auf ihrer neuen Lyon-Healy-Harfe. Es war ein herrliches Instrument, vergoldet, der Resonanzboden mit einer Girlande von Blumen bemalt. Avel hatte sie, eine Woche nachdem sie ihre Musikstunden aufgenommen hatte, in ihre Wohnung gebracht. Harriets Tagesarbeit bestand jetzt darin, auf ihrer Harfe und ihrer Trompete zu üben, und sie machte mit Freuden Überstunden.

Avel, der in zwei Tagen zu einer Handelskonferenz nach Antwerpen in Belgien abreisen sollte, lag auf dem antiken Sofa, das er Harriet ebenfalls geschenkt hatte, und vermißte die Geliebte bereits. Ab und zu nickte er ein und träumte, er wäre im Himmel und der Oberengel spielte ihm eine Serenade.

Harriet trug einen dunkelblauen Morgenrock aus chinesischer Seide. Avel hatte den Stoffballen im Hinterzimmer seines Schneiders gesehen und sofort einen Morgenrock für Harriet bestellt, die, als sie ihn ihm vorführte, scheu sagte: »Dagegen kommt Flanell natürlich nicht an.«

Avel zuckte zusammen, als das Telefon läutete. Mendelssohn endete abrupt, als wären die Harfensaiten durchschnitten worden. Harriet stand auf. Sie und Avel sahen einander an. Manchmal verlor sie das Maß und machte bis zum Morgen Musik, aber wer sonst war noch um halb fünf Uhr morgens auf und rief andere Leute an?

Der seidene Morgenrock folgte fließend Harriets Bewegungen, als sie zum Telefon ging.

»Hallo?« sagte sie leise, den Hörer mit beiden Händen haltend.

»Harriet!« Es war Patty Jane. »Harriet, bitte komm rüber.«

»Oh, Patty Jane, kommt das Baby?«

»Nein«, antwortete Patty Jane. »Komm einfach.«

Harriet legte auf, zündete sich mit einer Hand eine Zigarette an und löste mit der anderen die Schärpe um den Morgenrock.

»Laß das Auto an, Avel«, sagte sie, durch den Rauch blinzelnd, der von ihrer Zigarette aufstieg. »Das war meine Schwester.«

Die Gerüche aus Vogstads Bäckerei, wo mit Volldampf gearbeitet wurde, begleiteten sie zu Patty Janes Wohnung hinauf.

»Er hat mich verlassen, ich weiß es«, sagte Patty Jane. Sie drückte die Handballen in ihre Augen und grub die gespreizten Finger in ihr Haar.

»Aber Patty Jane«, sagte Avel, »warum sollte Thor dich verlassen? Er liebt dich.«

Mit der Unterlippe fing Patty Jane ein Bächlein auf, das aus ihrer Nase herabrann.

»Nein, er liebt mich nicht«, widersprach sie. »Er liebt mich schon seit Monaten nicht mehr.«

Sollten sie die Polizei anrufen? Die Krankenhäuser?

»Versucht's ruhig«, sagte Patty Jane, »es hat bestimmt niemand von ihm gehört.«

Sie hatte recht. Weder war im Krankenhaus ein blonder, gutaussehender, vierundzwanzigjähriger Mann eingeliefert worden, noch hatte die Polizei einen Mann dieser Beschreibung festgenommen. Um sieben Uhr willigte Patty Jane ein, sich hinzulegen – »um des Kindes willen« –, und Harriet brachte Avel Binokel bei, während sie beide mit gespitzten Ohren nach den Schritten lauschten, die sie auf der Treppe zu hören hofften.

Als Thor vierundzwanzig Stunden später immer noch nicht wieder da war, begleitete Ione die drei zum Polizeirevier in der Stadt, um eine Vermißtenanzeige aufzugeben.

Ione saß hinten in Avels neuem roten Kaiser Dragon. Die schnittige Eleganz des Wagens und die weiß-rote Polsterung paßten nicht zu der gedrückten Stimmung der Insassen.

»Du brauchst nicht mitzukommen«, sagte Harriet zu Ione, worauf diese entgegnete: »Ich muß.«

Auf der Fahrt wurde nichts gesprochen. Ione musterte Patty Jane verstohlen, doch das Gesicht ihrer Schwiegertochter war durch die Pelzumrandung ihrer Kapuze verborgen. Gott hilf ihr, betete Ione, und hilf meinem Sohn, wo immer er jetzt auch ist. Und bitte lieber Gott flehte sie lautlos, laß ihn nicht dort sein, wo mein Olaf ist.

Sergeant Daniel Finn, mit kantigem Stiftenkopf, tippte die Anzeige flink mit zwei Fingern und sagte zu Patty Jane, sie solle sich keine Sorgen machen.

»Sie würden sich wundern, wie viele werdende Väter einfach ein paar Tage verschwinden.« Er zog mit dicker roter Hand das Formular aus der Maschine, und die Walze quietschte. »Ich wette Dollar gegen Donuts, daß er spätestens morgen wieder da ist.« Er zog die buschigen roten Augenbrauen hoch, als er Patty Jane ansah. »Der Kerl wäre ja ein Idiot, eine Frau wie Sie sitzenzulassen.«

Später am Nachmittag, als Patty Jane endlich eingeschlafen war, verließen Avel und Harriet die Wohnung und fuhren zum Foshay Tower, wo Milt Zims, ein Privatdetektiv, sein Büro hatte.

»Mit so einem Kopf unterzutauchen dürfte schwer sein«, sagte Mr. Zims, während er durch dicke Brillengläser einen Schnappschuß von Thor betrachtete. »Und wie groß, sagen Sie, ist er?«

»Eins vierundachtzig«, antwortete Avel und setzte sich

aufrechter auf dem wackligen Stuhl, der neben einer dahinsiechenden Palme stand.

»Tja, es gibt schon Glückspilze«, stellte Milt Zims fest, während er einen Klumpen Kautabak in die Rinne zwischen Zahnfleisch und Unterlippe schob.

Mit tabakgelben Fingern schrieb er sich die Angaben auf, die Harriet und Avel machten: Thors Stundenplan an der Uni, die Adresse von Bill Blaines Sportgeschäft. »Keine engen Freunde, hm?« fragte er, den Kugelschreiber krakelig über das Papier ziehend. Avel und Harriet zuckten die Achseln.

»Haben die Gutaussehenden nie, wie?« meinte Milt Zims.

Avel bezahlte ihm die Spesen für eine Woche im voraus und sagte, er könne seine Kommentare für sich behalten.

Vom Detektivbüro aus fuhr Harriet Avel zum Flughafen.

»Vergiß es«, sagte Avel, als Harriet den Wagen abstellte und die Zündschlüssel abzog. »Ich fliege nicht.«

»Avel.« Sie neigte sich zu ihm und küßte ihn mit ihren schmalen, geschwungenen Lippen. »Das haben wir doch jetzt schon x-mal durchgekaut.«

Avels Augen wurden feucht. »Ich will aber bei dir sein. Ich möchte dir helfen.«

Harriet stopfte seinen Schal unter seinen Mantel.

»Avel, Patty Jane und ich haben früher immer so ein Spiel gespielt. Immer wenn's zu Hause besonders schlimm war, wenn Mama und Dad wieder einmal beide betrunken waren und herumbrüllten und mit Sachen warfen, haben wir uns in den Wandschrank gesetzt und vor uns hin gesagt: ›Es wird alles wieder gut‹. Und es hat zwar manchmal eine Weile gedauert, aber es ist wirklich alles wieder gut geworden.«

»Ich will aber nicht nach Antwerpen. Es ist feige, wenn ich jetzt abhaue.«

Harriet lächelte. »Du bist Geschäftsmann. Außerdem hat der Polizist sicher recht, morgen ist Thor wahrscheinlich wieder da.«

Avel drückte ihre Hände auf seine Brust. »Liebst du mich noch?«

Harriet küßte ihn. »Auf immer und ewig.«

Avel erwiderte ihren Kuß. »Dito. Doppelt und dreifach dito.«

Zwei Tage später, an einem kalten Märzmorgen, brachte Patty Jane ein kleines Mädchen zur Welt, das bei der Geburt dreieinhalb Kilo wog. Sie hatte Schmerzmittel und örtliche Betäubung abgelehnt; sie weigerte sich, der tyrannischen Schwester zu gehorchen, die sagte, sie solle um Himmels willen nicht so ein Getöse veranstalten, sie wolle wohl die ganze Station rebellisch machen?

»Spar dir deine Vorträge, du Arschloch«, brüllte Patty Jane. »Ich mach das ganze Krankenhaus rebellisch, wenn ich Lust dazu hab.«

Ein werdender Vater, der im Wartezimmer das *Reader's Digest* las, blickte lächelnd von seiner Lektüre auf. Harriet, die neben Ione auf der schmutzfarbenen Couch saß, sah, wie deren Ohren rot wurden. Sie drückte ihr die Hand.

»Sie wird dir ein Vermögen schulden, bevor das vorbei ist, Ione.«

Die Wehen hatten bei Patty Jane eine Fluch- und Schimpftirade ausgelöst, die selbst Harriet überraschte. Sie war überhaupt nicht vorbereitet auf das Kichern, das plötzlich zwischen Iones zusammengepreßten Lippen hervorquoll. Sie konnte nicht anders, sie mußte ebenfalls lachen; sie hatte seit Tagen nicht mehr gelacht. Der Mann klappte sein

Reader's Digest zu und lachte mit ihnen. Er saß nicht das erstemal im Wartezimmer der Entbindungsstation, aber solch ein wütendes Donnerwetter hatte er noch nie gehört.

»Die hätten sie mal besser narkotisiert«, bemerkte er freundlich, während er seine Pfeife mit Cherry Blend stopfte.

Das Gelächter der Frauen brach ab. Ione straffte ihre Schultern, sah ihn mit kaltem Zornesblick an und sagte: »Kümmern Sie sich gefälligst um Ihre eigenen Angelegenheiten.« Das überraschte Harriet noch mehr als Patty Janes unflätiges Gebrüll. Sie legte Ione den Arm um die Schultern. »Komm«, sagte sie, »gehen wir auf eine Tasse Kaffee.«

Dr. Danielson, ein junger Assistenzarzt, haßte den Dienst auf der Entbindungsstation. Er fand Wehen und Geburten absolut unerquicklich. Er wollte sich später einmal auf Fußkrankheiten spezialisieren; Füße waren sauber und anspruchslos, und die Patienten waren einem von Herzen dankbar, wenn man ihnen ein Hühnerauge oder ein schmerzendes Überbein entfernt hatte.

Wenn diese Verrückte im Kreißsaal keine Medikamente wollte, warum war sie dann nicht einfach zu Hause geblieben und brachte ihr Kind dort zur Welt? Oder besser noch, warum hockte sie sich nicht einfach in den Wald? Er hatte ganz sanft versucht, ihr zu erklären, daß ein bißchen Äther, eine kleine Dosis Demerol ihr gut tun würden, als sie darauf geschrien hatte: »Wenn Sie es wagen, mich mit der Nadel anzurühren, zeige ich Sie an«, hätte er ihr beinahe eine runtergehauen. Doch er machte nur auf dem Absatz kehrt und sagte zu einer der Stationsschwestern, sie solle ihn erst holen, wenn der Muttermund der Patientin zehn Zentimeter geöffnet sei, und ja keinen Zentimeter früher.

Patty Jane hatte Schmerzen erwartet, aber nicht diesen Tornado von Schmerzen, der ihr Innerstes nach außen zu kehren drohte.

Als die Schmerzwelle nachließ, hob Patty Jane ihren Kopf von dem feuchten Kissen und setzte sich auf. Ihr Haar war naß und klebte ihr an der Kopfhaut. Sie hatte die Entscheidung, sich keine Betäubung geben zu lassen, erst getroffen, als die Wehen eingesetzt hatten. Thor war verschwunden; sie wollte nicht, daß bei der Geburt des Kindes auch noch die Mutter abwesend sein würde. Sie drückte ihr Kinn auf ihre Brust und sprach zu dem gewaltigen Berg, der unter ihrem dünnen Krankenhaushemd rumorte.

»Hör auf, mich zu quälen, Kind«, sagte sie. »Das ist das Ressort deines Vaters.«

Der Kopf des Kindes war bereits zu sehen, als sie Patty Jane in den Entbindungsraum schoben.

»Pressen«, sagte Dr. Danielson, während er Gummihandschuhe überzog.

»Was zum Teufel glauben Sie denn, daß ich tu?« knirschte Patty Jane mit zusammengebissenen Zähnen.

»Aber, aber«, sagte der junge Arzt. »Wir wollen doch lieber nichts sagen, was uns später leid tun könnte.«

Patty Jane drückte ihren Rücken durch und preßte ihr Gesäß in den harten, mit Papier belegten Tisch. Sie stieß einen Schrei aus, unter dem die Lampe und die Schwester erzitterten. So leicht wie ein Brief durch den Briefkastenschlitz glitt das Kind in Dr. Danielsons Hände. Die Schwester klemmte die Nabelschnur ab, und der Arzt hielt das schreiende Neugeborene hoch.

»Es ist ein Mädchen«, sagte er, »und sie brüllt genau wie Sie.«

Nach drei Tagen ging Patty Jane nach Hause.

»Also wirklich«, sagte die Schwester, von der Patty Jane behauptet hatte, sie sei eine Schande für den Namen Florence Nightingales. »Was wollen Sie damit beweisen? Eine Woche Erholung ist für unsere genesenden Mütter das mindeste.«

»Ich bin nicht krank«, sagte Patty Jane und packte den kleinen grünen Koffer, den Ione ihr geliehen hatte.

»Also wirklich!« sagte die Schwester noch einmal.

Patty Jane fand die Vorschrift, daß die Patienten im Rollstuhl zum Ausgang gebracht werden mußten, lächerlich, aber in diesem Kampf blieb die Schwester Siegerin. Ione und Harriet hielten jede einen Griff des Rollstuhls, und Patty Jane hielt den Säugling. Ein Pfleger, der im Korridor an ihnen vorüberkam, konnte nicht umhin, die grimmige Entschlossenheit der drei Frauen zu bemerken.

So sehr Patty Jane davor graute, sie wußte, daß sie so schnell wie möglich in die Wohnung zurückmußte. Zu ihrem realen Leben gehörte ein Ehemann, der tot oder vermißt war, und sie mußte in dieses Leben zurückkehren, ehe ihr der Mut verloren ging, es anzupacken.

Ein eisiger Wind packte die Röcke der Frauen und riß ihnen die Enden ihrer Schals über die Schultern, als sie aus dem Auto stiegen, das Avel ihnen zur Benutzung dagelassen hatte, und die Treppe hinaufliefen. Patty Jane hielt das Kind, das in Decken eingehüllt war, und flüsterte immer wieder: »Es wird alles gut«, als sie die Treppe hinaufstieg, die so hoch wie der Mount Everest schien.

An einem Nachmittag fünf Tage später hörten Patty Jane und Harriet es an der Tür klopfen und erstarrten einen

Moment in Hoffen und Bangen gefangen: War das Thor? War es jemand, der Nachricht von Thor brachte?

Harriet stand im selben Moment auf, als Avel die Tür aufstieß. Patty Janes düstere Stimmung hellte sich ein wenig auf. Sie konnte sogar leise lachen, als Harriet ihren Avel in einer stürmischen Umarmung aus den Angeln hob. Aber die Finsternis geizte mit lichten Momenten; tiefe Traurigkeit senkte sich wieder über Patty Jane, als sie dachte: So hätte ich Thor niemals hochheben können.

Als Harriet ihn endlich herunterließ, glättete Avel mit Würde seinen Mantel. »Ich habe schon geahnt, daß du das tun würdest. Darum habe ich die Geschenke alle vor der Tür stehen gelassen.«

Harriet lächelte zwar, doch das Schweigen, mit dem seine Worte aufgenommen wurden, sagte Avel alles.

»Na ja, ihr könnt sie euch ja später ansehen.« Er wandte sich zur Garderobe, um Hut und Mantel abzulegen, und suchte krampfhaft nach einem hilfreichen Wort.

»Patty Jane«, sagte er, und sie stand auf und ging ihm entgegen. Sie hatte Thors alten Frotteebademantel an, aber er sah sofort, daß der runde Bauch nicht mehr da war.

»Ein Mädchen«, sagte Patty Jane nickend. Sie und Avel umarmten einander, und bald war der Kragen des Bademantels feucht von Avels Tränen.

Patty Jane führte ihn durch den kurzen Flur ins Schlafzimmer. Er blickte zurück und sagte leise zu Harriet: »Thor?« Sie antwortete mit einem Kopfschütteln.

»Sie heißt Nora«, sagte Patty Jane. »Nach Ibsens Nora.« Wenn Elmo und Anna nüchtern genug gewesen waren, um zu lesen, hatte ihre besondere Loyalität den Norwegern gegolten.

»Sie ist ja entzückend«, sagte Avel, als Patty Jane einen Zipfel der mit Satin eingefaßten Decke hob. »Sie ist noch kleiner als ich.«

»Aber es fehlt nicht viel«, meinte Patty Jane und hätte Avel am liebsten einen Kuß dafür gegeben, daß er sie wieder zum Lächeln gebracht hatte. Statt dessen nahm sie seine Hand und streichelte sie. »Es geht mir gut, Avel«, sagte sie. »Ich weiß zwar nicht, was zum Teufel eigentlich los ist, aber es geht mir gut.«

Mit den Fingern strich sie Nora über die kleine Wange. Der Mund des Säuglings zuckte, als wollte er saugen.

Harriet kam ins Schlafzimmer. »Der Kaffee ist fertig.«

»Ich habe was Besseres«, sagte Avel, als sie in die Küche zurückgingen. »Her mit den Gläsern, und dann überlegen wir, was zu tun ist.«

Avel brachte eine Flasche zum Vorschein, die ein französischer Geschäftsfreund ihm geschenkt hatte, und Patty Jane sagte: »Das letztemal habe ich in meinen Flitterwochen Champagner getrunken.« Sie fiel plötzlich auf die Knie und umklammerte mit beiden Händen die Querleisten des hölzernen Küchenstuhls. Ihre Stimme stieg zu hohem klagendem Wimmern auf. Avel und Harriet knieten neben ihr nieder, hielten sie fest und rieben ihr den zuckenden Rücken, der wie von Stromstößen geschüttelt schien.

»Komm nach Hause, Thor«, schrie Patty Jane schluchzend und krallte sich am Stuhl fest, als wäre sie eine Gefangene.

Erst als Nora erwachte und den Schmerz ihrer Mutter mit ihrem Weinen übertönte, beruhigte sich Patty Jane.

Kreisrunde feuchte Flecken hatten sich vorn auf ihrem Bademantel ausgebreitet, und Avel fragte mit großer Ehrfurcht: »Ist das Milch?«

Patty Jane schluchzte noch einmal auf. »Ja«, antwortete sie. »Ich bin die reinste Molkerei.« Sie lief ins Schlafzimmer.

Einen Augenblick später hörte Noras Weinen abrupt auf. Beinahe grob stieß Harriet Avel auf einen Stuhl und pflanzte sich auf seinen Schoß.

»Uff«, sagte er.

»Ach, Avel, ich bin so froh, daß du wieder da bist.« Harriet drückte ihm mit den Armen den Hals ab wie ein steifer Kragen. »Es war schrecklich hier.«

»Warte einen Moment, Harriet«, sagte Avel, sich unter ihrer Last windend. »Du mußt mich wenigstens atmen lassen.«

»Entschuldige, ich vergesse immer, wie klein du bist.« Sie sprang auf und setzte sich auf einen anderen Stuhl dicht an seine Seite. Sie öffnete eine neue Packung Zigaretten und zündete sich eine an. Mit einem Schlenker ihres Handgelenks löschte sie das Streichholz.

»Ich habe mir furchtbare Sorgen um sie gemacht«, sagte sie, den Rauch tief einziehend. »Heute habe ich sie das erstemal wieder lächeln sehen. Fast eine ganze Woche lang, ich schwör's: kein Lächeln, kein Lachen.«

»Auch nicht mit dem Kind?«

»Das ist was anderes. Natürlich lächelt eine Mutter ihr neugeborenes Kind an. Ich rede von dem ganz normalen alltäglichen Lächeln.«

Harriet trug ihr Haar zu einem langen Zopf geflochten, der ihren Rücken hinunterhing, und während sie sprach, zog Avel das Band herunter und schob seine Finger durch die dicken Flechten, um sie zu lösen.

»Das tut so gut wie schon lange nichts mehr«, sagte Harriet. Sie saß ganz still, die Augen geschlossen, und genoß die

Berührung von Avels kleinen, kräftigen Fingern an ihrer Kopfhaut. Avel neigte sich zu ihr, hielt ihren Kopf und küßte sie auf den Hals. Sie drückte ihre Zigarette aus. Sie umarmten einander lange und innig, und als sie sich voneinander lösten, kippte Harriet ihren Stuhl nach hinten und zog am Glasknopf einer Küchenschublade.

»Milt Zims hat das gestern vorbeigebracht«, sagte sie und gab Avel einen braunen Umschlag.

Avel las einen Brief, der den Briefkopf der Universität von Minnesota trug:

An alle, die es angeht, d. h. Thor Rolvaags Ehefrau

Mir ist bekannt, daß über Thor Rolvaags Verschwinden Ermittlungen angestellt werden. Er hat die Nacht vor seinem Verschwinden in meiner Wohnung verbracht. Ich glaube nicht, daß das an sich etwas zu bedeuten hat, aber ich fühle mich verpflichtet, es Ihnen mitzuteilen, da es vielleicht wichtiger Bestandteil eines größeren Gesamtbilds ist. Aus beruflichen Gründen kann ich meinen Namen nicht bekanntgeben, aber ich möchte nicht versäumen, Ihnen zu sagen, daß ich Thor sowohl im Unterricht als auch außerhalb bemerkenswert fand.

»Thor hatte also eine andere«, flüsterte Avel.

»Mistkerl«, sagte Harriet und zündete sich eine neue Zigarette an.

»Mir hat er kein Wort davon gesagt, Harriet.« Avel hob sein schmales Kinn und hielt es zwischen Daumen und Zeigefinger. »Auf unsere Art waren wir Freunde. Ich hätte gedacht, er würde mir gegenüber etwas durchblicken lassen.«

»Er hat nie etwas durchblicken lassen«, sagte Harriet bitter. »Keinem gegenüber.«

7

IM März wechselten Tauwetter und Frost. Während das Wetter Kapriolen schlug, hielt sich die Stimmung in Patty Janes Wohnung auf einem beständigen Tiefpunkt. Harriet zog in Patty Janes Wohnzimmer; sie schlief auf dem Klubsofa. Jeden Morgen faltete sie Decken und Laken und verstaute sie im Wäscheschrank. Avels Chauffeur, Clayton, brachte die Harfe und schleppte sie fluchend die schmale Hintertreppe hinauf. Harriet stellte einen Konzertplan auf; sie spielte nachmittags um zwei und dann wieder abends um halb acht im Beisein von Patty Jane, die mit dem Kind im Arm in dem voluminösen Plüschsessel saß, den Avel gekauft hatte. Zur Musik von Händel oder Debussy stillte Patty Jane die kleine Nora, und danach pflegten Mutter und Kind einzuschlummern. Eine tiefe Zärtlichkeit überkam Harriet, wenn sie ihre Schwester und ihre Nichte so im Schlaf sah, still, mit leicht geöffneten Mündern, und ihr Herz krampfte sich zusammen, wenn sie daran dachte, daß Thor soviel Schönheit einfach verlassen hatte.

Die Welt ihrer Schwester schien sich um eine wacklige Achse zu drehen; gerade hatte es so ausgesehen, als wäre das Schicksal auf Patty Janes Seite, da hatte es sie mit einem Schlag fast ohne Vorwarnung und ganz ohne Gnade niedergestreckt. Gott im Himmel sei Dank, dachte Harriet, daß Avel und Ione hier sind, um zu helfen. Obwohl Avel berichtete, daß seine Schwestern ihn ständig bedrängten, an Aufsichtsratssitzungen und Konferenzen teilzunehmen, bei denen sein Erscheinen »absolut unerläßlich« sei, schaffte er es, jeden Tag getreulich durch die Straßen von Minneapolis und St. Paul zu fahren, um nach einem Zeichen, einer Spur, einem einzigen blonden Haar Thor Rolvaags Ausschau zu halten.

Ione tat stark und beständig das Ihrige. Jeden Tag erwachte sie, bevor es dämmerte, und ging in der morgendlichen Dunkelheit zur Kirche, um still in dem leeren Gotteshaus zu sitzen und für ihren Sohn zu beten. Manchmal wünschte sie, die lutherische Kirche hätte sich nicht von der katholischen getrennt; jetzt hätte sie den Trost prächtiger Rituale, die Möglichkeit, für ihren Sohn Kerzen anzuzünden und in einem Beichtstuhl eine gütige Stimme zu hören, die sie von der Schuld an Thors Verschwinden freisprach, gebrauchen können. Sie fühlte sich nicht gänzlich verantwortlich, aber vielleicht hatte sie doch ein wenig dazu beigetragen, daß Thor seine Familie verlassen hatte, ohne eine Spur zu hinterlassen. Sie trug die Schuld wie eine schwere Last.

Doch das Gefühl der Schuld feuerte auch ihre Tatkraft an, bestärkte sie in ihrer Beharrlichkeit und ihrem Versprechen, Patty Jane und ihrer kleinen Enkelin nach Kräften zu helfen.

Nach ihrem täglichen Zwiegespräch mit Gott begab sich

Ione wie Avel auf die Suche nach Thor. Einmal, sicher ihn gesehen zu haben, schrie sie laut auf und drückte auf die Hupe ihres Wagens, aber der große Blonde, der sich umdrehte, war ein Teenager, dessen dünner, strähniger Bart nur teilweise ein pickeliges Gesicht verdeckte. Donny Dahl, ihr Arbeitgeber bei Dahls Süßwaren, war sehr verständnisvoll und gestattete ihr, ihre Arbeitszeiten zu ändern oder manche Stunden ganz ausfallen zu lassen. Ione stellte länger als jeder andere Angestellte für Dahl Konfekt her, und er hatte ihr nie etwas für die Erdnußsplitter- und Karameltrüffelrezepte gegeben, die sie eingebracht hatte. Er fühlte sich daher verpflichtet, ihr mit verkürzten Arbeitszeiten entgegenzukommen.

Nach ihrer Suchaktion pflegte Ione die Einkäufe für den Tag zu erledigen, füllte ihren Korb mit frischem Obst und Gemüse, die aus wärmeren Gegenden importiert worden waren, und kaufte Fleisch und Geflügel in einer Metzgerei, deren Boden mit Sägemehl bedeckt war. Sie brachte ihre gußeisernen Töpfe zu Patty Jane in die Wohnung und kochte kräftige, würzige Suppen. Sie knetete Teig und backte Brote, die es in Vogstads Bäckerei nicht gab: Vollweizen mit Rosinen, Roggen mit Dill und einen schwarzen weichen Pumpernickel. Sie servierte Patty Jane das Mittagessen auf einem Tablett und kam am Spätnachmittag wieder, um das Abendessen zuzubereiten. Sie ging erst, wenn jeder Teller gespült und getrocknet war.

»Ione, bitte, du arbeitest zuviel«, sagte Harriet eines Abends, als Ione den Küchentisch wischte.

»Öltuch ist doch etwas Herrliches«, meinte Ione. »Eine richtige Wunderfaser, findest du nicht auch?«

»Ich geh Zigaretten kaufen«, sagte Harriet und hielt Iones Mantel hoch. »Läufst du ein Stück mit mir?«

Ione wies zum Wohnzimmer.

»Sie schlafen«, sagte Harriet. »Drei Takte Bach und sie sind weg.«

»*Uff-da mayda*, so spät ist es schon?«

»Die Zeit fliegt, wenn man den ganzen Tag kocht und putzt«, versetzte Harriet. »Also, komm, Del's macht in zwanzig Minuten zu.«

Der Abend war vergleichsweise mild. Die Temperatur war immerhin auf minus 6 Grad gestiegen. Sterne blitzten am schwarzen Himmel, und die Straßenlampen leuchteten gelb. Harriet nahm Iones Hand und zog sie unter ihren Arm. Ione bewunderte Menschen, die zu solchen freundschaftlichen körperlichen Gesten fähig waren; sie selbst war zu schüchtern dazu.

»Deine Jacke ist *skjonn.*«

»*Skjonn?*«

»Schön.«

Harriet lachte. »Ich weiß. Jedesmal, wenn ich sie anziehe, denke ich, wie ist Harriet Dobbin nur zu einem Nerz gekommen?«

»Du siehst aus wie eine Schneeprinzessin.«

»Oh, danke.« Harriet drückte Iones Hand. »Avel wollte eigentlich einen Mantel, aber da hab ich gesagt: ›Schatz, zu solchem Luxus muß ich mich erst hocharbeiten.‹«

Zwei Jungen mit Eishockeyschlägern und Schlittschuhen, die an zusammengebundenen Schnürsenkeln wie Sportjuwelen von ihren Hälsen baumelten, sprangen auf einen Schneewall, um den Frauen auf dem Bürgersteig Platz zu machen.

»Habt ihr gewonnen?« fragte Ione.

»Fünf zu eins«, antworteten die Jungen stolz.

Die Frauen gingen weiter.

»Wie alt bist du eigentlich, Ione?«

»Einundfünfzig.«

»So alt wirkst du gar nicht«, sagte Harriet.

»Ich fühl mich auch nicht so«, erwiderte Ione. »Meistens fühl ich mich wie neunzehn.«

»Ione, ich möchte dir für alles danken, was du für meine Schwester tust.«

»Sie ist meine Schwiegertochter«, antwortete Ione gelassen. »Ich wünschte nur, ich könnte ihr meinen Sohn zurückgeben.«

Harriet blieb unter einer Straßenlampe stehen. Ihr Profil war hell angestrahlt. »Schließen wir einen Pakt, okay? Wir sprechen heute den ganzen Abend nicht mehr von Thor, ja? Kein Wort über ihn auf unserem Spaziergang. Abgemacht?«

»Abgemacht«, sagte Ione.

Harriet setzte sich wieder in Bewegung und begann schneller zu gehen. Ione, die ein Spiel vermutete, machte ihrerseits Tempo und überholte sie. Sie begannen ein Rennen, gingen, so schnell sie konnten, ohne jedoch zu laufen. Als sie Del's Laden erreichten, rangen sie unter Lachen nach Atem.

Del Junior, der Sohn des Ladeninhabers, erklärte gerade geduldig einer Frau an der Kasse, daß es für Fremde keinen Kredit gebe.

»Ich bin keine Fremde«, entgegnete die Frau in einem Ton, der ans Hysterische grenzte. »Ich bin Ärztin.«

»Lady, meinetwegen könnten Sie Hulatänzerin sein, das ändert nichts an unseren Kreditvorschriften.«

»Na gut«, sagte die Frau. Sie drehte sich nach Harriet und Ione um, und ein Lächeln kroch über ihr Gesicht.

»Suchen Sie was?«

Harriet sah Del Junior an, aber der zuckte nur die Achseln.

»Sprechen Sie mit uns?« fragte sie.

»Kann schon sein«, antwortete die Frau. »Sie sehen aus, als hätten Sie was verloren.« Sie wandte sich wieder Del Junior zu. »Aber Sie! Sie wollten doch mit mir über Kredite reden.«

»Die Diskussion ist schon beendet. Nur bar.«

»Nur bar?« Plötzlich brach die Frau in wieherndes Gelächter aus und fegte mit einem Arm die Einkäufe, die sie auf die Theke gestellt hatte, zu Boden. Eine Milchflasche zersprang, Eier zerbrachen, die Tomatendose bekam Beulen. »Da haben Sie Ihr ›nur bar‹!« Sie rannte zur Tür. Dort drehte sie sich geschwind noch einmal um und sagte zu Harriet und Ione: »Ich hoffe, Sie finden, was Sie suchen.« Dann rannte sie unter schallendem Gelächter zur Tür hinaus in die kalte Nacht.

»Soll ich ihr nachlaufen?« fragte Ione.

»Nein«, sagte Del Junior. »Das ist eine Verrückte. Die läßt man am besten in Ruhe.«

Harriet und Ione halfen ihm beim Saubermachen, und zum Dank berechnete er Harriets Chesterfields nicht und schenkte Ione eine dicke Stange rote Lakritze.

»Mein Vater sagt, der Kunde hat immer recht«, bemerkte er, als sie sich bedankten. »Dann mach du mal die Spätschicht, sag ich immer.«

»Hast du Lampenfieber wegen morgen abend?« fragte Ione, als sie auf dem Heimweg waren.

Harriet zündete sich eine Zigarette an. Das Ende glühte rot auf, als sie den Rauch einsog.

»Das ist eine Untertreibung.« Avel wollte Harriet mit seinen Schwestern bekanntmachen. »Das wird bestimmt so, als träfe man mit Aschenputtels Stiefschwestern zusammen.«

Harriet machte leise »Pah«, als sie den Rauch ausstieß. »Esme ist elf Jahre älter als Avel und Bernice fünfzehn Jahre, da ist es natürlich kein Wunder, daß es zu Spannungen kommt. Avel sagt, sie behandeln ihn immer schon wie einen Eindringling; aber das wäre das Letzte, was er möchte, sagt er, sich in ihr ödes Leben drängen.«

Ione schob die Lakritze, die in der Kälte steif zu werden begann, in ihre Manteltasche. »Du wirst ihnen bestimmt sehr gefallen.«

»Das bezweifle ich«, sagte Harriet. »Sie finden es fürchterlich, daß Avel sich für eine Frau wie mich interessiert. Wer sich in einen Müllhaufen setzt, stinkt am Ende selbst, haben sie gesagt.«

»*Uff-da,* und das hat Avel dir erzählt?«

Harriet strich nachdenklich über das Revers ihrer Nerzjacke. »Avel erzählt mir alles.«

»Mein Mann hat mir nie viel erzählt«, sagte Ione leise.

Harriet warf ihr einen überraschten Blick zu. Sie hatte Ione noch nie von ihrem Mann sprechen hören.

»Oh, das war nicht seine Schuld. So sind wir Norweger nun mal. Es fällt uns schwer ... gewisse Dinge auszusprechen. Wir haben sogar selbst unsere Witze darüber gemacht. Olaf hatte seine eigene Theorie, wir haben sie die ›Vokaltheorie‹ genannt. Um unser skandinavisches Blut ein bißchen in Wallung zu bringen, meinte er, müßten wir uns mit Iranern und Italienern, Afrikanern und Arabern vermischen; mit Leuten aus Ländern, deren Namen mit einem Vokal anfangen.«

Harriet ließ sich das einen Moment durch den Kopf gehen. »Und was ist mit Island?«

Sie rutschte auf einer Eisplatte auf dem Bürgersteig aus, und Ione griff nach ihr, um sie zu halten.

»Thor ist noch schlimmer als Olaf und ich. Wenn man von ihm was erfahren will, muß man ihm die Würmer aus dem Mund ziehen.«

»Aus der Nase«, sagte Harriet lächelnd. »Aber wir haben uns doch vorgenommen, nicht über Thor zu sprechen, weißt du noch?«

Ione nickte.

»Gut, singen wir doch einfach ein bißchen.« Harriet warf ihre Zigarette in den Schnee. »Kennst du was von Nat King Cole?«

»Nein.« Ione lachte, und ihre Zähne klapperten vor Kälte und Eifer. »Aber ich kann's ja lernen.«

Avel, der in einem unerbittlich steifen Lehnstuhl saß, von dem Esme behauptete, er stamme aus dem Besitz der Habsburger, sah Harriet lächelnd an, während er einen Schluck von dem Ersatzkaffee trank, den das Mädchen ihnen gebracht hatte. Er schauderte. Seine Schwestern nahmen ihr Engagement im Getreidegeschäft äußerst ernst und pflegten ein Gebräu nach Art von Malzkaffee zu brauen, reich an Getreide, bar jeglicher Kaffeebohnen. Und jeglichen Aromas, dachte Avel.

»Ich würde dir raten, von dem Getränk die Finger zu lassen, Harriet«, sagte er.

Harriet nickte. Ihre Hände hatten schon beim Anzünden ihrer Zigarette so stark gezittert, daß sie es gar nicht gewagt hätte, feines Porzellan in die Finger zu nehmen. Sie hatte, wie Ione es formuliert hatte, tatsächlich Lampenfieber. Und das Dekor des Salons hatte auch nicht gerade eine entspannende Wirkung.

»Alt-transsilvanisch«, hatte Avel beim Eintreten geflüstert.

Schwere Samtvorhänge, deren Ton irgendwo zwischen Braun und Kardinalrot lag, hingen an schmalen Bleiglasfenstern herab. Oberhalb der dunklen Walnußtäfelung, die knapp bis auf halbe Höhe reichte, waren die Wände mit waldgrüner Tapete bespannt, auf der Porträts streng aussehender, reizloser Leute hingen.

»Bitte machen Sie sofort diese Zigarette aus!«

Harriet stieß einen kleinen Schrei aus und starrte die zwei kleinen, korpulenten Frauen an, die unter dem Torbogen der Tür standen. Sie sahen aus wie üppiger behaarte Versionen von Avel, jedoch ohne seinen Charme.

»Harriet«, sagte Avel seufzend und stand auf, »ich möchte dich mit meinen Schwestern bekanntmachen.«

Bernice, die älteste der Geschwister, fingerte an der Brosche an ihrem Kragen.

»Unsere Atemwege vertragen keinen Zigarettenrauch«, sagte sie.

»Und auf Freude und Gelächter sind sie auch allergisch«, flüsterte Avel laut, ehe er, um seine Solidarität zu demonstrieren, Harriets Zigarette nahm und kräftig daran zog. Seine trotzige Miene geriet unter einem Hustenanfall aus den Fugen.

»Hör sofort auf mit diesem Unsinn«, herrschte Bernice ihn an, marschierte in raschelndem Organza auf Avel los und riß ihm die Zigarette aus der Hand, um sie mit bewundernswerter Präzision in den offenen Kamin zu schnippen.

»Komm!« Avel nahm Harriets Hand und zog sie aus dem unwirtlichen Roßhaarsessel. »Solche Beleidigungen brauchen wir uns nicht gefallen zu lassen.«

»Setz dich«, sagte Esme. Ihr Ton war, wenn das überhaupt möglich war, noch schroffer als der ihrer herrischen Schwester. Er besaß die Macht, Avel und Harriet in ihre Sessel zurückzudrängen.

»Bringen wir das hinter uns«, sagte Bernice. Die beiden Schwestern nahmen auf dem viktorianischen Diwan Platz. Ihre kurzen dicken Beine reichten nicht ganz bis zum Boden.

»Ganz in unserem Sinne«, versetzte Avel und lachte, doch Harriet sah seine Nervosität. Seine Hände waren in ständiger flatternder Bewegung, strichen glättend über den schwarzen Haarkranz, zupften am Knoten der Krawatte.

»Avel hat Ihnen zweifellos unsere Beklommenheit angesichts Ihrer Verbindung übermittelt«, begann Bernice, als läse sie aus einem vorbereiteten Manuskript.

»Es geht nicht um Sie persönlich«, warf Esme ein, worauf Avel, Harriets Hand drückend, sagte: »Ha!«

»Es gibt einfach gewisse Leute, die besser daran tun, in ihren eigenen Kreisen zu bleiben«, erklärte Bernice.

»Das heißt, wenn man nicht so clever ist, reiche Vorfahren zu haben«, übersetzte Avel.

Bernice zog ihre Augenbrauen so weit zusammen, daß sie eine einzige Linie der Mißbilligung bildeten. »Wie dem auch sei«, sagte sie, »wir sind heute nicht hier zusammengekommen, um euch zu bitten, eure Hochzeit abzublasen.«

»Nur, sie zu verschieben«, stimmte Esme nickend ein.

»Was?« fragte Avel.

»Du wirst zu der Zeit in Kolumbien sein, Avel«, erklärte Esme in einem Ton, der von falscher Freundlichkeit nur so troff.

»Wo?« fragte Avel.

»In Kolumbien, in Südamerika«, antworteten die Schwestern.

»Uns bietet sich dort eine Gelegenheit zu einem großen Geschäft, aber vorher müssen einige Nachforschungen betrieben werden«, sagte Bernice.

»Der Aufsichtsrat hat sich dafür entschieden, daß du das übernimmst«, fügte Esme hinzu.

»Aber ich sitze doch im Aufsichtsrat«, entgegnete Avel, »und ich habe das nie entschieden.«

»Wir haben in deiner Abwesenheit abgestimmt«, sagte Bernice.

»Durch die du ja häufig glänzt«, bemerkte Esme. »Du reist am fünfzehnten Mai ab. Alle Vorverhandlungen sollten bis Mitte Juli abgeschlossen sein.«

»Ihr wißt genau, daß das nicht geht.« Avel stand auf. »Ich heirate im Juni.«

»Höchstens, wenn du dein Jawort auf spanisch gibst«, entgegnete Bernice.

»Avel!« Harriet nahm ihn bei der Hand, sie wußte, daß er in einer Auseinandersetzung mit diesen Frauen keine Chance haben würde. »Avel, wir können das Hochzeitsdatum verschieben.«

Eine pochende Ader schwoll an Avels Schläfe an. »Nein, wir können das Hochzeitsdatum nicht verschieben! Wir heiraten am dreiundzwanzigsten.«

Harriet sah die Tränen in Avels Augen und hörte das Gelächter der Schwestern, als er sie mit sich zur Tür zog. Sie hatte während des ganzen Gesprächs kein Rückgrat gezeigt, aber keiner konnte ihren Verlobten ungestraft zu Tränen treiben. Sie blieb so abrupt stehen, daß Avel einen halben Schritt zurücktaumelte.

»Hey, Mädels«, sagte sie so munter wie die Avonberaterin, »ich versteh gar nicht, warum ihr eure Zeit im Getreidegeschäft verschwendet, wo ihr so offensichtlich fürs Damenringen wie geschaffen seid.« Sie lächelte zuckersüß. »Ihr wärt bestimmt die Stars – die Leute lieben doch schmutzige Kämpfe.«

Avel lachte den ganzen Weg bis zum Auto.

»Was ist denn am dreiundzwanzigsten so Besonderes?« fragte Harriet später, als sie am Hiawatha-See parkten.

»Ich hatte einfach immer dieses Datum im Kopf, wenn ich an meine eigene Hochzeit gedacht habe«, antwortete Avel, während er ihr langes braunes Haar streichelte. »Ich war so erleichtert, als du damit einverstanden warst – ich hatte Angst, du hättest dir vielleicht schon einen eigenen besonderen Tag ausgedacht.«

»Avel, das Datum ist mir völlig gleichgültig; wichtig ist mir nur, daß wir heiraten.«

Avel küßte ihr die Hand. »Du, meine geliebte Pragmatikerin«, sagte er.

»Du alter Süßholzraspler«, erwiderte Harriet und gab ihm einen Kuß.

Eine Woche später mußte Avel wieder zu einer Besprechung. Milt Zims, der Privatdetektiv, hatte ihn in sein Büro bestellt, um ihm mitzuteilen, daß die Fahndung beendet sei, Schluß, aus, fertig. Zims rollte eine Ecke eines dünnen Hefters zusammen. »Soweit ich feststellen kann, ist Mr. Thor Rolvaag vom Erdboden verschwunden.«

»Was ist mit den beiden Frauen, mit denen er was hatte?«

Zims grub seine Finger in eine Dose Kautabak. »Nach dem, was ich gehört habe, war das jeweils nur ein Schuß.« Er lachte über sein Wortspiel. »Auf die Anschläge haben Sie nichts gehört?«

Avel schüttelte den Kopf. Er und Harriet hatten Vermißtenanzeigen von Thor an Ladenfenster und Anschlagbretter in Lebensmittelgeschäften geklebt, aber niemand hatte sich gemeldet – außer einer Frau, die sagte, wenn sie ihn jemals fänden, sollten sie ihm doch bitte ihre Telefonnummer geben.

Danach hatte Patty Jane sie gebeten, die Anschläge alle wieder abzunehmen. Mit jedem Tag wuchs ihre Überzeugung, daß Thor nicht verlorengegangen war wie ein streunender Hund, sondern aus eigenem Entschluß fortgegangen war. Wozu dann ihren Schmerz neben Angeboten und Gesuchen wie »Rasenmäher zu verkaufen« und »Babysitter gesucht« an die große Glocke hängen?

Milt Zims schlug den Hefter auf. »Ich habe sämtliche Kontakte überprüft: Kommilitonen, Lehrer, die Angestellten im Sportgeschäft, Männer, mit denen er Hockey gespielt hat, Laden- und Café-Inhaber in Dinkeytown, ich habe mich am Flughafen, an Bahnhöfen und Busbahnhöfen erkundigt – nichts! Der Bursche hat sich in Luft aufgelöst.«

Resigniert blickte Avel auf die Rechnung hinunter, die Milt Zims ihm diskret zugeschoben hatte. Er nahm sein Scheckbuch aus seiner Westentasche.

Zims' Lächeln troff von Tabaksäften. »Mein Honorar ist bescheiden und meine Spesen sind minimal«, bemerkte er, während er zusah, wie Avel den Scheck ausstellte. »Aber ich habe nichts gegen eine kleine Prämie.«

»Ich melde mich, wenn ich Sie wieder brauchen sollte«, sagte Avel. Er blies die Tinte trocken und reichte Zims den Scheck.

Als Avel die Tür des schäbigen kleinen Büros hinter sich geschlossen hatte, nahm Milt Zims den Scheck und sah, daß er auf zweihundert Dollar mehr als verlangt ausgestellt war.

Er pfiff leise. »Wie wär da die Prämie wohl ausgefallen, wenn ich den Burschen gefunden hätte.«

8

MEHR als ein Monat war seit Thors Verschwinden vergangen, und Patty Janes Depression wurde bösartig.

Harriet spielte Sousa-Märsche auf ihrer Trompete und marschierte im Stechschritt durch die Wohnung, aber Patty Jane fragte nur: »Glaubst du, du bist hier auf einem Footballplatz?«

Ione, die in der Küche wirtschaftete, übertraf sich selbst, zauberte federleichte Waffeln, Rhabarbermarmelade und Buttermilchkekse, Cremesuppen mit Muscheln und Schalotten und Desserts, die einen alle Genüsse aus Vogstads Bäckerei vergessen ließen: mit Puderzucker bestäubte Donuts, Toffeeriegel, die mit Schokolade überzogen und mit Walnüssen gekrönt waren, und Karameltrüffel. Aber Patty Jane stocherte mit einer Lustlosigkeit in ihrem Essen herum, die Ione Angst machte, wenn sie daran dachte, was für einen herzhaften Appetit ihre Schwiegertochter früher gehabt hatte.

»Nun hör mal, Patty Jane«, sagte sie, um einen leichten Ton bemüht, »ich hab mich den ganzen Nachmittag hingestellt, um diesen Biskuitkuchen zu backen, und du schaust ihn nicht einmal an.«

Patty Jane sah von ihrem Tablett auf. »Ich weiß nicht, warum du dir die Mühe machst. Meinetwegen könntest du mir auch Sägemehl hinstellen. Ich esse sowieso nur, damit mir die Milch nicht wegbleibt.«

Avels Gebefreudigkeit steigerte sich noch, und das Haus füllte sich mit seinen Geschenken: ein weiß emailliertes Kinderbett mit Himmel, ein Schaukelpferd mit Schwanz und Mähne aus richtigem Pferdehaar, ein neuer Kühlschrank, der automatisch abtaute, ein Plüschsofa, passend zum Sessel und zum Sitzpolster, zwanzig bunte, kuschelweiche Badetücher.

Patty Jane gewöhnte es sich an, in dem Fernseher, den Avel ihnen geschenkt hatte, *Queen for a Day* anzusehen, und starrte teilnahmslos auf den Bildschirm, während fremde Frauen ihre Jammergeschichten erzählten, die ihnen zum Trost vom Publikum mit Preisen prämiert wurden.

»Bei der Sendung könnte ich auch mitmachen«, sagte sie zu Avel, »verdammt noch mal, meine Geschichte ist mindestens so brutal wie die von denen da drinnen. Aber meine Schwester heiratet ja einen Sugar Daddy, da brauch ich mir die Mühe nicht zu machen.«

»Patty Jane!« rief Harriet. »Dafür entschuldigst du dich bei Avel.«

Patty Jane verdrehte die Augen. »Na, es stimmt doch!« Beinahe angriffslustig öffnete sie Thors Bademantel, und ihre Brüste quollen heraus. Nora erwachte und suchte gierig nach einer Brustwarze, und in Patty Janes Augen war ein hartes Blitzen, als sie aufblickte und sagte: »Was ist los mit euch, glaubt ihr, das hier ist eine Peepshow?«

Avel und Harriet berieten sich in der Küche, in der es nach frisch gebackenen Ingwerkeksen roch.

»Sie braucht Hilfe«, sagte Avel.

Harriets Hände zitterten, als sie sich eine Zigarette anzündete. »Sie braucht ihren Mann.«

Ione klappte das Backrohr zu und drehte sich mit verschränkten Armen nach ihnen um. »Die Hilfe zu finden wäre einfacher.«

Die drei steckten am Tisch die Köpfe zusammen und stellten einmütig fest, daß jetzt der Moment gekommen war, Bryce Kolm, Avels alten Collegefreund, der inzwischen als Psychiater praktizierte, herzuzitieren.

Zwei Tage später wärmte eine wäßrige Frühlingssonne die Krokusblüten, die zwischen Schneeresten hervorspitzten. Ione nahm ihre fünf Wochen alte Enkelin zu einem Treffen des Naomi-Kreises in der Kirche mit, und wenig später führten Avel und Harriet Dr. Kolm ins Wohnzimmer und machten ihn mit Patty Jane bekannt.

»Ach so«, sagte Patty Jane, »darum ging's bei eurem ganzen Getuschel. Ihr wollt mich vor der Klapsmühle bewahren. Na, hoffentlich kommt ihr da noch rechtzeitig.« Sie warf ihren Kopf zurück, streckte ihre Zunge heraus und verfiel in Zuckungen. Die Patchworkdecke auf ihrem Schoß flatterte auf und nieder.

»Von Epilepsie habt ihr mir aber nichts gesagt!« rief Dr. Kolm und lief auf sie zu.

»Patty Jane, hör sofort damit auf!« befahl Harriet.

Patty Jane, die immer noch in ihrem Sessel saß, hielt inne und streckte Arme und Beine steif vor sich aus. Einen

Augenblick später, gerade als Dr. Kolm bei ihr niederkniete, sank sie in sich zusammen.

»Sehr komisch«, sagte Harriet.

»Très amusant«, sagte Avel.

»Stehen Sie auf«, sagte Patty Jane zu Dr. Kolm, »Heiratsanträge nehm ich erst an, wenn ich offiziell Witwe bin.«

»Patty Jane!« schalt Harriet.

Dr. Kolm stand langsam auf, ein unsicheres Lächeln auf den dünnen Lippen.

»Avel«, sagte er, »Miss Dobbin ... würden Sie mich einen Moment mit Mrs. Rolvaag allein lassen?«

»Bitte sehr«, gab Harriet zurück und warf Patty Jane aus zusammengekniffenen Augen einen Blick zu.

Dr. Kolm setzte sich auf das neue Sofa, schlug ein mageres langes Bein über das andere und sah Patty Jane lächelnd an.

»Ich höre, Sie machen im Moment schwere Zeiten durch.«

»Ach was? Sie müssen ein medizinisches Genie sein«, versetzte Patty Jane.

»Sarkasmus«, meinte der Arzt mit einem leisen Lachen. »Manche Leute betrachten ihn als eine Hochform des Humors.« Er legte die Fingerspitzen aneinander, so daß seine dünnen Finger einen Giebel bildeten. »Ich nicht.«

»Es ist nicht meine Aufgabe, Sie zu unterhalten«, entgegnete sie.

»Was, glauben Sie denn, ist Ihre Aufgabe?« fragte er, und Patty Jane bemerkte, daß er mehrere Goldkronen hatte.

»Finden Sie das nicht ziemlich auffällig?« fragte sie. Sie stemmte sich auf ihren Ellbogen in die Höhe, um gerader zu sitzen.

»Pardon?«

»Na, Ihre Goldkronen.« Patty Jane tippte sich an die Zähne.

Dr. Kolm rutschte auf dem Sofa hin und her, als juckte ihn sein Gesäß. »Gold ist sehr dauerhaft, weit haltbarer als Porzellan.« Er räusperte sich. »Aber darum geht es ja wohl im Moment nicht, nicht wahr?«

Patty Jane zuckte die Achseln. »Worum es geht, müssen schon Sie mir sagen, Sie sind schließlich der Arzt.«

Dr. Kolm stellte seine Beine wieder brav nebeneinander. »Nun hören Sie mal, Miss –«

»Madam.«

»Madam. Ich kann verstehen, daß man einen seelischen Knacks bekommt, wenn einen der Ehemann verläßt, und ich kann auch verstehen, daß eine gewisse verbale Aggressivität kathartisch wirkt, aber man sollte es doch nicht so weit treiben, daß man jede Hilfe ablehnt, hm?«

»Ist man verheiratet?« fragte Patty Jane.

»Ja ... aber ich wüßte nicht, was mein Familienstand mit Ihrem Fall zu tun haben sollte.«

»Dann stellen Sie sich mal folgendes vor, Doc«, sagte Patty Jane und beugte sich vor. »Ihre Frau steht eines Tages auf und geht und kommt nie wieder zurück. Sie hinterläßt Ihnen ein neugeborenes Kind – ein Kind, das sie selbst nie gesehen hat – und kommt nie zurück. Sie sitzen Abend für Abend am Fenster und warten darauf, daß sie um die Ecke biegt, unter der Straßenlampe stehenbleibt und winkt. Können Sie mir folgen, Doktor?«

»Ja.«

»Gut, das ist nämlich wichtig. Also. Sie halten durch, weil Sie dieses hilflose kleine Kind haben, okay? Sie halten durch, wenn Sie in der Badewanne sitzen, obwohl es eine Leichtigkeit wäre, unter Wasser zu tauchen und nie wieder hochzukommen. Manchmal, wenn es Ihnen gelingt, in die Küche hineinzukommen, die Ihre Schwiegermutter für Sie praktisch zum Sperrgebiet erklärt hat, nehmen Sie vielleicht ein Fleischermesser und überlegen sich, wie es wäre, wenn Sie es sich ins Herz stoßen würden. So.« Patty Jane beugte sich mit einem Ruck nach vorn und stieß sich die geballten Fäuste unter ihre Brust.

Der Arzt fuhr zurück. »Soll das heißen, daß es zwischen Ihrer Schwiegermutter und Ihnen Reibungen gibt?«

Patty Jane lachte. »Versuchen Sie doch mal zu hören, was ich sage, Doktor. Der Mann, den ich liebe, hat mich verlassen. Kein Mensch kann mir sagen, wo er ist, ob er überhaupt noch lebt. Ich möchte ihn umbringen für das, was er mir angetan hat – und manchmal möchte ich mich selbst umbringen.«

»Ich könnte Ihnen ein Medikament verschreiben«, sagte der Arzt.

»Nein, vielen Dank«, entgegnete Patty Jane entschieden. »Außerdem stille ich mein Kind.«

Der Arzt neigte sich vor. »Das ist interessant.«

Patty Jane zog die Decke bis zu ihren Schultern hinauf und sagte nichts.

»Viel Glück«, sagte er schließlich. »Wenn Sie für die Psychotherapie nicht zu haben sind, werden Sie's brauchen.«

»Machen Sie die Tür zu, wenn Sie rausgehen«, sagte Patty Jane.

»Sie ist sehr feindselig«, konstatierte Dr. Kolm, als Avel und Harriet im Flur mit ihm zusammentrafen. »Voller Zorn und Wut.«

»Sie hat aber auch viel mitgemacht«, verteidigte Harriet ihre Schwester.

Dr. Kolm rümpfte die Nase. »Irgend etwas muß ja ihr ungezogenes Verhalten erklären.«

»Braucht Sie Behandlung, Bryce?« fragte Avel.

»Unbedingt«, antwortete Dr. Kolm. »Reichlich. Aber nicht von mir.« Er setzte seinen Hut auf und rückte ihn in eine flotte Schräglage. »Avel, wir sehen uns beim nächsten Jahrgangstreffen im Herbst.« Er tippte mit einem Finger an die Krempe seines Huts. »Und ich lasse dir die Rechnung in dein Büro schicken.«

Er stieß mit seiner Aktentasche an die Tür, als er ging.

Avels Stimme zitterte, als er sagte: »Ich hoffe, Patty Jane hat ihm richtig Bescheid gegeben.«

»Das hab ich«, verkündete Patty Jane, die mit den Händen in den Taschen von Thors Bademantel am neuen Kühlschrank lehnte. »Und bitte tut mir so was nie wieder an. Ich brauche niemanden, der mir den Kopf zurechtrückt.« Sie seufzte und drückte ihre Wange an die blitzend weiße Kühlschranktür. »Bei mir sind keine Schrauben locker, mir hat's das Herz gebrochen.«

Sehr zum Ärger seiner Schwestern änderte Avel seinen Reiseplan so, daß er rechtzeitig zu seinem vorgesehenen Hochzeitstag wieder zu Hause sein würde.

»Und wohin wollen wir in die Flitterwochen fahren?« fragte er Harriet. »Nach Las Vegas?« Sie saßen unter Scharen von Geschäftsleuten und Touristen in *Charlie's Café* in der 7. Straße.

»Nein, da fährt man hin, um sich scheiden zu lassen«, entgegnete Harriet.

»Stell dir die Lichter und den Glanz vor.«

»Scheidungsparadies der USA. Lies doch mal die *Photoplay*.«

»Dann New York City«, meinte Avel. »Eine Suite im Waldorf und eine Hochzeitsfahrt in einer Droschke.«

»Was ist so toll daran, in einer Droschke herumzukutschieren?« fragte Harriet.

»New Orleans«, schlug Avel vor. »Tolle französische Küche, erstklassiger Jazz und schmiedeeiserne Balkone, auf denen wir sitzen und scharf gebrannten schwarzen Kaffee schlürfen können.«

»Da war mal eine Freundin von mir«, erklärte Harriet. »Sie hat Fischsuppe gegessen und rohe Austern, und hinterher hat sie alles wieder von sich gegeben.«

Avel erweiterte das Repertoire seiner Vorschläge auf Städte außerhalb der USA – London, Paris, Bagdad –, aber Harriet schien triftige Gründe zu haben, alles abzulehnen.

»Okay«, sagte Avel, dem langsam die Geduld ausging wie einem schlechten Reifen die Luft, »was schlägst du denn vor?«

Harriet blickte auf ihren Teller hinunter. Avel dachte nur daran, wie gern er jetzt ihr langes Haar zur Seite geschoben und ihren schönen Hals geküßt hätte.

»Die Wisconsin Dells«, sagte sie leise, ohne aufzusehen.

»Was?« Avel glaubte, nicht recht gehört zu haben.

Harriet beugte sich so weit zu ihm hinüber, daß der billige Messinganhänger und die Perlenkette, die er ihr geschenkt hatte, über dem Körbchen mit den Würzsoßen baumelten.

»Die Wisconsin Dells. Dad hat uns immer versprochen, daß wir da mal hinfahren würden, aber es ist nie dazu gekommen. Seit ich sieben Jahre alt war, möchte ich in die Wisconsin Dells.«

»Du lieber Gott!« sagte Avel.

»Und zelten«, fügte Harriet hinzu.

»Das ist ja barbarisch!« rief Avel lachend.

»Morgens gehen wir angeln, nachmittags schwimmen und...«

Avel griff über den Tisch und nahm ihre Hand. Seine weiße Manschette streifte einen Berg Hering in Sahnesoße.

»...und abends lieben, lieben, lieben wir uns.«

Harriet lächelte verklärt. »In *einem* Schlafsack.«

Nach dem Mittagessen stürzten sie sich in das Verkehrsgewühl auf der 7. Straße (»Für ein Provinznest«, bemerkte Avel, der versuchte, die Fahrbahn zu wechseln, »wird Minneapolis allmählich ganz schön weltstädtisch«) und fuhren zu Wandas Brautausstattungen in der La Salle Avenue.

Wanda Durnam hatte in diesem Winter ihren siebzigsten Geburtstag gefeiert und teilte das gern jedem mit, weil es unweigerlich Ungläubigkeit hervorrief und den immer gleichen Refrain: »Tatsächlich? Sie sehen keinen Tag älter als fünfzig aus!«

»Contenance«, pflegte sie zu sagen und mit rubinroten Lippen zu lächeln, »Contenance und ein bißchen schwarze Haarfarbe.«

Wanda stand gerade vor einem dreiteiligen Spiegel, in den Händen ein Brautjungfernkleid, mit dem sie sich wiegte wie mit einem Tanzpartner, als das Glockenspiel über der Tür bimmelte. Sie drehte sich herum und rückte ihre geschweifte Brille zurecht.

»Kann ich Ihnen behilflich sein?« fragte sie, während sie das Kleid aus der Hand legte. In ihrer Stimme lag ein Anflug von Mißbilligung – sie hatte aus ästhetischen Gründen etwas gegen Paare, bei denen der Mann kleiner war als die Frau.

»Wir suchen ein Hochzeitskleid«, sagte Harriet und drückte Avels Schulter.

»Das schönste Kleid für die schönste Braut«, fügte Avel hinzu.

»So, so«, meinte Wanda lächelnd, »da wollen wir mal sehen, was wir haben.« Auch wenn die Größe der beiden nicht zusammenpaßte, ihre glückstrahlende Heiterkeit rührte sie. Junge Paare oder, am häufigsten, zukünftige Bräute und ihre Mütter gingen bei der Suche nach einem Hochzeitskleid meist mit der Ernsthaftigkeit von Anwälten bei der Auswahl von Geschworenen zu Werke. »Bitte nehmen Sie doch Platz«, sagte sie und wies auf zwei weiche Sessel mit einem großblumigen Muster. »Die Vorführung fängt in zwei Minuten an.«

Mit Wolken von Tüll und Organza, Gaze und Spitze, Voile und Taft in den Armen kehrte sie zurück. Sie warf die weiße Pracht auf ein kleines Sofa und hielt dann einen gepolsterten Satinbügel in die Höhe. Ein bodenlanges Crêpe-de-Chine-Kleid fiel in Kaskaden herab.

»Das ist wunderschön«, sagte Harriet. »Das nehme ich.«

Das ganz auf Taille gearbeitete Kleid hatte einen spitzen Ausschnitt und eine üppig fallende Schleppe.

»Hier hab ich noch ein paar sehr schöne Modelle«, sagte Wanda, das Crêpe de Chine schon wieder aus der Hand legend. »Das hier zum Beispiel, mit den Applikationen aus venezianischer Spitze, ist absolut atemberaubend, und dieses hier ist mein persönliches Lieblingsmodell ... Das würde ich tragen, wenn ich zwanzig und nicht siebzig wäre. Schauen Sie, geschlitzte Ärmel im Renaissancestil, genau das Richtige für eine Julia.«

»Ja, hübsch, vielen Dank«, sagte Harriet und griff nach

dem ersten Kleid. »Ich habe schon gefunden, was ich möchte.« Sie berührte sachte die kleinen Perlenknöpfchen.

Wanda griff zum Bleistift, der unter ihrem Turban steckte. »Sie ist eine Frau von schnellen Entschlüssen, stimmt's?«

Avel nickte, die Hände im Schoß gefaltet. »Das kann man wohl sagen.«

»Sie könnten genau eine Sechsunddreißig tragen«, sagte Wanda in der Garderobe, »wenn Ihre Hüften nicht so schmal wären.« Sie schrieb das letzte Maß in ihr Büchlein und klappte es zu. »Und Sie sind sicher, daß bei Ihrer Schwester keine Änderungen nötig sein werden?«

»Sie hat genau achtunddreißig«, antwortete Harriet und schlüpfte wieder in ihr eigenes Kleid. »Sie hat breitere Hüften und mehr Busen als ich.«

»Ich trage Größe sechsunddreißig.« Wanda rollte ihr Maßband auf. »Und ich bin siebzig Jahre alt.«

Wanda versprach, daß die Kleider bis zum ersten Juni fertig sein würden, und als Avel bezahlte, hielt sie den Scheck auf Armeslänge von sich ab, kniff die Augen zusammen und sagte: »Avel Ames. Du meine Güte, gehören Sie etwa zur Ames-Grains-Familie?«

»Richtig, das ist meine Familie.« Avel schraubte seinen Füller zu.

»Na so was«, sagte Wanda. »Ich fange jeden Tag mit Ames Haferflocken an. Auf dem Gesicht«, erläuterte sie. »Das ist mein kleines Schönheitsgeheimnis. Haferflockenmasken – und Contenance natürlich.«

»Noch eine Besorgung«, sagte Avel, als er sich im Auto auf seinen Hochsitz schob. »Die Campingausrüstung und das Standesamt heben wir uns für morgen auf, okay?«

Harriet nickte und zündete sich eine Zigarette an. Ihr Lächeln wäre so rätselhaft und betörend wie das der Mona Lisa, wäre da nicht der Rauch, der aus ihrer Nase strömte.

Eine herrliche Vielfalt von Gefühlen erfüllte sie: Liebe und Freude, Zufriedenheit und Erregung. Sie atmete tief und sog den Duft von Zigarettenrauch, Leder und Avels Eau de Cologne ein.

»Sag, ›das ist meine Frau, Mrs. Avel Ames‹«, bat sie ihn.

Avel, der eben den Motor anlassen wollte, hielt inne und berührte mit dem Handrücken leicht ihr Gesicht. »Das ist meine Frau«, sagte er, »Mrs. Avel Ames.« Er schniefte.

»Avel, du mußt lernen, diesen Namen zu sagen, ohne zu weinen.«

An der Ecke vor ihrem Ziel bat Avel Harriet, ihre Augen zu schließen. Er fuhr auf den Parkplatz eines Autohändlers und sagte, als er aus dem Wagen stieg, zu Harriet: »Laß die Augen zu.« Dann ging er zu dem Mann, der auf dem Platz stand, und fragte: »Ist er da?«

Der pummelige junge Verkäufer mit dem breiten Lächeln und dem billigen Anzug nickte.

Avel öffnete Harriet die Autotür. »Nimm meinen Arm, Liebes«, sagte er, »und laß die Augen zu.«

Nasal vor sich hin kichernd führte der Verkäufer sie hinter den kleinen Wohnwagen, in dem das Büro untergebracht war, und flüsterte Avel zu: »Da ist er.«

»Jetzt darfst du die Augen aufmachen, Darling«, sagte Avel, und als Harriet seinem Vorschlag folgte, sah sie vor sich einen blaßrosa 1954er DeSoto Powerflyte stehen.

»Der Schlüssel steckt«, bemerkte der Verkäufer lächelnd und rieb sich die Hände.

»Was ist das?« fragte Harriet.

Avel nahm sie bei der Hand. »Eines der hübschesten Autos, die es gibt, mein Schatz.« Er kauerte vor dem Wagen nieder und zog Harriet zu sich herunter. »Siehst du den Kühlergrill? Dieser Grill hat's mir ganz besonders angetan.«

»Oh, Avel! Wie hast du denn ein rosa Auto gefunden?«

»Eine Sonderanfertigung direkt vom Werk«, berichtete der Verkäufer und rieb sich die Hände mit noch größerer Geschwindigkeit.

»Komm, steig ein, Liebes«, sagte Avel. »Fahren wir ein Stück.«

Lachend sprang Harriet in den Wagen und ließ den Motor an.

»Fahren wir am Fluß entlang«, meinte Avel. Er tauschte ein Lächeln mit dem Verkäufer, als Harriet den Gang einlegte.

»Warte auf mich, Schatz«, begann er, aber Harriet hatte schon den richtigen Gang gefunden und brauste mit quietschenden Reifen auf die Straße hinaus.

»Diese Hexe«, sagte Avel lachend. Er rannte zu seinem eigenen Wagen zurück.

»Diese Hexe«, stimmte der Verkäufer zu und blieb kichernd stehen, bis sein Chef an das Fenster des Bürowagens klopfte, um ihn hineinzuzitieren.

Der *lutefisk* bereitete der Party, die Ione am Abend vor Avels Abreise nach Südamerika für das Brautpaar gab, beinahe ein jähes Ende.

»Ich brauche einen Arzt«, stöhnte Avel nach Luft schnappend, nachdem er einen Riesenbissen dieser norwegischen Delikatesse zu sich genommen hatte. Seine Augen tränten, und sein ganzer Kopf war hochrot. »Was ist das für Zeug?«

»Kabeljau«, antwortete Ione strahlend.

»In Lauge eingelegt«, fügte Harriet hinzu.

Nach Kaffee und Kuchen folgten Geschenke.

»Ione, die sind ja exquisit«, sagte Avel voll Bewunderung über eine Garnitur handgestickter Kissenbezüge, auf denen ihre Monogramme inmitten eines Blütenkranzes prangten. »Ich verzeihe dir, daß du mich vergiften wolltest.«

»Du bist wunderbar«, rief Harriet.

»Uff-da mayda«, stieß Ione hervor, die ganz rot geworden war. Sie griff unter ihren Stuhl und zog noch ein Geschenk heraus. »Das ist nur für dich, Avel.«

Avel öffnete einen Karton Briefpapier und sah, daß alle Umschläge bereits an Ione voradressiert waren.

»Wenn du es müde wirst, Harriet Liebesbriefe zu schreiben«, sagte sie, »dann schick mir ein paar Zeilen. Ich möchte ganz genau wissen, wie es in Südamerika ist.«

Harriet packte ein letztes Geschenk aus, ein hauchzartes Nachthemd, das Mieder aus Spitze in einem Blattmuster. Dazu gehörte ein passender Morgenrock, und die Karte verriet, daß das Geschenk von Patty Jane war.

»Patty Jane, ich kann es kaum erwarten, es anzuziehen«, rief Harriet und drückte ihr einen geräuschvollen Kuß auf die Stirn. »Tausend Dank.«

Patty Jane zuckte die Achseln. »Bedank dich bei Ione.« Sie wandte sich wieder dem Fenster zu und starrte hinaus, wie sie es fast den ganzen Abend getan hatte. »Sie hat es gekauft.« Regenbäche rannen an den Scheiben hinunter.

»Machen wir doch ein bißchen Musik«, meinte Ione und drehte das Radio an, das sie aus der Küche hereingebracht hatte.

Doris Day sang *Secret Love*, und Avel nahm Harriet in die

Arme. Sie tanzten auf dem kleinen Rechteck freien Bodens, das rundum von Möbelstücken begrenzt war.

Ione fiel auf, wie geschmeidig sich Avel bewegte. Patty Jane starrte weiterhin zum Fenster hinaus, völlig reglos, nur mit einem Fuß unbewußt den Takt klopfend.

Als das Lied zu Ende war, stand Patty Jane auf.

»Gute Nacht«, sagte sie und zog den Gürtel von Thors Bademantel zu. Sie beugte sich zu Nora hinunter, um sie mitzunehmen, überlegte es sich jedoch anders und trat zu Avel. Mit beiden Händen zog sie ihn aus seinem Sessel und umarmte ihn fest.

»Gute Reise«, sagte sie und küßte ihn auf den kahlen Scheitel. Dann legte sie ihre Hand um sein Ohr und flüsterte: »Schlaf heute nacht mit ihr, Avel. Wirklich, ich mein's ernst.«

Avel lächelte errötend und gab flüsternd zurück: »Danke, Patty Jane, vielleicht tu ich's wirklich.«

Er hatte weiche Knie, als er und Harriet sich verabschiedeten. Er dachte an den vergangenen Winter, als er Harriet gebeten hatte, seine Frau zu werden, und sie ihn gefragt hatte, ob sie jetzt anfangen könnten, miteinander zu schlafen. Da kannten sie sich schon drei Monate, ihre Küsse waren voller Leidenschaft, ihre Umarmungen hitzig, aber jedesmal, wenn der letzte Schritt fast unausweichlich schien, stieß Avel sie weg, als hätte sie ihn bis über den Kopf unter Wasser ziehen wollen.

»Es tut mir leid, Liebes«, hatte er gesagt, während Harriet auf dem Vordersitz des Cadillac, dessen Fenster von der Kälte dick beschlagen waren, wütend ihr Kleid zuknöpfte.

»Ach, Mensch!« hatte Harriet zähneknirschend zurückgegeben. »*Dir* tut's leid.«

Die Hände auf dem Lenkrad, senkte Avel den Kopf. »Ich achte dich zu sehr, Liebes.«

»Avel, ich will von dir nicht zum Tugendschaf des Jahres gewählt werden, ich möchte nur mit dir schlafen.«

Die Knöchel von Avels kleinen Händen waren weiß geworden, so fest umklammerte er das Lenkrad. Als er sprach, war seine Stimme unsicher und brüchig. »Harriet, ich liebe dich. Ich möchte dich heiraten... und ich habe Angst, wenn wir miteinander schlafen...« Er drückte seine Stirn auf das Lenkrad – »na ja, daß du mich dann nicht mehr heiraten willst.«

»Was?« rief Harriet.

Avel krümmte die Schultern. »Harriet, ich bin kein Casanova. Es gab sogar mal eine Zeit in meinem Leben, da dachte ich, ich wäre schwul, weil alle so ein Getue um meine angebliche Überempfindlichkeit gemacht haben. Erst als ich dann von zu Hause wegging, um zu studieren, und Frauen kennenlernte, die nicht von meiner Familie handverlesen waren, habe ich gemerkt, daß die meisten Frauen *nicht* wie meine Schwestern sind.« Avel hielt den Blick auf das Lenkrad gerichtet, weil er Angst hatte, Harriet anzusehen. »Trotzdem war ich auch – ach, ich weiß nicht wie oft – mit Frauen zusammen, im biblischen Sinn, meine ich. Viele waren es auf jeden Fall nicht. Ich kann mich nur deshalb nicht erinnern, weil es nie – denkwürdig war.«

»Und warum nicht?« fragte Harriet.

Avel wandte sich ihr zu, die Wange auf dem Lenkrad. »Wahrscheinlich weil ich keine von ihnen so geliebt habe, wie ich dich liebe.«

»Hm, ja, das ist eigentlich einleuchtend«, sagte Harriet und kurbelte das Fenster ein Stück herunter, um ihre Zigarette hinauszuwerfen. Sie fröstelte, als die kalte Nachtluft hereinwehte. »Patty Jane hat mir so ziemlich das gleiche erzählt.«

Avel setzte sich aufrecht. Patty Jane, meine Verbündete, dachte er.

Im Dunkel des Wagens sah Harriet Avel an. »Aber sie hat nach ihrer zweiten Verabredung mit Thor geschlafen und gesagt, daß es was ganz anderes ist, wenn man jemanden wirklich liebt.« Sie legte ihre Hand auf seine Brust. »Jetzt habe ich jemanden gefunden, den ich wirklich liebe, und ich will mich geben.«

»Harriet!« sagte Avel. »Nie hätte ich gedacht, daß ich einmal eine Frau wie dich gewinnen würde.« Sein Gesicht war gequält. »Aber bitte, laß uns noch warten, ja?«

Harriet hatte Patty Jane später anvertraut, daß Avel ›es‹ erst tun wolle, wenn sie verheiratet seien.

»Na ja, er ist ja auch viel älter als du«, sagte Patty Jane. »Da ist er wahrscheinlich auch altmodischer.«

Harriet zuckte die Achseln. »Ich glaube eher, er hat Angst. Er hat Angst, daß ich ihn nicht heirate, wenn wir vorher miteinander schlafen.«

»Ist er impotent?«

»Was?«

»Du weißt schon, klappt's denn bei ihm?«

Harriet errötete. »Äh – ja. Ich meine, ich glaube schon, soweit ich – soweit ich das feststellen konnte.«

»Na ja, er ist klein, vielleicht ist es wegen seiner Größe.«

Das Gespräch hatte zu einer Zeit stattgefunden, als Patty Jane gerade darauf aufmerksam geworden war, daß in ihrem eigenen Bett etwas nicht stimmte. Thor schien das Interesse an der Sache zu verlieren, die er vorher so gern getan hatte, sie war daher nicht sicher, welchen Rat sie ihrer Schwester geben sollte.

»Wenn er warten will«, sagte sie schließlich, »dann laß ihn einfach. Zum Teufel noch mal, dann geht wenigstens eine Dobbin unberührt in die Ehe.«

Jetzt, gewissermaßen zur Feier ihres ersten gemeinsamen Frühlings, luden Avel und Harriet ihre Geschenke in den Wagen und fuhren durch die Nacht, die nach frisch gefallenem Regen roch, zum Fluß. Sie parkten das Auto und blieben auf einem baumbestandenen Uferfelsen stehen, von dem ein steiler Hang zu einem schmalen weißen Sandstrand am Rande des Mississippi hinunterführte. An warmen Sommerabenden schleppten junge Leute ganze Bierfässer zu »Flußfesten« dort hinunter. Es war ein halsbrecherisches Unternehmen, und es geschah nicht selten, daß ein Faß sich selbständig machte und den zackigen Pfad hinuntersprang, um beim Zusammenstoß mit einem Felsen oder einer Fichte zu bersten.

»Ich geh voraus«, sagte Avel und nahm Harriets Hand. »Wenn du stolperst, fange ich dich auf.«

»Wenn ich stolpere, brechen wir uns beide das Genick«, versetzte Harriet und entzog ihm ihre Hand.

Wolken verhüllten den Mond, sie machten zunächst ein paar winzige Schritte und warteten dann, bis ihre Augen sich an die Dunkelheit gewöhnt hatten. Um nicht in allzu schnellen Lauf zu geraten, hielten sie sich an tiefhängenden Ästen fest, krochen an abschüssigen Stellen, die sie im Gehen nicht bewältigen konnten, mit den Füßen voraus auf allen vieren und arbeiteten sich so in Serpentinen den Steilhang hinunter.

»Ruf den Rettungsdienst«, sagte Avel, keuchend einen Baum umarmend.

»Wir haben's fast geschafft«, erwiderte Harriet. »Ich kann den Fluß schon sehen.«

Avel löste sich von dem Baum und ging vorsichtig die paar Schritte bis zu der Stelle, wo Harriet ihn, die Hände in die Hüften gestemmt, erwartete. Er reckte den Hals und sah das breite Band des Flusses, dunkel und bewegt.

Sie faßten einander bei den Händen und kletterten das letzte Viertel zusammen hinunter, über knackende Zweige und kullernde Steine. Als das Gelände flach wurde, rannten sie bis ans Flußufer, und ihr Lachen erfüllte das nächtlich stille Becken.

Ein flaches Flußboot glitt durch das dunkle Wasser. Avel und Harriet saßen am Ufer und beobachteten es.

»Ist dir kalt?« fragte Avel. »Komm, ich wärme dich.«

Harriet küßte ihn, und ihr Kuß wurde warm und drängend erwidert. Behutsam drückte er sie nieder und legte sich auf sie.

»Ich meine, *richtig* wärmen.« Er drückte seinen Mund in ihr Haar und schob seine Hände unter ihr Kleid auf ihre bloße Haut.

»Avel«, flüsterte Harriet, »mir wird richtig heiß.«

Als er begann, sie zu entkleiden, sagte Harriet: »Avel, weißt du auch, was du tust?«

»Absolut«, antwortete er. »Komm, mach mir jetzt die Hose auf, ja? Befreien wir den Verbündeten.«

Während sie sich wälzten und die Abdrücke ihrer Körper im feuchten Sand zurückließen, dachte Harriet: »Das ist wie eine Symphonie, und beim Crescendo werde ich bestimmt ohnmächtig.« Als Avel sich steil aufrichtete und aufschrie, stimmte Harriet mit ein, und ihre Stimme klang wie die eines Tieres, das sie noch nie gehört hatte.

Eng umschlungen blieben sie beieinander liegen, bis sie zu zittern aufhörten.

»Ich danke dir, meine Liebste«, sagte Avel, während er Harriet eine feine Haarsträhne aus dem Gesicht strich. »Danke dir für den köstlichsten Moment meines Lebens.«

»Es war mir ein Vergnügen«, erwiderte Harriet und biß ihn spielerisch in die Unterlippe. »Und jetzt gehen wir zur nächsten Runde ins Auto.«

Unter jagenden Wolken, die vor einem bleichen Mond auseinanderrissen, beobachtet von einer Eule auf einer hohen dunklen Fichte, kleideten sie sich gegenseitig an.

Am Flughafen hielten Harriet und Avel einander fest. »Ich werde die ganze Reise nicht baden«, sagte Avel. »Ich will Tag und Nacht deinen Geruch bei mir haben. Sobald ich in der Maschine sitze, schlafe ich ein, damit ich von gestern nacht träumen kann.«

Avel zog Harriet von einer Familie weg, die gerade lautstark ihr Gepäck zählte. »Ist dir klar«, sagte er, »daß wir das nächstemal, wenn wir nebeneinander stehen, unser Gelübde ablegen werden?«

Harriet schluckte. »Ich habe meins schon gestern nacht abgelegt.«

Tränen schossen Avel in die Augen. »Harriet, du sagst Dinge, die mir das Herz zerreißen.« Er faßte sie um die Taille und küßte sie. »Du findest Worte für Gefühle, von denen ich immer geglaubt habe, man könnte sie nicht aussprechen.«

Harriet küßte Avels Scheitel. »Aber sicher, Schatz.«

Avel ging erst in letzter Minute an Bord seines Flugzeugs.

»Ach, das hätte ich beinahe vergessen«, rief er, zu Harriet zurücklaufend. Er zog einen Umschlag aus seiner Westentasche und reichte ihn ihr. »Taschengeld. Verschwende es nach Lust und Laune – wenn wir verheiratet sind, werde ich die Zügel anziehen.«

»Avel, wir wissen doch beide, daß du ohne Sattel reitest.«

Avel riß die Augen auf. Schon auf dem Weg zum Flugzeug, drehte er sich noch einmal um und rief: »Bis zum dreiundzwanzigsten Juni, Liebste. Gott, ich liebe dich! Oh, was für ein herrlicher Tag!«

Als die Bordleiter weggefahren worden war und das Flugzeug sich in Bewegung setzte, winkte Harriet Avel, dessen Gesicht von dem kleinen Fenster umrahmt war, wie wild zu. Sie sah der Maschine nach, bis sie nur noch ein kleiner dunkler Fleck am blauen Frühlingshimmel war. Dann fuhr sie langsam zur Wohnung ihrer Schwester, zu diesem traurigen Ort, aus dem die Liebe sich hinausgestohlen hatte wie ein Zechpreller.

9

PATTY Jane führte ein Experiment durch: Wenn man so wenig Gefühle wie möglich zuließ, ließ dann auch der Schmerz entsprechend nach? Das, was sie für Nora empfand, zeigte sie offen, aber diese Gefühle entsprangen einem mütterlichen Kern und waren auf keinen anderen Menschen übertragbar. Sie war überzeugt, daß sie die Flammen des Schmerzes ersticken könnte, wenn sie einen Deckel über ihre Emotionen klappte.

Am 27. Mai, ihrem zweiundzwanzigsten Geburtstag, erhielt sie einen Brief von Avel, der auf dünnes blaues Luftpostpapier geschrieben war. Er kam genau im richtigen Moment. Ihre Lethargie hatte angefangen, sie selbst zu langweilen, und doch konnte sie die Kraft nicht aufbringen, aktiv zu werden.

Wie Du wahrscheinlich schon weißt, habe ich Deinen Rat beherzigt (bei weitem der beste, den ich je bekommen habe) und eine wunderbare Nacht mit Deiner außergewöhnlichen Schwester verbracht. Diese Nacht der Liebe hat eine Freude in mir geweckt, die ich immer noch mit mir trage. Die Geschäfte gehen glänzend. Jeder, den ich treffe, mag mich, ich bin überzeugt, weil sie alle diese innere Freude spüren. Entweder werde ich bald das gesamte südamerikanische Getreidegeschäft beherrschen, oder man wird mich zum Präsidenten wählen.

Die Eigentümerin meines Hotels, Señora Rosa, stellt mir jeden Tag frische Gardenien auf den Nachttisch, deren Duft mein ganzes Zimmer erfüllt – und meine Träume von Harriet. Ich schwitze ganz unanständig von dem scharfen, gepfefferten Essen hier. Das Leben ist aufregend.

Und jetzt, Patty Jane, da Du mir einen so großartigen Rat gegeben hast, darf ich Dir vielleicht auch einen geben. Du sollst wissen, daß Du geliebt wirst und alle Liebe, die in diesem Universum herumwirbelt, verdienst. Was auch immer Thor veranlaßt hat, Dich zu verlassen, ich bin sicher, es war das Werk seiner eigenen Dämonen und nicht Deines. Und wenn auch alles das Gegenteil zu bezeugen scheint, so weiß ich doch, daß er Dich liebt.

Patty Jane, heile Dein Herz. Ich wünsche Dir von Herzen alles Gute zu Deinem Geburtstag, meine beinahe amtliche Schwägerin.

In Liebe, Avel

PS: Der beigelegte Scheck ist nur für Unnützes gedacht.

Der beigelegte Scheck war über fünfhundert Dollar ausgestellt.

»Nora, ich glaube, ich bin gerade geweckt worden«, sagte Patty Jane zu ihrer schlafenden Tochter. Sie zog Thors Bademantel aus, den sie seit zwei Monaten wie eine Uniform getragen hatte, und drückte ihn, den Nachhauch seines Körpergeruchs suchend, an ihr Gesicht. Nackt stellte sie sich vor den Badezimmerspiegel und war nicht freundlich in der Einschätzung ihrer selbst. Mein Gott, dachte sie, wenn Thor mich jetzt sehen könnte, würde er mich gleich wieder verlassen. Ihr Haar war spröde und glanzlos, und ihre hellbraunen Augen lagen tief eingesunken in den Höhlen. Ich bin so dünn wie Harriet, dachte sie, während sie mit den Händen über die spitzen Knochen ihrer Wangen und ihres Kinns strich. Unter der Haut ihres Brustkorbs waren ihre Rippen zu sehen, ein merkwürdiger Kontrast zur Fülle ihres milchprallen, blaugeäderten Busens.

Zu sehr in Eile, um ihr schmutziges Haar zu waschen, versteckte sie es unter einem Tuch und kleidete sich an, ohne auf Farbe oder Stil der Sachen zu achten, die sie aus dem Schrank nahm. Aus einer dünnen Babydecke band sie eine Schlinge, die sie sich schräg über die Schulter hängte, und packte Nora hinein, so daß sie dicht an ihrem Herzen lag.

Sie flitzte durch das Wohnzimmer, winkte Ione, die ein Babykleidchen bestickte, und Harriet, die gerade ihre Trompete reinigte, fröhlich zu und lief hinaus in die Frühlingsluft, die sie bisher höchstens durch ein offenes Fenster berührt hatte.

Vom linden Mailüftchen umspielt, ging Patty Jane mit großen Schritten vorwärts und beobachtete das Treiben auf der kleinen bescheidenen Geschäftsstraße, in der sie wohnte, als sähe sie es zum erstenmal.

Jede Strähne ihres Haars, jede Pore ihrer Haut schien jetzt zu erwachen; sie sah die jungen grünen Blätter, die sich im Wind bewegten, den schäumenden Flieder, der sich in zartem Lila über den Zaun des Parkplatzes von Henricksons Haushaltswarengeschäft ergoß, die Rotkehlchen, die um ein Nest unter dem Dach des Waschsalons schwirrten.

Sie ging bis zur Lake Street und trat in die Flour City

Bank. Nora schlief fest und erwachte erst, nachdem Patty Jane das Geld von Avels Scheck auf zwei Konten eingezahlt hatte, von denen eines Noras Namen trug.

»Ein niedliches Baby«, sagte die Bankangestellte, die nach Veilchenparfum roch.

»Ein hungriges Baby«, stellte Patty Jane fest, als Nora zu weinen begann. »Gibt es hier eine Toilette, in der ich sie stillen kann?«

»Tut mir leid«, sagte die Bankangestellte, »die ist nur für Angestellte.«

»Okay«, meinte Patty Jane, »der Stuhl hier tut's auch.« Noch ehe sie den mittleren Knopf ihrer Bluse geöffnet hatte, stürzte der Filialleiter herbei und begleitete sie in sein Büro.

»Hier haben Sie es bequemer«, sagte er und wies auf einen großen Ledersessel.

»Vielen Dank«, rief Patty Jane ihm nach, als er hastig aus dem Büro eilte.

Mit diesem Besuch auf der Bank beendete Patty Jane ihr Einsiedlerdasein. Sie ging danach mindestens einmal am Tag aus dem Haus. Immer nahm sie Nora mit, und immer ging sie zu Fuß, obwohl Harriet und Ione ihr ihre Autos anboten.

Ihre Beine, wohlgeformt wie die eines Revuegirls, wurden kräftiger. Ihre Schenkel wurden glatt und fest. Sie marschierte Meilen; zum Page-Flughafen, um die Flugzeuge starten und landen zu sehen, die Washington Avenue hinunter zum Bahnhof. Sie fuhr mit Nora zur Aussichtsplattform des Foshay-Tower-Gebäudes hinauf und hielt das krähende Kind ans Fenster. Zusammen blickten sie hinunter auf die weiträumige Stadt unter ihnen.

»Uns liegt die Welt zu Füßen«, flüsterte Patty Jane, »jedenfalls jetzt.«

Jeder Spaziergang stärkte und belebte sie, aber sobald sie in der Wohnung zurück war, verpuppte sie sich wieder, faltete ihre Schmetterlingsflügel zusammen und kroch in ihren Kokon. Um während Avels Abwesenheit für ihre Schwester dasein zu können, war Harriet zu Patty Jane gezogen. Ione übernachtete immer noch in ihrem eigenen Haus, verbrachte jedoch den größten Teil des Tages bei ihrer Schwiegertochter, wo sie die Rolle der Köchin und Haushälterin übernommen hatte. Eines Tages, als Patty Jane unterwegs war, zog Ione ihr Bett ab und trug die Laken und Decken zur Waschmaschine in den Keller hinunter. Als sie mit der Wäsche fertig war, hängte sie die Sachen hinten im Garten zum Trocknen auf die Leine. Sie fiel aus allen Wolken, als ihr, bei ihrer Rückkehr in die Küche, eine hysterische Patty Jane den Wäschekorb aus den Händen riß.

»Wo ist er?« schrie Patty Jane, und eine Schrecksekunde lang glaubte Ione, sie wäre verrückt geworden.

»Aha!« schrie sie, am Gürtel von Thors Bademantel zerrend, »du hast ihn genommen!«

»Was denn?« fragte Ione, ihre Hände vor der Brust verschränkt.

»Thors Bademantel! Du hast Thors Bademantel gewaschen!« Patty Jane preßte den Stoff an ihr Gesicht. »Du hast alles weggewaschen, was noch von ihm da war.«

Harriet fand die beiden Frauen in Patty Janes Schlafzimmer vor, wo ihre Schwester schluchzend auf dem Bett lag, während Ione mit schlaff herunterhängenden Armen hilflos neben der Kommode stand.

»*Uff-da,* es tut mir so leid«, sagte Ione mit kreideweißem Gesicht. »Ich hab ihre Bettwäsche gewaschen. Thors Bademantel war auch dabei ...«

»Jetzt riecht er nur noch nach Waschpulver«, jammerte Patty Jane. »Von Thors Geruch ist nichts mehr übrig.«

Harriet setzte sich aufs Bett und strich ihrer Schwester über das Haar. »Patty Jane, Liebes, der Bademantel hat vielleicht früher mal nach Thor gerochen, aber du trägst ihn jetzt seit über zwei Monaten. Da ist der Geruch mit der Zeit ganz schön streng geworden.«

Patty Jane trommelte mit beiden Fäusten auf das Kopfkissen. »Das ist mir egal! Ich hab ihn immer noch gerochen.«

»Patty Jane«, sagte Ione wieder, »es tut mir so leid.« Ein Quieken entfuhr ihren Lippen. *»Min sonne«,* sagte sie leise. »Er fehlt mir auch.«

Scham schlich sich in Patty Janes Schmerz, aber sie tröstete ihre Schwiegermutter nicht. Ione hatte vielleicht einen Sohn verloren, aber verlassen hatte er seine Frau.

»Könnt ihr mich eine Weile allein lassen?« fragte sie mit dünner Stimme, und dann weinte sie sich in den Schlaf.

Im ersten Monat nach Thors Verschwinden hatte Harriet ihre Musikstunden aufgegeben, doch als die Wochen ins Land zogen, ohne daß er zurückkehrte, nahm sie sie wieder auf. Ihre Lehrer beabsichtigten, sie bei den Konzerten ihrer jeweiligen Abteilungen groß herauszubringen. Stella Amundsen war ganz vernarrt in ihre Idee, Harriet und ihren besten Bariton mit einem Potpourri aus Filmschlagern auftreten zu lassen. Sie war überzeugt, ihre Schützlinge seien ebenso gut wie Nelson Eddy und Jeanette McDonald, wenn nicht sogar besser.

Harriet ging jeden Tag mit einem Gefühl tiefer Dankbarkeit in die McKern-Musikschule, denn in ihren Mauern war sie von dem umgeben, was für sie so lebenswichtig war wie die Luft zum Atmen: Musik. Sie war glücklich, wenn sie das Gebäude betrat und den Portier grüßte. Sie war glücklich, wenn sie durch die Korridore ging und die verschiedenen Klänge hinter jeder Tür hörte: Das Streichquartett beim Stimmen, ein einsames Oboensolo, ein Klavierduo beim Jazzen. Mit Freude und Stolz trug sie ihren Trompetenkasten, der für sie ein Zeichen ihrer Identität war. Sie war glücklich, wenn sie sich in Evelyn Brights Zimmer an die Schulharfe setzte und ihren Rock glättete, bevor sie in die Saiten griff. Sie war glücklich, wenn sie beim Eintreten in den Gesangssaal Stella Amundsens heitere Triller hörte, die sie willkommen hießen.

Avel hatte sie gebeten, sie möge bei ihrer Hochzeit selbst für die Musik sorgen: *Trumpet Voluntary* zu Beginn (»Soll ich die Trompete spielen, während ich zum Altar gehe?« fragte sie); *Claire de Lune* auf der Harfe vor dem Gelübde; und nachdem der Geistliche sie zu Mann und Frau erklärt hatte, sollte sie das *Ave Maria* singen. »Avel«, hatte sie gesagt, »ich will nicht an meinem eigenen Hochzeitstag als Ein-Frau-Kapelle fungieren; ich möchte nur die Braut sein.«

Sie arbeitete jedoch mit Evelyn Bright an einem Lied. Es sollte eine Überraschung für Avel werden, sein Hochzeitsgeschenk.

Eines Morgens zeigte ihr Evelyn Bright die Noten für das Lied, das sie komponiert hatte. Harriet hatte Evelyn nicht nur um Hilfe gebeten, weil sie ihre Lieblingslehrerin war, sondern auch weil sie eine erfolgreiche Liedermacherin war, die unter anderem die Erkennungsmelodie für die *Minnie Delany Radio Hour* und den Werbesong für White-Bluffs-Bier geschrieben hatte.

Evelyn hatte sich mit Vergnügen von Harriet zu dieser

kleinen Verschwörung anwerben lassen und ihr gestanden, daß sie und ihr Mann Cornelius selbst nach einundzwanzig Jahren Ehe noch »richtige Turteltauben« seien. »Überraschungen«, hatte sie gesagt, seien der Hauptgrund dafür, daß es in ihrer Ehe keinen Leerlauf gäbe.

»Mal steck ich ihm ein Briefchen in die Tasche, bevor er zur Arbeit geht, mal flüstere ich ihm ein Liebesgedicht ins Ohr, bevor er einschläft, mal spritz ich einen Tropfen Parfum innen an seinen Hemdkragen – nur die Überraschungen, Harriet, die liebenswerten Kleinigkeiten, halten eine Liebe am Leben.« Evelyn Bright nickte weise, wobei ihr fleischiges Kinn mehrmals tief in ihren gerüschten Kragen tauchte. Sie spritzte aus einer Sprühflasche Wasser in ihren Mund und summte die Melodie, die sie für Harriet komponiert hatte.

»Schön«, sagte Harriet. »Aber ich glaube, das A hätte ich lieber um einen halben Ton tiefer.« Sie wies auf einen Takt in den Noten, die Evelyn auf dem Notenständer ausgebreitet hatte.

Evelyn summte die veränderte Melodie. »Auf den Punkt genau, Harriet«, sagte sie und trug die Änderung ein. »Haben Sie sich schon einen Text einfallen lassen, Kind?«

»Nur eine Zeile«, antwortete Harriet und warf ihr langes Haar über die Schulter zurück. »O Avel, Herr des Landes, das mein Herz ist, nie wird die Hypothek gelöscht.«

Evelyn kicherte. »Das ist ja süß. So modern.« Sie sang den Text zu den ersten Takten ihrer Musik. »Es paßt genau. Harriet, ich wette, wir könnten dieses Lied verkaufen. Ich kann richtig hören, wie Perry Como es singt.«

Harriet lächelte. »Ein Liebeslied an ›Avel, Herr des Landes, das mein Herz ist‹?«

»Ach ja, das wäre wirklich ein bißchen komisch«, meinte Evelyn Bright. »Okay, dann Peggy Lee.«

Mit Regen zog der Juni ein. Patty Jane stopfte Nora unter ihren gelben Ölmantel und unternahm ihre Fünf-Meilen-Märsche in Gummistiefeln. Überlegungen praktischer Natur drängten allmählich in ihr Bewußtsein. Sie wußte, daß sie anfangen mußte, sich ihr Leben neu aufzubauen, daß sie ihre Tage in Zukunft nicht einzig mit langen Spaziergängen und der Sorge um ihr Kind zubringen konnte. Sie mußte den eisernen Vorhang hochziehen, das »Betreten verboten«-Schild wegwerfen und anfangen, wieder Menschen einzulassen.

Die Wochen der Ruhe, die Patty Jane sich verschrieben hatte, brachten noch einen überraschenden Gewinn. Sie hatten ihr die Gelegenheit gegeben, auf ihre Schwester und ihre Schwiegermutter zu achten, sie gemeinsam und allein zu beobachten. Es rührte sie zu sehen, wie gut Harriet und Ione miteinander auskamen. Die Zurückhaltung, mit der sie einander begegnet waren, hatte sich aufgelöst wie ein Rauchsignal im Wind. Oft saßen sie zusammen am Küchentisch, spielten Karten und aßen Popcorn, lasen sich gegenseitig die Briefe vor, die sie von Avel bekommen hatten. Patty Jane tat so, als wäre sie in dem großen Plüschsessel eingenickt, während sie Harriet und Ione belauschte, wenn diese im Wohnzimmer saßen und sich in freundschaftlicher Geselligkeit mit den unterschiedlichsten Dingen beschäftigten, die ihnen am Herzen lagen: Ione mit der norwegischen Kunst des *rosemaling*, die große Präzision erforderte; Harriet mit der Lektüre einer Partitur oder dem Ausprobieren von Frisuren, um die ideale für ihren Hochzeitstag zu finden.

Eines Nachmittags, nach einem von Harriets Harfenkonzerten, war Nora in den Armen ihrer Mutter eingeschlafen, während Patty Jane sich einer sanften Schläfrigkeit hingab, in der die Realität ein Traum und jeder Traum gut war. Die Fenster waren hochgeschoben, und ein frisches Lüftchen zupfte am Saum der dünnen Gardinen wie die Hand eines frechen kleinen Bengels. Im Radio spielte Duke Ellington.

»Ione«, sagte Harriet, und Patty hörte, wie sie ein Streichholz anriß, »wie alt bist du noch mal?«

»Einundfünfzig.«

»Macht dir das Angst?«

»*Uff-da, nei*. Warum fragst du?«

Patty Jane öffnete die Augen, um einen Blick auf Harriet zu werfen, die mit hochgezogenen Beinen auf dem Sofa saß und in die Rauchfäden starrte, die von ihrer Zigarette aufstiegen.

»Ich kann mir einfach nicht vorstellen, daß ich mal alt werde«, sagte Harriet.

Ione saß über den Couchtisch gebeugt. Sie zeichnete mit staubloser Kreide ein Blumenmuster auf eine Holzplatte, um es dann, wie schon ihre Mutter und ihre Großmutter es getan hatten, mit Ölfarbe auszumalen.

»So denkt man eben, wenn man jung ist.« Sie hielt die Platte hoch und bewunderte ihre Arbeit. »Aber wenn man dann nicht mehr so jung ist, stellt man fest, daß es gar nicht so schlimm ist, alt zu werden ... sogar besser.«

»Nie!«

»Du wirst noch an meine Worte denken.« Ione drückte einen Klacks rotbrauner Ölfarbe auf ihre Palette. »Also, weißt du, ich denke so: Wir haben, glaube ich, alle die Seele einer Achtjährigen. Zeit und Erfahrung und die Mutterschaft – besonders die Mutterschaft, weil man da für einen anderen

Menschen verantwortlich ist! – machen einen klüger und weiser, aber tief im Innern sitzt immer noch die Seele einer Achtjährigen.« Ione suchte sich einen feinen Pinsel heraus und drückte ihn in die Farbe. »Ich bin einundfünfzig, aber die Zahl hat überhaupt keine Bedeutung.«

Harriet hielt ihre Zigarette eine Handbreit vor ihren Mund und starrte nachdenklich zu einem Punkt an der Decke hinauf.

»Avel ist fünfunddreißig«, sagte sie, »und er ist überhaupt nicht so, wie ich das von einem Fünfunddreißigjährigen erwarten würde. Ich glaube sogar, daß ich in meinem Verhalten älter bin als er.«

»Genau das sage ich ja«, erwiderte Ione. »Eine Zahl allein reicht nicht, um das Alter eines Menschen zu messen.«

Da hast du verdammt recht, dachte Patty Jane. Ich bin gerade zweiundzwanzig geworden, jeder hält mich für sechzehn, und ich fühle mich ungefähr wie hundertvier.

Die Änderungen an Harriets Hochzeitskleid waren abgeschlossen, und Ione begleitete Harriet zu Wandas Brautausstattung, um das Kleid abzuholen.

»Hallo, Mrs. Ames in spe«, sagte Wanda, prächtig ausstaffiert mit einem goldschimmernden Kaftan und passendem Turban. »Oh, und das ist Ihre Mutter?«

»Nein«, antwortete Harriet lächelnd. Sie machte die beiden Frauen miteinander bekannt, aber als sie ihr Kleid an der Stange hinter der Kasse hängen sah, stockte ihr plötzlich der Atem. So scheu, als näherte sie sich einem Patenkind, das sie nie kennengelernt hatte, ging sie hin. Sie schob es behutsam vom Bügel und trug es in die Garderobe, und als sie wieder herauskam, schlug Ione die Hände zusammen.

»Oh, ihr Sterne«, rief sie. »Oh, ihr himmlischen Sterne!«

»Ja, meine Damen, wir haben die Taille perfekt zusammengenommen«, erklärte Wanda. Sie stellte sich hinter Harriet, und gemeinsam blickten sie in den hohen Ankleidespiegel. »Sehen Sie, wie es sich bauscht? Sie bekommen richtige Hüften dadurch.«

Nachdem Harriet sich umgezogen hatte, zog Wanda einen Kleidersack über das Hochzeitskleid. »Ich wünsche Ihnen eine wunderschöne Hochzeit«, sagte sie zu Harriet. Rubinrote Lippenstiftflecke leuchteten auf ihren Schneidezähnen, als sie lächelte und dann zu Ione sagte: »Raten Sie mal, wie alt ich bin.«

Kichernd erzählte Ione Harriet später im Wagen, sie wüßte nicht, was plötzlich über sie gekommen sei, aber sie habe gesagt, oh, keine Ahnung ... fünfundachtzig?

An der Wand in Patty Janes Küche hing ein großer Kalender von Bill Blaines Sportgeschäft (»Sport ist unser Geschäft«), vor dem Harriet allabendlich ein kleines Ritual zelebrierte, indem sie eines der Datumskästchen auskreuzte. Mit frisch gewaschenem Gesicht und geputzten Zähnen stand sie in dem seidenen Morgenmantel, den Avel ihr geschenkt hatte, im Lichtschein der kleinen Lampe mit dem glockenförmigen Schirm und strich wieder einen Tag mit einem großen X aus. Es freute sie zu sehen, wie die Zeit voranmarschierte, und sie fühlte sich, während sie mit einem schwarzen Stift vor dem Kalender stand, jedem Tag persönlich verbunden: ja, ich habe dich genutzt, du hast für mich existiert, ich danke dir. Ihr gefiel das Muster, das die schwarzen Kreuze bildeten, und eines Abends bemerkte sie lächelnd, daß das Muster immer schöner wurde, je näher ihr Hochzeitstag rückte.

10

IN Südamerika bekam Avel eine sonnenbraune Haut und ließ sich bei Bogotas erstem Schneider ein halbes Dutzend Anzüge machen. Er gewöhnte es sich an, Panamahüte zu tragen und seine Krawatte mit einer Brillantnadel zu schmükken, und wenn er sich in den Spiegeln des Hotelfoyers sah, lachte er und dachte, wer ist denn dieser kleine Kerl, der aussieht wie der Eigentümer eines lateinamerikanischen Tanzpalasts?

Auf Festen und Empfängen, die von Diplomaten und wohlhabenden Geschäftsleuten gegeben wurden, Festen, auf denen Musiker mit traurigen Gesichtern die Saiten ihrer Gitarren zupften und die Gäste aus gekachelten Speisesälen auf Terrassen, die von blühender Bougainvillea überwuchert und von Paradiesvögeln bevölkert waren, hinausströmten, pflegten schöne Frauen mit dickem schwarzem Haar, das in kunstvollen Rollen und Knoten hochgesteckt war, Avel zu umringen und ihn zum Tanz einzuladen, zu einem zweiten Glas Wein, oder zu einer zweiten Portion der köstlichen fritierten Desserts.

Avel ließ sich soviel Aufmerksamkeit mit liebenswürdiger Höflichkeit gefallen, doch die Scharen schwarzäugiger, braunhäutiger Schönheiten waren für ihn keine Quelle der Versuchung. Sie waren Blumen in einem bunten Strauß der Weiblichkeit, in dem nur die unvergleichliche Rose in der Mitte lockte, seine Harriet.

Er flog nach Buenos Aires und besichtigte unter Führung eines Gutsbesitzers, der in Harvard studiert hatte und auf einem Schneidezahn einen Rubin trug, die riesigen Weizenfelder der Pampas. Er traf sich in Brasilia und Caracas mit Landwirtschaftsministern, sprach mit Gauchos über den Ernteertrag und die klimatischen Verhältnisse, ritt mit dem Bürgermeister von Cordoba auf einem Packesel und betrank sich im Eisenbahndepot von La Paz mit einer Gruppe Ökonomiestudenten mit dem besten Bier, das er je gekostet hatte.

Er lachte sich ins Fäustchen darüber, daß der Plan seiner Schwestern, die gemeint hatten, ihn ins Exil zu schicken, vereitelt war. In Wahrheit hatte sich die Strafversetzung als *das* Abenteuer seines Lebens entpuppt. In Bogota, von wo aus er seine Unternehmungen startete, hatte er auf dem Nachttisch ein Notizheft liegen, in dem er jeden neuen geschäftlichen Gedanken festhielt – Überlegungen über Sorghumzüchtungen und Fruchtwechsel oder den Aufbau von Kooperativen. Als letztes schrieb er abends immer seiner zukünftigen Frau. In einem Brief vom 10. Juni 1954 schrieb er.

Liebe Harriet,

wir müssen unsere Flitterwochen unbedingt verlängern und gleich nach unserer Campingreise in die Wisconsin Dells hierherkommen. Ich habe Señora Rosa, meiner Haushälterin, Dein Foto gezeigt – das, was wir unter der Hiawatha-Statue, die Nokomis trägt, aufgenommen haben –, und sie hat mit einem abgrundtiefen Seufzer gesagt: »muy bonita«. *Sie hat mir einen Rosenkranz geschenkt, von dem sie behauptet, er würde uns in unserer Ehe Glück bringen.*

Ich vermisse Dich, Harriet, aber ich bin glücklich dabei. Deine Liebe ist immer bei mir und befruchtet mich. Ich spüre plötzlich ein Vertrauen in mich selbst und meine Fähigkeiten und ein Interesse an den Familiengeschäften, wie ich sie bei mir niemals erwartet hätte, und das, meine Allerliebste, ist allein Dein Werk.

O Liebling, ich habe heute auf allen vieren gelegen und zusammen mit einem stummen Pasto-Indianer, der so alt war wie die Anden, in reichem Schwemmland gegraben. Wir haben uns eine halbe Stunde über einen kostbaren Weizenschößling ausgetauscht. Harriet, natürlich habe ich geweint, und der alte Indianer hat genickt, als verstünde er.

Es ist, als sei mein Leben ein großes Orchester, das die ganze Zeit nur auf den Einsatz gewartet hat, und nun ist endlich der Dirigent gekommen, um es in den ersten Satz hineinzuführen. Und ich spüre, daß es eine herrliche Mozart-Symphonie ist.

Adios bis zur nächsten Sekunde, in der ich an Dich denke,

Avel.

Harriet hob seine Briefe in einem leeren Mighty-Bites-Karton unter der Couch auf und träumte von Gardenienbüschen, menschenbevölkerten Märkten und flatternden Ponchos, die aus leuchtender Wolle gewebt waren.

Alle Geschäfte waren erledigt, so zufriedenstellend, wie Avel es nie erwartet hätte. Sein Aktenköfferchen war prall gefüllt mit Angeboten und Absichtserklärungen, Fakten und Zahlen, auf die seine Schwestern sich mit der Begierde von Buchhaltern stürzen würden. Als er an Bord der Maschine ging, die ihn nach Hause bringen sollte, stellte er sich seinen Vortrag vor jener Gruppe von Geschäftsleuten vor, für die er immer eher ein Hofnarr als ein Kollege gewesen war.

Bogota verschwand unter ihm. Er summte ein Lied von einer Goldgrube, das er bei einer Gruppe Straßenmusikanten gehört hatte, und als die Maschine ihre Reisehöhe erreichte, wurde die Trauer über den Abschied von einem Ort, wo so viel geschehen war, von der Vorfreude auf seinen Hochzeitstag verdrängt. Mit einem Nicken zu dem Geschäftsmann, der auf der anderen Seite des Ganges saß, klappte Avel geschäftig sein Aktenköfferchen auf, nahm einen Block heraus und tat etwas, was er noch nie zuvor getan hatte: er machte sich eine Notiz. In großen Blockbuchstaben schrieb er quer über den Kopf des Blattes:

ZU ERLEDIGEN

Harriet heiraten!!!

Flitterwochen!!!

Kontaktieren der Familienanwälte, besonders Mr. Sumner, wegen Immobilien- und Wertpapiervermögen, bestehenden Testaments und Änderung zugunsten Harriets, Haus am Minnetonka-See – für den Sommer frei?

Patty Jane – Angebot Ausbildung oder Arbeit? – Vielleicht bei der Firma?

Avel füllte die Seite, und als er fertig war, ließ er sich von der Stewardeß ein Kissen geben. Den Rosenkranz, den

Señora Rosa ihm geschenkt hatte, lose in der Hand, nickte er ein.

Der Briefträger kam am Zeitungsjungen vorüber, als der Zwölfjährige gerade draußen vor dem Haus die Nachmittagsausgabe des *Minneapolis Star* zusammenfaltete.

»Herrlicher Tag«, sagte der Briefträger mit einem Nicken.

»Wenigstens hat's aufgehört zu regnen«, erwiderte der Zeitungsjunge, ein kleiner Träumer, der auf ein Funkgerät sparte.

Für beide war es ein ganz gewöhnlicher Arbeitstag.

Harriet stand in einem marineblauen Hahnentrittkostüm vor dem Spiegel im Badezimmer und zupfte an ihrem Haar herum. Sie wollte zum Flughafen, um Avel abzuholen, und in ihrem Magen flatterte eine ganze Schar Schmetterlinge. Sie hatte weder beim Frühstück noch beim Mittagessen, das Ione zubereitet hatte, etwas essen können. Koffein und Nikotin waren das einzige, was sie zu sich genommen hatte. Heute abend um sieben würden sie und Avel am Calhoun-See getraut werden, dort, wo sie sich vor fast einem Jahr bei einem chinesischen Abendessen aus der Tüte zum erstenmal nahegekommen waren.

Sie riß ihr Haar aus dem fest geschlungenen Knoten, und es flog knisternd nach allen Seiten. Sie war gerade dabei, es sich auf einer Seite über das Auge zu bürsten, als ein Schrei aus dem Wohnzimmer ertönte. Sie schmiß die Bürste hin und stürzte aus dem Bad. Patty Jane lehnte mit kreidebleichem Gesicht zusammengesunken an der Wohnungstür. In der Hand hielt sie ein Blatt liniertes Papier wie aus einem Schulheft.

»Patty Jane?« Harriets Stimme enthielt einen Hauch von Angst.

Patty Jane hob die Hand, und zitternd nahm ihr Harriet das Blatt Papier aus den Fingern. Sie las den kurzen, mit Maschine geschriebenen Text einmal durch, und dann noch einmal, um ihn zu begreifen.

Liebe Patty Jane,

ich bin am Leben. Verzeih mir und vergiß mich. Tut mir leid.

Gruß,

Thor.

Die Schwestern blickten einander an, ihre Gesichter starr vor Schreck. In der Stille des Zimmers schwangen tausend Worte.

»Er lebt«, sagte Harriet schließlich.

»Ich bring ihn um«, flüsterte Patty Jane.

Ione, die mit Nora vom Einkaufen zurückkam, hob das gefaltete Rechteck des *Minneapolis Star* von der mittleren Stufe auf. Sie stellte den Kinderwagen in den Hausflur neben Thors Fahrrad und stieg, beladen mit Nora, der Zeitung und einem Beutel Orangen, den sie bei Del's mitgenommen hatte, die Treppe hinauf. Sie drückte die Wohnungstür mit dem Fuß auf und stieß einen Schrei aus, als sie die Gesichter von Patty Jane und Harriet sah.

Die Zeitung, die sie unter den Arm geklemmt hatte, fiel zu Boden. Der Beutel mit den Orangen entglitt ihrer Hand und polterte die Treppe hinunter. Die Frauen lauschten dem Geräusch, bis die Orangen unten aufschlugen.

»Was ist?« fragte Ione.

Patty Jane nahm ihr Nora aus den Armen und drückte ihr den Brief in die Hand.

»Min gutt er i livet! Min gutt er i livet!« Ione küßte das Blatt und drückte es an ihre Brust. »Mein Junge lebt.«

»Nicht mehr, wenn er hierher kommt«, sagte Patty Jane.

Harriet lachte, weil Lachen ihr das beste Mittel schien, den Schock zu entschärfen. Ihr Gelächter endete abrupt, als sie sich bückte, um die Zeitung aufzuheben, die Ione fallengelassen hatte. Ein Foto, das eine Hälfte von Avels Gesicht zeigte, blickte ihr von der Titelseite entgegen. Sein ganzes Gesicht zeigte sich, als Harriet im Zeitlupentempo die Zeitung entfaltete.

Die Schlagzeile lautete: AMES GRAINS ERBE BEI FLUGZEUGUNGLÜCK UMGEKOMMEN.

»Was für ein gemeiner Scherz...«, begann Harriet mit einer Stimme, die um Erbarmen flehte.

Avels Lächeln begann in winzige Pünktchen zu zerfallen, und die fetten schwarzen Buchstaben tanzten vor ihren Augen. »Bruchlandung in Port-au-Prince... Zeugen berichten von einer Stichflamme... Keine Überlebenden.« Die Pünktchen schoben sich wirbelnd zu Schwärze zusammen, und Harriet fiel rücklings in Iones und Patty Janes Arme.

II

II

PETIT-Point-Stickereien und Illustriertenbilder von Frisuren hingen an der Pseudo-Holztäfelung über einer Reihe von Trockenhauben und dem Waschbecken. Unter den breiten Rahmen der Spiegel vor vier Frisierstühlen steckten selbstgemachte Muttertagskarten und Gewerbescheine. Der Linoleumboden des Raums war von der Sonne ausgeblichen, und sämtliche Geräte waren gebraucht gekauft oder »neu aufgemöbelt«. Die Kunststoffpolster der Sessel waren mit breiten Streifen Isolierband geflickt, und die Metallkuppeln der Trockenhauben waren voller Beulen, doch Patty Jane war überzeugt davon, daß es in der ganzen freien Welt keinen schickeren Frisörsalon gab. Auf ein Holzschild in Form eines üppigen Lockenkopfs hatte Ione die Worte *Patty Janes Flotte Locke* gemalt, und die Namensgeberin hätte am liebsten jedesmal, wenn sie es betrachtete, Freudensprünge gemacht. Der Laden gehörte zu einem Haus auf dem Nawadaha Boulevard, einer Allee mit Einfamilienhäusern. Die Anzahlung hatte Ione geleistet, die jetzt mit Harriet, Patty Jane und Nora zusammenlebte. Sie arbeiteten alle, jede auf ihre eigene Art, in der *Flotten Locke*.

»Noch etwas Kaffee, Grimmy?« fragte Patty Jane eine eisengraue Frau, die unter der Trockenhaube schwitzte. Die Frau, die den Spitznamen wegen ihrer Schroffheit bekommen hatte, als sie im Zweiten Weltkrieg beim Women's Army Corps gewesen war, hielt ihre Tasse hoch.

»Aber seien Sie diesmal nicht so kleinlich mit der Sahne, und bringen Sie mir noch zwei von den Gewürzplätzchen, wenn's geht«, sagte Grimmy.

Sie trug wie die anderen Kundinnen in der *Flotten Locke* einen frisch gewaschenen Kittel mit ihrem Monogramm und aß mit gesundem Appetit von Iones Leckereien. Sie wußten alle, daß sie jederzeit ihre Haarschnitte oder Dauerwellen anschreiben lassen konnten, wenn das Geld gerade knapp war, und daß sie, wenn sie einen wichtigen Termin hatten, aber keinen Babysitter, ihre Kinder im Salon absetzen konnten. Für die Frauen des Longfellow-Viertels war Patty Janes Frisiersalon Pokerklub, Billardhalle und Tante-Emma-Laden zugleich – ein Ort, wo sie klatschen und erzählen und sich dabei die Haare schneiden oder legen lassen konnten.

In der vergangenen Woche hatte der Frisiersalon seine siebte alljährliche Weihnachtsplätzchenbörse veranstaltet, und davon gab es immer noch Reste – Spritzgebäck, Pfeffernüsse und Schokoladenringe, die Ione auf Tellern angerichtet und auf den Empfangstisch gestellt hatte, einen ehemaligen Kartentisch, um den sie einen bodenlangen gerüschten Volant mit Blumenmuster drapiert hatte.

Patty Jane brachte Grimmy Bultram ihre Bestellung und

setzte sich neben Harriet, die auf ihrer Harfe gerade die letzten Takte von *Für Elise* spielte.

»Schön«, sagte sie.

»Mit Beethoven liegt man immer richtig«, meinte Harriet.

»Aber nicht, wenn er ein Mann ist«, warf Bev Beal ein, die gerade die Haarreste auf dem Boden zusammenkehrte.

Clyde Chuka, der an seinem Maniküretisch saß, schüttelte den Kopf. »Eines Tages wirst du auch noch Glück in der Liebe haben, Bev, und andere Töne anschlagen.«

Die Friseuse schüttelte den Kopf mit dem schwarzen gestylten und gesprühten Haar. »Die Melodie kann ich nicht verändern.«

Nora stürmte herein, glühend von der Anstrengung, eine Schneeburg gebaut zu haben. »Die Post ist da!« rief sie und schwenkte eine Handvoll Briefe. »Post für Mrs. Thor Rolvaag!«

Patty Jane wappnete sich. Der einzige, der jetzt noch Briefe an sie so adressierte, war ihr Mann, wenn er alle sechs Monate einmal von sich hören ließ.

Der Brief, diesmal in La Crosse, Wisconsin abgestempelt, war tatsächlich von Thor und enthielt wie gewohnt fünfzig Dollar und ein Blatt mit den getippten Worten: »Mir geht es gut. Wie geht es Dir?«

Tränen des Zorns schossen Patty Jane in die Augen.

»Ich bin gleich wieder da«, sagte sie, obwohl alle wußten, daß es Stunden dauern würde, ehe sie ihre Fassung wiederfinden und zurückkehren würde. In den letzten zehn Jahren war Patty Jane einen weiten Weg gegangen, aber jeder dieser knappen Briefe von ihrem lang verschollenen Ehemann war eine Erinnerung daran, wie hart und beschwerlich dieser Weg gewesen war.

Bei der Trauerfeier für Avel hatte Harriet die in der Kirche Versammelten damit überrascht, daß sie sich an ihre Harfe gesetzt und das Lied gespielt hatte, das sie ihm eigentlich als Hochzeitsgeschenk zugedacht hatte, *Du bist der Gebieter meines Herzens.* Die Trauerfeier, von Avels Schwestern vorbereitet, war bis zu diesem Moment strohtrocken gewesen. Die Ansprache des Geistlichen hatte deutlich gezeigt, daß er Avel nicht gut gekannt hatte, und die Solistin hatte, als sie *You'll Never Walk Alone* gesungen hatte, mindestens einen halben Ton daneben gelegen. Erst als Harriets schöne, klagende Stimme (»Andere wollten es erobern, sich aneignen zu ewigem Besitz, ich aber zoll nur meine Liebe dir, dem Herrn des Landes, das mein Herz ist«) sich mit den Klängen ihrer Harfe vereinigte, begannen alle in Taschen und Beuteln nach Taschentüchern zu kramen.

Auf den Stufen vor der Kirche, als die Leute an ihr vorüberdefilierten, um ihr ihr Beileid auszusprechen, hatte Harriet ihre Fassung bewahrt. Sie nickte ernst, als Milt Zims, der Privatdetektiv, ihr erklärte, daß keine zehn Pferde ihn in ein Flugzeug lotsen könnten, um keinen Preis, er sei ein Eisenbahnfahrer durch und durch, und sie umarmte eine große, üppige Frau, die behauptete, Avel an Silvester in einer Bar namens *The Den Of* kennengelernt zu haben.

»Ihm und dem Geld, das er mir geschenkt hat, hab ich es zu verdanken, daß ich mein Leben wieder auf die Reihe gekriegt habe«, sagte Suzanne Wojinski. »Ich werde jetzt Arzthelferin.«

Harriet hatte sogar die Kraft, zu Avels Schwestern zu gehen und ihnen zu sagen, daß es eine Ehre gewesen sei, ihren Bruder zu lieben.

»Ich danke Ihnen«, erwiderte Bernice trocken, und schon

entfernte sie sich zusammen mit Esme, um den Bürgermeister und seine Frau zu begrüßen.

Erst als Harriet, Patty Jane und Ione wieder in Patty Janes Wohnung waren, zersprang die Fassade der Selbstbeherrschung, und Harriet brach zusammen wie ein zum Abbruch verdammtes Gebäude, das von der Abrißbirne getroffen wurde.

»Ich weiß nicht, was ich für sie tun soll«, sagte Ione an einem schwülen Augustnachmittag zwei Monate nach Avels Tod. Harriet war in einem Sumpf dumpfen Schmerzes versunken und tat kaum etwas anderes als weinen, rauchen und schlafen. An diesem Tag hatte sie alles zugleich getan und dabei ihr Haar in Brand gesetzt.

»Ich würde sagen, es war schon ganz gut, daß du die Flammen gelöscht hast.« Patty Jane mußte lachen, als sie daran dachte, wie Ione an der Küchenspüle gestanden und den Schlauch am Wasserhahn auf Harriet gerichtet hatte.

»Ich war zu Tode erschrocken«, sagte Ione kopfschüttelnd.

»Glaubst du vielleicht, ich nicht«, versetzte Patty Jane. Sie hielt den Einkaufszettel hoch. »Kommst du auch wirklich allein mit ihr zurecht? Ich müßte eigentlich einkaufen.«

»Sie schläft, Nora schläft, das klappt schon.«

»Soll ich dir noch was mitbringen?«

»Braunen Zucker – und wie sieht's mit dem Kaffee aus?«

Patty Jane lächelte; in ihrem Haushalt konnten Toilettenpapier oder Seife ausgehen, aber niemals der Kaffee und die Zutaten für Desserts.

Nachdem Patty Jane sich entschieden hatte, das Waschmitttel zu nehmen, zu dem man gratis ein Geschirrtuch bekam, und nicht das, das das kostenlose Whiskyglas anbot, rollte sie ihren Einkaufswagen zu dem Regal mit den Frühstücksflocken. Ihr schriller Schrei trieb das Personal und ein halbes Dutzend Kunden an ihre Seite.

»Was ist denn passiert?« fragte der zweite Geschäftsführer atemlos, während er auf dem Boden nach Glasscherben und, schlimmer, Blut Ausschau hielt.

»Mein Mann«, jammerte Patty Jane.

»Was ist los mit ihrem Mann?« fragte ein alter Mann den Metzger.

Patty Jane riß einen Karton Mighty Bites aus dem Regal. »Das hier«, sagte sie und schlug mit der Hand auf den Karton, »ist mein Mann.«

»Wünschte sie«, murmelte eine Hausfrau in Lockenwicklern.

Der zweite Geschäftsführer raffte sich zu seinem Der-Kunde-hat-immer-recht-Lächeln auf, was ihm fast jedesmal aufs neue schwerfiel.

»Wie wär's, wenn ich Ihnen eine schöne kühle Cola hole?« fragte er, in dem Glauben, dies sei doch ein sehr anständiges Angebot für jemanden, der in seinem Laden an Wahnvorstellungen litt.

»Ich will keine gottverdammte Cola!« schrie Patty Jane. Sie schleuderte die Schachtel, die sie in der Hand hielt, gegen das Regal, und mehrere Mighty-Bites-Kartons fielen zu Boden. »Ich will ihn!«

»Na ja, verstehen kann man sie ja«, meinte die Hausfrau, als sie Patty nachblickte, die aus dem Laden rannte.

Die Nachricht über einen Anruf, die Esme Ames von ihrer Sekretärin übergeben wurde, war voller Sternchen und Gedankenstriche.

»Die stehen für Schimpfwörter«, erklärte die Sekretärin mit roten Ohren.

Esme Ames nahm nicht einen der zahllosen ähnlich deftigen Anrufe entgegen, mit denen Patty Jane sie in den nächsten Tagen bombardierte; aber schließlich diktierte sie den folgenden Brief:

1.9.54
Sehr geehrte Mrs. Rolvaag,
Ihr Mann hat bezüglich der Werbeaufnahmen einen Verwertungsvertrag mit uns unterschrieben, es steht uns also von Rechts wegen zu, unser Produkt Mighty Bites weiterhin in der gegenwärtigen Aufmachung zu verkaufen. Daß Ihr Mann Sie verlassen hat, ist bedauerlich, doch die Maßnahmen, die dazu führten, daß unsere Frühstücksflockenkartons heute mit seinem Bild versehen sind, wurden bereits vor Monaten veranlaßt, und es wäre unmöglich, ein vorhandenes und erfolgreiches Produkt zurückzuziehen.
Mit freundlichen Grüßen,
Esme Ames
Ames Grains

PS: *Wenn Sie Ihre Anrufe in Zukunft nicht unterlassen, werde ich die Polizei informieren.*

Patty Jane war einsam und allein in ihrem Konflikt. Nie zuvor in der Geschichte von Ames Grains hatte sich ein Getreideflockenprodukt besser verkauft, und nach den Briefen zu urteilen, die waschkorbweise in der Kundendienstabteilung eingingen, war dies eher dem appetitlichen Bild des

Models auf der Schachtel zuzuschreiben als dem »einmaligen Knuspergenuß« von Mighty Bites.

»Von diesem Bild von einem Mann«, schrieb eine »hochzufriedene« Kundin aus Baltimore in Maryland, »kann ich gar nicht genug bekommen.«

»Mir reicht's allmählich mit den schlechten Witzen«, sagte Patty Jane zu Harriet. »Als nächstes verkaufen sie wahrscheinlich Miniflocken mit Avels Gesicht auf der Schachtel.«

Harriet starrte in den Rauch ihrer Zigarette.

»Nun lach doch mal, Harriet, das war ein Witz. *Mini*flokken, kapiert? Ach was, vergiß es.« Sie schlug ihrer Schwester auf den Schenkel, um irgend etwas anzuregen, und wenn nur Harriets Blutkreislauf. »Hast du nicht Lust, mit mir spazierenzugehen?«

Statt einer Antwort seufzte Harriet nur.

»Na, wunderbar, das Schweigen im Walde. Ich liebe das Schweigen im Walde, du nicht auch, Nora?«

Das kleine Kind, das in einem Tragbeutel auf Patty Janes Rücken hing, blubberte vor sich hin.

»Letztes Angebot, Harriet. Zum ersten, zum zweiten.«

Harriet seufzte wieder.

»Und weg sind wir.« Patty Jane klopfte die Ärmel ihrer Jacke ab. Harriet tat ihr leid, aber Geduld gehörte nicht zu ihren starken Seiten. »Wir bleiben nicht lange weg. Versuch zur Abwechslung wenigstens mal eine deiner Gliedmaßen zu bewegen, okay?«

Als die beiden Wandersfrauen nach Hause kamen, grölte Eddie Fisher in voller Lautstärke ein Lied seines Vaters.

»Klappe, Ed«, sagte Patty Jane und drehte das Küchenradio aus. Lauthals beschimpfte sie Harriet dafür, daß sie Vogstads Kunden belästigt hatte, aber insgeheim war sie froh; sie konnte sich nicht erinnern, wann Harriet das letztemal die Energie aufgebracht hatte, das Radio anzudrehen.

»Wirklich, Harriet«, rief sie, während sie durch den Flur zum Wohnzimmer ging, »wenn Mr. Vogstad nicht so verknallt in dich wäre, hätte er uns längst rausgeschmissen.«

Am äußersten Rand ihres Gesichtsfelds gewahrte sie plötzlich den Schimmer eines Schattens, so flüchtig, daß sie ihn kaum registrierte, und doch stieg augenblicklich Angst in ihr hoch.

»Harriet?« rief sie gepreßt und kehrte zur Badezimmertür zurück.

»Ba-ba?« sagte Nora in ihrem kleinen Tragbeutel.

Das von Sonne durchflutete Badezimmer mit dem Fensterbrett voll blühender Usambaraveilchen sah heiter und freundlich aus, nur daß Harriet über der Badewanne hing.

Im ersten Moment hätte Patty Jane gern geglaubt, daß ihre Schwester lediglich dabei sei, die Wanne zu schrubben, aber als sie zaghaft ein paar Schritte nähertrat, sah sie schon die leuchtend roten Blutspritzer auf dem Linoleum. Nicht weit entfernt glitzerte eine Rasierklinge.

»Harriet!« Ihr Schrei löste bei Nora Geheul aus, und innerhalb von Sekunden wurde das Bad zur Gruselkammer, in der Patty unter gellenden Schreien durch Blut watete und bei ihrer Schwester nach Spuren von Leben suchte.

Sie zog Harriet vom Badewannenrand und hätte sie beinahe wieder zurückfallen lassen, als sie sah, daß ihre Handgelenke unversehrt waren.

»Aua, aua«, jammerte Harriet. »Mein Kopf.«

Mit fliegenden Fingern durchsteifte Patty Jane das Haar ihrer Schwester, um nach feuchten Stellen zu tasten. Sie fand nichts; nur über Harriets linker Braue begann sich eine Beule zu bilden, die sich langsam violett färbte.

»Aua«, sagte Harriet. Sie berührte die Beule an ihrer Stirn, senkte den Kopf und sah das Blut an ihrem Bein.

»Hey, ich blute ja«, sagte sie schwach.

»Harriet, was ist denn passiert?« fragte Patty Jane.

Harriet starrte die gekachelte Wand an, während sie überlegte. »Ich weiß auch nicht«, antwortete sie schließlich. »Ich wollte die Rasierklinge wechseln – ich wollte mir die Beine rasieren – und da bin ich ... ich bin anscheinend ohnmächtig geworden.« Sie befeuchtete ihren Zeigefinger und drückte ihn auf die Schnittwunde unterhalb ihres Knies.

»Du wolltest dich nicht umbringen?« flüsterte Patty Jane.

»Mich umbringen?« Tränen sprangen ihr in die Augen. »Ach, Patty Jane, ich fühl mich doch sowieso schon tot.«

Die Schwestern hielten sich umschlungen, bis Nora, die sich langweilte und außerdem hungrig war, zu greinen anfing.

»Glaubst du ihr?« fragte Ione, als sie und Patty Jane spät am Abend am Küchentisch miteinander konferierten.

Patty Jane nickte. »Wenn nicht, würde ich ja verrückt werden vor Sorge. Sie kann keiner Fliege was zuleide tun und Gott sei Dank – dreimal auf Holz geklopft – auch sich selbst nicht.«

Patty Jane schüttelte den Kopf. »Ich werde nie vergessen, wie unser Dad damals ihre Trompete aus dem Fenster geschmissen hat«, sagte sie. »Sie ist rausgelaufen und hat sie geholt und hat sie an sich gedrückt wie ein Baby. Unablässig hat sie das verbeulte Ding gestreichelt, und dabei sind ihr die Tränen in Strömen übers Gesicht gelaufen. Elmo und Anna waren zu ihr noch gemeiner als zu mir, glaub ich, weil sie genau wußten, daß sie ihr mehr weh tun konnten.

Ganz gleich, wie betrunken und bösartig sie am Abend zuvor waren, Harriet hat ihnen am Morgen unverdrossen das Frühstück gemacht – Haferflockenbrei und gekochte Eier und Kaffee, so verwässert, wie Anna ihn gern getrunken hat. Und immer war sie freundlich, ist für sie gerannt, hat ihnen Aspirin geholt, ihre Zigaretten angezündet, und ich, ich hab inzwischen im Wohnzimmer gehockt und ausgiebig den Sportteil gelesen, weil ich gewußt hab, daß das der Teil der Zeitung war, den Elmo unbedingt haben wollte.

Weißt du, Ione, obwohl meine Eltern immer versucht haben, mir das Gefühl zu geben, ich wär der letzte Dreck, hab ich schon ganz früh gewußt, daß das nicht stimmt. Ich meine, sogar mit Thor geht's mir so: Er hat mich zwar sitzenlassen, aber der Versager bin nicht ich, der ist er.«

»Thor war –«

»Aber Harriet denkt anders als ich«, unterbrach Patty Jane, die jetzt nicht über Thor reden wollte. »Wie kann ein Mensch das verstehen, Ione? Sie hat eine Stimme wie ein Engel – sie ist ein musikalisches Genie, hat sich selber das Notenlesen beigebracht, so wie andere Kinder sich selber beibringen, Wörter zu lesen –, und trotzdem braucht sie immer jemanden, der für sie sorgt.«

»Zu sich selbst gut zu sein«, meinte Ione, den Blick in ihre Kaffeetasse gerichtet, »dazu braucht es anscheinend ein ganz eigenes Talent.«

Patty Janes eigenes Selbstbewußtsein jedoch erlebte eine heftige Erschütterung, als sie eines Tages vorzeitig von einem Spaziergang heimkehrte und Ione am Küchentisch überraschte, wo sie Schecks für das Elektrizitäts- und das Gaswerk ausfüllte.

»Also ich muß wirklich der letzte Idiot sein!« rief Patty Jane. »Da hab ich beim Einkaufen anschreiben lassen, hab die Heizung hochgedreht, hab rundherum Geld ausgegeben und hab mir nicht klargemacht, daß ich die ganze Zeit bei meiner eigenen Schwiegermutter schmarotze.«

»Uff-da«, entgegnete Ione, »wer hat was von Schmarotzen gesagt? Ich möchte dir helfen.«

»O Mann!« sagte Patty Jane. »Die Miete hast du auch bezahlt, stimmt's?«

Ione riß vorsichtig eine Briefmarke ab. »Als Thor weg war, hat zuerst Avel sie bezahlt.« Sie befeuchtete die Marke und drückte sie auf den Briefumschlag. »Nach Avels Tod hab ich das übernommen.«

»O Ione, ich zahl dir alles zurück. Ich zahl dir alles mit Zins und Zinseszins zurück.«

Iones Nasenflügel bebten. »Patty Jane, das ist das Geringste, was ich tun konnte.«

»Ja, aber jetzt such ich mir einen Job und zahl dir alles zurück.«

Rudy Holtz von der Autohandlung Holtz lachte ihr ins Gesicht, als sie sich um eine Stellung als Autoverkäuferin bewarb.

»Schätzchen«, sagte er und grinste mit einer dicken Zigarre im Mund, »der Tag, an dem ich eine Frau einstelle, um meine Autos verkaufen zu lassen, ist der Tag, an dem ich pleite mache.«

Bei den beiden Warenhäusern, bei denen sie vorsprach, hatte sie nicht mehr Glück.

»Warum wollen Sie ausgerechnet in der Abteilung für Elektrogeräte arbeiten?« fragte der Personalleiter.

»Ich möchte gern eine Arbeit, bei der ich Provision bekomme.«

»Wir haben keine einzige Frau bei den Elektrogeräten.«

»Finden Sie nicht, daß es dann langsam Zeit wird?« fragte Patty Jane.

»Ganz sicher nicht«, antwortete der Personalleiter. »Männer müssen für ihre Familien sorgen. Wie können sie das, wenn ihnen die Frauen die Arbeit wegnehmen?«

»Und wie soll ich meine Familie versorgen?«

»Wir haben in der Kosmetikabteilung eine freie Stelle«, sagte er.

Patty Jane nahm Handtasche und Mantel. »Ich sage Ihnen lieber nicht, was sie mit Ihrer Kosmetik tun können.«

Patty Jane verbrachte fast einen ganzen Tag in der Bibliothek, um sich über Berufsmöglichkeiten zu informieren, nachdem Ione gesagt hatte, sie würde ihr eine Ausbildung bezahlen.

»Es war ein Kopf-an-Kopf-Rennen«, berichtete sie, als sie, erhitzt vor Aufregung, nach Hause kam. »Zahnarzthelferin und Gerichtsstenographin lagen ganz vorn, aber der Sieger ist – ta-da-ra-da – die Schönheitspflege.«

»Und was heißt das?« fragte Ione, die der Meinung war, Schönheit sei angeboren und bedürfe nicht der Art von Pflege, die man erst auf einer Schule erlernen mußte.

»Das heißt, daß du dir dein Leben lang kostenlos die Haare schneiden lassen kannst.«

Als Clyde Chuka Patty Janes *Flotte Locke* betrat, um sich zu bewerben, gefiel ihm gleich, was er sah. Eine dünne Frau mit langem Haar klimperte *Let's twist again* auf einer Harfe, während eine Gruppe von Frauen in Frisierkitteln, einige mit Lockenwicklern, andere mit nassem Haar, hüftschwenkend durch den Salon tanzten.

»Mann in Sicht, Mann in Sicht«, rief die erste, die ihn bemerkte. Eine hübsche Frau lachte. »Also wirklich, Bev, das hört sich ja an, als sollten wir sofort in volle Deckung gehen.« Sie ging auf den Mann zu und bot ihm die Hand. »Hallo, ich bin Patty Jane.«

»Von der *Flotten Locke*«, tippte Clyde Chuka.

Sie sah sich im Salon um. »Suchen Sie jemanden?«

»Nein«, antwortete er. »Da würde ich wahrscheinlich in eine Bar gehen.«

Patty Jane lachte. »Ich meine, wollen Sie jemanden abholen? Myrna, ist das der neue Mann, von dem Sie uns erzählt haben?«

»Nein, Clint ist groß«, erklärte die Frau. »Nichts für ungut, Sir.«

»Schon in Ordnung«, gab er zurück und nickte ihr zu. »Nein, ich habe Ihren Anschlag draußen gesehen.«

Patty Jane musterte den breitschultrigen, kompakten Mann und runzelte einen Moment die Stirn, ehe ihr klar wurde, wovon er sprach. »Ach, Sie meinen, daß wir eine Maniküre suchen.« Die Erinnerung an die Demütigungen, die sie hatte einstecken müssen, als sie selbst sich um Arbeiten beworben hatte, die man Frauen üblicherweise nicht zutraute, war noch frisch. »Na schön, dann mal los. Würden Sie mir gleich die Nägel machen – als eine Art Test?«

»Mit Vergnügen«, sagte er.

»Und Sie sind –?« fragte Patty Jane.

»Clyde Chuka.«

»Chuka?« rief Bev Beal von der anderen Seite des Zimmers, wo sie ihre Kämme reinigte. »Was ist denn das für ein Name?«

»Das ist Tschechisch.« Er lächelte. Er nahm seine Millers-Baseballmütze ab, und ein langer schwarzer Zopf fiel seinen Rücken hinunter. Einige der Frauen rissen Mund und Augen auf. »Also, eigentlich bin ich hauptsächlich Indianer. Lakota. Aber mein Urgroßvater war aus Prag. Er war Pelzhändler und hatte eine Schwäche für den weiblichen Teil der Eingeborenen.«

»Hört sich an wie mein Mann«, murmelte Alva Bundt. »Nur ist der nicht so wählerisch.«

Patty Jane führte Clyde Chuka zum Maniküretisch.

»Sie haben also Erfahrung«, meinte sie, während sie ihm bei der Arbeit an ihrem kleinen Finger zusah.

»Ja. Ich habe an meinen Verwandten geübt. An den Frauen, meine ich. Es hat für mich was Besonderes, die Hand einer Frau zu halten, etwas Warmes.«

Patty Jane entzog ihm ihre Hand. »Sie sind doch nicht so ein Perverser? Das – das macht Sie doch nicht etwa – na ja, scharf?«

»Patty Jane«, schalt Harriet.

Clyde Chuka lachte. »Nein, es macht mich nicht scharf.« Er nahm wieder Patty Janes Hand. »Ich bin Künstler – Bildhauer –, aber ich muß nebenbei arbeiten, um die Miete bezahlen zu können. Und von Handpflege versteh ich was, auch wenn das ein bißchen ungewöhnlich ist.«

Er verstand wirklich etwas davon, und Patty Jane stellte ihn ein.

»Ihr habt doch nichts dagegen, Mädels?« fragte sie. Die »Mädels« schüttelten die Köpfe. Bev Beal allerdings nahm

Patty Jane später beiseite und sagte, sie sei nicht sicher, ob es ihrem Freund recht sei, wenn sie mit einem Indianer zusammenarbeite. Patty Jane riet ihr, sich einen anderen Freund zu suchen.

Sie waren gerade dabei, seinen Arbeitsplan aufzustellen, als die Tür aufflog.

»Ich könnte euch allen was zeigen!« verkündete mit schrillem Kichern die Frau mit dem irren Blick und dem vorzeitig ergrauten Haar, die hereinstolperte.

»Entschuldigen Sie mich einen Moment«, sagte Patty Jane zu Clyde Chuka. »Kann ich Ihnen behilflich sein?« fragte sie die Frau.

»Ja, das würden Sie gern glauben, wie? Aber vielleicht bin ich diejenige, die Ihnen behilflich sein könnte.« Ihr wieherndes Lachen war gespenstisch.

»Sie taucht jedes Jahr ein- oder zweimal hier auf«, flüsterte Harriet Clyde Chuka zu. »In einer Klapsmühle wäre sie besser aufgehoben.«

»Mich würde mal interessieren«, sagte die Frau, ihre Handtasche an einer Kette hin- und herschwingend, »warum ich hier nicht freundlicher aufgenommen werde.«

»Also, jetzt reicht's wirklich«, erklärte Patty Jane und machte Anstalten, die Frau herumzudrehen.

»Rühren Sie mich nicht an! Niemand rührt mich an!« Die Frau beruhigte sich wieder und fegte ein Stäubchen von ihrem Ärmel. »Fast niemand jedenfalls.« Sie lachte wieder.

Paige Larkins Baby, das in dem Ställchen in der Ecke schlief, wachte auf und begann zu weinen.

»Ich möchte, daß Sie jetzt gehen«, sagte Patty Jane.

»Wir leben in einem freien Land.«

Clyde Chuka stand auf. »Brauchen Sie Hilfe, Patty Jane?«

»Ah, Häuptling Sitting Bull auf dem Kriegspfad!«

Es war ein Kampf, aber gemeinsam schafften es Clyde Chuka, Patty Jane und Ione, die Frau zur Tür hinauszubugsieren und an ihr Auto zu bringen.

»Als was haben Sie mich jetzt eigentlich wirklich eingestellt?« fragte Clyde Chuka, als sie der Davonfahrenden nachsahen. »Als Handpfleger oder Rausschmeißer?«

»Verwirklichen Sie sich ganz nach eigenem Geschmack«, antwortete Patty Jane. »So halten wir das hier.«

Nora stieß die Falttür auf, die die *Flotte Locke* vom Eßzimmer trennte, und setzte sich auf einen der freien Stühle.

»Ist Mama schon wieder da?« fragte sie Clyde Chuka. Die Schuldgefühle des Überbringers schlechter Nachrichten plagten sie – sie hatte ja den Brief von Thor gebracht –, und sie fragte sich, warum ihr Vater nie mal ein »Hallo, meine Kleine, wie geht es Dir?« einstreute.

Clyde Chuka schüttelte den Kopf. »Ich bin bis zwei Uhr frei. Soll ich dir die Nägel machen?«

Nora nickte glücklich. Sie war erst neun Jahre alt, aber wenn sie eine Maniküre bekam, fühlte sie sich wie zwölf. Sie hatte das hellblonde Haar und die himmelblauen Augen ihres Vaters, aber sie war weitaus frecher als das Durchschnittsengelchen. Sie war es, die Karen Anderson, die Tochter von Patty Janes erster Friseuse, Dixie Anderson, in den Obstkeller sperrte, nachdem Karen sie einmal zu oft in den Bauch geboxt hatte. Karen und Nora führten einen ständigen Kampf um die Aufmerksamkeit von Bevs Sohn Ricky, der mehrere Jahre älter war als die beiden und, im gängigen Jargon, einfach »zucker« aussah. Und beim Waschen fand Patty Jane in Noras Overalltasche einmal einen zusammengeknüllten Zettel von Noras Lehrerin, die schrieb, Nora müsse die ganze Woche nachsitzen – wegen Raufens.

»Aber Lois Lombardi hat angefangen!« beschwerte sich Nora, als Patty Jane eine Erklärung verlangte. »Sie hat mich ausgelacht – weil ich keinen Vater hab.«

Patty Jane gab jeden Gedanken auf, ihrer Tochter einen Vortrag über Selbstbeherrschung zu halten. »Es war unrecht von deinem Vater, uns zu verlassen, Nora«, sagte sie statt dessen. »Aber es war seine Schuld, daß er uns verlassen hat – nicht deine und nicht meine. Manche Leute haben viele Gründe, Dinge zu tun, die anderen Menschen weh tun.«

»Ich hab nur einen Grund gehabt, Lois Lombardi eine zu verpassen«, schnüffelte Nora. »Ich hasse sie.«

»Dein Vater hat uns nicht gehaßt, Schatz, er hat nur – ach, ich weiß auch nicht. Ich nehme an, er dachte, er wäre noch zu jung, um Ehemann und Vater zu sein. Er hat seine eigene Entscheidung getroffen.«

»Und seine Entscheidung hasse ich auch!« sagte Nora mit Nachdruck.

»Das weiß ich, Kind.« Patty Jane warf das Handtuch weg, das sie gerade falten wollte, und nahm ihre Tochter in die Arme. Sie wünschte, sie könnte sie immer so halten und vor Schmerz und Verletzung und dummen Menschen wie der kleinen Lombardi schützen.

Doch eine Situation gab es, in der sich Nora stets von ihrer besten Seite zeigte: wenn sie in der *Flotten Locke* sitzen und den Gesprächen der Frauen zuhören durfte; sie kam sich dann vor, als hätte sie Einlaß in einen exklusiven Klub gefunden, in dem sie Dinge erfuhr, die streng geheim waren. Die hübsche, mollige Myrna Johnson erzählte von ihren Abenteuern beim Schnäppchenfang. Ganz gleich, was man brauchte, vom Topflappen bis zum Hüftgürtel, sie wußte, wo man es billiger bekam. Inky Kolstat, deren Haar ihren Kopf wie eine weiße Wolke umgab, arbeitete als Platzanweiserin im Orpheum-Kino. Als junge Frau hatte sie einmal mit John Barrymore einen Kaffee getrunken.

»Er wollte mehr«, sagte sie, »aber als flüchtiges Abenteuer hätte ich mich für keinen hergegeben, auch nicht für einen Kinohelden.«

Alva Bundt wurde dauernd von ihrem Mann betrogen, was ihr aber nicht viel ausmachte. »Denn«, sagte sie, »je mehr er sich draußen holt, desto weniger verlangt er von mir.«

Die stattliche blonde Paige Larkin hatte nach der Geburt ihres Sohnes so schwere Blutungen bekommen, daß sie eine Bluttransfusion gebraucht hatte, und wenn ihr Mann glaubte, sie würde noch ein drittes Kind bekommen, erklärte sie, »dann hat er sich geschnitten«.

Manchmal, wenn pikantere Einzelheiten erörtert wurden, kam es vor, daß eine Kundin mit einer warnenden Kopfbewegung auf Nora wies, aber Patty Jane pflegte dann, mit einem Haarklipp zwischen den Zähnen, zu sagen: »Ach, machen Sie sich mal wegen Nora keine Sorgen. Die wird in ihrem Leben noch Schlimmeres zu hören bekommen.«

Sie sprachen über die noch nicht lange zurückliegende Ermordung Präsident Kennedys.

»Das ist bestimmt eine Verschwörung«, behauptete Karen Spaeth, die an der Berlitz School Französisch unterrichtete. »Oswald tötet Kennedy, und Ruby tötet Oswald... Da stecken doch mächtige Drahtzieher dahinter.«

»Ach, so ein Quatsch«, sagte Alva, das Haar voller Glitsch unter einer Plastikhaube, »wir sind hier in Amerika.«

Clyde Chuka warf das Fläschchen mit dem Nagellack mit ›Flamingo Pink‹ um, den Nora sich ausgesucht hatte.

»Er hätte lieber ins Showgeschäft gehen sollen statt in die Politik«, meinte Inky Kolstat, die immer mit dem neuesten Klatsch aus der Filmwelt zur Stelle war, ob es sich nun um die guten Ratschläge handelte, die George Hamilton Elvis über den Umgang mit Frauen gegeben hatte, oder um die Bruttoeinnahmen von *How the West Was Won.* Sie schüttelte den Kopf. »Nennt mir doch nur mal einen Star, der besser aussieht als J. F. K.«

»Nein, das war das Werk eines Geisteskranken«, insistierte Alva. »Ein Verrückter, der gekriegt hat, was er verdient.«

»Ich persönlich hätte einen ordentlichen Prozeß besser gefunden«, sagte Clyde Chuka mit seiner tiefen, ruhigen Stimme. »Da wären sicher ein paar interessante Dinge ans Licht gekommen.«

»Ich nicht«, warf Bev Beal ein, die gerade den Kopf einer Kundin abduschte. »Mir tut's nur leid, daß ich den Kerl jetzt nicht schmoren seh.«

»Also wirklich, Bev«, sagte Dixie, die überlegte, ob Bevs Spezialfrisur – der Jackie-Kennedy-Schnitt – bei ihren Kundinnen weiterhin so gefragt sein würde.

12

NACH dreijähriger erfolgreicher Laufzeit war Thors Bild auf dem Mighty-Bites-Karton von einem Cartoon-Männchen namens Mr. Mighty Biter abgelöst worden. Patty Jane war so erleichtert, daß sie Esme und Bernice Ames einen Brief schrieb, mit dem sie ihnen dafür dankte, »daß ich endlich in Frieden meine Frühstücksflocken einkaufen kann«. Während Bernice nur verächtlich sagte: »Als hätten wir es für sie getan«, war Esme gerührt von solcher Artigkeit, die ihr persönlich fremd war. Sie rief Patty Jane an und stellte somit einen Kontakt her, der bislang völlig ausgeschlossen erschienen war.

Danach ließ sich Esme ab und zu in der *Flotten Locke* sehen, und bei der letzten Weihnachtsplätzchenbörse trat sie mit dem Vorschlag an Patty Jane und Harriet heran, mit Avel Verbindung aufzunehmen.

»Ich bin verschiedenen spirituellen Wegen nachgegangen«, erklärte sie. »Ich hatte das Glück, auf einen außerordentlichen Parapsychologen zu stoßen, wirklich, er ist einfach überirdisch!« Esme prustete unterdrückt.

Ione war absolut gegen eine Séance, sie fand so etwas unchristlich, wenn nicht sogar rundweg teuflisch.

»Ach, das ist doch nur Esmes Art, sich zu entschuldigen«, meinte Patty Jane. »Es tut ihr leid, wie sie Harriet und Avel behandelt hat, und jetzt möchte sie etwas davon wiedergutmachen. Wenn ihr das hilft, warum sollte ich da nein sagen?«

»Also, ich möchte nichts damit zu tun haben«, erklärte Ione entrüstet. »Geht ihr nur und versucht den Satan; ich sehe mir mit Nora einen Film an.«

Der außerordentliche Parapsychologe war das farbloseste Bürschchen, das Patty Jane je gesehen hatte, ein Mann namens Wesley mit parfümiertem Haar und einer Fliege in rotem Paisley. Zunächst befahl er allen, sich an den Eßtisch zu setzen und einander bei den Händen zu halten. Lange Zeit war es mucksmäuschenstill, bis Wesley schließlich anfing, mit dem Kopf zu zucken, als wollte er einen Käfer loswerden, der sich in seinem Ohr verirrt hatte. Dann begann er zu kläffen wie ein Chihuahua.

»Avel, Avel Ames, hier auf dieser Erde sind einige Menschen, die mit dir in Verbindung treten möchten. Bist du dazu bereit?«

Das gespannte Schweigen, das darauf folgte, wurde von heftigem Poltern unterbrochen. Harriet warf Patty Jane einen erschrockenen Blick zu und war etwas getröstet, als sie ihre Schwester grinsen sah.

»Avel, es tut mir leid, daß ich dich immer so häßlich behandelt habe«, sagte Esme mit zitternder Stimme. »Kannst du mir verzeihen?«

Wieder polterte es laut.

»Er verzeiht Ihnen«, übersetzte Wesley.

Harriet war klar, daß Wesley mit dem Knie an die Unterseite des Tischs klopfte. Dennoch setzte diese Séance ihr arg zu. Avel war seit fast zehn Jahren tot, doch Harriet hatte die Erinnerung an ihn in einem tapferen kleinen Flämmchen der Liebe am Leben erhalten und sah Avels wahren Geist durch diesen Hokuspokus entwürdigt. Sie entschuldigte sich schon sehr bald und ging in den Hinterhof hinaus, um dort fröstelnd in der Kälte einer Einsamkeit, die viel bitterer war als Minnesotas eisige Temperaturen, eine Zigarette zu rauchen.

Die anderen verließen die Séance zufriedener: Wesley war um fünfzig Dollar reicher, Esme war überzeugt, ihr Bruder habe ihr verziehen, und Patty Jane hatte einen Anstoß zu ein paar ganz neuen Ideen bekommen.

An einem kühlen Märzabend im Jahr 1964, als ein beharrlicher Wind an den Fensterläden rüttelte, verkündete Patty Jane, sie habe neue Pläne für die *Flotte Locke*. Ein Ton in ihrer Stimme veranlaßte Nora, die *Patty Duke Show* abzuschalten, und Ione legte den Reiseteil der Zeitung aus der Hand.

»Hört euch das mal an.« Patty Jane tippte mit ihrem Kugelschreiber auf einen Stenoblock und räusperte sich. »Patty Janes *Flotte Locke* präsentiert ihre Vortragsreihe ›Berühmte Leute im Gespräch‹. Für einen Dollar – inklusive Erfrischungen – können Sie von Menschen hören und lernen, wie sie ein erfolgreiches und kreatives Leben aufgebaut haben.« Patty Jane blickte auf. »Na?«

Ihren Worten folgte Schweigen. Nur das Klopfgeräusch ihres Kugelschreibers war zu hören.

Schließlich hüstelte Ione und sagte: »Patty Jane, kennst du überhaupt irgendwelche berühmten Leute?«

»Den Titel kann man ja noch ändern«, gab sie gereizt zurück. »Wenn einem von euch was Besseres einfällt, kann er's mir ja sagen.«

Harriet, Ione und Nora tauschten einen Blick. Harriet zündete sich eine Zigarette an und stieß den Rauch durch ihre Nase aus, was, wie Nora fand, halb todschick, halb dämonisch wirkte.

»Vielleicht könntest du das ein bißchen näher erklären, Patty Jane«, sagte sie.

»Okay, mehr verlang ich ja gar nicht, nur ein kleines Bißchen Interesse«, erwiderte Patty und wandte sich ihrer Schwiegermutter zu. »Ione, wem schütten die Leute im allgemeinen ihr Herz aus?«

Ione sah Harriet hilfesuchend an, doch die war in den Anblick ihrer Rauchringe vertieft, die sich in der Luft auseinanderzogen und auflösten.

»Ihren Familien?« Manchmal vermittelte die Art, wie Patty Jane eine Frage stellte, Ione das Gefühl, es sei dringend zu empfehlen, die richtige Antwort zu geben, weil sonst ein Gong ertönen und sie mit einer Strafe belegt werden würde.

»Ja, sicher«, antwortete Patty Jane. »Aber ich meine, außerhalb der Familie. Zu wem gehen sie?«

»Zu ihrem Pfarrer?«

»Ja, ja, aber zu wem noch?«

Als es still blieb, seufzte Patty Jane, als wäre sie die einzige im Raum, die einen IQ über hundert hatte.

»Zu ihrem Friseur«, erklärte sie, das Rätsel lösend. »Jeder weiß doch, daß die Leute immer beim Friseur ihre Probleme abladen, richtig?«

Sie murmelten zustimmend, froh, daß Patty Jane das Quiz beendet hatte.

»Und ihr wißt, was ich Tag für Tag beim Frisieren zu hören bekomme?«

»Daß Alva Bundts Mann sie immer betrügt?« fragte Nora.

Patty Jane und Harriet lachten.

»Uff-da mayda«, sagte Ione und versuchte, ein Lächeln zu verbergen. »Ist das die Art von Erziehung, die das Kind bekommt, wenn es dauernd im Salon rumsitzt und ihm keiner mal die Bügel anlegt.«

»Die *Zügel*«, verbesserte Patty Jane.

Nora verstand die Reaktion auf ihre einfache Frage nicht; »betrügen«, bedeutete für sie, daß Alva Bundts Ehemann beim Kartenspielen schummelte oder seinen Damestein verschob, wenn er glaubte, es sähe niemand hin.

Patty Jane stand auf und begann, vor dem offenen Kamin hin und her zu gehen. »Also, was ich sagen wollte, bevor ich von meiner witzigen Tochter unterbrochen worden bin, ist folgendes: Die meisten Frauen, die hierher kommen, sind auf der Suche nach etwas.« Sie sah den Ausdruck auf Iones Gesicht. »Ja, auch die, die in die Kirche gehen. Die meisten dieser Frauen haben Ehemänner und Kinder und eine Sehnsucht, die sie nicht benennen können.«

Mit der Hand wedelte sie einen von Harriets Rauchringen weg und sagte zu ihrer Schwester: »Verstehst du, sie sind alle auf der Suche nach etwas, aber sie wissen nicht, was es ist.«

»Liebe«, sagte Harriet dramatisch.

»Glück«, warf Ione ein.

»Spaß?« meinte Nora.

Patty Jane zwinkerte ihr zu. »Lauter gute Antworten«, stellte sie fest, »aber um diese Dinge zu bekommen, braucht man etwas ganz Fundamentales: Selbstbewußtsein. Das Bewußtsein, daß wir nicht nur Mütter oder Kinder oder Ehefrauen oder Freundinnen sind.«

In ihrer rot-weiß karierten Bluse und der engen roten Caprihose blieb Patty Jane stehen und maß ihr kleines Publikum mit kühlem Blick. Nora dachte herzklopfend, daß es auf der ganzen Welt keinen Menschen gebe, den sie so sehr lieben könnte wie ihre Mutter.

»Ich möchte nur den Leuten, die glauben, daß die Welt an der Grenze von Hennepin County zu Ende ist, helfen, ihren Horizont zu erweitern«, erklärte Patty Jane. »Ich möchte es für sie tun. Und für uns.« Mit einer Hand schob sie ihr Haar zurück. »Na los doch«, rief sie auffordernd. »Es wird bestimmt interessant.«

Der Plan, der Patty Jane in den Kopf gekommen war, würde, meinte sie, ihrer eigenen Neugier und der ihrer Kundinnen und Freunde gleichermaßen dienen. Sie würde Vorträge anbieten, aus denen sich Arbeitsgruppen entwickeln konnten, die von Leuten mit Kenntnissen zum Thema geleitet und von Leuten mit Interesse am Thema besucht werden würden. In diesen Seminaren, dachte Patty Jane, würde niemand an abblätterndem Nagellack herumkratzen oder ewig gähnen.

»Eine Art von Salon im Salon?« fragte Clyde Chuka, als Patty Jane ihm ihre Idee unterbreitete. Sie saßen in ihrer Nachmittagspause am Eßzimmertisch und aßen Iones gedeckten Apfelkuchen.

»Genau«, bestätigte Patty Jane, »es wird ein Treffpunkt für Künstler und andere bemerkenswerte Leute.« Sie nickte aufgeregt. »Ja, so nenn ich's: ›*Patty Janes Flotte Locke* präsentiert die Vortragsreihe ›Künstler und andere bemerkenswerte Menschen im Gespräch‹.«

»Da kriegt man ja einen Zungenschlag«, stellte Clyde Chuka fest.

»Aber es sagt alles«, entgegnete Patty Jane, und bis zum Ende ihrer Pause sahen sie schweigend in den grauen Nieselregen hinaus, der die Fensterscheiben hinter den elfenbeinfarbenen Spitzenvorhängen verdunkelte.

»Was ist das für ein Quatsch von wegen berühmte Künstler und bemerkenswerte Vorträge?« fragte Grimmy Bultram, eines der Flugblätter schwenkend, die Patty Jane regelmäßig an ihre Kundinnen verschickte.

»Wir wollen einfach mal was Neues versuchen«, antwortete Patty Jane.

»Und wer kümmert sich um meinen Kopf?«

Ione, die gerade Toffeeriegel auf einem Teller anrichtete, flüsterte Harriet zu: »Um ihren Kopf sollte sie sich doch wirklich selbst kümmern, nicht wahr?«

»Sie meint ihre Frisur«, erklärte Harriet.

Grimmy hatte jeden Samstagmorgen einen festen Termin zum Waschen und Legen, aber sie suchte in der *Flotten Locke* auch das gesellige Beisammensein, kam häufig vorbei, um sich Kostproben von Iones Gebäck des Tages zu Gemüte zu führen, und hinterließ pflaumenfarbene Lippenstiftabdrücke auf ihrer Kaffeetasse. Nora hatte Angst vor ihr; die unwirsche alte Dame erinnerte sich nie an ihren Namen und spuckte beim Sprechen.

»Mrs. Bultram«, sagte Patty Jane, »am täglichen Ablauf in der *Flotten Locke* wird sich nichts ändern. Die Seminare finden abends statt.«

»Oh.« Grimmy rückte ihre Harlekinbrille zurecht und studierte das Flugblatt. »So, so, das ist also eine Abendveranstaltung. Nun, da werde ich wohl mal vorbeischauen müssen und sehen, was es mit dem ganzen Wirbel auf sich hat.«

Nora wollte mit einem Stapel frisch parfümierter Tücher an Grimmy vorbei, doch die packte das Kind beim Arm und drehte es in Iones Richtung. »Norma, Kleine, tu mir einen Gefallen und hol mir einen Toffeeriegel.«

Bei dem ersten ihrer Vorträge in der Reihe »Künstler und andere bemerkenswerte Menschen im Gespräch« wollte Patty Jane Clyde Chuka zu einer Diavorführung seiner Skulpturen überreden, aber er erklärte, er würde sich der Kritik seiner Kundinnen lieber nicht aussetzen. Dafür erklärte er sich jedoch mit Patty Janes Vorschlag zweiter Wahl einverstanden, jemand Interessanten aus der Künstlerszene für einen Vortrag zu gewinnen. Er warb Geoff Bell an, der sich den Frauen, die sich in Patty Janes Wohnzimmer versammelt hatten, als »Filmemacher der Avantgarde« vorstellte.

Nachdem Bell zwei seiner Filme auf einem Stück Wand über dem offenen Kamin vorgeführt hatte und es wieder hell geworden war, sah er, daß sein Publikum von zwölf Personen auf vier geschrumpft war.

»Tja«, sagte er, sich die Hände reibend, »ich sehe schon, daß meine Kunst für einige von Ihnen eine etwas zu deutliche Sprache gesprochen hat.«

»Stimmt«, bestätigte Bev, die während der ganzen Vorführung gekichert hatte. »Die Botschaft ist klar rübergekommen: ›Raus hier, eh die Bullen kommen.‹«

Beide Filme – sich sprunghaft bewegende Sechzehn-Millimeter-Streifen in Schwarz-Weiß – schwelgten in Nacktheit. *Morning Glory* zeigte eine nackte Frau, die in einem Scheunenhof herumturnte, während ein Bauer ein totes Huhn rupfte, und *Ozzie William's Detour* porträtierte einen Börsenmakler, der nackt auf eine Reklamewand kletterte und einem Regiment marschierender weiblicher Soldaten ein Wecklied blies. Nachdem das Frauenregiment sich irgendwo in der Ferne verloren hatte, hockte sich der Mann auf die Kante der Reklametafel und aß zur Lektüre des *Wall Street Journals* Sauerkraut aus der Dose.

Ione war die erste gewesen, die sich aus dem verdunkelten Zimmer hinausgeschlichen hatte. Sie setzte in der Küche Kaffee auf und wartete auf den Ansturm der Frauen, der ihrer Meinung nach unweigerlich folgen mußte. Sie war tief erleichtert, daß keine der Naomis, der Schwestern ihres Kirchenkreises, zu der Veranstaltung gekommen war; sie hatten es vorgezogen, bei der Party zur goldenen Hochzeit von Oscar und Lucy Patterson Kuchen und Punsch zu servieren.

Scham und Züchtigkeit, wie die lutherische Kirche sie lehrte, hatten sich nie recht mit dem entspannten Verhältnis, das geborene Skandinavier zu ihrem Körper hatten, vertragen. Es war daher weniger die Nacktheit, die Ione störte, als vielmehr Mr. Bells offensichtliches Vergnügen daran, zu schockieren. Demonstratives Gehabe ärgerte sie immer, es sei denn, sie konnte sich mit solchen Leuten darüber einig sein, daß das, was sie demonstrierten, des Vorzeigens wirklich wert war.

Die Versammlung in der Küche wuchs, bis nur noch Patty Jane, Harriet, Bev und Clyde Chuka zurückblieben, um Applaus zu spenden, als die letzten Bilder flimmernd von der Wohnzimmerwand verschwanden.

»Ich würde ja unheimlich gern bleiben und noch ein bißchen quatschen«, sagte Geoff Bell, während er den Film zurücklaufen ließ und die Spule in einer Dose verstaute, »aber ich hab Riesenschiß.« Er nickte Clyde Chuka zu. »Hilfst du mir mal mit dem Projektor?«

Die beiden Männer gingen schweigend zu Bells Wagen hinaus, und erst als der Filmemacher den Kofferraum aufsperrte, wurde es wieder lebendig. Clyde Chuka hatte den Projektor auf den Boden gestellt, weil er ihn vor Lachen nicht mehr halten konnte.

»Ich schulde dir was«, sagte er schließlich prustend.

»Wem sagst du das«, erwiderte der verkannte Künstler. Er setzte sich hinter das Lenkrad und drehte den Zündschlüssel. »Aber so geht's einem eben, wenn man versucht, der Masse die wahre Kunst nahezubringen.«

»Heiliges Kanonenrohr!« sagte in der Küche Grimmy Bultram, die Hände zu Fäusten geballt und den Blick zur Zimmerdecke gerichtet. »Wenn ich Schmutz und Schund hätte sehen wollen, wär ich ins Avalon-Kino in der Lake Street gegangen.«

»Wenn das Kunst ist, bin ich die Königin Elizabeth«, erklärte Alva an ihrer Seite.

»Wie konnten Sie nur dieses pornographische Machwerk in Ihr Wohnzimmer lassen?« blaffte Grimmy, und Patty Jane wünschte, sie hätte eine zusammengerollte Zeitung zur Hand, um ihr damit eine überzubraten.

»Kunst«, sagte sie zähneknirschend. »Das war die Kunst eines Mannes.«

»Eines Mannes, den man einsperren sollte«, entrüstete sich Grimmy.

Von der Gruppe, die um den Küchentisch saß, kam zustimmendes Gemurmel. Patty Jane warf ihrer Schwester einen hilfesuchenden Blick zu, aber Harriet zuckte nur mit einem schwachen Lächeln die Achseln und zündete sich eine Zigarette an.

»Meine Damen«, sagte Patty Jane, die Schultern straffend, »es tut mir leid, wenn Sie diesen Abend als Beleidigung empfunden haben – es war ein Experiment, das ist alles.«

Die Tür öffnete sich, und die kühle Nachtluft fegte in einem Schwall herein, als Clyde Chuka eintrat, dem vor Lachen immer noch die Augen tränten.

»Hmmm«, sagte er, »von dem Kaffee hätt ich gern eine Tasse, wenn Sie mir eine einschenken, Ione.«

Die kurze Stille, die seinem Erscheinen folgte, wurde von einem Dutzend zorniger weiblicher Stimmen gebrochen.

»Meine Damen, meine Damen«, sagte er und hielt abwehrend eine Hand hoch, während er mit der anderen eine Tasse Kaffee entgegennahm, »wenn ich gewußt hätte, daß so großes Interesse besteht, hätte ich den Künstler gebeten, zu bleiben und einige Ihrer Fragen zu beantworten.«

»Fragen, ha!« rief Grimmy Bultram. »Bitte sehr: Wieso sitzt dieser Mann nicht im Gefängnis?«

»Warum versucht er nicht zur Abwechslung mal einen guten Film zu machen?« fragte Inky Kolstat, die der Meinung war, ihr längst vergangener Kaffeeklatsch mit John Barrymore verleihe ihrer Meinung doppeltes Gewicht. »Etwas wie *Singing in the Rain* oder *Tammy and the Doctor.*«

»Tritt der Mann, der den Börsenmakler gespielt hat, auch mal persönlich auf?« fragte Alva Bundt.

»Meine Damen, meine Damen«, sagte Clyde Chuka wieder und lächelte. »Geoff Bells Arbeit ist in Künstlerkreisen sehr bekannt. Er und ich meinten, es wäre einen Versuch wert, diese Kreise etwas zu erweitern, und er läßt Ihnen dafür danken, daß Sie ihm Gelegenheit gegeben haben, seine Arbeit zu zeigen, von der er wohl weiß, daß sie sehr kontrovers ist.«

Clyde Chukas dunkle braune Augen und seine warme Stimme wirkten so ernsthaft, daß die Frauen sich beruhigten.

»Keine von Ihnen hätte ihr gemütliches Zuhause verlassen müssen«, fuhr er fort. »Sie hätten warm und behaglich in Ihrem Wohnzimmer bleiben und sich Ed Sullivan ansehen können, aber Sie haben es trotzdem auf sich genommen, an einem kalten Sonntagabend den Weg hierher zu machen.«

Patty Jane bemerkte, wie sich die Haltung der Frauen veränderte, während sie Clyde Chuka zuhörten. Schultern strafften sich, Köpfe hoben sich, Stolz schwellte die Busen. Die Frauen sahen einander lächelnd an, als wollten sie sagen, na, sind wir nicht toll!

Clyde Chuka trank einen Schluck Kaffee und ließ seinen Blick durch das Zimmer schweifen. Bei Grimmy Bultram hielt er inne. »Das Leben ist, wie Helen Keller sagt, entweder ein kühnes Abenteuer oder nichts«, bemerkte er, »und Dank Ihnen allen, daß Sie sich daran beteiligen.«

Die Frauen quittierten Clydes kleine Ansprache nickend und lächelnd mit schweigendem Beifall.

Bald sammelten sie Handtaschen, Mäntel und Kinder ein (auf die Dixies älteste Tochter für fünfunddreißig Cents die Stunde unten im Souterrain aufgepaßt hatte) und wünschten einander gute Nacht.

Patty Jane gesellte sich zu Clyde Chuka, der an der Tür stand, um die Frauen hinauszulassen.

»Alle Achtung«, sagte sie.

»Gute Nacht, Alva«, sagte Clyde Chuka, der letzten der Frauen die Tür aufhaltend. »Seien Sie vorsichtig, es ist glatt.«

»Danke«, sagte er zu Patty Jane gewandt, als er die Tür schloß. »Ich war an unserer Reservatsschule der große Redner. Bis zu meiner berühmt-berüchtigten General-Custer-Rede.«

Patty Jane schaltete die Außenbeleuchtung aus. »Was war das für eine Rede?«

»Ich habe Crazy Horse gespielt, der den Kriegsbericht bringt.« Clyde Chuka trug seine Kaffeetasse zur Spüle und wusch sie aus.

»Und?« fragte Patty Jane, die ihm folgte.

Clyde Chuka seufzte. »Und daraufhin kam es zwischen mir und dem Lehrer zu einem Riesenstreit darüber, was daran den historischen Tatsachen entspräche und was nicht. Du mußt dir das mal vorstellen, da stand dieser Weiße und versuchte einem Haufen Lakota- und Oglala-Kindern beizubringen, der größte Krieger der Sioux sei nichts Besseres gewesen als ein Barbar. Ich hab ihm gesagt, das wär ungefähr so, als käme ich in ein Klassenzimmer voller weißer Schulkinder und würde denen erklären, George Washington wäre ein Perverser gewesen.«

Patty Jane lachte traurig. »Und damit war deine Karriere als Redner beendet, wie?«

»Damit war meine Schulkarriere beendet. Aus dem Streit wurde eine Prügelei, und wir haben uns gegenseitig die Nasen gebrochen. Ich war dreizehn, als ich von der Schule flog – der Lehrer hat wahrscheinlich eine Belobigung bekommen.« Er trocknete die Tasse gründlich, indem er das Geschirrtuch hineinstopfte und sie dann schnell hin und her drehte. »Der Schulverweis war nur noch eine Formalität. Als die Schule meine Großmutter im Reservat davon unterrichtete, stand ich schon auf der Autobahn und hielt den Daumen raus.«

13

WENN im Salon nicht viel los war, begleitete Clyde Chuka Patty Jane auf ihren Nachmittagsspaziergängen. Dafür, daß sie, die gern schnell ging, seinetwegen ihr Tempo drosseln mußte, war ihr seine Gesellschaft mehr als genug Entschädigung. Die Einsamkeit auf ihren Spaziergängen war ihr nicht heilig; seit Jahren drängte sie Harriet immer wieder, sie zu begleiten, und hatte die Tage, als sie Nora auf ihrem Rücken getragen hatte, in lieber Erinnerung. Nein, sie hatte in ihrem Leben genug Einsamkeit genossen.

An dem Tag nach dem »Pornofestival«, wie Geoff Bells Auftritt später allgemein tituliert wurde, gingen sie an der Steinmauer entlang, die die Minnehaha-Fälle umgab. Die Wassermassen, die im Fallen zu einem glitzernd weißen Eisvorhang erstarrt waren, leuchteten in geisterhaftem Glanz. Patty Jane und Clyde Chuka waren allein bis auf einen Mann, der gerade ein Kamerastativ aufstellte.

»Ich hab gestern abend noch endlos wachgelegen, Clyde Chuka«, sagte Patty Jane, »und habe darüber nachgedacht, was für Vorträge meinen Kundinnen gefallen würden. Und am Ende bin ich zu dem intelligenten Schluß gekommen, daß sie es mir gefälligst selbst sagen sollen.«

»Für das Volk durch das Volk.«

Patty Jane lächelte, und das Grübchen hoch oben in ihrer Wange vertiefte sich. Sie schob die Hände in ihre Taschen. »Ich bin aufgestanden, hab einen alten Schuhkarton aus dem Schrank gekramt, ihn innen mit Schrankpapier ausgelegt, einen Schlitz reingeschnitten, und fertig war der Wunschbriefkasten. Die Frauen werden mir schon sagen, was sie gern hören wollen. Grimmy Bultram wird mir wahrscheinlich mitteilen, daß sie jeden Preis dafür zahlen würde zu lernen, wie man –«

»– einen Sherman-Panzer fährt.«

»Das kann sie bestimmt schon. Sie war doch im Krieg.«

»Na schön, dann möchte sie vielleicht lernen, wie man ein Reh häutet.«

»Ein lebendiges, ja.«

Ihr Gelächter stieg in kleinen Dunstwölkchen in die kalte Luft hinauf. Sie gingen immer weiter an der Mauer entlang, die den Felsen einschloß, bis sie schließlich an der Treppe Halt machten, die im Zickzack den Steilhang zum Flußbekken hinunterführte, in das die Wasserfälle sich ergossen. Eis und festgetretener Schnee bedeckten die Stufen, und die Parkverwaltung hatte am Beginn der Treppe, die von einer Steinmauer begrenzt war, eine Holzschranke mit der Aufschrift »Betreten verboten« angebracht. Es wirkte eher herausfordernd als abschreckend.

»Komm«, sagte Patty Jane und tauchte schon unter der

Schranke durch. Sie umfaßte das Geländer. »Wir sehen uns unten«, sagte sie. »Tot oder lebendig.«

Sie lockerte ihre Hand am Treppengeländer, und sofort zog es ihr die Füße weg, die nur unsicheren Halt gehabt hatten. Stöhnend rappelte sie sich wieder auf. »Das hat sauweh getan.«

»Wollen wir's nicht lieber lassen?« fragte Clyde Chuka, während er Patty Jane den Schnee von der Jacke klopfte.

»Jetzt erst recht nicht.« Die Hände rechts und links am Geländer, setzte sich Patty Jane auf dem gefrorenen Schnee der Treppe nieder und begann auf dem Gesäß abwärts zu rutschen. Immer schneller wurde die Fahrt. In einem Rausch voller Überschwang und Angst sauste sie die gewaltige Eisbahn hinunter, und an den Juchzern hinter ihr hörte sie, daß Clyde Chuka dasselbe empfand wie sie. Sie waren wieder Kinder. Nichts außer der Geschwindigkeit zählte.

Als Patty Jane die letzten Stufen erreichte, rollte sie ein Stück die Böschung hinunter und blieb keuchend und lachend liegen. Sekunden später holte Clyde Chuka sie ein. Nebeneinander lagen sie im kalten Schnee, und ihr Gelächter schallte durch die winterliche Stille. Sie wälzten sich umher, bis ihre Körper zusammenstießen, und plötzlich versiegte ihr Gelächter, und ihre Lippen berührten einander.

Clyde Chukas Mund lag warm und voll auf Patty Janes. Obwohl sie von oben bis unten voller Schnee war, brannte sie innerlich.

»Schöne Scheiße«, sagte sie, als die Leidenschaft des Kusses verglühte und ihre Münder sich sachte voneinander lösten. »Daran könnte ich mich glatt gewöhnen.«

»Ich auch«, sagte Clyde Chuka und küßte sie noch einmal, nur flüchtig diesmal, und dann setzten sie sich beide auf und schlugen sich den Schnee von Hosen und Jacken.

Gleich nach Clyde Chukas Einstellung hatte Patty Jane, die den Mann attraktiv fand – sie fand es mutig und sexy, daß er sein Haar in einem langen schwarzen Zopf trug –, diverse Winke mit dem Zaunpfahl gegeben, doch Clyde Chuka hatte nicht reagiert. Etwa einen Monat nachdem er in der *Flotten Locke* zu arbeiten angefangen hatte, fragte Patty Jane in einer Pause schließlich: »Clyde Chuka, warum zum Teufel spielst du eigentlich den Unnahbaren?«

Clyde Chuka rührte seinen Kaffee um und legte den Löffel behutsam auf die Untertasse.

»Patty Jane«, sagte er und sah sie mit seinen klaren braunen Augen an, »ich spiele nicht.«

Patty Jane zog mit einem Finger Kreise auf dem Rand ihrer Porzellantasse. »Ja, aber, Herrgott noch mal, die meisten Männer finden mich sehr attraktiv.«

»Du *bist* sehr attraktiv.«

»Also?« fragte sie mit einem koketten Augenaufschlag. Eigentlich haßte sie dieses billige Getue, aber sie konnte es in dem Moment nicht lassen.

Clyde Chuka schälte ein Preiselbeermuffin aus seinem Papierröckchen. »Also was?«

Patty Jane schlug mit der flachen Hand krachend auf den Tisch. »Verdammt noch mal, Clyde Chuka, willst du eine schriftliche Einladung?«

Clyde Chuka schob eine Hand unter sein Kinn und zuckte mit einem kleinen Seufzer die Achseln. »Patty Jane, es spielt keine Rolle, was für eine Einladung ich bekomme, ich nehme sie nicht an.«

Patty Jane geriet vor lauter Enttäuschung ins Stottern. »Ja, aber – aber warum denn nicht?«

»Hm«, sagte er, in seinen Muffin beißend, »das schmeckt wirklich gut.« Er aß ihn so langsam und bedächtig, daß Patty Jane ihm am liebsten eine runtergehauen hätte. »Es geht dich zwar nichts an«, sagte er schließlich und wischte sich dabei die Krümel von den Lippen, »aber da du es unbedingt wissen willst, sag ich's dir: ich übe mich in Abstinenz.«

Patty Jane klappte die Kinnlade herunter. »Abstinenz?«

»So eine kleine Ruheperiode tut meinem Körper gut.« Er stand auf. »Zuviel Sex ist wie zuviel Gerede. Manchmal ist es nur laut, und gesagt wird überhaupt nichts.«

Patty Jane, die mit Clydes Worten durchaus etwas anfangen konnte, klappte ihren Mund zu. Es war zwar nicht gerade so, als wäre ihr Bett voll ausgebucht, aber in den letzten Jahren hatte sie doch mit mehreren Männern geschlafen. Unter ihnen waren ein geschiedener Mann gewesen, den sie auf einem Elternsprechtag kennengelernt hatte, und ein Mechaniker vom Kundendienst, der ihre Waschmaschine repariert hatte. Doch nach einer Nacht schweißtreibender Ringkämpfe mit einem Teppichvertreter war Patty Jane klargeworden, daß Sex ohne Liebe ihr nicht das Geringste gab, sondern sie nur ernüchterte, und sie war plötzlich die Umarmungen von Männern müde, die bei ihr nichts hinterließen als das Gefühl von Einsamkeit. Jetzt aber, als sie und Clyde Chuka durch den Schnee am gefrorenen Fluß entlang und über das freie Feld, das Deer Pen hieß, zum Mississippi stapften, hätte Patty Jane doch gern gewußt, ob Clyde Chuka beschlossen hatte, seine Abstinenz aufzugeben.

»Und was hatte das nun zu bedeuten?« fragte sie, das Schweigen nach ihrem letzten flüchtigen Kuß brechend.

»Es bedeutet, daß wir keine gemeinsamen Rutschpartien machen sollten.«

»Clyde –«

»Pscht.« Er zog sie behutsam zu sich heran und wies zu einer Gruppe kahler Büsche. »Schau.«

Eine Rehgeiß und ihr Kitz blickten mit aufgestellten Ohren und zuckenden Nüstern durch das Ästegewirr zu ihnen herüber.

»Ach, wenn doch Nora das sehen könnte«, flüsterte Patty Jane. Das Kitz sah zu seiner Mutter hinauf, die den Kopf hob, so daß der Streifen weißen Fells an ihrem Hals sichtbar wurde. Sie machte einen Sprung zur Seite und trabte dann, von ihrem Kitz gefolgt, in die Schlucht hinein. Die beiden Tiere verschwanden so schnell, daß es schien, als wären sie nur graue Schatten auf dem Schnee gewesen. Clyde Chuka zog seinen Arm von Patty Janes Schulter.

»Patty Jane.« Er nahm ihre Hand und schob sie mit seiner zusammen in seine Jackentasche. »Ich mag dich zu sehr, um mit dir zu schlafen.«

»Ich kann deiner Logik leider nicht folgen«, versetzte Patty Jane. »Und was sollte dann dieser Kuß bedeuten?«

Sie setzten sich wieder in Bewegung. Schweigen lag wie ein Joch auf ihren Schultern, stand wie eine Wand zwischen ihnen. »Dieser Kuß«, sagte Clyde Chuka schließlich, »war unsere Belohnung dafür, daß wir lebend diese Treppe runtergekommen sind.«

»Du belohnst also halsbrecherisches Verhalten mit Sex?«

»Patty Jane«, sagte er, und sie hörte den Ernst, »ich habe viele Gründe dafür, mit dir schlafen zu wollen, und viele dafür, es nicht zu tun. Und so, wie ich es sehe, ist der Stapel mit den Gründen, die dagegen sprechen, höher.«

»Dann sag mir wenigstens die Gründe, die dafür sprechen.«

»Hör auf, auf den Busch zu klopfen, Patty Jane. Die kannst du dir doch denken.« Sein Gesicht, das unter der Wirkung der Kälte und dieses Gesprächs versteinert war, wurde ein wenig weicher. »Aber hier sind die Gründe, warum ich es nicht tue, und sie sind nicht unbedingt nach Wichtigkeit geordnet: Erstens, ich möchte nicht eine Freundschaft aufs Spiel setzen, die mir jeden Tag mehr bedeutet; zweitens schlaf ich aus Prinzip nicht mit Vorgesetzten, Lehrern oder Zirkuskünstlern, und drittens hab ich keine Lust, mit Thor in Konkurrenz zu treten.«

»Thor?« Patty blieb stehen.

»Ja, Thor.« In seiner Stimme lag ein Anflug von Resignation. »Schau mal, Patty Jane, ich seh das so. Jedem von uns wird eine große Liebe gewährt – und manche von uns haben das Glück, sie zu finden. Diese Liebe ist so etwas wie unsere Zündflamme, und wenn die ausgeht – dann ist sie für immer aus.« Er stieß mit geblähten Wangen eine große Atemwolke in die Luft. »Na ja, und ich könnte vielleicht ein Heizring sein und dich ein bißchen wärmen, aber ich könnte niemals das sein, was ich sein möchte, diese Zündflamme. Und da lasse ich eben lieber die Hände ganz vom Herd.«

»Feigling«, sagte Patty Jane und drückte die Augen zu, um Clyde Chuka ihre Tränen nicht sehen zu lassen.

14

1967 wurde Nora ein Teenager, und Patty Jane hatte den Eindruck, ihre Tochter hätte eine Straße überquert, mit der ausdrücklichen Anweisung, ihr nicht zu folgen.

»Es ist nur eine Phase«, beruhigte sie Dixie, die selbst vier Kinder hatte. »Was erwartest du denn?«

»Ganz normale Höflichkeit und ein bißchen Respekt.«

Dixie lachte sie aus. »Wo kommst du denn her, Patty Jane? Vom Mars?« Wenn es zwischen ihren täglichen Scharmützeln überhaupt eine Waffenruhe gab, dann abends nach dem Essen, wenn Nora den Inhalt des Wunschbriefkastens auf dem Küchentisch ausschüttete und die Zettel laut vorlas. Da sie keine Unterschriften trugen, äffte Nora jeweils die Stimme der Kundin nach, die sie für die Verfasserin hielt.

»›Abonniert bessere Zeitschriften‹«, las Nora mit Inky Kolstats hoher Wimmerstimme. »*True Confessions* ist billiger als *National Geographic* und längst nicht so langweilig.«

»Das steht aber nicht da«, rief Harriet lachend und griff nach dem Zettel.

Nora hielt das Papier über ihren Kopf. »Doch, eben schon, und ein PS ist auch noch da.« Ihre Stimme schwang sich wieder in schrille Höhen hinauf. »Und wieso spielt Harriet in den Tanzpausen nie was von den Rolling Stones?«

Nora räusperte sich, und als sie wieder sprach, klang ihre Stimme wie ein Knurren. »Wie oft muß ich das noch fragen: Warum kann der Keramikkurs nicht auf Donnerstag morgen verlegt werden? Jeder weiß, daß ich freitags Pater Donahues Büro saubermache.«

Patty Jane stellte ihre Füße auf die untere Leiste von Noras Stuhl und blies in ihren Kaffee. »Grimmy Bultram, stimmt's?«

»*Uff-da mayda,* die Frau ist doch schon bei mir im Häkelkurs für Fortgeschrittene«, sagte Ione, die gerade einen Teller mit Erdnußbutterbrötchen auf den Tisch stellte. »Ich wollte, ich hätte den Mut, sie rauszuwerfen.«

»Ach, Grandma«, meinte Nora, »stoß ihr doch einfach die Häkelnadel in den Hintern.« Sie machte mit der Hand eine Stoßbewegung.

Harriet lachte, und Ione versuchte, ihr Lächeln mit tadelndem Zungenschnalzen herunterzuspielen, Patty Jane jedoch sah ihre Tochter mit ausdrucksloser Miene an und sagte: »Paß auf dein Mundwerk auf, mein Fräulein.«

Nora verdrehte die Augen. »Du mußt gerade reden.«

Es gab relativ wenig, das Patty Jane in ihrer Meinung von sich selbst erschüttern konnte, aber Kritik von ihrer Tochter brannte und biß wie Brennesselstiche.

»Es reicht, wenn du uns die Vorschläge vorliest«, sagte Patty Jane, bemüht, die Ruhe nicht zu verlieren.

Nora wischte sich mit ausgestrecktem kleinen Finger ein

paar Erdnußbutterkrümel aus dem Mundwinkel. Sie war jetzt dreizehn, und es war offensichtlich, daß sie einmal sehr schön werden würde, gefährlich schön. Die meisten würden nicht mehr von ihr verlangen als ihre Schönheit. Patty Jane wußte, daß sie selbst verflixt gut aussah, aber Noras Schönheit war wie die von Thor; sie überstrahlte alle Erwartungen.

»Nächster Vorschlag«, sagte Nora, räusperte sich und sah ihre Mutter mit großen Augen an. »Such dir eine Haarfarbe, die dir gefällt, und bleib dabei.«

Jetzt, da sie dem Sex ohne Liebe entsagt hatte, experimentierte Patty Jane mit Haarfarben, um ein bißchen Schwung in ihr Leben zu bringen. Sie probierte jede Nuance zwischen Platinblond und Rabenschwarz aus; im Augenblick war ihr Haar rot mit einem Stich ins Rosarote.

Irgend etwas, das Patty Janes Beherrschung zusammenhielt, zersprang plötzlich, ihre Hand schnellte vor, und sie schlug Nora auf den Mund.

»Mama!« rief Nora tränenerstickt.

»O Gott«, sagte Patty Jane. Sie sprang auf und umschlang Nora mit beiden Armen. »Es tut mir leid.«

Harriet und Ione fanden Vorwände, um das Zimmer zu verlassen. Patty Jane hielt halb kniend, halb stehend ihre Tochter umschlungen und ließ sie, obwohl ihre Haltung sehr unbequem war, lange Zeit nicht aus den Armen.

»Ich hab mir immer geschworen, ich würde dich niemals schlagen«, sagte sie schließlich, als sie mit steifem Hals und von Noras Tränen durchfeuchteter Bluse zu ihrem Stuhl zurückging.

»Na ja«, schniefte Nora, »du hast's ja auch nie getan – jedenfalls nicht oft.«

»Nur das eine Mal, als du Paige Larkins Sohn in den Wäschetrockner gesteckt hast.«

»Es hat ihm gefallen!« versicherte Nora. »Und vergiß nicht damals, als ich Karen Anderson hinten im Garten vom Spalier geschubst hab.«

»Ach ja«, sagte Patty Jane leise. »Und heute. Das macht dreimal. Dreimal mehr als ich mir vorgenommen hatte.« Patty Jane senkte den Kopf und blickte auf ihre kurzen, eckigen Fingernägel hinunter. »Unsere Eltern haben Harriet und mich oft geschlagen.«

»Ich weiß«, sagte Nora.

»Nur wenn sie betrunken waren, aber ich kann jetzt noch die Wut spüren, die ich damals hatte.« Sie seufzte tief und berührte ihr Haar. »Es gefällt dir also wirklich nicht, hm?«

Nora schüttelte den Kopf. »Es sieht irgendwie blöd aus. Mit dem Rosa drin, mein ich.«

»Vielleicht mach ich es ein bißchen dunkler. Es ist gerade eine neue Farbe herausgekommen – chinesischer Zimt.«

Nora schüttelte nur den Kopf.

»Na, komm schon, Herzenskind, du erwartest doch nicht, daß ich mich von einem Tag auf den anderen bekehren lasse?«

Harriet und Ione beendeten gerade ihr Kaffeekränzchen im Wohnzimmer und fragten sich gegenseitig Vokabeln ab. Sie waren beide in Gudrun Muellers Anfängerkurs für Deutsch und kamen sich richtig kosmopolitisch vor, wenn sie auf deutsch um mehr Kuchen oder Kaffee mit Sahne und Zucker baten. Doch Harriet war von einer Ruhelosigkeit gepackt, und während sie zum Fenster hinaus in den noch sonnenerleuchteten Abend sah, kam ihr plötzlich der für sie absolut neue Einfall, auszugehen.

»Ich muß mir mal die Beine vertreten«, erklärte sie Ione und fügte auf deutsch »Auf Wiedersehen« hinzu.

Sie ging in westlicher Richtung bis zur Minnehaha Avenue und nahm dort einen Bus zur Stadt. Als sie sich setzte, wurde ihr mit staunender Ungläubigkeit bewußt, daß sie seit Avels Tod abends nicht mehr allein außer Haus gegangen war. Das sind mehr als dreizehn Jahre, dachte sie kopfschüttelnd und machte hastig Bestandsaufnahme: hin und wieder Konzertbesuche mit Evelyn Bright; ein Einkaufsbummel mit Ione; gelegentliche Kino- oder Restaurantbesuche mit Patty Jane; und einmal ein Spieleabend bei Bev Beal; das war schon das ganze Ausmaß ihres Nachtlebens.

Natürlich gab es innerhalb der vier Wände von Patty Janes *Flotter Locke* Unterhaltung genug, besonders jetzt, da Kurse und Seminare Souterrain und Eßzimmer füllten; Kurse, an denen sich Harriet nicht nur als Lernende, sondern auch als Lehrerin beteiligte. Sie hatte eine kleine Chorgruppe ins Leben gerufen und zu ihrem Erstaunen festgestellt, daß Grimmy Bultram eine angenehme und sichere Sopranstimme besaß. Dank ihrer Musik und der Abwechslung, die die Familie bot, hatte sie nie das Bedürfnis gehabt, irgend etwas allein zu unternehmen.

Von wegen, dachte Harriet, Angst hast du gehabt, das ist es. Ihr Herz begann schneller zu klopfen, als der Bus an dem Haus vorüberrumpelte, in dem Thor und Patty Jane als frisch gebackenes Ehepaar gewohnt hatten, in das sie selbst später eingezogen war, als sie und Patty Jane Trost gebraucht hatten. Aus Vogstads Bäckerei war jetzt Babs Feine Backwaren geworden. Mr. und Mrs. Vogstad hatten sich aufs Altenteil in Arizona zurückgezogen.

Harriet biß die Zähne aufeinander und kreuzte, eine

Hand auf jeder Schulter, ihre Arme fest vor ihrem Oberkörper, als sie zu der Straßenecke kam, wo vor langer Zeit Avel seinen austerfarbenen Packard an den Bordstein gefahren hatte und ihr, einem zwanzigjährigen Ding mit einem langen braunen Pferdeschwanz, angeboten hatte, sie auf eine Spazierfahrt mitzunehmen. Ja, dachte sie, das ist der Grund, weshalb ich nicht allein außer Haus geh. Weil da draußen alles voller Gespenster ist.

Über ein Jahr lang war Harriet nach Avels Tod oft mitten in der Nacht zu Patty Jane ins Bett gekrochen, weil Schmerz und Einsamkeit so stark gewesen waren, daß sie sicher gewesen war, sie würden sie erdrücken. Die Zeit hatte geholfen, aber sie wußte, daß sie über Avels Verlust nie hinwegkommen würde. Anders als Patty Jane hatte sie weder das Verlangen noch den Mut, neue Männer kennenzulernen, auch wenn sie spürte, wie ihr Herz unter dem Mangel an Nahrung zu schrumpfen schien. Sie hatte gelernt, ihren Schmerz einzudämmen; sich allein hinauszuwagen und Orte aufzusuchen, die voller Erinnerungen waren, gehörte nicht zu ihrem Programm.

Ich muß sofort aus diesem Bus raus, dachte Harriet. Die Panik war wie ein lebendiges Wesen, das aus ihrem Inneren hervorbrechen wollte. Atme, befahl sie sich. Sie packte die Klingelschnur so fest, daß sie ihr in die Hand schnitt. Die Bustür öffnete sich mit einem Geräusch, das wie ein gewaltiges Rülpsen klang, und der Fahrer und ein halbes Dutzend Passagiere blickten der mageren Frau nach, die die Stufen hinunterstolperte und auf den Bürgersteig rannte.

Harriet ging, ohne etwas zu sehen, ihre Handtasche fest an ihre Brust gedrückt. Vorüberfahrende Autos hupten, und ein alter Mann, der seinen Vorgarten goß, fragte, ob sie Hilfe brauche, doch Harriet ignorierte sie alle, einzig konzentriert auf den montonen Refrain: Atme, atme, atme.

Wie oft bin ich die Minnehaha Avenue hinuntergegangen, dachte sie. Wie oft hatte sie diese Marksteine ihres Lebens gesehen – da ist der Waschsalon mit den Maschinen, die man mit Vierteldollarmünzen füttern muß, und der Haushaltswarenladen, wo man bei jedem Einkauf einen Lutscher geschenkt bekommt, und da das Haus des Jungen, der in der siebten Klasse von einer Biene gestochen wurde und einen so dicken Arm bekam, daß er in nichts mehr hineinpaßte – all diese Orte haben doch überhaupt nichts Beängstigendes.

Aber auch als sie an Del's vorüberkam, dem Lebensmittelgeschäft, bei dem sie früher ihre Zigaretten gekauft hatte, tobte die Panik weiter. Sie sah, daß aus Dugans, einem Spezialgeschäft für Türen und Fenster, jetzt eine Kneipe mit dem Namen *Come Right Inn* geworden war.

Das werd ich tun, dachte sie, und blickte nach links und rechts, ehe sie die Straße überquerte.

Beim zweiten Bier waren die ganze Panik und ein Teil ihres Gleichgewichtsgefühls dahin. Ihr Vater hatte nach dem ersten kräftigen Zug immer gesagt: »Ah, das tut gut«, und jetzt wußte sie, was er gemeint hatte. Es tat gut, weil es bewirkte, daß alles gleich viel freundlicher aussah, und sie kicherte über diese Entdeckung.

Nicht viele Leute waren der Einladung der *Come-Right-Inn*-Bar gefolgt. Hinten waren nur zwei Nischen besetzt, und am langen Tresen war Harriet die einzige.

»Ich hab Sie hier noch nie gesehen«, bemerkte der Barkeeper.

»Ich heiße Harriet«, sagte sie und bot ihm die Hand. »Ich war noch nie allein in einer Bar.«

Der Barkeeper, dessen Koteletten die Form des Staates Florida hatten, wischte sich eine Hand an seiner schmutzigen weißen Schürze ab, ehe er sie Harriet reichte. »Ich bin Augie. Mir gehört der Laden.«

»Nicht schlecht«, meinte Harriet.

Augie gab ihr Feuer. »Noch eins?« fragte er und hielt ihr leeres Glas hoch.

»Sie sind der Boß«, erwiderte Harriet und beugte sich vor wie ein Kind in der Milchbar, um ihm beim Zapfen zuzusehen.

Die schwere Tür der Kneipe öffnete sich, und ein Mann und eine Frau, beide klein und dunkelhäutig, traten ein. Der Mann setzte sich an einen Tisch, und die Frau kam zum Tresen.

»Zwei, Augie«, sagte sie und hob grüßend eine Hand, die so glatt und rund war wie die eines Kindes. »Na so was! Hallo, Miss Dobbin.«

Harriet drehte ihren Kopf, der ihr lockerer als sonst auf ihrem Hals zu sitzen schien.

»Ach, hallo!« Sie hoffte, ihr Enthusiasmus würde verbergen, daß sie keine Ahnung hatte, mit wem sie es zu tun hatte.

Die ältere Frau lächelte, und da war das Geheimnis gelüftet; dieses Lächeln mit blitzend weißen Zähnen war das gleiche wie das ihres Sohnes, Clyde Chuka.

»Mrs. Chuka, wie geht es Ihnen?«

»So gut wie Ihnen, wenn ich zwei davon gehabt hab.« Sie nahm die grünen Flaschen, die Augie ihr reichte. »Kommen Sie, setzen Sie sich zu uns.«

Harriet hielt sich an der Kante des Tresens fest und rutschte von ihrem Hocker. Sie nahm Handtasche und Zigaretten. »Bezahle ich gleich?«

»War das alles?« fragte der Wirt.

Harriet warf einen Blick auf ihr halbleeres Glas. »Nein, ich glaube nicht.«

Als Augie sich ihr zuneigte, konnte sie die blaßroten Härchen sehen, die ihm aus der Nase wuchsen. »Na schön«, sagte er, »dann schreib ich's einfach auf die Rechnung, okay?«

Merry Chuka hatte einmal bei Clyde Chukas Kurs über Indianerforschung ein Gastspiel gegeben. Sie hatte mehrere Kleidungsstücke mitgebracht, die sie von ihrer Urgroßmutter geerbt hatte. Die Frauen, die sich am Dienstagabend im Eßzimmer versammelt hatten, hatten mit Ohs und Ahs die handwerkliche Kunst eines Tabaksbeutels und eines Mokassinpaars bewundert, die ganz mit Sehnen genäht waren und über und über mit Perlenstickereien bedeckt waren, die Büffel, Adlerfedern und in die vier Himmelsrichtungen weisende Pfeile darstellten. Merry hatte ihrem Sohn dauernd hilfesuchende Blicke zugeworfen. Clyde hatte ihr wochenlang damit in den Ohren gelegen, in diesen »Frisörsalon höherer Bildung« zu kommen.

»Was interessiert denn einen Haufen weißer Frauen ein Paar alte Indianerschuhe?« hatte sie ihn gefragt.

Harriet war wie gebannt gewesen, als sie das butterweiche Leder des Tabaksbeutels zwischen ihren Fingern gefühlt hatte. Sie hatte ihn an ihr Gesicht gedrückt, um noch einen Hauch vom Geruch der alten Tierhaut und der Hände, die sie bearbeitet hatten, aufzufangen.

»Mein Freund Melvin«, sagte Merry, als Harriet sich neben sie in die Nische setzte.

Melvin lächelte mit zahnlosem Mund. Die tiefen Furchen, die von seinen Mundwinkeln ausgingen, hoben seine runden, von Pockennarben durchsetzten Wangen.

»Miss Dobbin arbeitet mit Clyde zusammen in diesem Frisörsalon.«

»Hm«, machte Melvin immer noch lächelnd.

»Nennen Sie mich Harriet«, sagte sie.

»Und ich bin Merry«, sagte Clyde Chukas Mutter. »Wie in Merry Christmas.« Merry und Melvin tranken zügig, und Harriet hatte den Eindruck, daß Melvin, kaum daß er die eine Runde abgeholt hatte, schon wieder am Tresen stand, um die nächste zu bestellen. Er pflegte von diesen kurzen, häufigen Ausflügen mit hartgekochten Eiern auf einem angeschlagenen Teller, dunklem, runzligem Dörrfleisch und kleinen Tüten Käsepopcorn zurückzukehren.

»Ich bin wirklich blau«, sagte Harriet überrascht.

»Prost darauf«, sagte Melvin.

Merry leckte sich den Bierschaum von der Oberlippe und zwinkerte Harriet zu. »Ich wußte gar nicht, daß Sie sich gern einen brennen.«

»Wie meinen Sie das?« fragte Harriet.

Merry lachte und zwinkerte Melvin zu. »Das ist so eine Redensart, die ich und Melvin uns ausgedacht haben. An Feuerwasser verbrennt man sich, verstehen Sie?«

Harriet nickte ernsthaft. »Ja, ich verstehe.« Sie senkte ihr Gesicht in ihre Hände und krauste die Nase. »Also, wo waren wir gleich wieder?«

Melvin zuckte die Achseln. »Hier, nehm ich an.«

Merry lachte und zwinkerte Melvin zu. Harriet hatte nie jemanden gekannt, der so viel zwinkerte. »Ich hab Rita hier gerade gesagt, daß ich gar nicht gewußt hab, daß sie gern mal einen hebt.«

»Genau«, sagte Harriet. Sie betrachtete tiefsinnig ihre Bierflasche. »Wie haben Sie mich gleich wieder genannt?«

»Rita?«

Harriet machte ein Geräusch wie ein elektrischer Summer. »Tut mir leid, Madam, den Haupttreffer haben Sie nicht gezogen, aber wir haben ein paar wunderschöne Trostpreise.«

»Was?« sagte Melvin.

»Sie macht nur Witze«, erklärte Merry.

Harriet trank von ihrem Bier und wischte sich, nachdem sie hinuntergeschluckt hatte, die Zunge mit dem Handrükken. »Puh, das Zeug schmeckt plötzlich ganz anders.«

Merry lachte und zwinkerte. »Ich hab ja gewußt, daß Sie keine Trinkerin sind.«

»Dafür waren meine Eltern welche«, versetzte Harriet. »Vielleicht hab ich's auch im Blut.«

»Na, ich weiß nicht. Schauen Sie sich nur Clyde an. Dem kommt kein Tropfen über die Lippen.«

Harriet überkam plötzlich ein dringendes Bedürfnis zu schlafen. Sie bildete mit ihren Armen ein Rechteck auf dem Tisch und legte ihren Kopf hinein. Sie hatte die Augen schon geschlossen, als sie eine Hand an ihrer Schulter spürte.

»Na bitte, wenn man vom Teufel spricht«, sagte Merry rülpsend.

»Harriet, alles in Ordnung?« Clyde Chukas Stimme war sanft und freundlich.

Patty Jane hatte ihn gebeten, nach Harriet zu suchen, und als er am *Come Right Inn* vorübergekommen war, der Stammkneipe seiner Mutter, hatte er beschlossen, hineinzugehen, um zu sehen, ob sie da war.

Mit großer Anstrengung hob Harriet den Kopf.

»Hallo, Clyde«, sagte sie. Das Lächeln auf ihrem Gesicht war schläfrig.

Clyde Chuka setzte sich neben Melvin, der näher an die Wand rückte, als hätte er Angst vor seinem Nachbarn. Harriet legte ihren Kopf seitlich auf ihren Arm und lächelte wieder.

»Ma«, sagte Clyde Chuka in einem Ton, als verkündete er die Wettervorhersage, »was zum Teufel geht hier vor?«

Merry schob ihr kleines rundes Kinn vor, während sie sich die Frage durch den Kopf gehen ließ. »Das gleiche wie immer, würd ich sagen. Wir feiern ein bißchen.«

Clyde Chuka hob eine leere Bierflasche hoch und rieb mit dem Finger über den feuchten Ring, der sich darunter gebildet hatte. »Wie habt ihr euch getroffen?«

Das Paar in der hinteren Nische stand auf. Die Frau hielt den Arm des Mannes wie eine Polizeibeamtin, die einen Verbrecher ins Revier eskortiert.

»Komm schon«, sagte die Frau beim Hinausgehen, »wir haben nicht den ganzen Tag Zeit, und selbst wenn, irgendwann muß jeder mal gehen.«

In Harriets Gedächtnis regte sich etwas, eine Erinnerung an diese schrille, halb irre Stimme, und sie hob den Kopf genau in dem Moment, als die Frau mit dem wirren grauen Haar die Tür öffnete und den Mann vor sich hinausstieß. Überrascht sah Harriet, daß es draußen dunkel war.

»Harriet, soll ich dich nach Hause bringen?« fragte Clyde Chuka.

Harriet seufzte und wünschte, sie hätte andere Möglichkeiten. »Ja, okay, ich denk schon.«

Sie nahm einen Fünfdollarschein aus ihrem Portemonnaie und schob ihn unter eine Bierflasche.

»Hey, da kriegen Sie noch was raus«, rief Merry.

Harriet winkte ab.

»Na, dann haben Sie bei mir einen gut«, sagte Merry zwinkernd.

Die ganze Küche roch durchdringend nach Fichtennadelreiniger, als Clyde Chuka Harriet hereinhalf. Patty Jane, in einem weiten blauen Hemd über sehr kurzen Shorts, lag drinnen auf den Knien und schrubbte den Boden mit einer Energie, als wollte sie eine Schicht des Linoleums abtragen. Als sie Harriet und Clyde Chuka sah, ließ sie die Scheuerbürste fallen und richtete sich, die Hände auf die Schenkel gestützt, auf.

»Wo zum Teufel bist du gewesen?« fragte sie.

In Harriet begann beim Klang von Patty Janes Stimme etwas zu rebellieren. Sie war schließlich volljährig.

»Ach Mensch, hör auf, mir auf die Nerven zu gehen«, sagte sie. Sie warf ihr Haar zurück und dachte flüchtig daran, wie Clyde Chuka es für sie zurückgehalten hatte, als sie sich ein paar Schritte von der Kneipe entfernt hinter einem Fliederbusch übergeben hatte. Jetzt ging sie, sich an der Kante der Arbeitsplatte festhaltend, zum Kaffeetopf auf dem Herd.

Patty Jane packte die Bürste und warf sie in den Eimer, daß das Wasser nach allen Seiten spritzte.

»Um Gottes willen, Harriet, du hast ja getrunken. Das kann ich sogar von hier aus riechen.«

Harriet nahm sich von einem der Haken neben dem Toaster einen Kaffeebecher.

»Gut. Vielleicht vertreibt das diesen Fichtennadelgestank«, gab Harriet zurück. »Hier riecht's ja wie im Wald.«

Clyde Chuka hielt sich im Hintergrund wie ein vorsichtiger Schiedsrichter. Er konnte sich nicht erinnern, die Schwestern je im Streit gesehen zu haben.

Patty Jane lehnte sich mit verschränkten Armen an die Spüle und betrachtete Harriet aus zusammengekniffenen Augen. »Du schüttest alles daneben, ist dir das klar.«

Harriet stellte den Kaffeetopf wieder auf den Herd. »Das Mädchen war im Garten und hängte ihre Kleider auf«, sang sie, »da kam 'ne kleine Amsel und kackte ihr auf die Nase drauf.«

Patty Jane seufzte. »Es scheint dir ganz egal zu sein, daß ich mir Sorgen um dich gemacht habe.«

Harriet trank schlürfend ihren Kaffee. Ein Teil tröpfelte an ihrem Kinn hinunter. »Patty Jane«, lallte sie und wischte sich dabei mit dem Handrücken den Mund, »ich kann für mich selber sorgen.«

»Das ist mir neu.«

Harriet ging zur Spüle und wusch ihre Tasse so vorsichtig aus, als handle es sich um Iones kostbares Porzellan und nicht um dicke Keramik. Sie wischte sich die Hände an ihren Shorts ab und ging, beinahe in gerader Linie, zur Tür, die ins Eßzimmer führte.

»Gute Nacht, Clyde Chuka«, sagte sie, und ihre Stimme schwoll zum Singsang, als sie hinzufügte: »Gute Nacht, Wärterin.«

15

IN weniger als einem Monat stieg die Spannung zwischen den Schwestern, als hätte jemand Hefe hineingeschüttet. Nach Avels Tod hatte Harriet immer wieder sporadisch an Ekzemen gelitten; jetzt flammte es an ihrer Stirn, ihrem linken Auge und in Ketten kleiner Knötchen an den Seiten ihrer Finger erneut auf. Nach jedem Stück, das sie auf ihrer Harfe spielte, hielt sie inne, um sich eine Zigarette anzuzünden. Es gab jetzt keine Tanzeinlagen in ihrem Konzertrepertoire mehr; sie spielte Düsteres, manchmal sogar disharmonisch, und die Kundinnen tauschten unter ihren Lockenwicklern Blicke des Unbehagens. Sie kam zu keinem der Abendkurse mehr, und Ione fand in keiner Sprache eine Antwort auf Gudrun Muellers Frage: »Was ist los mit Harriet?« Harriet bat Evelyn Bright, die Leitung der Chorgruppe für sie zu übernehmen; sie brauche etwas freie Zeit, erklärte sie.

Es wurde bald offenkundig, daß sie freie Zeit zum Trinken brauchte. Mit dem einen Ohr, das für Vernunft noch zugänglich war, hörte sie Patty Janes Flehen, doch sie konnte nicht darauf achten, weil das Bedürfnis, den Schmerz, den sie so lange mit sich herumgeschleppt hatte, abzutöten, überwältigend war. Es war unglaublich, wie gut sie sich fühlte, wenn sie trank, wie erheitert – und erheiternd –, wie leicht und einfach das Leben erschien.

Nach einem späten Mittagessen, das sie immer allein einnahm, pflegte Harriet, angebrochene Thunfischdosen und aalverklebte Bratpfannen hinterlassend, sich aufzumachen, um die Bars der näheren und weiteren Nachbarschaft aufzusuchen. Die Wirkung des Alkohols machte sie mutig genug, Hotelbars in der Stadtmitte, irische Kneipen in St. Paul und Tanzlokale am Fluß zu erkunden.

Eines Nachmittags ging sie mit Patty Janes Schlüsseln zu dem rosaroten DeSoto, doch als Patty Jane das Geknatter des alten Wagens hörte, ließ sie Alva Bundt, die mit tropfnassem Kopf über dem Waschbecken hing, einfach zurück und stürzte hinaus, um gerade noch in den Wagen zu springen, als Harriet krachend den Gang einlegte und zurückstieß.

Mit einem Griff riß sie den Schlüssel aus dem Zündschloß und schob ihn in ihre Kitteltasche.

»Das ist mein Auto!« schrie Harriet. »Avel hat es mir geschenkt.«

»Und du hast es mir geschenkt«, schrie Patty Jane genauso laut zurück. »Und ich laß nicht zu, daß du damit irgendwas über den Haufen fährst.«

Das wütende Gekeife brach ab, als sie merkten, daß der Wagen immer noch in Bewegung war und mit zunehmender Geschwindigkeit die abschüssige Straße hinunterrollte.

»Schalt auf Parken, Herrgott noch mal«, rief Patty Jane. Sie kletterte über Harriet hinweg und stieß zwei Schritte vom nagelneuen gelben Mustang ihrer Nachbarn entfernt ihren Fuß auf die Bremse. Patty Jane mußte plötzlich lachen, doch als sie sich nach Harriet umdrehte, in der Hoffnung, daß sie mit ihr lachen würde, war diese schon dabei, auf der anderen Seite aus dem Wagen zu steigen.

»Geh nur!« schrie Patty Jane ihr durch das offene Fenster hinterher. »Geh nur und laß dich vollaufen, du blöde Kuh!«

»Clyde, was ist eigentlich los?« fragte Nora. Sie hatte ihm aufgelauert, als er sich in seiner Pause an den Eßzimmertisch setzte.

»Was meinst du?« fragte Clyde Chuka, nachdem er einen Bissen Schokoladenkuchen mit Kaffee hinuntergespült hatte.

»Ich mein, mit Mama und Tante Harriet. Komm mit in die Küche, da ist Grandma.«

Ione saß am Tisch. An einem Arrangement aus Trockenblumen herumzupfend, das in seiner Mitte stand, blickte sie ihnen mit Verschwörermiene entgegen.

»Wir müssen etwas tun«, sagte sie, als Nora und Clyde Chuka sich gesetzt hatten.

»Harriet betrinkt sich dauernd, nicht?« fragte Nora.

»Ja.« Clyde Chuka breitete die Hände aus und zuckte die Achseln. »So ziemlich jeden Abend, soweit ich sehen kann.«

Ione bohrte ihre Faust in die Wange und schüttelte den Kopf. »Ich hab gedacht, Harriet hätte die Kurve endlich gekriegt.«

Nora sah Clyde Chuka an. »Warum trinkt sie?«

»Nora«, sagte er, und seine Stimme war kaum lauter als

ein Flüstern, »ich will dir mal eine Geschichte erzählen. Der Haken ist nur, daß sie kein Ende hat.« Eine Weile saß er schweigend da und rieb sich mit beiden Händen die Stirn. »Ich komme aus einer Familie, in der immer getrunken wurde«, begann er. »Nein, sagen wir lieber, aus einer Familie von Trinkern. Weil es da nämlich einen Unterschied gibt – verstehst du, manche Leute können ein paar Gläser kippen und es dann lassen, und andere kippen ein paar und können es dann nicht mehr lassen. Ich bin bei meiner Großmutter aufgewachsen, weil meine Mutter meistens zu betrunken war, um mich selbst zu erziehen. Und mein Vater marschierte eines Tages betrunken auf ein Bahngleis, als gerade ein Zug kam. Erst war er vom Alkohol nur weggetreten, und eine Sekunde später war er endgültig abgetreten. Und das hübscheste Mädchen der ganzen Welt, mit Augen, die glänzten wie schwarzer Achat, hat eines Tages ein paar über den Durst getrunken und meinen Lieferwagen in der Nähe von Jamestown in North Dakota in den Graben gefahren. Ich hab in einer kleinen Blockhütte gesessen und an sie gedacht, als plötzlich jemand wie ein Wilder an meine Tür trommelt. Als ich aufmache, ist es ihr Bruder, und er sagt mir, daß sie tot ist.« Clyde Chuka faltete seine Hände im Schoß und starrte lange schweigend auf das Blumenarrangement. »Habt ihr das in Alvas Kurs gemacht?«

Ione nickte. Die Stille wurde so drückend, daß sie Nora in den Ohren dröhnte.

»Alva hat ein gutes Auge«, sagte Clyde Chuka. »Ich kann mir vorstellen, daß sie mit einer Lötlampe und einem Stück Altmetall einiges anfangen könnte.« Er blies in seinen Kaffee, obwohl der längst nicht mehr heiß war.

»Ist das das Ende?« fragte Nora leise.

»Nein«, antwortete Clyde Chuka. »Ich hab dir ja gesagt, daß diese Geschichte kein Ende hat. Die einzigen zwei Menschen in meiner Familie, die nicht trinken, sind meine Großmutter und ich. Sie hat nie etwas angerührt, und ich hab's eine Weile versucht, bis ich gesehen hab, wo es hinführt.« Er wischte sich mit zwei Fingern die Augenwinkel. »Mist«, sagte er leise. »Ich sag dir, Nora, der Alkohol ist wie ein bösartiger alter Köter, der sich an die hängt, die nicht zurückschlagen. Menschen, die ein großes Herz haben und eine traurige Seele.« Er senkte den Kopf auf seine Brust, und Nora sah, daß ihm zwei Tränen aus den Augen liefen.

Eisige Angst erfaßte sie. Hier geschah etwas sehr Schlimmes, und wenn ihre Mutter, ihre Großmutter und Clyde Chuka nichts dagegen tun konnten, wer dann?

An einem regnerischen Samstag im Oktober setzte sich Harriet an ihre Harfe, spielte ein paar Glissandos und sprang plötzlich auf, als wäre ihr eingefallen, daß sie das Bügeleisen nicht ausgemacht hatte. Nora, die gerade einer Kundin in einen Kittel half, sah ihre Mutter an, aber Patty Jane konzentrierte ihre Aufmerksamkeit ganz auf Myrna Johnsons Haar.

»Ich hab noch was Dringendes zu erledigen«, sagte Harriet.

Nora sah, wie ihre Mutter Myrna leicht auf die Schulter klopfte, am Saum ihres Rockes zog und Harriet ins vordere Zimmer folgte.

»Entschuldigen Sie mich«, sagte Nora und ließ die Kundin stehen, ohne ihren Kittel zuzuknöpfen. Aus dem Geflüster wurde aufgeregtes Gemurmel, als auch sie den Laden verließ.

Sie traf ihre Mutter und ihre Tante in der Küche an, wo

Patty Jane versuchte, Harriet den Weg zur Tür hinaus zu versperren.

»Du haust nicht einfach von der Arbeit ab«, sagte Patty Jane zähneknirschend.

»Entschuldigen Sie mich, Frau Chefin«, entgegnete Harriet und versuchte, sie zur Seite zu stoßen.

Patty Jane stieß zurück, und plötzlich begannen sie aufeinander einzuschlagen.

»Hört auf!« schrie Nora.

Schritte erklangen auf der Kellertreppe, rasend schnell wie Trommelfeuer, und gleich darauf stürzten Ione und Clyde Chuka, die unten die Stühle für Paige Larkins Abendkurs »Dekorieren mit Stoffen« aufgestellt hatten, in die Küche.

Patty Jane konnte noch einen Treffer landen, ehe die Schwestern getrennt wurden. Harriets Wange war rot; ihr langes Haar, das sich aus der Spange gelöst hatte, flatterte ihr wild um den Kopf. Beide Frauen atmeten keuchend, mit offenen Mündern.

»Was soll das –«, begann Clyde Chuka, doch Patty Jane achtete gar nicht auf ihn, sondern sagte mit lauter Stimme zu Harriet: »Ich will dich nicht in diesem Haus haben, wenn du trinkst.«

Harriet lachte bitter. »Und ich will nicht in diesem Haus sein, wenn ich nicht trinke.«

Sie machte auf dem Absatz kehrt und riß die Hintertür auf. Der Wind blies kalte feuchte Luft und einen Wirbel goldgelber Blätter gegen das Fliegengitter. In der Küche war es totenstill, als Harriet die Tür öffnete und durch den Garten zur Hintergasse hinausging.

»Lauf ihr nach, Mama!« Noras Flüstern klang überlaut in der Stille.

Patty Jane starrte auf die große Ulme, von der die Blätter herabfielen. »Ich kann nicht«, erwiderte sie flüsternd. »Sie ist schon zu weit fort.«

An Halloween, dem Tag vor Allerheiligen, bekam Nora das erstemal ihre Periode. Sie entdeckte es in einer Unterrichtspause, als sie mit ihrer besten Freundin, Lori Mellstrom, in der Mädchentoilette war.

Lori, die gerade mit weißem Lippenstift sorgfältig ihre Lippen bleichte, bot den Stift Nora an, als sie aus einer der Kabinen kam.

»Nein danke«, sagte Nora«, das paßt nicht zu meiner Gesichtsfarbe.«

»Zu deiner Gesichtsfarbe paßt sowieso nichts.«

Die Schüler und Schülerinnen der Nokomis-Junior-High-School hatten nach Abstimmung beschlossen, an diesem Tag kostümiert zur Schule zu kommen. Nora war als Hexe angetreten: schwarzes Kleid mit weitem Cape und spitzem Hut, dazu Gesicht und Hände erbsengrün geschminkt. Der Witz dabei war jedoch, daß sie gar keine Hexe verkörpern wollte, sondern Mrs. Stevenson, die Mathelehrerin, die mit Vorliebe die Elastizität ihres Lineals auf den Fingern pflichtvergessener Schüler testete.

Als es läutete, wälzte sich ein Strom von Prinzessinnen, Scheichen und Gangstern durch die Schulkorridore. Die Mädchen vor den Spiegeln in der Toilette liefen hinaus, und Lori, als freche Halbstarke verkleidet, schmiß ihre Schminksachen in ihre Schultertasche.

Nora packte sie am Arm und hielt sie fest, bis sie allein in der Toilette waren.

»Was soll das?« fragte Lori. »Wenn ich zu spät zur Englischstunde komm, krieg ich von der Hagen eins aufs Dach.«

»Cousine Karla ist eingetroffen«, sagte Nora.

Lori riß die Augen mit den falschen Wimpern auf. »Echt?«

»Cousine Karla« war ihre Codebezeichnung für die Menstruation, auf deren Ankunft beide Mädchen schon eine ganze Weile warteten – Lori ungeduldiger als Nora, denn sie war schon vierzehn, ein halbes Jahr älter als Nora, und hätte es von Rechts wegen verdient, vor ihrer Freundin den ersehnten Status einer Frau zu erlangen.

Nora stemmte ihre grünen Hände in die Hüften. »Ja, glaubst du denn, eine Frau wie ich würde ein Mädchen wie dich anschwindeln?« Sie lief den ganzen Tag mit einer dikken Binde in ihrer Unterhose herum, Teil der Notfallausrüstung, die sie seit sechs Monaten mit sich herumtrug.

Sie und Lori gingen früher aus der Schule, sie schlichen sich während der Schulversammlung einfach aus der Aula hinaus. Auf dem Heimweg, den sie in nachdenklichem Schweigen zurücklegten, machten sie nicht ihren gewohnten Abstecher zu Del's, um sich Karamelbonbons oder Lakritze zu kaufen. Ihr Abschied an der Ecke, wo ihre Wege sich trennten, war kurz und angespannt.

Zu Hause nahm Nora ein Bad, stocherte lustlos in ihrem Abendessen herum, trocknete wie in Trance das Geschirr und kroch dann mit *Betsy und Tacy*, einem der Lieblingsbücher ihrer Kindheit, ins Bett.

»Ich hab mir doch gedacht, daß du noch nicht schläfst«, sagte Patty Jane, als sie nach einem kurzen Klopfen, auf das sie keine Reaktion bekommen hatte, ins Zimmer trat.

Nora wollte eigentlich eine sarkastische Bemerkung machen, aber als sie den Mund öffnete, kam nur ein einziges jammervolles Wort heraus: »Mama!«

Und dann: »Ich hab heut meine Periode gekriegt.« Bei dieser Bekanntmachung fing sie an zu weinen.

»Ich weiß, Nora. Ich weiß.«

Ärger riß Nora aus ihrer Trauer. Hatte man denn hier überhaupt kein Privatleben?

»Woher weißt du es?« fragte sie und wischte sich die Nase mit dem Handballen.

»Ich bin deine Mutter, Herzenskind«, antwortete Patty Jane. »Ich weiß alles über dich.«

Nora ließ sich diese Erklärung in ihrer ganzen Tragweite durch den Kopf gehen.

»Außerdem«, fügte Patty Jane hinzu, »hab ich die Binde im Mülleimer gesehen. Wir nehmen hier alle Tampons.«

Nora riß ein Kleenex aus der mit Stoff überzogenen Schachtel, die Ione in Paige Larkins Kurs gemacht hatte. Sie war wütend auf sich selbst, daß sie eine unübersehbare Spur hinterlassen hatte.

»Ich will aber noch keine Frau sein«, sagte sie, während sie sich schneuzte.

Patty Jane lächelte. »Das bist du auch nicht, Schatz.«

»Doch, eben schon. Ich könnte schon ein Kind kriegen.«

Patty Jane zog die Revers an Noras Bademantel übereinander, als wollte sie ihr Kind gegen kaltes Winterwetter einpacken.

»Sicher, dein Körper reift, aber das heißt noch lange nicht, daß alles andere, was zu dir gehört, Schritt hält.«

»Ich hasse das Wort ›reif‹. Unsere Biologielehrerin schmeißt dauernd damit rum und spricht es auch noch so komisch aus – ›ro-if‹.«

»Ich weiß, mir ist es damals genauso gegangen, Nora.« Patty Jane streckte sich auf Noras Bett aus. »Becky Subseth war eine, die wir immer als reif bezeichnet haben – sie hatte schon in der fünften Klasse einen Busen und Haare unter den Armen –, und ich fand das gräßlich. Ich dachte, wenn das Reife ist, dann verzichte ich gern drauf.« Sie schob ihre Finger in den Rillen der Chenilledecke auf und ab. »Harriet war da ganz anders. Als sie ihre Periode kriegte, war sie überglücklich. Sie hat sich aus rosa Briefpapier einen kleinen Kalender gemacht und vorn drauf geschrieben: ›Meine Menses‹.«

»Menses?«

Patty Jane lächelte. »Genau. Das hat ihr gefallen, weil es so klinisch klang. Sie hat den Kalender geführt, mindestens bis sie siebzehn war, und die Tage immer mit einem von den kleinen Bleistiften eingetragen, mit denen unser Dad sich seine Golfergebnisse aufgeschrieben hat.«

Nora lehnte ihren Kopf an die Schulter ihrer Mutter. »Mama, glaubst du, daß mit Tante Harriet alles wieder gut wird?«

Patty Jane seufzte und starrte zu dem Beatles-Poster über Noras Schreibtisch hinauf, ohne die vier Pilzköpfe wirklich zu sehen.

»Ich weiß es nicht, Nora.«

Sie hielten einander fest, bis sie von unten das Läuten der Türglocke hörten.

»He«, sagte Patty Jane, »wir können doch deine Großmutter nicht mit den maskierten kleinen Bonbonbettlern da unten allein lassen.«

16

BEIM Thanksgiving-Essen in diesem Jahr erhielt der Truthahn ekstatisches Lob, und alle schwärmten von Iones Salbei-Zwiebel-Sauce. Alva Bundts Tischdekoration aus Flaschenkürbissen und Stroh war originell, und hatte je jemand das Silber blanker poliert als Nora? Doch die Komplimente wurden in einer Atmosphäre gezwungener Fröhlichkeit getauscht. Seit einer Woche hatte niemand mehr etwas von Harriet gehört.

Sie hatte bei Evelyn Bright campiert, bis Evelyns Ehemann Corny ein Ultimatum gestellt hatte: »Entweder sie oder ich.« Unter Tränen, die sie immer wieder mit einem Spitzentüchlein abtupfte, hatte Evelyn Harriet auf ihre Bitte in die Stadt gefahren. Seitdem war sie nicht mehr gesehen worden.

Die Angst um ihre Schwester schlug Patty Jane auf den Magen. Sie schob ihr Essen auf dem Teller hin und her, bis die Preiselbeeren das Kartoffelpüree rosarot gefärbt hatten und der Mais unter den Süßkartoffeln und der Sauce begraben war. Harriets leerer Platz am Tisch war wie ein ständiger stummer Vorwurf. Und doch hielt irgend etwas Patty Jane davon ab, nach ihrer Schwester zu suchen. Sie wußte seit ihrer Kindheit, daß sich die Sucht nach dem Alkohol nicht mit Gewalt austreiben ließ, und jetzt fühlte sie sich genauso von Hilflosigkeit gelähmt wie damals, als ihre Eltern getrunken hatten.

Sie dachte an Thanksgiving vor Jahren, als Harriet das Dankgebet gesungen hatte und für die dreijährige Nora immer wiederholen mußte. Sie dachte daran, wie Harriet die Pute gefüllt und, statt sie zuzunähen, mit Heftklammern geschlossen hatte. Sie dachte an die vielen Male zu Thanksgiving, an denen sie und Harriet sich im Radio die Macy's-Day-Parade angehört hatten, während ihre Eltern im Wohnzimmer getrunken hatten.

Als abgedeckt war und Ione die Sahne für den Kürbiskuchen schlug, zogen Patty Jane und Nora den Wunschknochen. Nora zog das größere Ende, aber Patty Jane wünschte sich trotzdem etwas. Sie schloß die Augen und wünschte sich, ihre Schwester möge gesund und nüchtern heimkehren.

Harriet stand am Thanksgiving-Abend nicht vor der Suppenküche der Heilsarmee an. Sie wurde auch nicht wegen Stadtstreicherei auf ein Polizeirevier geschleppt. Sie aß in Gesellschaft eines Mannes, den sie am Bahnhof kennengelernt hatte, in einem Hotelrestaurant einen durchaus annehmbaren Putenbraten – eine Spur zu trocken vielleicht, aber wirklich nicht schlecht.

Der Mann, ein Metallwarenvertreter aus Kansas City, lud

sie hinterher in sein Hotelzimmer ein. »Aber gern«, sagte sie so bereitwillig, als hätte er sie um Feuer gebeten, und dort oben, unter steifen Laken, die an den Ecken bombenfest unter die Matratze gestopft waren, schlief sie zum erstenmal, seit sie und Avel sich am Flußufer unter einem Universum von Sternen geliebt hatten, wieder mit einem Mann.

Er war schon weg, als Harriet am nächsten Morgen erwachte, aber er hatte ihr fünf Dollar zurückgelassen und ein Briefchen, in dem er ihr »für den Spaß« dankte. Harriet wurde klar, daß sie niemals in Bus- oder Bahnhöfen würde nächtigen müssen, solange es Männer auf Reisen gab.

In ihren lichten Momenten – wenn sie ihren Kater in einer Hotelbadewanne ausschwitzte – betrachtete sie sich und gelobte sich, Patty Jane anzurufen, sobald sie ihr Haar getrocknet und sich angekleidet hatte. Meistens schaffte sie es sogar, den Hörer abzunehmen, aber dann lähmten Furcht und Scham ihre Finger, und sie dachte daran, daß es ja Patty Jane gewesen war, die sie hinausgeworfen hatte und die, wenn man es sich recht überlegte, an ihrer Situation schuld war. Dann legte sie den Hörer wieder auf und wartete darauf, daß der Mann, mit dem sie das Zimmer teilte, zurückkommen und mit ihr in eine Kneipe gehen würde.

Harriet wußte, daß es für diese Männer, die sie dafür bezahlten, daß sie mit ihnen schlief und trank, andere Bezeichnungen gab; dennoch nannte sie sie »Freunde«, und Bon Drake war der achte.

Harriet war fast eine Woche mit ihm zusammen. Er war ein Rechtsanwalt aus Fargo, North Dakota, gutaussehend, grauhaarig. Bon sprach nie über sein Alter, aber Harriet schätzte ihn auf fünfzig; seine Taille war ein wenig schwammig und das Fleisch unter seinen Armen schlaff.

Aber es tat ihr gut, mit ihm Arm in Arm durch die Stadt zu gehen. Straßen und Schaufenster waren weihnachtlich dekoriert, und es schneite, und sie stellte sich vor, sie wären ein glücklich verheiratetes Paar. Daß sie meistens betrunken waren, konnte Harriets Phantasien nicht erschüttern. Sie wußte, wenn sie sich selbst und Bon auf der Straße sähe, würde sie denken: »Was für ein glückliches Paar.«

Dann rief die Ehefrau an, von deren Existenz Harriet nichts wußte. Sie und Bon hatten auf dem Hotelbett gelegen und sich im Fernsehen *The Beverly Hillbillies* angesehen. Harriet floh ins Badezimmer.

»Was hast du da im Gesicht?« fragte Bon im Konversationston, als er zur Tür hereinsah.

Harriet schob ihr Haar über ihre Wange, auf der sich ein rotes schuppiges Mal gebildet hatte.

»Ein Ekzem«, antwortete sie. »Ich hab eine Neigung dazu.«

»Und hast du dazu auch eine Neigung?« fragte Bon und begann, sie zu schlagen. Ehe Harriet wußte, wie ihr geschah, lag sie auf dem Boden neben der Toilette. Das Blut in ihrem Kopf brauste wie eine wilde Brandung, und Bon hockte auf ihr. Ich tu einfach so, als wäre ich tot, dachte sie, wenn ich das nicht sowieso schon bin. Eine Minute oder eine Stunde verging – Harriet wußte es nicht –, ehe Bon, finstere Flüche murmelnd, die Harriet kaum hören konnte, aufstand und ging. Sie hörte, wie eine Schublade geschlossen wurde, aber vielleicht war es auch eine Tür. Sie wußte nur, daß sie auf dem Boden liegenbleiben und lange schlafen wollte.

Der Winter des Jahres 1968 ließ sich häuslich nieder wie ein Einwanderer, der überhaupt nicht die Absicht hatte, in sein Heimatland zurückzukehren. Patty Jane prüfte ständig den Thermostat, denn trotz langer Unterhosen und dicker Pullover war ihr niemals warm genug. Mitten in der Arbeit, wenn sie gerade auskämmte oder färbte, bedrängten schreckliche Bilder sie: von Harriet, die blau und erfroren unter einer Brücke lag oder blutüberströmt auf irgendeiner Straße, Opfer eines Autofahrers, der sie nicht gesehen hatte, als sie ihm vor den Wagen getorkelt war. Von dem Schwindelgefühl überkommen, das diese Bilder stets begleitete, senkte sie dann den Kopf, und ihre Kundinnen fragten, ob es ihr nicht gut gehe, ob sie vielleicht ein Glas Wasser haben wolle?

Zwischen Patty Jane und ihrer Tochter war Waffenstillstand geschlossen worden. Nora spürte, daß Patty Jane jetzt, da Harriet verschwunden war, alle Unterstützung brauchte. Sie stand jeden Morgen früh auf und kochte den Frühstückskaffee, eine liebevolle Geste, die ihre Mutter rührte. Wenn Nora ihre Hausaufgaben gemacht hatte, zündeten sie oft ein Feuer im Kamin an und setzten sich vor den Fernseher oder hörten sich einige von Harriets Schallplatten an.

An diesem Abend jedoch war Nora zeitig nach oben gegangen, um sich in die Badewanne zu legen, die für sie zu einer Art Zuflucht geworden war.

Die elektrische Uhr über dem Kühlschrank summte, und Patty Jane, die auf ihr Spiegelbild in der Fensterscheibe starrte, dachte plötzlich voller Überdruß daran, wie oft sie dieses Spiegelbild angestarrt, wie oft sie an Küchentischen gesessen und auf jemandes Heimkehr gewartet hatte.

»Was ist nur los mit mir?« fragte sie laut ihr Gegenüber. »Warum werde ich von jedem, den ich liebe, verlassen?« Sie legte ihren Kopf auf den Tisch, aber auch die Tränen und der

Trost, den sie zu bringen pflegten, hatten sie verlassen. Sie sprang auf und schrie die Treppe hinauf, daß sie einen Spaziergang machen würde.

Feuchte Schneeflocken, leicht wie Federn, fielen vom Himmel herab, und Patty Jane zog die Kapuze ihres Parkas fest zu. Sie liebte es, an windstillen Abenden, wenn der frisch gefallene Schnee den Klang ihrer Schritte dämpfte, durch sachten Flockenwirbel zu wandern. Sie ging den Parkway hinunter zum Nokomis-See und war überrascht und entmutigt, als ihre düstere Stimmung sich selbst nach längerem Marsch nicht aufhellen wollte.

Sie rutschte und schlitterte den Hügel hinunter, der zum See führte, und als sie das weiße Ufer erreichte, warf sie sich in eine Schneewehe und wälzte sich darin, bis sie erschöpft liegenblieb. Sie hob den Saum ihres Parkas und holte die harten Schneebrocken heraus, die sich unter ihre Kleidung geschoben hatten. Ihre Haut war taub. Sie blickte über den gefrorenen Spiegel des Sees und beschloß zu tun, was sie Nora immer verboten hatte: quer über den See zu gehen.

Am Rand des Sees hatte die Parkverwaltung ein kleines Rechteck für die Schlittschuhläufer geräumt. Der Mond, der durch das Schneegestöber kaum zu sehen war, spendete ein bleiches Licht, als Patty Jane zum großen Strand und der Hütte ging.

Sie wußte, daß der See fest zugefroren war, dennoch – sie hatte viele Geschichten von Fischern gehört, die zu Fuß in dem Eis eingebrochen waren, über das sie am Tag zuvor noch mit ihren Wagen hinweggefahren waren. Bei jedem Schritt wirbelten ihre Füße kleine Schneewölkchen auf, und als sie die Mitte des Sees erreichte, blieb sie stehen und drehte sich mit ausgestreckten Armen einmal um sich selbst. Dann sprang sie mit hochgezogenen Knien fast trotzig in die Höhe, sprang noch einmal und noch einmal. Sie erwartete, das Eis krachen zu hören, eine dunkle Linie zu sehen, die sich wie eine dicke schwarze Schlange durch Schnee und Eis wand, und als all das nicht geschah, sprang sie immer wieder in die Höhe, bis sie schließlich völlig erschöpft auf die Knie fiel.

»Warum?«

Ihre Stimme klang wie ein lauter Schlag durch die Stille, und sie sah sich um, verlegen und verwirrt. Vorsichtig stand sie auf und ging ein paar Schritte auf Zehenspitzen, ehe sie zu laufen begann und schnell und keuchend bis zum Ufer rannte.

Du bist ja verrückt, dachte sie, du bist ja vollkommen verrückt. Sie kletterte die Holzplattform hinauf zur Hütte und umrundete zweimal den gestreuten Weg, der um das dunkle kleine Haus herumführte. Sie war durchnäßt und fror und fühlte sich zutiefst verlassen, bis ihr zwei Worte in den Kopf kamen: Clyde Chuka. Er kann mir helfen, dachte sie, er hat mir immer geholfen.

Clyde Chuka hatte ihr oft beschrieben, wo er wohnte: Im ersten Stock eines Hauses, in dem unten eine Metzgerei, eine theologische Buchhandlung und eine kleine Versicherungsagentur waren. Das Haus war in der Park Avenue, in der Nähe des schwedischen Instituts, und Patty Jane wußte, daß sie es problemlos finden würde. Jetzt, da sie ein Ziel hatte, wurde ihr Kopf klar und ihr Schritt energisch. Zwanzig Minuten später stand sie in einer Türnische unter einer Markise und drückte auf die Klingel neben dem Schild mit der Aufschrift »Clyde Chuka«.

Sein Gesicht zeigte Überraschung und Freude, als er sie durch das kleine ovale Fenster in der Tür sah.

»Patty Jane! Das ist aber schön«, sagte er und zog sie ins Haus. »Du bist ja völlig durchnäßt.«

»Ja, ich hab ein bißchen mit dem Schnee gekämpft.« Sie stampfte mit den Füßen und zog ihren Parka aus.

»Komm rauf, ich mach uns einen Kaffee.«

Im engen Treppenhaus roch es nach Moder und feuchtem Teppich. Irgendwo war laute mexikanische Musik zu hören, und als Clyde Chuka die Tür aufstieß, sagte Patty Jane »Hoppla«, und wich mit einem Sprung einem fast zwei Meter hohen Geschöpf aus, das aus Drahtbügeln und Fellstücken gemacht war.

»Das ist Bob«, erklärte Clyde Chuka, »mein Schreckgespenst.«

Patty Jane streichelte über den Pelzrücken. »Woher hast du die Felle?«

»Heilsarmee, Wohlfahrt, Second-Hand-Läden. Sein ganzer Rücken ist aus Fuchsschwänzen.«

Von dem kleinen Vestibül aus gelangte man in einen großen Raum mit einer Fensterfront auf der Südseite, der von einem Dutzend Skulpturen in unterschiedlichen Stadien der Vollendung, wie Patty Jane schien, bevölkert war.

Überall lagen Malutensilien und Werkzeuge herum. Ein mit Friedenszeichen bemalter Sägebock, auf dem Zinn- und Plastiksoldaten aufgereiht waren, stand neben einem eingetopften Baum, von dessen Zweigen Glasscherben herabhingen. Vogelgeschöpfe aus Draht und Stoffetzen, die mit Stärke gesteift waren, hockten auf Holzsockeln, als wollten sie gleich zum Flug abheben. In einem riesigen blau-grünen Globus steckte eine rostige Axt.

»Aha, damit beschäftigst du dich also, wenn du nicht gerade Nagelhaut zurückschiebst.«

Clyde lachte. »Richtig. Damit beschäftige ich mich. Mach dir's in der guten Stube bequem.«

»In der guten Stube?«

»Auf dem Sofa da hinter der *Reue.*«

»Was?«

»*Reue* ist der Name dieser Arbeit da drüben.« Er zeigte darauf. »Das Ding aus Draht und Betonblöcken. Oder weißt du was, hilf mir lieber den Kaffee machen.«

Sie folgte ihm in die Küche. Er löffelte Kaffee in den Filtereinsatz einer blaugesprenkelten Kanne. Buntes Geschirr stand in einem Regal, und die gefliesten Arbeitsplatten und der Herd waren sauber gewischt.

»Du bist ja eine richtig gute Hausfrau«, stellte Patty Jane fest.

Clyde Chuka neigte den Kopf ein wenig zur Seite und sah sie an. Sein Haar war offen und fiel ihm bis unter die Schultern.

»Patty Jane, ich freu mich, daß du hier bist, wirklich. Aber warum bist du gekommen?« Sein Blick war so sanft wie seine Stimme.

Patty Jane preßte ihren Rücken gegen die Kante der Arbeitsplatte, und ihr Kinn zitterte.

Clyde Chuka schenkte zwei Tassen Kaffee ein und nahm die beiden Henkel mit einer Hand. Mit der anderen faßte er Patty Janes Hand und führte sie zum Sofa. Er stellte die Tassen auf einen Couchtisch mit einer Platte aus altem Blech und setzte sich auf die abgewetzte Cordcouch.

Patty Jane nahm die Tasse mit dem duftenden Kaffee, aber dann stellte sie sie wieder ab und warf sich schluchzend zurück.

»Ich vermisse Harriet so schrecklich!«

»Ich auch«, sagte Clyde Chuka.

»Immer verliere ich die Menschen, die ich liebe.«

»Ich auch.«

Patty Jane hatte den Eindruck, daß es in ihrem Gehirn nur noch flimmerte, wie in einem kaputten Fernseher. Sie nahm nichts wahr als Clyde Chukas Lippen auf den ihren, seine kräftigen Hände auf ihrem Rücken. Irgendwie schafften sie es, auf der schmalen Couch zu bleiben, ihre Körper in harmonischer Bewegung aneinander geschmiegt, wie die zweier Tanzpartner, die sich ganz vertraut sind. Patty Janes Kleider fielen zu Boden, aber sie war sich nicht bewußt, irgendeinen Knopf oder Reißverschluß geöffnet zu haben; irgendwie schienen sie sich einfach aufzulösen und auf dem Boden unter ihr wieder Form anzunehmen.

Sie spürte Clyde Chukas glatten, festen Körper und seine Hände, die sie streichelten. Auf seiner Brust war kein einziges Haar, und seine Arme und Schultern zeigten hart trainierte Muskeln. Er und Patty Jane fanden einander, und ihre Körper wiegten sich im stürmischen Tanz eines Freudenfests.

»Scheiße«, sagte Patty Jane, als sie da nebeneinander lagen und einer dem anderen das Haar streichelte.

Clyde Chuka lächelte. »Mein Gott, bist du romantisch.« Er schob seine Finger durch ihr rotes Haar. »Ich weiß gar nicht mehr, was für eine Farbe dein Haar wirklich hat. Oder doch, es ist hellbraun.«

»War es. Inzwischen ist es wahrscheinlich voller Grau.«

»Ich liebe dich.«

Patty Jane verspürte einen Impuls, hinter sich zu blicken, um zu sehen, an welcher Stelle ihr Gespräch diese Wendung genommen hatte.

Clyde Chuka lachte. »Du solltest dein Gesicht sehen, Patty Jane. Wie aus allen Wolken gefallen. Hab ich dir dasselbe nicht schon hundertmal gesagt?«

Patty Jane nickte.

»Hast du es mir nicht auch gesagt?«

»Ja, aber da war's immer wie zwischen Bruder und Schwester. Wenn ich es jetzt höre, nachdem wir das erstemal miteinander geschlafen haben, hat es eine ganz andere Bedeutung.«

Clyde streckte seine Arme. »Ja, vielleicht. Hast du Hunger?«

Ohne sich anzukleiden, tranken sie den Rest des Kaffees in der Kanne und machten sich in der Küche ein paar arme Ritter. Patty Jane mußte lachen – sie hatte noch nie nackt mit einem Mann in der Küche gestanden und gekocht. Sie hatte nie einen Mann gekannt, der sich in seinem Körper so wohl fühlte wie sie sich in ihrem.

Clyde Chuka fischte mit dem kleinen Finger einen Toastkrümel aus seinen Backenzähnen.

»Soll ich dir mal was sagen, Patty Jane? Ich hab immer gewußt, daß du einen tollen Körper hast, aber ich hab nie gewußt, wie toll.«

»Danke, Sir«, sagte sie und drehte eine langsame Pirouette.

»Jippie, ist das ein Rücken!«

»Jippie«, rief Patty Jane, als sie Clyde Chukas Reaktion sah, »ist das ein Salut.«

Ganz ohne Umstände, wie ein heruntergefallenes Geschirrtuch, glitten sie zu Boden.

Es war nach Mitternacht, als Clyde Chuka Patty Jane nach Hause brachte. Sie gingen Arm in Arm. Es schneite immer noch, und der Schnee glitzerte im Licht der Straßenlampen.

»Was hat das alles zu bedeuten?« fragte Patty Jane.

Clyde Chuka lächelte. »Wie hättest du's denn gern?«

»Na ja, sind wir jetzt ein Liebespaar?«

»Dagegen hätte ich nichts einzuwenden.«

»Und was ist mit deiner Zündflammentheorie? Der Vorstellung, daß jeder nur eine wahre Liebe hat?«

»Mit meiner Zündflammentheorie?« Er schniefte und wischte sich die Nase mit dem Handrücken. »Patty Jane, hast du den Quatsch wirklich geglaubt?«

Patty Jane nahm seinen Arm fester. »Ja«, antwortete sie leise und traurig.

»Ich auch.« Clyde Chuka drückte ihren Arm. »Zum Glück glaube ich auch an Ausnahmen.«

»Und wie lange glaubst du schon an diese Ausnahme?«

»Lange.«

Patty Jane war nach Lachen und Weinen zugleich. »Warum hast du nie etwas gesagt? Oder irgendwas getan?«

»Ich hab darauf gewartet, daß du die Initiative ergreifst. Das gehörte zu meiner Strategie.«

»Du redest, als wäre es ein Spiel.«

Clyde Chuka zog Patty Jane fest an sich und küßte sie unter fallenden Flocken leidenschaftlich auf den Mund. »Es war ein Spiel«, sagte er, »ein Spiel, das ich unbedingt gewinnen wollte.«

17

IN diesem Frühjahr brachte Nora endlich den Mut auf, ihre Großmutter etwas zu fragen, worüber sie sich lange Gedanken gemacht hatte. Sie machten nach der Kirche noch eine Spazierfahrt – Teil eines Rituals, das sie beide sehr genossen. Mit Iones Hilfe, die zu Hause mit ihr Bibelverse auswendig lernte und ihr die Bedeutung der Gleichnisse erklärte, hatte Nora die Sonntagsschule absolviert.

Patty Jane ging zwar an den Feiertagen mit ihnen zur Kirche, aber sie war keine regelmäßige Kirchgängerin. »Ich fühl mich da nicht wohl«, versuchte sie ihrer Tochter zu erklären. »Ich habe immer das Gefühl, daß der Pfarrer und die Gemeinde über mich richten, auch wenn Gott es nicht tut.«

Für Ione und Nora war der Sonntag ein besonderer Tag. Schon der morgendliche Wirbel im Badezimmer machte ihnen Spaß, wenn Parfüm verspritzt, die Haare gewellt, die Träger des Unterrocks gerichtet wurden. Im Gegensatz zu ihrer Mutter war Nora in der Kirche mit großer Aufmerksamkeit bei der Sache und hörte Pastor Nelson so genau zu, als könnte sie später geprüft werden.

Oft gingen Nora und Ione nach der Kirche irgendwo zum Mittagessen, meistens ins Canteen oder, im Sommer, ins Airloha Drive-in, wo sie Stratoburger bestellten und die berühmte Cola mit Zimtgeschmack.

Aber an diesem strahlenden Sonntag, wo es überall nach frischem Grün und jungen Blüten roch, beschlossen sie, einfach am Mississippi entlang zu fahren, bis sie irgendwo ein Plätzchen entdeckten, an dem sie Lust hätten anzuhalten. Nora legte ihren Ellbogen ins offene Fenster, eine Pose, die sie unheimlich erwachsen fand.

»Grandma«, sagte sie nach einer Weile, »glaubst du, daß Mama und Clyde Chuka heiraten?« Als keine Antwort kam, sagte sie noch einmal: »Grandma?«

»Früher bin ich jeden Tag auf der Suche nach deinem Vater durch diese Straßen gefahren«, sagte Ione. »Und jetzt, nach vierzehn Jahren, merke ich, daß ich immer noch suche.«

»Du glaubst doch nicht, daß du ihn jemals finden wirst.« Noras Stimme war bitter.

Ione zuckte, dicht über das Lenkrad gebeugt, die Achseln.

»Wenn eine Mutter erst einmal daran glaubt, daß ihr Kind für immer verloren ist, dann – na ja, dann ist es wohl wirklich tot.«

»Du hast meine Frage immer noch nicht beantwortet.«

»Über Patty Jane und Clyde Chuka?« Ione kniff die blauen Augen gegen das Sonnenlicht zusammen. »Ja, weißt du, sie ist ja noch nicht einmal von deinem Vater geschieden.

Ich meine, das wäre natürlich keine Schwierigkeit. Grund hat sie ganz bestimmt.« Ione nickte. »Ja, ich hoffe, deine Mutter und Clyde Chuka heiraten. Es wäre zwar nicht das Ende, das ich mir vorgestellt habe, aber es wäre ein glückliches Ende.«

Und dann nahm Ione, die fest überzeugt war, daß sie nur deshalb nie einen Unfall gehabt hatte, weil sie immer mit beiden Händen am Lenkrad fuhr, ihre rechte Hand vom Steuer, um ihrer Enkelin die Hand zu drücken.

An diesem selben Morgen erwachte Harriet mit rasenden Kopfschmerzen und einem Mund, der so trocken war, als wäre jemand mit dem Staubsauger durchgegangen. Sie hatte die Nacht in einem Motel am Stadtrand von St. Paul verbracht. Das Zimmer hatte irgendein gütiger Mensch bezahlt, der sie in einer Hintergasse neben einem Müllcontainer aufgefunden hatte, wo sie sich auf den Knien liegend übergeben hatte. Harriet war sich bewußt, daß jemand oder etwas in Blau sie hochzog und mitnahm, aber sie ließ es gänzlich unbeteiligt mit sich geschehen, abgestumpft von ihrer Trunkenheit.

Sonnenlicht fiel durch die dünnen Gardinen mit dem geometrischen Muster, und Harriet versuchte, die Schmerzen mit reiner Willenskraft zu vertreiben und herauszufinden, wo sie war. Als ihr weder das eine noch das andere gelang, wälzte sie sich langsam aus dem Bett. Im Badezimmer wusch sie sich das Gesicht mit kaltem Wasser, wobei sie ihr Spiegelbild beharrlich ignorierte. Sie hatte gelernt, daß es besser war, nicht hinzusehen. Ein einziger klarer Gedanke durchdrang die dichten Nebel ihrer Kopfschmerzen, und sie erinnerte sich an die Gestalt in Blau. Ein Polizist? Ein Briefträger? Ein Polizist oder ein Briefträger hatte sie hierher gebracht?

Des Rätsels Lösung lag auf dem Schreibtisch neben dem darauf festgeschraubten Fernsehapparat: Ein rosa-weiß-gestreiftes Baumwollkleid, sauber gefaltet, ein Paar flache weiße Schuhe in ihrer Größe, eine Thermosflasche, eine Tageszeitung, eine Flasche Hustensaft und ein Zettel. Als sie ihn entfaltete, flatterte ein Zehndollarschein zu Boden. Auf dem Zettel stand.

Ich habe heute morgen mal nach Ihnen gesehen, wollte Sie aber nicht wecken. Ich hoffe, die Sachen passen und der Hustensaft hilft. Überlegen Sie sich, wofür Sie das Geld ausgeben. Für Essen, vielleicht fürs Kino! Nicht für Alkohol! Ich bin Polizeibeamter, und als ich Sie gefunden habe, ist mir das sehr nahe gegangen, weil ich selbst einmal ein Alkoholproblem hatte. Ich bin jetzt bei den Anonymen Alkoholikern und habe seit sechs Jahren nichts mehr getrunken. Kommen sie zu einem unserer Treffen in der St. Josephskirche in der St. Clair Avenue. Jeden Montag-, Mittwoch- oder Freitagabend. Ich bin immer da. Sie sind zu hübsch für ein Leben in der Gosse.

Ihr Freund,

Reese Brown.

Danke, Reese, dachte Harriet. Sie hob den Zehndollarschein auf und überlegte, ob sie sich lieber eine gute Flasche J&B kaufen sollte oder viele Flaschen Ripple. Vielleicht zwei Flaschen Wein und eine Stange Zigaretten. Eine richtige Zigarette, nicht eine Kippe von der Straße, wäre ein großer Luxus.

Sie setzte sich an den Schreibtisch und schenkte sich aus der Thermosflasche Kaffee ein.

»Na, ist das nicht idyllisch«, sagte sie laut, legte ihre Füße hoch und faltete die Zeitung auseinander. Über einem Foto von Richard Nixon bemerkte sie das Datum: 23. Juni 1968. Es wäre ihr vierzehnter Hochzeitstag gewesen.

Sie legte ihren Kopf auf ihre Arme. Und weinend rief sie die Namen der Menschen, die sie am meisten liebte und verloren hatte: »O Avel, o Patty Jane.«

18

EINE Frau mit einer ganzen Kollektion von Schals um den Hals schrieb Clyde Chuka für seine Skulptur *Planetscarium* einen Scheck über achthundert Dollar aus.

Es war Clyde Chukas erste große Ausstellung, und nach den »verkauft«-Schildchen zu urteilen, die die Skulpturen schmückten, war sie ein triumphaler Erfolg.

»Es sagt mir etwas«, erklärte die Käuferin ihrem Ehemann.

»Ein Globus, in dem eine Axt steckt? Was sagt der wohl?« fragte er. »Aua?«

Patty Jane lächelte. Ione hatte sich ähnlich geäußert.

»Ich verstehe was von meinen eigenen Arbeiten – Sticken und Häkeln und *rosemaling*«, hatte sie Patty Jane zugeflüstert. »Ich verstehe auch noch Degas' Balletteusen. Aber das da«, sie zuckte die Achseln, »das verstehe ich nicht.«

»Mir ist es genauso gegangen«, flüsterte Patty Jane zurück, da sie nicht wollte, daß jemand ihr Bekenntnis hörte. »Ich bin mir vorgekommen wie eine Idiotin, als Clyde Chuka und ich ins Museum gegangen sind und die Leute dauernd von »Energie« und »Angst« gesprochen haben. Aber dann hat Clyde mir erklärt, daß es in der Kunst keine richtigen Antworten gibt. Man sieht, was man sieht.«

Als Ione und Nora und ein Kontingent von Kundinnen der *Flotten Locke* gingen, mischte sich Patty Jane unter die Besucher der am Stadtrand gelegenen Galerie und belauschte die Gespräche.

»Das hier«, hörte sie von einem Mann, der ein Rüschenhemd trug und einen gezwirbelten Schnurrbart hatte, »das ist die Freiheit, die einen Fluchtweg gefunden hat, die Hoffnung, die sich durch einen Sprung im Bürgersteig schiebt, der Glaube, der in sein heiliges Horn stößt.« Der Mann stand vor einem Gebilde, das aussah wie ein bei einem Verkehrsunfall zerdrückter Kotflügel.

Das eigentliche Kunstwerk hier war in Patty Janes Augen jedoch Clyde Chuka selbst. Er trug ein Rehlederhemd mit Perlenstickerei in Form eines Mondes und eines Sterns. Merry Chuka hatte es gemacht, und Patty Jane hätte ihr gern persönlich gesagt, wie schön sie es fand und, was wichtiger war, gefragt, ob sie Harriet irgendwo gesehen hatte; aber Clyde Chuka sagte, er würde sich nicht darauf verlassen, daß seine Mutter käme.

Der Ausstellungsraum, Nebengebäude eines Lagerhauses, war vom Geruch süßen Tabaks durchzogen. Eine junge Frau in einem Röckchen, das nicht viel mehr als ein breiter Gürtel war, bot Patty Jane eine dünne graue Zigarette an.

»Nein danke«, sagte Patty Jane. Sie hatte schon einmal Marihuana probiert – bei jedem Zug voller Angst, daß gleich J. Edgar Hoover durch die Tür brechen würde.

Es war nach Mitternacht, als die Party endete und der Kellner, der die Gäste bedient hatte, einen Karton voll leerer Weinflaschen hinaustrug.

»Hast du Hunger?« fragte Clyde Chuka und rieb sich die Hand, die vom vielen Händeschütteln weh tat.

»Eigentlich nicht«, antwortete Patty Jane. »Ich hab mich an diesen kleinen Käsewürfeln sattgegessen.« Sie schüttelte den Kopf und rülpste leise. »Eine Verdauungstablette wär jetzt das Richtige für mich.«

»Komm, dann gehen wir doch zum See hinunter.«

Die Nacht war mild und still, die Geschäfte hatten schon vor Stunden geschlossen. Während sie in westlicher Richtung zum Calhoun-See gingen, erzählte Patty Jane Clyde die Geschichte, die er bereits kannte; die Geschichte, wie Harriet und Avel einander das erstemal begegnet waren und Avel sein nagelneues Auto ausgeliehen hatte, um es nie wieder zurückzubekommen.

»Avel hat einmal zu mir gesagt, er hätte am selben Tag ein Auto und sein Herz verloren«, sagte Patty Jane.

Harriet hatte angenommen, der Mann, der sie für eine Nacht in einem anständigen Motelzimmer untergebracht, der ihr frische Kleider und einen Zehndollarschein hinterlassen hatte, würde es bei dieser einen guten Tat bewenden lassen. Keinesfalls hatte sie damit gerechnet, daß er in zwei Monaten eines heißen und windigen Sommers die zweite Liebe ihres Lebens werden würde.

Er hatte sie an dem Tag wiedergetroffen, an dem sie frisch geduscht, in dem rosa-weißen Hemdblusenkleid, das formlos von ihren knochigen Schultern herabhing, das Motelzimmer verlassen hatte. Reese war kein Dick Tracy; seine

Logik war einfach. Er wußte, daß er sie nach elf Uhr, der Zeit, zu der das Motelzimmer geräumt werden mußte, in einer Bar oder einem Spirituosengeschäft in der Nähe des Motels finden würde. Und so war es. Er entdeckte sie in Mr. Frans Wein- und Spirituosenhandel.

Er trat hinter dem Pappstandbild einer Blondine, die eine Flasche Wodka im Arm hielt, hervor und stellte sich vor: »Ich bin Reese Brown.«

Und während er Harriet folgte, sagte er wieder: »Reese Brown. Ich hab Ihnen das Motelzimmer besorgt.«

»Danke.« Harriets Blick flog über die Regale, die mit Flaschen ihrer Lieblingsgetränke gefüllt waren – Annie Green Springs und Boone's Farm.

»Ich hab Ihnen die zehn Dollar dagelassen, die Sie jetzt für Fusel ausgeben wollen.«

»Wie gesagt, vielen Dank.« Sie starrte ein Sonderangebot an – vier Flaschen Carioca für acht Dollar neunundvierzig.

»Ich hab eigentlich gehofft, Sie würden es für Essen oder so was nehmen. Sie wiegen doch bestimmt nicht mehr als vierzig Kilo.«

Als sie die Flaschen in ihre dünnen Arme nahm, unterdrückte Reese mit Mühe den Impuls, sie einfach zu packen und über seine Schulter zu legen. Als er noch ein junger, hitziger Mann gewesen war, hatte seine Frau zu ihm gesagt: »Reese, du kannst nicht jede Situation mit Gewalt meistern«, und er hatte sich diese Worte zu Herzen genommen. Jetzt dämpfte er die meisten Impulse durch ruhige Überlegung. So zuckte er nun lediglich die Achseln und hob die großen Hände. Er folgte ihr zur Kasse, und während die Kassiererin die Einkäufe eintippte, schrieb er Harriet ein zweites Briefchen. »Wenn Sie Hilfe brauchen, rufen Sie mich an«, kritzelte er schnell und unterschrieb mit seinem Namen und seiner Telefonnummer. Er faltete den Zettel und steckte ihn ihr in die Tasche ihres Kleides.

Sie dankte ihm mit einem kurzen, unsteten Lächeln. Als sie die Kassiererin dann bat, ihr noch zwei Packungen Zigaretten zu geben, war er schon weg. Die Jalousie schlug gegen die Tür, als diese hinter ihm zufiel.

Reese Brown arbeitete seit zweiundzwanzig Jahren, genau sein halbes Leben lang, bei der Polizei von St. Paul. Er hatte sich seinen Kindertraum erfüllt, und er liebte besonders die einfachen Aufgaben, die sein Beruf mit sich brachte: eine alte, verwirrte Frau, die die Orientierung verloren hatte, nach Hause fahren; einer jungen Babysitterin, die angsterfüllt beim Revier angerufen hatte, im Schein seiner großen Taschenlampe zu zeigen, daß die Geräusche auf dem Dach nicht von einem Einbrecher verursacht wurden, sondern vom Ast einer Balsampappel, der im Wind aufs Dach schlug. Das waren seine Spezialitäten. Wenn er mit einer Welt zu tun hatte, deren Licht von Dunkelheit bedrängt wurde, mit Menschen, die einander verletzen wollten, versuchte er zu helfen.

Er war ein Hüne von einem Mann – einen Meter fünfundneunzig, breit und kräftig –, und er war ein sanfter, freundlicher Mann, bis auf einen Funken von Gewalt, der wie kochende Lava in ihm brannte. Ungerechtigkeit war der Ursprung dieser Gewalt; als Kind hatte er zusehen müssen, wie sein Vater seine Mutter geschlagen hatte. Er war aus dem Basketballteam der Universität ausgeschlossen worden, als er einem Stürmer, einem eingebildeten Kerl, der ihm frech gekommen war, ein paar Zähne ausgeschlagen hatte.

Erst seine rundwangige Frau hatte ihm geholfen, diese

Wut zu kanalisieren und mit ihr umgehen zu können. »Red mit mir, Reese, bitte red mit mir«, hatte sie an einem bitteren Silvesterabend zu ihm gesagt, nachdem er bei einem Überfall den Räuber erschossen hatte, der auf ihn und seinen Partner gefeuert hatte.

Er hatte es getan, und gerade deshalb hatte ihn die Kürze des Briefs, den sie ihm und ihren beiden Kindern hinterlassen hatte, um so tiefer getroffen: »Ich liebe einen anderen.«

Er begann zu trinken, abends, wenn die Kinder im Bett waren; als dann die Scheidungsunterlagen aus Las Vegas eintrafen, fing er an, auch morgens zu trinken. Fast drei Jahre lang schaffte er es, das Trinken auf die frühen Morgen- oder späten Abendstunden zu beschränken; einmal jedoch verdrückte er sich im Dienst in eine Tankstellentoilette und trank Wodka aus einer Thermosflasche. Sein Partner fand ihn dort, wie er vor dem Spiegel stand und *I'm Sorry* sang.

Reese stand ganz ruhig da, als der Funke der Wut, den er längst totgeglaubt hatte, in ihm aufflammte, und er Officer Keith Eggert mit der Faust ins Gesicht schlug. Die beiden dachten sich eine Geschichte aus, um Eggerts Verletzung zu erklären (sie wären in Frogtown mit einem Schläger aneinandergeraten, der mit Steinen geworfen hatte), und der Captain glaubte ihnen. Eggert verlangte nur eines von Reese: daß er Hilfe suchen würde. Er gab Reese die Adresse einer Kirche, wo Leute mit Alkoholproblemen sich regelmäßig trafen.

Reese sprach von Eggert immer als dem »Mann, dem ich das Jochbein brechen mußte, um mein Leben zu retten«.

In der Mittagszeit, als die Straßen im Geschäftsviertel von St. Paul dicht bevölkert waren, ging Harriet bettelnd von einem Passanten zum anderen. »Haben Sie ein bißchen Kleingeld?« fragte sie trotzig und hielt zitternd ihre schmutzige Hand auf. Die Ampel an der Ecke schaltete auf Grün, und Harriet torkelte den Bürgersteig entlang. Ein Schulbus ratterte vorüber, und drinnen saß, durch das Fenster deutlich sichtbar, ihre Nichte. Der Anblick von Noras hellblondem Haar und klar geschnittenem skandinavischen Profil ernüchterte Harriet auf der Stelle. Und genau in diesem Moment drehte Nora den Kopf, um zum Fenster hinauszublicken, und sah sie. Als hätten sich Sturmwolken vor die Sonne geschoben, wich das Strahlen in Noras Gesicht ungläubigem Entsetzen.

Einmal hatte eine Klassenkameradin von Nora, die in Patty Janes *Flotte Locke* gekommen war, um sich für den Winterball die Haare machen zu lassen, gefragt, wer die Frau sei, die auf der Harfe die Lieder von den Beatles spielte.

»Meine Tante«, hatte Nora stolz geantwortet.

»Hast du ein Glück«, sagte das Mädchen neiderfüllt. »Meine Tanten laufen alle so spießig rum und denken, Pat Boone ist der König des Rock'n Roll.«

In einem Schulaufsatz hatte Nora geschrieben, sie wolle später einmal Musikerin werden wie ihre Tante Harriet; außerdem hatte sie vor kurzem angefangen, Trompetenunterricht zu nehmen.

Jetzt starrte Nora Harriet an, als hätte sie ein Gespenst vor sich. Wie eine Rasende drehte sich Harriet um und rannte vor den lauten Rufen, die aus dem Busfenster kamen, das Nora geöffnet hatte, davon.

»Tante Harriet! Tante Harriet!«

Sie rannte, bis sie nicht mehr konnte und auf dem grasbewachsenen Hang des State Capitol zusammenbrach. Eine Wartungsmannschaft war gerade dabei, die Sprinkleranlage zu reparieren, als Harriet sich auf den wohlgepflegten Rasen fallenließ.

Ein paar Leute näherten sich, um ihr zu helfen, einige fragten zaghaft »Madam?«, aber sie drangen nicht zu ihr durch und wichen ängstlich und verlegen zurück. Als sie sich schließlich aufsetzte, machte gerade ein guter Samariter einen Polizeibeamten auf sie aufmerksam. Sie sah, daß ihre Handflächen mit Grasabdrücken schraffiert waren. Blinzelnd stand sie auf und kämpfte gegen den Schwindel.

»Alles in Ordnung, Madam?« fragte der Polizist.

»Nein«, antwortete Harriet mit keuchendem Atem, »aber Sie können mich nicht verhaften, nur weil's mir dreckig geht, oder?« Sie hatte es als Scherz gemeint – es war so lange her, seit sie das letztemal einen Scherz gemacht hatte –, aber es klang wie ein Vorwurf und der alte Polizeibeamte schlug nur die Augen nieder.

Reese Brown studierte einen eingewachsenen Nagel, während er Doug zuhörte, der der Gruppe erzählte, wie er betrunken und ohne Urlaubserlaubnis auf einem Boot vor der Küste von Vietnam aufgewacht war. Etwa fünfundzwanzig Personen saßen auf Klappstühlen und füllten den kleinen Raum im Souterrain der St. Josephskirche (wo normalerweise Gebets- und Bibelstunden abgehalten wurden) mit Zigarettenrauch.

»... ich wußte genau, daß ich vor einem Kriegsgericht landen würde und mir wahrscheinlich bei den Nutten, mit denen ich in Saigon das Wochenende verbracht hatte, einen prächtigen Tripper geholt hatte«, sagte Doug, »aber das einzige, was mich interessierte, war, wo krieg ich jetzt am schnellsten was zu trinken her.«

Zustimmendes Gemurmel folgte seinen Worten. Es war stickig und heiß in dem kleinen fensterlosen Raum, und Reese hatte Mühe stillzusitzen; bald wippte er mit seinen großen Füßen, bald zupfte er an seinem rotblonden Haar. Es schien ihm unmöglich, sich auf etwas anderes zu konzentrieren als den eingewachsenen Fingernagel und seine Pläne nach dem Treffen. Er würde zwei Flaschen Fresca in den Tiefkühlschrank legen und sie eiskalt trinken, während er in der Badehose in seinem Garten den Rasen spritzte. Vielleicht würde er sogar den Sprinkler andrehen und sich darunterstellen.

Dougs Redefluß geriet ins Stocken, und Reese, der sich wunderte, welch tiefe Erkenntnis den ganzen Raum plötzlich zum Schweigen gebracht hatte, hob den Kopf. Er sah, daß die Aufmerksamkeit der Leute nicht auf den Sprecher vorn im Raum gerichtet war, sondern auf eine Person, die hinten an der Tür stand. Er blinzelte – er brauchte dringend eine neue Brille –, und es kostete ihn einen Moment, um zu erkennen, daß die Person an der Tür die Frau war, die er vor zwei Wochen nachts in ein Motel gebracht hatte.

Sie sah schlecht aus. Sie trug die Kleider, die er ihr gekauft hatte, aber sie waren schmutzig und zerrissen. Ihr Haar war verfilzt, und auf einer Seite ihres Gesichts hatte sie ein Ekzem. Furcht verdunkelte ihre Augen, während sie dort auf der Schwelle stand.

Die Beine von Reeses Stuhl quietschten, als er aufstand, und Harriet war zutiefst erleichtert, als sie ihn sah.

»Eine Freundin von mir«, sagte Reese. Ein Chor der Begrüßung folgte. Reese nahm Harriets Hand, und sie lächelte, ängstlich und tapfer, und Reese sah schöne weiße Zähne unter dem Schmutz.

Harriet sprach nichts im weiteren Verlauf des Abends. Noch immer Reeses Hand haltend, hörte sie mit angestrengter Konzentration den Zeugnissen zu. Als das Treffen beendet war, führte Reese sie hinaus, und sie gingen zu Fuß und ohne zu sprechen unter grünen Ulmen hindurch zu Reeses Haus.

»Hier sind wir«, sagte er und wies mit dem Kopf zu dem kleinen, adretten Haus. Es war merkwürdig, er hatte das Gefühl, als wäre die Einführung dieser fremden Frau in sein Haus geprobt und sie wüßten beide, was sie zu tun hatten. Als er mit ihr in den Flur trat, ließ sie endlich seine Hand los. Er machte den Wäscheschrank auf und nahm einen Stapel Handtücher und Waschlappen heraus.

»Hier, bitte ...«

»Harriet«, sagte sie – das erste Wort, das sie an ihn richtete.

Er stieß die Tür zum Badezimmer auf. »Es geht nichts über ein heißes Bad, Harriet, da fühlt man sich gleich besser.«

Während er dem Rauschen des Wassers lauschte, betete er: »Lieber Gott, gib, daß sie sich von mir helfen läßt.« Er setzte sich auf das schmale Bett seiner Tochter und betrachtete die Poster, die sie nicht ins College mitgenommen hatte – Paul Revere und die Raiders, Desiderata, Fess Parker als Daniel Boone. Mit der Zeit wurde er ein wenig nervös, denn er fürchtete, Harriet könnte in der Dusche ausgerutscht oder ohnmächtig geworden sein.

»Harriet? Harriet, ist alles in Ordnung?« rief er, an die Badezimmertür klopfend.

Sie gab ihm keine Antwort, aber Reese hörte das Gurgeln der Rohre, das ihm sagte, daß das Wasser abgedreht wurde.

»Ich bin in der Küche«, rief er laut. »Ein Bademantel für Sie hängt an der Tür.«

Kaffee blubberte in der Maschine, und Reese kritzelte zerstreut auf dem Gesicht von Ho Chi Minh im *Time Magazine* herum, als Harriet in die Küche kam. Reese drückte mit einem Klick sorgfältig die Spitze seines Kugelschreibers ein und legte ihn auf die gefaltete Zeitschrift.

Das Revers des pinkfarbenen wattierten Bademantels zusammenhaltend, setzte Harriet sich an den Tisch, und Reese schenkte eine Tasse Kaffee ein, die er ihr wortlos hinschob. Er bot ihr eine Zigarette an und nahm selbst auch eine. Weder neigte sie kokett den Kopf, noch berührte sie seine Hand, als er ihr Feuer gab.

»Mein Name ist Harriet Dobbin«, sagte sie und blies eine Rauchfahne zur Decke hinauf, »und ich bin jetzt seit fast einem Jahr ständig betrunken.«

Reese setzte sich bequemer auf seinem Stuhl.

»Ich habe meine Angehörigen verlassen. Ich habe mich prostituiert. Ich habe gelogen. Ich habe gestohlen. Es gab nichts, was ich für einen Tropfen Alkohol nicht getan hätte.«

Sie machte eine Pause und trank von ihrem Kaffee.

»Er schmeckt gut«, sagte sie, »auch wenn ich ihn lieber mit einem Schuß Whisky hätte.« Sie lachte bitter. »Ich will nicht an Whisky denken, aber ich denke an Whisky.«

Reese nickte. »Das verstehe ich.«

Harriets Nasenflügel begannen zu beben. »Ich habe heut mein Patenkind gesehen. Meine Nichte Nora. Sie war früher ein großer Fan von mir, und dann hat sie mich heute gesehen. Sie saß im Schulbus.«

Draußen wurde es langsam dunkler, während Reese mit

gesammelter Aufmerksamkeit ihrer stockend erzählten Geschichte lauschte, ab und zu nickte, ihre Hand hielt, wenn sie es brauchte, ihr Feuer gab. Er wirkte groß und zuverlässig und gelassen, aber das Herz flatterte ihm vor Glück wie ein kleiner Kolibri. Diese Frau war so bezaubernd, und sie war im Begriff, in sein Leben zu treten.

Labor Day, der erste Montag im September, war für Harriet ein Feiertag und ein Jubiläum. Seit dreißig Tagen hatte sie nichts Stärkeres getrunken als Limonade. Sie war körperlich erschöpft vom täglichen Kampf mit der Sucht; doch ihre Seele begann wieder Hoffnung zu schöpfen. Ich fühle mich ungefähr wie ein Teenager vor der dritten Fahrprüfung, dachte sie.

Sie betrachtete den Mann, der mit ruhigen, regelmäßigen Atemzügen unter dem zerwühlten Laken an ihrer Seite schlief: Reese Brown. Das Licht der frühen Morgensonne fiel durch die Ritzen der Jalousie in schmalen Streifen auf das Bett. Harriet hob die Arme und streckte sich, glücklich in dem Gefühl, einen klaren Kopf zu haben und den Mann, den sie liebte, neben sich zu wissen.

Sie tastete auf dem Nachttisch nach ihren Zigaretten. Auch Reese rauchte. »Das ist das nächste, was wir aufgeben«, hatte er gesagt, und es hatte Harriet froh gemacht zu hören, daß er im Plural sprach. Doch er hatte einen gesunden Schlaf, und es würde ihn nicht stören, wenn sie sich jetzt eine anzündete. Sie war zu einer Raucherin geworden, die morgens mit dem ersten Zug den Willen und die Entschlossenheit einsog, den Tag anzupacken. Der erste Zug war wie eine Aufforderung, die Dinge in die Hand zu nehmen, sich der täglichen Aufgabe, dem Alkohol fernzubleiben, zu stellen. Den herben Duft der Zigarette in ihrer Hand genießend, legte Harriet ihre andere Hand sachte auf Reeses Schulter.

19

PATTY Jane stand hinter Inky Kolstat. Ihre Augen, deren Blicke sich im Spiegel vor ihnen trafen, blitzten angriffslustig.

»Zu Ihrem Teint paßt einfach kein rotes Haar«, erklärte Patty Jane und zupfte an Inkys weißer Wolke. »Lassen Sie mich Ihnen doch eine braune Tönung geben.«

»Patty Jane, bin ich diejenige, die hier bezahlt, oder haben Sie Ihre Geschäftsprinzipien geändert?« Sie schüttelte trotzig den Kopf. »Außerdem ist Rot in Hollywood der letzte Schrei.«

»Sagt wer?« fragte Bev, die hinter dem Nachbarstuhl stand und Myrna Johnsons Dauerwelle auskämmte.

Inky verdrehte die Augen. »Sagt Ann Margret. Sagt Shirley MacLaine.«

»Sagt der Heilige Geist«, versetzte Bev. Inkys Vortragsreihe »Legenden Hollywoods« hatte soviel Zulauf, daß sie jetzt offenbar glaubte, sich aufs hohe Roß setzen zu können.

»Leitung sieben für Patty Jane. Leitung sieben für Patty Jane«, rief Nora, die an dem kleinen Empfangstisch saß. Es machte ihr Spaß, Anrufe auf diese Art zu melden, obwohl es nur einen Anschluß gab.

»Her damit«, sagte Patty Jane und nahm den Hörer.

Nora musterte ihre Mutter beifällig. Sie hatte ihr Haar vor kurzem wieder in seiner natürlichen Farbe eingefärbt, ein glänzendes Kastanienbraun, in dem das Licht tanzte. Sie trug einen schicken kleinen Baumwollpullover und einen kurzen bunten Rock. Nora war stolz darauf, daß ihre Mutter nicht in einem Kittel herumlief, unter dem der Unterrock hervorhing. Wenn sie sich nur noch diese scheußlichen klobigen Treter abgewöhnen würde.

Patty Janes Gesicht verlor plötzlich alle Farbe. »Was?« flüsterte sie ins Telefon.

Clyde Chuka blickte auf. Er war auf der anderen Seite des Salons und feilte gerade Gudrun Muellers gelbe Fingernägel, doch der fassungslos beschwörende Ton von Patty Janes Flüstern drang bis zu im herüber.

»Ja«, sagte sie. »Hierher? Ja – natürlich – bitte.« Sie legte auf und schlug beide Hände vor ihr Gesicht.

»Mama?« sagte Nora.

Die Leute im Salon hörten auf zu reden, und ein gespanntes, unbehagliches Schweigen trat ein.

Schließlich senkte Patty Jane die Hände. »Harriet kommt«, sagte sie, und dann sprudelte ihre Stimme laut und hell. »Meine Schwester kommt nach Hause!«

Plötzlich war die Hölle los. Die Frauen sprangen von ihren Frisierstühlen auf, tauchten unter Trockenhauben empor. Kundinnen und Angestellte fielen sich in die Arme und umringten Patty Jane.

»War sie selbst am Telefon?«

»Nein, ein Freund von ihr.«

»Ein fester Freund?«

»Das weiß ich nicht.«

»Hat er gesagt, daß es ihr gut geht?«

»Ja – ich glaube schon.«

»Wann kommt sie denn?«

»Bald, hat er gesagt.«

»Bitte.« Sie wischte sich die Tränen ab. »Bitte, ich würde sie gern allein erwarten.« Sie sah Clyde Chuka und Nora an. »Ich meine, allein mit meiner Familie.«

»Kein Problem«, sagte Dixie.

»Aber meine Haare sind ja noch nicht mal trocken«, rief Alva Bundts Cousine, die aus Mankato zu Besuch da war.

»Daraus könnte man einen tollen Film machen«, erklärte Inky Kolstat.

»Ich mach bei Ihnen weiter«, sagte Dixie zu Alvas Cousine. Sie musterte die Köpfe der Kundinnen. »In einer Viertelstunde können wir hier mit allen fertig sein.«

»Leicht«, stimmte Bev Beal zu. »Pauline, setzen Sie sich da drüben hin, dann kämm ich Sie aus.«

Die Trockner wurden auf »heiß« gestellt, Lockenwickler flogen und Scheren klimperten mit beinahe musikalischem Klang. Dixie behielt recht, der Salon war innerhalb von fünfzehn Minuten leer, und alle außer Alva Bundts Cousine waren mit ihren Frisuren zufrieden.

»Na ja«, sagte sie, das feuchte Haar betastend, »das hab ich nun davon, daß ich Deenas Salon untreu war.«

Nora fegte die Haarreste auf dem Boden zusammen, und Clyde Chuka schob die Wagen mit den Lockenwicklern und Haarnadeln weg.

Als alle draußen waren, stellte sich Patty Jane vor einen Spiegel und kämmte sich nervös das Haar.

»Wie seh ich aus, Clyde? O mein Gott, glaubst du, daß sie mich jetzt haßt? Ich meine, ich hätte in St. Paul viel gründlicher nach ihr suchen sollen, nachdem Nora sie gesehen hatte.« Sie ließ den Kamm sinken. »Und was ist, wenn das Ganze nur ein gemeiner Scherz ist?« Sie legte den Kamm weg und nahm ihn dann wieder zur Hand. »Was sagst du, Clyde, sehe ich gut aus?«

»Du siehst prima aus, Patty Jane«, sagte Clyde Chuka. »Es wird bestimmt alles gutgehen.«

Sie saßen im Wohnzimmer, Patty Jane so nervös, daß sie ihre Hände nicht stillhalten konnte, als sie hörten, wie die Hintertür geöffnet wurde.

Nora nahm die Hand ihrer Mutter. »Komm, Mama, es wird schon alles schiefgehen.«

Patty Jane war wie gelähmt. »Ich kann meine Beine nicht bewegen.«

»Wir sind hier drinnen«, rief Nora in schriller Panik.

»Ich seh's«, sagte Ione, die mit einem Strauß roter und gelber Chrysanthemen durch das Eßzimmer kam. »Ein herrlicher Tag«, bemerkte sie, »die Luft ist so frisch und sauber, daß man jeden Atemzug genießen möchte. Ich habe am Stand ein paar Äpfel gekauft, die köstlichsten –« Sie brach ab, und ihr Lächeln wurde trübe. »Was ist denn los?«

Nora ließ sich in ihren Sessel zurückfallen. »Ach, Grandma, wir dachten, du wärst Tante Harriet.«

»Harriet?« Ione richtete ihren fragenden Blick auf Patty Jane.

Patty Jane nickte wie benommen. »Wir haben einen Anruf bekommen. Sie kommt nach Hause.«

Draußen läutete es. Patty Jane stand auf, und die anderen umgaben sie wie eine schützende Hülle. Die ganze Schar ging schweigend zur Tür und hinaus ins kleine Vestibül.

Vier Hände wollten helfen, als Patty Jane ungeschickt den Türknauf drehte.

»Tut mir leid, ich hab meinen Schlüssel vergessen«, sagte Harriet, als die Tür sich öffnete.

»Es war nicht abgeschlossen«, versetzte Patty Jane.

Patty Jane und Harriet standen Wange an Wange in inniger Umarmung auf der Schwelle. Sie schienen sich in einer anderen Dimension zu befinden, wie vereint in einem Dunstkreis aus Liebe und Freude, aus Schmerz und Verletzung. Clyde Chuka räusperte sich, und das Geräusch erinnerte sie daran, wo sie waren und wer sie waren.

»Du warst so lange weg«, flüsterte Patty Jane.

»Ich wollte jeden Tag zurückkommen«, sagte Harriet, »aber ich hab mich so geschämt. Ich konnte nicht zurückkommen, solange ich nicht nüchtern war.«

Patty Jane atmete den vertrauten Geruch ihrer Schwester: Zigarettenrauch und Halo-Shampoo.

»Mama«, sagte schließlich Nora und drängte sich zwischen die Schwestern, »jetzt bin ich dran. Tante Harriet, ich hab solche Angst gekriegt, als ich dich gesehen hab.«

»Ich weiß.« Harriet strich Nora über das feine helle Haar. »Ich habe auch Angst gehabt.« Dann erinnerte sie sich an den Mann, der ihr die Heimkehr ermöglicht hatte, und sie ließ Nora los. »Alle mal herhören«, sagte sie und zog Reese ins Vestibül. »Das ist Reese Brown. Er hat mir das Leben gerettet.«

Als sie in das Zimmer gingen, das in den Frisörsalon führte, richtete Harriet sich auf und rief: »Hallo, meine Liebste!« Sie ließ Reeses Hand los. Mit einem glücklichen Lachen, das tief aus ihrem Innern kam, lief sie mit ausgestreckten Armen auf ihre Harfe zu. Sie stand, regelmäßig heimlich abgestaubt – abends von Patty, morgens von Ione –, in der Ecke neben Clyde Chukas Maniküretisch.

Harriet neigte die Harfe zu ihrer Schulter und begann zu spielen. Reese Brown sagte: »Manchmal hat sie ihre Hände im Schlaf so bewegt wie jetzt.«

»Warten Sie, bis Sie sie singen hören«, flüsterte Ione.

Patty Jane konzentrierte sich ganz auf Harriets Gesicht, nicht ihr Spiel. An ihrer Schläfe war ein kleines Ekzem, und ihre Augen waren dunkel umschattet. Und ihr Haar – ich könnte ihr eine Tönung machen, dachte Patty Jane glücklich, oder vielleicht ein paar blonde Strähnen.

20

AN einem der seltenen Abende, als die vier Frauen allein zu Abend aßen, berief Ione eine Konferenz ein. Clyde Chuka arbeitete an einem neuen Werk und war seit zwei Tagen nicht mehr im Salon gewesen. Reese betreute eine Bürgergruppe bei einer Führung durch das Polizeirevier.

Um sieben begann Inky Kolstats Vortrag »Gable und Cooper, die letzten echten Männer«, und in Erwartung eines vollen Hauses hatte Ione gleich zwei Bleche Schokoladenplätzchen ins Rohr geschoben. Aber es war noch genug Zeit, sich am Küchentisch zusammenzusetzen und, wie Ione sagte, offen miteinander zu reden.

»Ja, gut, aber macht schnell, ich erwarte nämlich einen wichtigen Anruf«, erklärte Nora.

Nora, die jetzt in der neunten Klasse war, wurde von Scharen schlaksiger Jungen angeschwärmt, deren Gespräche sich nur um sie drehten, wenn sie bei *Marty's Malts* zusammenstanden und eine einzige Marlboro herumgehen ließen.

»Es dauert nicht lang«, versicherte Ione. Sie schenkte allen Kaffee nach und setzte sich mit einer Miene der Entschlossenheit. Sie hatte eine kleine Rede auswendig gelernt und begann ohne Umschweife.

»*Min barn* – mein Kind – die Liebe zwischen einem Mann und einer Frau ist etwas Besonderes und Kostbares. Diejenigen, die sie finden, haben großes Glück.«

Patty Jane und Harriet sahen einander an und zuckten leicht die Achseln.

»Deine Mutter und deine Tante haben dieses Glück. Sie lieben, und sie werden geliebt, und natürlich möchten sie mit den Männern, die sie lieben, zusammensein, auch nachts.«

Nora sah, wie ihre Großmutter errötete. Sie hatte schon eine Ahnung, worauf Ione hinauswollte, und war gespannt, wie sie sich durchlavieren würde.

Ione rührte bedächtig in ihrem Kaffee, obwohl sie ihn schwarz trank. Sie räusperte sich. »Also, du weißt, daß ich eine gottesfürchtige Frau bin und mich bemühe, nach den zehn Geboten zu leben. Auch deine Mutter und deine Tante tun das, auf ihre Art.« Ihr Löffel stieß klappernd gegen den Rand ihrer Tasse. »Aber es gibt, wie du wohl weißt, kein Gebot, das es verbietet, außer dem Herzen auch das Bett mit dem zu teilen, den man liebt.« Mit einem triumphierenden Lächeln blickte sie in die Runde. »Das wär's.«

Keiner sagte etwas. Nora, Patty Jane und Harriet sahen einander an, als wollten sie fragen, was redet sie da?

Harriet zündete sich eine Zigarette an, und Nora strich sich auf der Suche nach Pickeln mit dem Zeigefinger über die Stirn. Patty Jane trank ihren Kaffee aus und meinte, es wäre an ihr, näher auf Iones Predigt einzugehen. Sie und ihre Tochter hatten ihr Gespräch über die Vögel und die Bienen schon vor Jahren geführt.

»Nora, stört es dich, daß wir ein Sexualleben haben?«

»Sexualleben«, stotterte Ione. *»Uff-da mayda.«*

Nora verdrehte die Augen. Erwachsene konnten schon wahnsinnig albern sein.

»Ich wollte dich bestimmt nicht verletzen, Schatz«, sagte Harriet. »Ich meine, Reese und ich können auch in seinem Haus bleiben, wenn dir das lieber ist.«

»Uff-da mayda«, sagte Ione wieder und fegte eifrig unsichtbare Krümel von ihrem Tischset.

»Mama, Harriet«, sagte Nora im müden Ton jugendlicher Allwissenheit. »Ich find's toll, daß ihr beide verknallt seid. Und ich weiß auch, daß man – äh – miteinander schläft, wenn man verknallt ist. Also, was soll das Ganze? Hey, ich bin vierzehneinhalb Jahre alt.« Sie lächelte mit gesenkten Lidern. Sie fand sich gut.

»Na ja«, sagte Harriet und räusperte sich. »Ich meine, Reese und ich sind schließlich verlobt.«

»Was hast du da gesagt?« fragten die drei anderen wie aus einem Mund.

Röte schoß Harriet ins Gesicht, und sie rollte den Rand ihres Sets auf. »Also, ihr habt doch bestimmt gewußt, daß es darauf hinauslaufen würde.« Sie kratzte mit dem Fingernagel ein Muster ins Tischtuch. »Das Datum steht noch nicht fest – aber bald.«

»Mama?« fragte Nora hoffnungsvoll.

Patty Jane zuckte die Achseln. »Tut mir leid, eine Doppelhochzeit wird's nicht geben.«

Am Samstag, dem Tag, an dem im Salon der meiste Betrieb war, gab Harriet den Frauen von der *Flotten Locke* ihre offizielle Verlobung bekannt, und als alle ihr gratuliert hatten, rief sie eine Tanzpause aus, und ein Dutzend Frauen und Clyde Chuka schwangen fröhlich die Hüften. Ione mußte Alva Bundt, die viel zu stürmisch getanzt hatte, ein Glas Wasser holen, und Bev Beal fiel das ganze Trinkgeld aus der Tasche, als Karen Spaeth sie beim Tango nach hinten kippte.

Und am Donnerstag trat Harriet zu Reese aufs Podium, als er beim abendlichen Treffen der Anonymen Alkoholiker ihre Verlobung bekanntgab. Alle sprangen auf, und der Beifall, mit dem die Neuigkeit aufgenommen wurde, dauerte eine volle Minute.

»Darauf müssen wir trinken!« rief Reeses Betreuer und lief zu der großen Kaffeemaschine, um die Pappbecher zu füllen.

»Auf Reese und Harriet – ein langes, glückliches, alkoholfreies Leben«, sagte er, und überall im Raum wurden die dampfenden weißen Becher erhoben.

Trotz der dichten Rauchschwaden aus den Zigaretten der Kettenraucher spürte Harriet eine gewisse Frömmigkeit in dem Versammlungsraum; sie waren ja in einer Kirche, wenn auch in ihrem engen kleinen Souterrain. Sie hatte die *Zwölf Schritte*, ihr Buch der Psalmen, auswendig gelernt. Sie und diese Menschen hier gehörten einer Gemeinde an, und sie hatten sich zusammengefunden, um sich und einander zu helfen, ein Bemühen, das einen Eckpfeiler elementarer Christlichkeit, wie Ione es nannte, bildete.

Harriet konnte ihren Eltern jetzt verzeihen. Sie erinnerte sich, wie ihr Vater an einem regnerischen Sommernachmittag zu ihr gesagt hatte: »Es gibt eine Million Gründe zu trinken, Harriet, und man braucht nur einen.« Sie verstand jetzt, daß der Alkohol einen mit eiserner Klaue packen konnte, um niemals wieder loszulassen.

Sie nahm Patty Jane auf das Treffen mit, weil sie sich wünschte, ihre Schwester würde die Menschen und den Prozeß verstehen, die sie wieder zur Vernunft gebracht hatten. Den ganzen Abend warf Patty Jane verstohlene Blicke um sich, neugierig auf die Menschen, von denen Harriet mit so großem Respekt gesprochen hatte. In ihrem Innern mußte sie sich eingestehen, daß ihr normales Aussehen sie überraschte; sie hatte einen Saal voll triefäugiger Männer in zerlumpten Mänteln erwartet und Frauen, die wie Nutten von der Hennepin Avenue aussahen.

Als Harriet das Wort ergriff, saß Patty Jane ganz still. Äußerlich war sie so reglos und unbewegt wie eine stehengebliebene Uhr; innerlich jedoch summte ein Laufwerk sich drehender Rädchen, deren Zähne ineinandergriffen und wieder auseinanderstrebten. Harriet wirkte so zerbrechlich, als sie dort oben auf dem Podium stand, dennoch bezweifelte Patty Jane, daß irgendjemand in diesem Raum stärker war.

»Der Montag war gut – da hab ich den ganzen Tag in der *Flotten Locke* gearbeitet und Ione geholfen, Windbeutel zu backen, die übrigens so gut waren, daß ich gleich drei davon gegessen habe.« Sie wandte den Kopf ab und hustete hinter vorgehaltener Hand. »Dann hat Reese mich abgeholt, und wir haben uns einen Film angesehen, und alles war wunderbar. Aber gestern abend, als ich unter der Dusche stand, hatte ich auf einmal ein – ein wahnsinniges Verlangen nach einem Wodka Martini – die hab ich immer getrunken, als ich damals mit der Trinkerei anfing. Ich konnte an nichts anderes mehr denken; es war so, als hätt ich ein riesiges Neonschild im Hirn, das dauernd Wodka Martini, Wodka Martini, Wodka Martini blinkte. Reese und ich haben lange miteinander geredet, und ich hab ungefähr vier Gläser Zitronenlimonade getrunken – pur, ohne Wodka –, aber es war hart.«

Patty Janes Arme überzogen sich mit einer Gänsehaut. Mein Gott, dachte sie, es ist immer noch ein Kampf. Harriet wirkte so glücklich und unbeschwert ganz ohne Alkohol, daß Patty Jane den Eindruck gehabt hatte, es fiele ihr leicht, nüchtern zu bleiben.

»Es geht nur von Tag zu Tag«, erklärte Reese im Auto auf der Heimfahrt. »Ich habe jetzt seit neun Jahren nichts mehr getrunken, und trotzdem gibt es immer noch Momente, da hab ich das Gefühl, ich werd verrückt, wenn ich nicht sofort einen Bourbon kriege.«

Patty schaute zum Fenster hinaus in die erleuchteten Fenster der Häuser in der Snelling Avenue.

»Ich habe wahrscheinlich gehofft, das Verlangen wäre ein für allemal überwunden.«

»Ach, wenn es so wäre«, sagte Harriet, geborgen zwischen ihrem Verlobten und ihrer Schwester. »Aber wir nehmen es eben ...«

»... Schrittchen für Schrittchen«, vollendete Reese, und er und Harriet lachten leise.

Patty Jane kehrte den fremden Menschen hinter all den erleuchteten Fenstern den Rücken, um sich denen an ihrer Seite zuzuwenden. »Überleg mal, wie anders alles geworden wäre, wenn Anna und Elmo zu den Anonymen Alkoholikern gegangen wären.«

»Ja«, sagte Harriet. Sie zog den Zigarettenanzünder aus dem Armaturenbrett und betrachtete einen Moment die rote

Glut, ehe sie zwei Zigaretten anzündete. Eine gab sie Reese. »Aber vergiß nicht, daß Mama und Dad nie auf den Gedanken gekommen sind, sie hätten ein Problem. Und da mein Leben mich dorthin geführt hat, wo ich heute bin, möchte ich im nachhinein auch nichts daran ändern.« Sie spitzte die Lippen und blies Rauchringe zum Rückspiegel hinauf. »Das heißt, bis auf ein paar wirklich scheußliche Jahre vielleicht.«

»Genau«, stimmte Patty Jane zu. »Ein paar wirklich scheußliche Jahre vielleicht.«

Reese schaltete das Radio ein. »Nichts für ungut, meine Damen«, sagte er, die Zigarette zwischen den Zähnen, »aber ihr fangt an, mich zu deprimieren.«

»Daran wirst du dich gewöhnen müssen, Reese«, versetzte Patty. Sie beugte sich zu ihm hinüber und gab ihm einen spielerischen Klaps aufs Knie. »Du sitzt jetzt auch in der Dobbin-Achterbahn – immer rauf und runter.«

21

ALS Evelyn Bright ihren Montagskurs über Musikverständnis absagte, erbot sich Harriet, ihn zu übernehmen. Sie spielte eine Platte von Sibelius und sprach über Stimmung und Thema und davon, daß eine Cellopartie wie Donner klingen könne, der über die Hügel rollt; dann aber hob sie den Tonarm von der Platte und erklärte der Gruppe, es sei weitaus einfacher, Musik zu lieben – überhaupt etwas zu lieben –, wenn man sich zuerst selbst liebe.

Vier der fünf anwesenden Frauen schienen sich für Harriets Vortrag über Eigenverantwortung zu interessieren, Gudrun Mueller jedoch, die sich Konzertkarten kaufte, wenn immer sie genug Geld zusammenkratzen konnte, stand auf und sagte: »Entschuldigen Sie bitte, aber wollen wir uns nicht den Rest von Sibelius anhören?«

Verlegen nahm Harriet sich vor, nur die Leute mit ihren Predigten zu beglücken, die sie hören wollten.

Sie sprach mit Clyde Chuka über ihre Frustration. Es gäbe Menschen genug, die Hilfe brauchten, aber keine bekämen. »Deine Mutter zum Beispiel. Ich würde sie so gern zu einem Treffen der Anonymen Alkoholiker mitnehmen.«

Sie hatten gerade Pause und saßen im Eßzimmer. Der Himmel war schiefergrau, und es hatte den ganzen Tag geregnet. Es waren kaum Kunden im Laden. Patty Jane war zu einem Elternsprechtag gegangen, und Harriet und Clyde Chuka hatten Mogeln, Binokel und Siebzehn-und-vier gespielt.

Jetzt machten sie schon ihre dritte Pause innerhalb von zwei Stunden.

»Der größte Medizinmann des ganzen Sioux-Volks könnte meine Mutter nicht von ihrer Vorliebe für Alkohol heilen«, sagte Clyde Chuka und nahm sich einen Zitronen-Kokosnuß-Riegel.

Ein Hustenanfall unterbrach Harriets nächste Bemerkung. Sie spie Schleim in ein Taschentuch.

»Das ist ein böser Husten«, stellte Clyde Chuka fest.

»Ich weiß«, antwortete Harriet mit tränenden Augen. »Bronchitis.« Sie knüllte die Serviette zusammen und schob sie in ihre Hosentasche.

»Schau dir diesen Regen an«, sagte Clyde Chuka. »Ich sollte meine Nagelscheren zusammenpacken und hier verschwinden. Bei dem Wetter kommt ja doch bestimmt keine meiner Kundinnen.«

»Inky Kolstat ist gekommen. Dixie hat sie gerade in der Mache.«

»Ja, die könnte nicht einmal der Tod daran hindern, ihren Frisörtermin einzuhalten.«

Clyde Chuka schob den Teller mit den Süßigkeiten weg. »Machen wir den Laden zu, Harriet. Komm, wir holen unsere Regenmäntel und üben ein bißchen *Singing in the Rain.*«

Sie teilten sich einen großen schwarzen Regenschirm, den Avel Harriet vor Jahren geschenkt hatte. Unter seinem ausladenden, tiefgezogenen Dach gingen sie wie unter einem Zelt.

Blitze zuckten am Nachmittagshimmel, leuchtende Spinnenbeine, die über die Dächer sprangen. Sie gingen die Minnehaha Avenue hinunter und sprangen immer wieder zur Seite, um den Wasserschwällen auszuweichen, die unter den Rädern vorüberfahrender Autos aufspritzten. Sich über einen glitschigen Teppich goldgelben Herbstlaubs bewegend, versuchten sie, die größeren Pfützen zu meiden.

Obwohl es nicht gerade gemütlich war, hatte es doch auch etwas Abenteuerliches, mitten im Toben der Natur unterwegs zu sein. Sie kamen an einem Frisör vorüber, der in einem weißen hochgeschlossenen Kittel mit einer Zigarre im Mund vor seinem Ladenfenster stand und den Kopf schüttelte. Vor der Tür eines Hauses schrie verzweifelt eine Katze, und als die Tür endlich geöffnet wurde, ließ sie noch ein schrilles Miau hören, als wollte sie sagen: »Wie konntest du nur?«, ehe sie ins Haus flitzte.

Sie waren ungefähr eine Meile gegangen, als Harriet sagte: »Ich schwimme in meinen Stiefeln.« Sie wies zur anderen Straßenseite hinüber. »Da ist das *Come Right Inn.* Gehen wir doch einen Moment rein.«

»Harriet–«

»Ich will nichts trinken. Das heißt, einen Kaffee vielleicht. Aber vielleicht ist deine Mutter drin. Vielleicht kann ich da mit ihr reden.«

»Wieso hab ich das Gefühl, daß das von Anfang an dein Ziel war?«

In der Kneipe herrschte die aufgekratzte Stimmung, die sich einstellt, wenn man vor einem Gewitter Zuflucht gefunden hat. Doch Harriet schauderte. Hier hat alles angefangen, dachte sie. Sie sah sich in dem düsteren Raum um, und tatsächlich, da war Merry Chuka. Gleich neben der Jukebox schwenkte sie ihren Hintern zum Gesang von Aretha Franklin.

»Da ist deine Mutter«, flüsterte Harriet. »Es scheint ihr glänzend zu gehen.«

Merry tänzelte wippend ein paar Schritte zurück und drehte dabei die Hände, als wollte sie die Luft in Schwingungen versetzen.

»Zwei Kaffee«, sagte Clyde Chuka zum Wirt und setzte sich müde auf einen Barhocker, um seiner Mutter bei ihrem ausgelassenen Tanz zuzusehen.

»Hallo«, sagte Harriet zu Augie. Der Wirt brummte eine Begrüßung. Von Kursen zur Verbesserung des Images hält er offensichtlich noch genauso wenig wie beim letztenmal, dachte Harriet.

Als die Musik abbrach, drückte Merry die Augen zu und erstarrte in ihrer Tanzpose.

»Verdammt noch mal, Augie«, rief sie. »Ich hab einen Vierteldollar reingesteckt.« Sie versetzte der Jukebox einen krachenden Schlag.

»Hör auf, Merry, du hast deine drei Stücke schon gehabt«, sagte der Wirt. Er wandte sich Harriet und Clyde Chuka zu und verdrehte die Augen. »Leute gibt's!«

»Ja, und manchmal sind sie anderer Leute Mütter«, versetzte Clyde Chuka. Er lehnte sich auf seinem Barhocker zurück, schlug die Zunge ein und pfiff laut.

Merry, die immer noch vor der Jukebox stand, hob mit einem Ruck den Kopf. »Clyde?« Schlingernd wie ein Schiff im Sturm lief sie zum Tresen. Sie sprang auf den Hocker neben Harriet und fiel ihr in die Arme.

»Oh, là, là«, sagte sie, richtete sich auf und bestellte eine Runde. »Für meinen Sohn und seine Freundin.«

»Für uns nur Kaffee«, sagte Clyde Chuka zum Wirt. Er legte seine Arme um die runden, vollen Schultern seiner Mutter. »Ma, ich trinke nicht, das weißt du doch. Und Harriet auch nicht. Sie ist übrigens nicht meine Freundin. Ihre Schwester, Patty Jane, ist meine Freundin.«

Merry neigte ihren Kopf zurück und bettete ihn auf Clyde Chukas Arm. »Tut mir leid«, sagte sie zu Harriet. »Ich brauch Gläser.« Sie hielt inne und sah mit einem breiten Grinsen, das ihre runden Wangen so hoch schob, daß die Augen fast verschwanden, zu ihr auf. »Ich brauch Gläser in Massen. Volle.«

»Mrs. Chuka«, begann Harriet, »erinnern Sie sich an mich? Ich habe mit Ihnen und Melvin da drüben in der Nische gesessen und getrunken ... vor ungefähr anderthalb Jahren.«

Merrys Gesicht wurde traurig. »Melvin. Richtig, so hieß er. Aber dem tut jetzt kein Zahn mehr weh. Der ist tot. Mausetot.«

»Ma!« sagte Clyde Chuka. »Das hast du mir nie erzählt. Melvin ist tot? Wie ist das denn passiert?«

Merry seufzte. »Er ist ins Reservat raufgefahren – da, wo er aufgewachsen ist, in der Nähe vom Leech-See. Die Kleine von seiner Schwester wollte heiraten. Bei der Hochzeit hat er sich vollaufen lassen und ist abgehauen. Sie haben ihn in einem Bach mit ungefähr einem halben Meter Wasser gefunden.«

»Mein Gott, das tut mir leid«, sagte Clyde Chuka.

Merry schob die Unterlippe vor und zuckte die Achseln. »Ist nicht der erste Mann, den ich verloren hab. Und auch nicht der beste.« Sie trank ihr Bier aus und hämmerte mit dem Glasboden auf den Tisch. »He, was ist los, Augie, ist das Faß leer?«

»Mrs. Chuka«, begann Harriet von neuem, »Melvin hätte nicht sterben müssen. Und Sie müssen es auch nicht.«

»Aber nicht zuviel Schaum«, sagte Merry, die mit Argusaugen zusah, wie Augie ihr Glas füllte. Sie wandte sich Harriet zu. »Hören Sie, Kleine, jeder muß mal sterben.« Sie trank gierig von ihrem Bier, das ein Schaumbärtchen auf ihrer Oberlippe zurückließ.

»Aber warum wollen Sie sich vom Alkohol umbringen lassen? Lassen Sie doch der Natur ihren Lauf.«

Merry prustete verächtlich. »Soll die Natur ruhig ihren Lauf nehmen, ich nehme meinen.« Sie rülpste laut und wischte sich den Mund mit dem Handrücken. »Clyde, wer ist die Frau überhaupt, und was will sie von mir?«

»Die Anonymen Alkoholiker«, flüsterte Harriet eindringlich. »Die können Ihnen helfen. Hier.« Sie schrieb die Adresse der St. Josephskirche auf eine Cocktailserviette und gab sie Merry, die sie zusammenknüllte und durch den Raum schleuderte.

»Hey«, rief Augie, »das ist hier kein Müllplatz.«

»Ich komm gleich wieder«, sagte Merry und klopfte auf ihren Barhocker. »Ich muß mal für kleine Mädchen.«

In diesem Moment kreischte hinten in der Kneipe eine Frauenstimme: »Du erwartest doch nicht, daß ich dich füttere?«

»Moment mal«, sagte Harriet, während die Frau weiterkeifte, »das klingt wie diese Verrückte, die früher ab und zu in den Salon gekommen ist.«

Augie hörte sich zusammen mit Clyde Chuka Harriets Geschichte an.

»Eines Tages ist sie einfach ausgerastet und hat angefangen zu schreien. ›Ihr in euren schicken Kitteln! Ich bin die Ärztin! Ich trag den weißen Kittel!‹ Du hast Patty Jane einmal geholfen, sie rauszuwerfen, Clyde, weißt du noch? An dem Tag, an dem du bei uns angefangen hast.« Harriet trank von ihrem Kaffee und verzog das Gesicht. Er war bitter. »Sie war seit Jahren nicht mehr da, aber die Stimme würde ich überall erkennen.« Als hätte sie ihr Stichwort bekommen, öffnete die Frau den Mund und begann zu wiehern.

»Genau«, flüsterte Harriet.

Es gab ein Poltern, als hätte jemand ein hartgefrorenes Stück Braten auf einen Tisch fallen lassen, dann erklang Merry Chukas Stimme. »Wollen Sie mir wohl aus dem Weg gehen, Sie Wahnsinnige!«

»Natürlich, meine Mutter legt sich mit einer Verrückten an.« Clyde Chuka nahm einen Dollarschein aus seiner Brieftasche und warf ihn auf den Tresen. »Komm, Ma«, rief er, »ich bring dich nach Hause.«

»Ich warte noch auf eine Entschuldigung von dieser trampeligen Kuh«, schrie Merry vom anderen Ende der Bar zurück.

»Trampelige Kuh!« kreischte die Frau. »Sie sind doch in mich reingerannt, Sie alte Squaw.«

»Ach ja? Ich werd dir zeigen, wie das ist, wenn ich in jemanden reinrenne, du weißes Luder!« Merry torkelte betrunken einen Schritt zurück.

»Ma!« rief Clyde donnernd. Er zog den Reißverschluß seiner Jacke hoch und rannte zu ihr hinüber.

»Dir werd ich's zeigen!« keifte die Verrückte. Mit einem Schwung warf sie ihr langes graues Haar zurück und stieß Merry gegen die Wand. Über ihnen erzitterte ein Plastikbär mit einer Dose Hamms in der Pranke.

»Ma!« sagte Clyde und hielt Merry fest.

Die Verrückte richtete sich auf. Ihre Augen glitzerten wie schwarze Diamanten, als sie mit dem Finger auf Merry wies. »Blöde Kuh! Das nächste Mal bring ich dich um.« Sie machte kehrt und ging zurück zu ihrer Nische. Dort packte sie ihren Begleiter beim Arm und zog ihn durch den schmalen Gang zur Tür.

Ein reizendes Paar, dachte Harriet. Sie geht auf fremde Leute los, und er ist sturzbetrunken.

Clyde Chuka drückte seine Mutter auf einen schwarzen Plastikstuhl an der Wand, und Harriet sah überrascht, daß Merrys pummelige Hände, die sie vor ihr Gesicht geschlagen hatte, heftig zitterten. Alle Nerven Harriets spannten sich, und sie war plötzlich wieder ein Schulmädchen, das einen Vierjährigen gegen einen Rowdy auf dem Spielplatz verteidigte. Sie folgte dem Paar. Ihre Gummistiefel quietschten auf dem Holzboden. »He, Sie«, sagte sie zu der Verrückten vor ihr. »Was ist eigentlich los mit Ihnen?«

Die Frau ignorierte sie und stieß die Tür auf. Regen peitschte herein.

Auf einen zornigen Angriff der Frau war Harriet vorbereitet, nicht aber auf das Gesicht des Mannes, der sich nach ihr umdrehte. Im Schein des grauen Tageslichts, das sich mit der Neonbeleuchtung der Kneipe mischte, wirkte dieses Gesicht ölig und bleich, eingefallen von Alter und Krankheit. Harriet sah das glanzlose, schwarzgefärbte Haar, doch darunter blickten sie die traurigen, noch immer leuchtend blauen Augen ihres Schwagers, Thor Rolvaag, an.

Die Tür fiel krachend zu und zerschnitt Thors zurückgewandten Blick. Harriet stand wie angewurzelt da, bis sie merkte, daß unter ihrem Regenmantel ein Rinnsal an ihren Beinen hinunterlief.

Reese war im Revier und schlug mit der Faust gegen einen Automaten, der ihm ein Päckchen Kaugummi verweigerte, als ein Kollege ihm meldete, er werde am Telefon verlangt. Clyde Chukas Stimme klang erregt. Er bat Reese, sofort zum *Come Right Inn* zu kommen. »Keine Sorge, Reese«, sagte er hastig, »Harriet geht es gut. Ich meine, sie hat nicht getrunken. Wir brauchen dich hier nur möglichst schnell.« Er räusperte sich. »Und könntest du für Harriet ein paar Sachen mitbringen, eine Hose und Unterwäsche und ein paar Socken?«

Als Reese Brown in die Kneipe stürzte, zuckte Augie zurück und duckte sich hinter den Tresen.

»Keine Aufregung«, rief ein Gast lachend. »Der ist nur mit einer Papiertüte bewaffnet.«

»Mein Gott, ich hab mir die schlimmsten Dinge vorgestellt«, sagte Reese, als er vor Harriet auf die Knie fiel. »Ich bin so froh, daß du nicht getrunken hast.«

»Reese, ich habe Thor gesehen«, sagte Harriet.

»Thor? Patty Janes ...«

»Er hat ausgesehen wie ein Gespenst«, fuhr Harriet fort. »Nein, ein Gespenst hätte besser ausgesehen.« Sie sah auf die große Papiertüte hinunter. »Ich hab mir in die Hose gemacht, Reese. Ich hab mir vor Schreck in die Hose gemacht.«

»Ich weiß nicht, wie wir es Patty Jane sagen sollen«, bemerkte Clyde Chuka. »Oder Ione – und, o Mann, was ist mit Nora?«

»Mit wem war Thor denn hier?« fragte Reese. »Warum habt ihr ihn nicht aufgehalten?«

»Ich habe ihn nicht gesehen. Nur Harriet hat ihn gesehen. Gerade als er mit irgendeiner Verrückten rausging, mit der meine Mutter aneinandergeraten war.« Clyde Chuka verdrehte die Augen. »Meine Mutter war auch hier, aber sie ist abgehauen, als ich ihr erklärt hab, wer Thor ist. ›Die Gespenster von Weißen sind Gesandte aus der Geisterwelt‹, sagte sie.« Er rieb sich den Nacken. »Als ich begriffen habe, wovon Harriet redete, bin ich rausgerannt, aber die Straße war leer.«

Reese ging zum Tresen und zog ein kleines Notizbuch aus seiner Tasche. »War der Mann schon früher mal hier? Wissen Sie seinen Namen?«

Augie schüttelte den Kopf.

»Und die Frau, mit der er hier war?«

»Eine Irre. Aber wenigstens zahlt sie immer, was ich nicht von allen sagen kann.«

»Hat sie einen Namen?«

»Ja. Temple.«

Der Wirt wischte sich die Hände an einem feuchten grauen Geschirrtuch ab. »Temple Curry. Sie ist Ärztin. Oder war's mal. Sie hat mir irgendwann mal ihre Zulassung gezeigt. Hat sie mir hier auf den Tresen gelegt.«

»Danke«, sagte Reese. Sein Finger glitt die schmalen

Spalten eines Telefonbuchs hinunter, das er sich hatte geben lassen. Er schrieb eine Adresse nieder und rief Clyde Chuka und Harriet, die gerade aus der Toilette gekommen war, zu: »Los, jetzt holen wir Thor.«

22

REESE hielt in der West River Road vor einem stattlichen Haus im Kolonialstil, das inmitten einer weiten Rasenfläche stand, mit Blick auf den Mississippi und St. Paul.

»Menschenskind«, sagte Harriet leise. »Sind wir hier wirklich richtig?«

Reese warf einen Blick auf die Adresse, die er sich in ein Notizbuch geschrieben hatte, und nickte.

Clyde Chuka pfiff leise. »Sie ist also nicht nur verrückt, sondern auch reich.«

Der späte Nachmittag begann sich zu verdunkeln. Der Regen hatte aufgehört, aber die Luft war noch feucht und der Himmel von vereinzelten dunklen Wolken gesprenkelt.

Als Harriet die Backsteintreppe hinaufstieg, dachte sie, diese Villa war sicher doppelt so groß wie die *Flotte Locke* und Reeses Haus zusammen. Vor den Fenstern flatterten grüne Markisen im Abendwind.

Sie blieben einen Moment vor der schweren Eichentür stehen, ehe Reese läutete. Irgendwo im Inneren bimmelte ein Glockenspiel.

Die Tür wurde vorsichtig aufgezogen und gleich wieder zugestoßen, aber da hatte Reese schon den Fuß in den Spalt geschoben und drückte sie mit kräftiger Schulter auf.

»Polizei!« rief er laut, und er, Harriet und Clyde Chuka stürmten von der Treppe eines wohlgepflegten Herrenhauses direkt in einen Schweinestall.

Bei dem durchdringenden Gestank nach faulen Nahrungsmitteln und Katzenkot wurde Harriet fast übel. Wohin sie auch blickte, überall stapelten sich bergeweise Zeitungen und schmierige Plastiktüten, die mit Zeitschriften vollgestopft waren. Ein kurviger Pfad zog sich zwischen den Türmen hindurch vom Foyer ins Wohnzimmer, und auf diesem Pfad lief Temple Curry mit fliegenden Haaren vor ihnen davon.

»Verschwinden Sie aus meinem Haus!« Sie sprang auf eine Couch mit zerschlissenen Seidenbezügen und stieß mit dem Fuß einen Haufen Werkzeuge weg. »Zeigen Sie mir Ihren Durchsuchungsbefehl!«

Reese näherte sich ihr langsam, die Arme ausgebreitet, die Handflächen nach oben gekehrt, während sich Harriet und Clyde Chuka hinter ihm zusammendrängten. »Ich will niemanden verhaften«, sagte er. »Wir sind nur hergekommen, um Thor zu sehen.«

»Aber er will Sie nicht sehen!« Die schrille Stimme Temple Currys tremolierte wie die einer abgetakelten Opernsängerin. Sie stapfte auf der Couch hin und her, immer wieder in Gefahr, das Gleichgewicht zu verlieren. »Thor gehört mir, und er ist glücklich.« Sie hob einen Schraubenschlüssel auf und richtete ihn drohend auf Harriet. »Er will von Ihrer Schwester nichts wissen, also verschwinden Sie gefälligst!«

Harriet wurde eiskalt. Was wußte diese Wahnsinnnige?

»Legen Sie den Schraubenschlüssel hin«, befahl Reese. »Wir tun Ihnen nichts.«

Die Frau lachte wiehernd und warf den Schraubenschlüssel in den offenen Kamin.

»Danke«, sagte Reese ruhig. »Also, wo ist Thor?«

Die Frau ließ sich auf ihr Gesäß fallen. »Ich bin Dr. Temple Curry«, verkündete sie, glättete sich dabei das Haar und kräuselte die Lippen. »Vergessen Sie das nicht.« Sie legte den Kopf zurück und begann zu kichern.

Reese hielt hastig Kriegsrat mit Harriet und Clyde Chuka.

»Einer von uns sollte bei ihr bleiben.« Er wies mit dem Kopf auf Temple Curry. »Und da ich bewaffnet bin, sollte ich das sein.«

»Rufen wir ihn doch einfach mal«, meinte Clyde Chuka. Er hob die Stimme und rief laut: »Thor!«

»Thor!« rief auch Harriet.

»Er ist doch kein Hund. Er pariert nicht auf Kommando«, sagte Temple Curry und kicherte wieder.

Harriet faßte Clyde Chukas Hand. »Ich glaube, es ist besser, wir suchen ihn.«

»Seid vorsichtig«, warnte Reese.

Sie folgten dem gewundenen Pfad in das Eßzimmer. So viele Birnen in dem großen Lüster waren zerbrochen oder ausgebrannt, daß er nur noch trübes Licht spendete. In dem Raum sah es so chaotisch aus wie im Wohnzimmer. Die Zeitungsallee zog sich weiter; Dutzende von Stapeln lehnten schief an zwei Wänden. Auf einem schweren Eichentisch türmten sich Brettspiele und weitere Zeitungen, und dazwischen lagen ein Fahrradschlauch und eine Kiste mit verfaulten Pfirsichen. Unter einem Torbogen verengten zwei Katzenkisten den Pfad; in einer von ihnen hockte gerade ein dicker dreibeiniger Siamkater. Der Gestank stieg auf und wurde fast greifbar. Harriet und Clyde Chuka hielten sich die Nasen zu, als sie an dem dicken Kater, der abschließend mit dem Schwanz zuckte, vorüberkamen.

»Thor!« rief Harriet wieder.

Die Küche wäre für das Gesundheitsamt ein gefundenes Fressen gewesen. Die Wand über dem Herd war von einer gelben Fettschicht überzogen. Rußschwarze Pfannen standen überall herum. Verkrustete Teller und Tassen stapelten sich im Spülbecken zu schiefen Türmen. Die Arbeitsplatten waren übersät mit geöffneten Frühstücksflockenkartons, Chipstüten, Dosen mit Donuts und Marmeladenpfannkuchen, und eine Katze – mit Tigerstreifen diesmal – bahnte sich schnuppernd ihren Weg durch das Durcheinander, um den Zuckerguß von einem Donut zu lecken.

Clyde Chuka deutete auf eine schwere Holztür. »Die führt bestimmt in den Keller.« Er öffnete die Tür und spähte eine steile Treppe hinunter, auf der rechts und links Dosen aller Art Spalier standen. »Sehen wir mal nach.«

»Lieber nicht«, entgegnete Harriet. »Der Keller ist zu gruslig.«

Sie standen zögernd oben an der Treppe, bis sie ein schwaches Summen und Klopfgeräusche vernahmen wie von einem Specht, der einen Baum bearbeitet.

»Gehen wir«, flüsterte Harriet und versetzte Clyde Chuka mit der freien Hand einen leichten Stoß. Das Klopfen und Summen wurde lauter, als sie die Treppe hinunterstiegen. Das Summen war eine einfache kleine Melodie, ein Kinderlied aus drei Tönen. Am Fuß der Treppe brannte eine nackte Glühbirne. Ein paar Schritte entfernt erhob sich eine Barrikade aus Kartons, Kisten und Fässern. Harriet und Clyde Chuka brauchten einen Moment, um den Weg zu finden, der durch sie hindurchführte. Sie kamen an einer Tür vorüber, an der ein Schild mit der Aufschrift »Heute Sprechstunde« hing.

Das Summen wurde lauter, und plötzlich gelangten sie in ein Dorf aus lauter Vogelhäusern. Es waren Hunderte. Auf Sockeln, auf Holzpfählen, auf dem Boden, an Trägern von den Wänden hängend. Liebevoll gebaute und bemalte Vogelhäuser. Das, welches Harriet am nächsten war, sah aus wie ein ganzer Apartmentkomplex; zwanzig Fenster für eine Gemeinde von Vögeln. Es gab u-förmig gebaute Bungalows, umgeben von winzigen bemalten Tannen; pastellfarbene Ziegelhäuser, die sich dicht aneinanderdrängten, viktorianische Vogelhäuschen mit Kuppeln und Türmchen und geschnitzten Veranden; Blockhütten aus Rohrgeflecht.

Der Geppetto der Vogelhäuser saß an einer Werkbank, die einst kräftigen breiten Schultern schlaff und gebeugt, die Arme weiß und mager unter den kurzen Hemdsärmeln. Er hielt einen Nagel zwischen zwei Fingern, den er im Staccato in den Giebel eines Daches hämmerte. Unablässig summte er sein schlichtes kleines Liedchen vor sich hin, während Harriet und Clyde Chuka dastanden und ihn beobachteten.

Schließlich schluckte Harriet den Klumpen in ihrer Kehle hinunter und sagte: »Thor?«

Er neigte den Kopf und drehte sich nach ihnen um. Sein rechter Mundwinkel hob sich zu einem Lächeln.

»Thor. Ich bin Harriet. Deine Schwägerin, weißt du noch. Du bist mit meiner Schwester Patty Jane verheiratet.«

Harriet nickte ermutigend, doch Thor legte nur den Hammer nieder und starrte sie an, die Hände im Schoß gefaltet.

»Thor«, sagte Clyde Chuka leise. »Ich bin Clyde Chuka. Ich kenne Patty Jane auch.« Seine Stimme wurde brüchig. »Wir sind hergekommen, um Sie mit nach Hause zu nehmen.«

»Nach Hause?« wiederholte Thor. Seine Stimme war so hoch und hell wie die eines Jungen. »Nach Hause?« Er stand gehorsam auf und schüttelte sich die Holzspäne von seiner Khakihose. Harriet bot ihm die Hand, und er nahm sie. Seine eigene Hand war so warm und feucht wie Brotteig.

Er berührte jedes Vogelhäuschen, an dem er vorüberkam, wie ein Vater, der seinen Kindern die Köpfe tätschelt.

Thor hockte still auf einem Haufen Kleider, während sie überlegten, was sie tun sollten.

»Ach, ich weiß auch nicht«, sagte Harriet. »Sollen wir anrufen, ehe wir rüberfahren? Oder marschieren wir einfach mit ihm ins Haus?«

Clyde Chuka beobachtete den dicken Siamkater, der auf dem Fensterbrett hin und her lief. Es war leichter, der Katze zuzuschauen, als Thor anzusehen.

»Ich finde, wir sollten erst anrufen«, meinte Reese. »Dann können sie sich wenigstens seelisch darauf vorbereiten.«

Harriet biß sich auf die Lippe. »Ja, da hast du wahrscheinlich recht.« Sie wandte sich Temple Curry zu. »Haben Sie ein Telefon?«

»Ich bin doch keine Hinterwäldlerin«, antwortete sie, und zum erstenmal klang ihre Stimme weicher. »Es steht hinter dem Schiffskoffer dort.«

Patty Jane meldete sich beim dritten Läuten.

»Patty Jane?«

»Oh, hallo, Harriet! He, Dixie hat mir einen Zettel dagelassen, daß ihr heute schwänzt. Da muß ich euch aber den Lohn kürzen.«

»Patty Jane!«

Unruhe schwang in Patty Janes Antwort. »Harriet, ist alles in Ordnung?«

»Patty Jane, ist Ione zu Hause?«

»Ja – willst du mit ihr sprechen?«

Harriet schluckte. »Ja. Sag ihr, sie soll oben ans Telefon gehen, und sag Nora, sie soll auch mithören.«

»Harriet, ist was mit Clyde Chuka?«

»Nein. Aber hol erst mal die anderen ans Telefon.«

Harriet wartete, dann räusperte sie sich. »Okay. Ich bin jetzt mit Reese und Clyde Chuka zusammen, und wir kommen in ein paar Minuten nach Hause. Was ich dir jetzt sage, ist schwer zu verstehen, aber wir bringen jemanden mit.« Harriet drückte ihre Augen zu. »Wir bringen Thor mit. Wir haben ihn gefunden.«

Vom anderen Ende der Leitung antwortete ein kollektiver Aufschrei.

»Er ist verändert«, sagte Harriet. »Wir sind bald da. Es tut mir leid.«

»Ich würde sagen, das Spiel ist aus, Thor«, sagte Temple Curry. »Vierzehneinhalb Jahre, Baby, kein schlechter Rekord.« Sie kletterte über die Armlehne der Couch und stolperte über Zeitungen und Kartons hinweg zu Thor. Sie hielt seinen Kopf in ihren Händen und küßte ihn. »Okay«, sagte sie schließlich. »Gehen wir.«

»Moment mal«, rief Harriet. »Sie kommen nicht mit.«

»Hören Sie mal gut zu«, entgegnete Temple Curry, »wenn Sie glauben, daß ich mir das entgehen lassen würde, täuschen Sie sich. Ich bin die einzige, die weiß, was Thor Ihnen nicht erzählen kann. Was wollen Sie denn überhaupt? Thor in den Schoß der Familie zurückführen?« Mit einem höhnischen Grinsen sah sie Clyde Chuka an. »Na, die Familie hat sich doch verändert, stimmt's? Oder hat Patty Jane vor, jetzt ihr Eheversprechen zu erneuern?« Ihr Grinsen wurde noch breiter. »Was meinen Sie, großer Häuptling?«

Sie wandte sich Reese zu. »Ich habe das Recht auf meine Beichte. Ein paar Worte vor meiner Hinrichtung.«

»Min sonn! Min sonn kommer hjem! Min sonn kommer hjem!« sagte Ione immer wieder, während sie in der Küche hin und her rannte. Nora saß am Tisch und sagte gar nichts. Sie hatte geglaubt, die Sache mit ihrem Vater sei ein abgeschlossenes Kapitel. Patty Jane verbrachte die Wartezeit im Badezimmer.

Die drei Frauen erstarrten, als draußen Autotüren zugeschlagen wurden.

»Mami«, sagte Nora weinerlich.

»Kopf hoch«, sagte Patty Jane und ging selbst mit hocherhobenem Kopf und geradem Rücken zur Tür.

Harriet hielt die Tür auf. Clyde Chuka sagte: »Kommen Sie, noch eine Stufe, gleich haben wir's«, und dann standen sie plötzlich in der Küche; Harriet, Clyde Chuka und zwischen ihnen ein gebeugter Mann mit regennassem schwarzen Haar und einem Gesicht, das alt und jung zugleich war.

Harriet hätte beinahe gelacht, als Patty Jane fragte: »Was zum Teufel hast du gemacht?«, als wäre ihr Mann nicht vor fünfzehn Jahren verschwunden, sondern nur zu einer Verabredung zu spät gekommen.

Ione stürzte zu ihrem Sohn, überglücklich, ihren Thor wieder in den Armen zu halten, bis ihr bewußt wurde, daß er die Umarmung nicht erwiderte. Sie trat zurück und blickte ihm ins Gesicht.

»Harriet! Clyde Chuka! Was ist los mit ihm? Was ist mit meinem Sohn?«

Reese, der auf der Schwelle stehengeblieben war, hielt seinen Arm hoch, der mit Handschellen an einen anderen gefesselt war. »Hier ist die Frau, die deine Fragen beantworten kann, Ione.«

Er führte Temple Curry, die strahlend lächelte und winkte wie ein Ehrengast, der seine Fans begrüßt, ins Eßzimmer. »Wir machen es uns am besten bequem«, meinte er. »Das kann eine lange Nacht werden.«

»Sie waren früher schon hier, nicht wahr?« fragte Patty Jane, als Reese die Handschelle löste, die um Temple Currys Handgelenk lag. Die Ärztin nickte. Patty Jane wandte sich Harriet zu. »Wir haben sie mal aus der *Flotten Locke* rausgeworfen, weißt du noch?«

Ione führte Thor zum Sofa und drückte ihn behutsam nieder. Mit zusammengekniffenen Augen sah sie Temple Curry an. Dann nickte sie. »Ja, stimmt, sie hat sich wie eine Verrückte benommen.«

»Das ist meine Spezialität«, sagte die Frau mit dem flatternden grauen Haar. »Gestatten Sie, daß ich mich vorstelle«, fuhr sie fort und stellte sich hinter den Couchtisch, ihrem Publikum gegenüber. Die anderen schwiegen mit angehaltenem Atem, wie Schulkinder, die zum Direktor ins Büro gerufen worden sind.

»Ich bin Dr. Temple Curry. Temple«, sagte sie zu Nora, die hastig wegsah, »ist mein Vorname. Curry ist mein Nachname. Man könnte an ein indisches Restaurant mit religiösem Anstrich denken.« Sie lachte.

Das Telefon läutete, aber niemand ging dran.

»Soll ich anfangen?« fragte Temple Curry, und dann erzählte sie über eine Stunde lang fast ohne eine Unterbrechung. Unzählige Male hatte sie sich die Geschichte in Vorbereitung auf den Tag, an dem sie sie publik machen würde, schon selbst erzählt.

»Das Haus, in dem drei von Ihnen mich vorhin überfallen haben«, begann sie, »gehört meiner Familie seit fünfzig Jahren. Mein Vater Jerod war Arzt *und* Anwalt, Sie sehen also, ich komme aus bestem Stall.« Ein wieherndes Lachen folgte ihren Worten. »Aber die Ausübung des Arztberufes garantiert einem natürlich nicht unbedingt körperliche oder geistige Gesundheit, nicht wahr?

Ich war verdammt einsam als Kind – keine Schwestern, keine Brüder, keine Freunde. Immerhin haben meine Eltern mich zum Studium ermutigt, und 1945 wurde ich selbst Ärztin – Zahnchirurgin. Mein Vater war inzwischen gestorben, und meine Mutter, die Angst vor dem Alleinsein hatte, drängte mich, meine Praxis in ihrem Haus zu eröffnen.«

Temple Curry hätte sich kein aufmerksameres Publikum wünschen können; es war mucksmäuschenstill im Zimmer. Sie zog den Ohrensessel zum Couchtisch, setzte sich hin und legte dabei die Füße auf den Tisch. Ihre Schuhe waren voller Matsch – sie hatte schon auf dem Teppich ihre Spuren hinterlassen –, aber nicht einmal Ione protestierte. Temple wischte sich mit dem Blusenärmel über die Nase.

»Wissen Sie, meine Mutter brauchte dauernde Betreuung, und das war schwierig – sie war vorzeitig senil geworden. Sie hat oft stundenlang unter dem Klavierschemel gelegen ... wie dem auch sei –«, sie holte tief Atem, »es kann mir, finde ich, keiner verübeln, daß ich einen Teil dieser ständigen Spannung durch meine Arbeit abgelassen habe. Einmal habe ich so einer pingeligen Lehrerin den falschen Backenzahn gezogen. Dann habe ich bei völlig gesunden Zähnen Wurzelbehandlungen gemacht. Als ich schließlich bei einem Patienten die oberen und die unteren Backenzähne gezogen habe, ohne den impaktierten Weisheitszahn anzurühren, war mir klar, daß irgendwas nicht stimmte. Die Anwaltskanzlei meines Vaters hat mich hervorragend vertreten, aber am Ende wurde mir doch die Zulassung entzogen.

Und darum weiß ich, daß ich nicht verrückt bin, weil ich mir vollkommen im klaren darüber bin, daß ich nicht alle Tassen im Schrank habe.«

Sie nickte Thor zu, dem das Kinn auf die Brust gesunken war. Er schnarchte friedlich schlafend.

»Kurz nach acht, und er schlummert wie ein Engel.«

»Was haben Sie mit ihm gemacht?« fragte Ione. Ihre Stimme war sanft, aber hinter dem sanften Ton schwang eine Drohung.

Die Frau schüttelte ihr wildes graues Haar. »Darauf komme ich gleich«, sagte sie gereizt wie zu einem Zwischenrufer aus dem Publikum.

»Im selben Jahr hab ich meine Praxis und meine Mutter verloren – Herzinfarkt, es ging ganz schnell. Aber dann haben mir an einem schönen Wintermorgen die Götter den nordischen König Thor gesandt.«

Spannung baute sich im Zimmer auf, und Temple Curry saß einen Moment ganz still, um zu genießen, daß sie sie alle in ihren Bann geschlagen hatte.

»Ich hatte mir angewöhnt, auf den Hügeln vor meinem

Haus und den Häusern meiner Nachbarn Schlitten zu fahren... In aller Frühe, bei Morgengrauen, wenn ich den Schnee und die Kälte ganz für mich allein hatte. Ich hatte einen wunderbaren Schlitten, er hatte früher meinem Vater gehört, und das Schlittenfahren war eines der wenigen Dinge, die mir wirklich Freude gemacht haben. Ja, und eines Tages, als ich nach einer herrlichen schnellen Fahrt meinen Schlitten gerade wieder hochziehen wollte, sah ich drüben auf dem Boulevard einen Mann hüpfen und springen und über den Schnee schlittern. Hallo, dachte ich mir, das ist einer nach meinem Geschmack. Ein Elf. Ein Elf, der im Licht der Morgendämmerung tanzt und springt. Aber plötzlich machte es platsch, und ich sah ihn durch die Luft fliegen und mit dem Kopf voraus gegen einen Baum prallen. Mir ist fast das Herz stehengeblieben, als ich diesen Prachtburschen da auf dem Eis liegen sah wie Dornröschens großen Bruder.

Natürlich hab ich mir sofort gedacht, daß das nur ein Zeichen Gottes an mich persönlich sein könnte. Ich hab ihn auf den Schlitten gewälzt und nach Hause gezogen.«

»Er war bewußtlos?« flüsterte Patty Jane.

»Oh, fast zwei Tage lang.«

»Und Sie haben keine Hilfe geholt?« Es sah aus, als wäre sie aus ihrem Sessel herauskatapultiert worden, so mächtig war der Sprung, mit dem sie sich auf Temple Curry stürzte. Sie hatte nur den einen Wunsch, dieser gräßlichen Person eigenhändig den Hals umzudrehen, aber da rannten schon Clyde Chuka und Reese um die Couch herum und packten sie.

»Sie haben anscheinend vergessen«, sagte Temple Curry in einem Ton, der vor Herablassung troff, »daß ich Ärztin bin. Ich wußte genau, daß ich eine Möglichkeit finden mußte, ihn zu füttern – und erst recht, ihm Flüssigkeit zuzuführen –, wenn er diese himmelblauen Augen aufschlagen würde. An dem Abend hat er einen ganzen Liter Wasser getrunken und einen Teller Hühnersuppe mit Nudeln gegessen, und dann ist er eingeschlafen. Monatelang hat er kein einziges Wort gesprochen, immer nur gegessen, geschlafen und ab und zu mal gewimmert.«

»*Fandon!*« rief Ione, und obwohl niemand wußte, was das hieß, verstanden alle, was es bedeuten sollte. Temple Curry ignorierte sie.

»Aus den Papieren in seiner Brieftasche hab ich genug über ihn erfahren; Führerschein, ein Foto mit der Widmung, ›Für Thor von Patty Jane, seiner Frau, die ihn liebt‹, blablabla. Er hatte sogar eine Liste mit Jungen- und Mädchennamen dabei.«

»Wirklich?« sagte Patty Jane leise. Sie sah Nora an. »Da ging's um dich, Liebchen.«

Temple Curry donnerte mit den Absätzen ihrer schmutzigen Schuhe auf den Couchtisch, um Aufmerksamkeit zu fordern. »Auch wenn die Ware ein bißchen angeschlagen war, fand ich, daß das Schicksal mir ein ganz besonderes Geschenk gemacht hatte. Ich hab natürlich gewußt, daß mein Gewinn Ihr Verlust war«, sagte sie zu Patty Jane. »Ich hab Ihre Wohnung beobachtet, Ihren Umzug in Ihr jetziges Haus und das Geschehen im Frisörsalon verfolgt.«

»Dann haben Sie also diese Briefe von Thor und das Geld geschickt?« Patty Janes Stimme war so fassungslos, als hätte sie soeben einen schrecklichen Unfall mitangesehen.

»Sie sagen es.« Temple Curry streckte sich mit Genuß und machte dabei ein paar kleine Fingerübungen. »Diesen Winter und das darauffolgende Frühjahr sind wir kaum einen

Schritt aus dem Haus gegangen, aber als der Sommer kam, fand ich, mein Mann und ich hätten einen kleinen Urlaub verdient. Ist Ihnen mal aufgefallen, daß die Briefe immer in irgendwelchen fremden Städten abgestempelt waren?«

Sie beugte sich vor und nahm eine Handvoll Nüsse aus der Glasschale auf dem Couchtisch. »Mit den Cashews sind sie immer so knickrig«, stellte sie fest, als sie ihre Ernte inspizierte. »Auf eine Cashewnuß kommen ungefähr zwölf Haselnüsse.«

»Warum haben Sie sich überhaupt die Mühe gemacht, zu schreiben und Geld zu schicken?« fragte Harriet.

»Ich bin nicht herzlos«, erwiderte Temple Curry. »Es war mir ein Bedürfnis, Thors erster Frau mit ein bißchen Geld unter die Arme zu greifen.«

»Thors *erster* Frau?« fragten Patty Jane, Ione und Harriet im Chor.

»Also, das möcht ich doch genau hören«, sagte Patty Jane. Clyde Chuka nahm sie fester bei den Schultern. »Sie behaupten, daß Sie und Thor geheiratet haben?«

»Genau.«

»Sie konnten Thor gar nicht heiraten«, widersprach Ione und sprang zornig vom Sofa auf. »Er war schon verheiratet!« Sie schlug Temple Curry ins Gesicht.

»Wir brauchten keine Heiratserlaubnis. Die Verbindung zwischen Thor und mir ist weit über Bürokratie und kirchliches Dogma hinausgegangen.« Temple Curry rieb sich die Wange und starrte Ione voller Haß an.

»Aber Sie haben mit ihm *geschlafen?*« fragte Patty Jane.

Temple Curry lachte hönisch. »Bitte! Entwürdigen Sie sich nicht.« Sie sah einen nach dem anderen an, und als ihr Blick auf den schlafenden Thor fiel, wurden ihre Züge weich. Dann fing sie plötzlich an zu lachen; es war dasselbe wiehernde Lachen, das Harriet und Clyde Chuka im *Come Right Inn* gehört hatten, dasselbe Lachen, erkannte Ione, das sie vor Jahren gehört hatte, als sie mit Harriet bei Del's gewesen war und die Verrückte ihre Einkäufe vom Kassentisch auf den Boden gefegt hatte.

Als Temple Curry zu lachen aufhörte, kehrte die Kälte in ihre Augen zurück. »Ich könnte Sie wegen tätlichen Angriffs anzeigen«, sagte sie zu Ione. »Also, wo war ich stehengeblieben?« Sie starrte Patty Jane an und trommelte dabei mit ihren Händen rhythmisch auf ihre Schenkel. »Ach ja. Ich wollte Ihnen erzählen, wie sehr ich es genossen habe, Ihren *Salon de beauté* zu besuchen – während Thor draußen im Wagen saß und geschlafen hat. Das hat mich so richtig amüsiert, besonders weil es genau der Tag war, an dem Sie mich so hochnäsig rausgeworfen haben.«

Patty Jane stöhnte nur.

»Tja, also, wenn ich mich recht erinnere, haben wir in diesem Sommer unsere erste Reise gemacht – Patty Jane, Sie haben damals Ihren ersten Brief bekommen –, aber als dann Thors Bild überall auf den Mighty–Bites–Kartons erschien, hab ich mir gedacht, es wäre besser, eine Weile in der Versenkung zu verschwinden. Thor, mein kleiner Reklameheld, war ganz zufrieden damit, im Haus zu bleiben. Damals fing er an, kleine Häuschen zu bauen, mit allem, was ihm unter die Finger kam – Salzstreuer, Schachteln, Kartons, Zahnstocher. Schließlich hab ich ihn in die Werkstatt meines Vaters im Keller verfrachtet, und ...« Sie sah Clyde Chuka und Harriet an. »Sie haben das Resultat ja gesehen.

Als ungefähr zwei Jahre vergangen waren, hab ich mich schließlich auch hier am Ort mit Thor aus dem Haus gewagt.

Ich habe ihm das Haar gefärbt – Schwarz steht ihm, finden Sie nicht? –, und wir begannen, ein halbwegs normales Leben zu führen. So normal, wie zwei unnormale Menschen es eben führen können, richtig, Schatz?« Sie blies dem schnarchenden Thor einen Kuß zu. »Das ist meine Geschichte«, schloß sie und stand auf, um sich zu verneigen. »In aller Kürze, aber im wesentlichen vollständig.«

Harriet blies dicke Rauchringe zur Decke hinauf; Iones Gesicht war tränenüberströmt. Clyde Chuka massierte Patty Jane die Schultern. Thor schnarchte, und Nora, die während Temple Churrys Monolog still dagesessen und kein Wort gesagt hatte, sprang plötzlich auf – aber es war zu spät. Sie krümmte sich über den Couchtisch und übergab sich in die Glasschale mit der Nußmischung.

23

»ES ist reine Spekulation«, sagte der Arzt, während er die Gläser seiner Brille mit einem Zipfel seines weißen Kittels polierte. »Gewiß, es ist möglich, daß Mr. Rolvaag bei unverzüglicher Behandlung viele, vielleicht sogar alle seine kognitiven Fähigkeiten wiedergewonnen hätte; aber vielleicht eben auch nicht. Bei Kopftraumata sind genaue Prognosen sehr schwierig.«

Ione fummelte unaufhörlich am Verschluß ihrer Handtasche, und Patty Jane rutschte ungeduldig auf ihrem Stuhl hin und her. Sie hatten diesen Vortrag bereits mehrmals gehört.

Dr. Lumley war der dritte Arzt, den sie in dieser Woche mit Thor aufgesucht hatten. Es war keineswegs so, daß Patty Jane ein Wunder erwartete, etwa glaubte, man brauche ihm lediglich eine Spritze zu geben und er würde wieder in der Lage sein, ein vernünftiges Gespräch zu führen; sie wollte einfach etwas Konkretes hören, wie etwa: Ja, 42,8 Prozent des rationalen Denkens werden bei schweren Gehirnerschütterungen ausgelöscht – irgendeine klare und einfache Diagnose, die dem ewigen »wenn nur« ein Ende bereiten würde, das in ihrem Kopf herumflatterte wie eine Motte gegen die Fensterscheibe.

»Danke, daß Sie sich die Zeit genommen haben«, sagte Patty Jane und zog Thor an der Hand hoch. Thor sah sie verständnislos an.

»Tut mir leid«, sagte Dr. Lumley.

»Tja, uns auch«, meinte Patty Jane, als sie Thor zur Tür führte.

Am Morgen nach Thors Heimkehr war die Stimmung im Haus gedämpft gewesen. Alle sprachen mit gesenkter Stimme und bewegten sich so leise, als hätten sie sich zu einer Beerdigung versammelt, was ja, wie Patty Jane zu Clyde Chuka sagte, in gewisser Weise auch stimmte.

An jenem ersten Abend waren Patty Jane und Clyde Chuka lange aufgeblieben und hatten immer wieder frische Scheite auf das Feuer im Kamin gelegt, während sie bei Thor gewacht hatten. Er schlief so fest, daß Patty Jane mehr als einmal seinen Hals berührt hatte, um seinen Puls zu spüren.

»Was sollen wir jetzt tun, Clyde?« fragte sie. Sie saßen auf dem Boden, den Rücken an den Couchtisch gelehnt, und starrten abwechselnd ins Feuer oder auf Thor.

Clyde Chuka schüttelte den Kopf.

»Mein Gott, ist das eine Scheiße«, sagte Patty Jane. Sie legte den Kopf auf ihre Knie und weinte.

Clyde Chuka hielt sie fest und weinte auch. In diesem Moment schien das Leben allzu voll von Schmerz und Verlust, von alter und neuer Liebe. Gerade als die Bewohner der

Flotten Locke geglaubt hatten, das Puzzle zusammengefügt zu haben, verlangte das Schicksal von ihnen, ein Teil einzufügen, das zu einem anderen Spiel gehörte.

»Es ist schon seltsam«, sagte Patty Jane schließlich. »Jahrelang wollte ich Thor unbedingt finden – ich wollte erfahren, warum er mich verlassen hat, was er mit seinem Leben angefangen hat. Aber mit der Zeit wurde sein Verschwinden realer als seine frühere Anwesenheit. Ich habe gewissermaßen die Tür hinter Thor zugemacht.« Der Anflug eines Lächelns spielte auf ihren Lippen. »Ich hätte nie geglaubt, daß sie eines Tages wieder aufgemacht werden würde und ich das hier«, sie wies mit dem Kopf auf den Mann, der zusammengerollt auf der Couch schlief, »dahinter finden würde.«

»Und wenn er nun so zurückgekommen wäre, wie er früher war?« Es kostete Clyde Chuka Mühe, diese Frage zu stellen.

»Ach, Clyde!« Patty Jane umschloß sein Gesicht mit ihren beiden Händen. »Wenn er nie gegangen wäre, wäre ich vielleicht mit ihm zusammen alt geworden ... oder wir hätten uns scheiden lassen. Ich weiß es nicht. Wir waren damals so jung. Wenn ich heute daran denke, habe ich das Gefühl, ihn kaum gekannt zu haben.«

»Du hättest also deine Zündflamme ausgeschaltet?«

Patty Jane strich mit den Fingern glättend über Clydes gerunzelte Stirn. »Ich hätte ihm gesagt, daß ich auf Elektrik umgesattelt habe.«

Als Reese am folgenden Tag zu Temple Curry fuhr, um nach ihr zu sehen, fand er sie tot auf. Von sieben Katzen umgeben – alle in unterschiedlichen Stadien der Leichenstarre – lag sie im Bett. Sie hatte sich und ihnen offensichtlich mit einer Überdosis Schlaftabletten das Leben genommen. Reese nahm den Briefumschlag mit der Aufschrift »Thor«, der auf einem fleckigen Satinkissen lag, und rief die Gerichtspathologie an. Der Umschlag enthielt ein einzelnes Blatt Papier, ein Schreiben, aus dem hervorging, daß Thor Rolvaag und/oder sein Vormund Temple Currys gesamtes Vermögen erben sollten und daß eine Kopie dieses Briefes bei ihrem Anwalt deponiert sei.

In einem für Patty Jane bestimmten Nachsatz hatte sie geschrieben:

Ich würde mich gern entschuldigen, aber ich kann es nicht. Ich habe ihn gelehrt, die Toilette zu benutzen, mit Messer und Gabel umzugehen. Ich habe dafür gesorgt, daß er Holz und Werkzeuge hatte. Und ich habe, verdammt noch mal, seine Zähne gepflegt! Trotzdem gehört er am Ende Ihnen.

Patty Jane entfärbte Thors Haar und gab ihm seine natürliche weißblonde Farbe wieder. Als sie fertig war, drehte sie ihn im Frisierstuhl herum, so daß er sich im Spiegel sehen konnte, und er berührte sein Haar und lächelte.

»Richtig, Thor, das bist du, so wie du wirklich bist«, sagte Patty Jane.

Es gab kleinere Siege, Momente der Hoffnung, in denen es schien, als wäre es möglich, Thor in kleinen Schritten zurückzuholen. Zu seinem ersten Frühstück hatte Ione ihm *rommegrot* gemacht, eine Art norwegisches Porridge mit viel Butter und Sahne, und als sie es ihm mit dem Wort »*spise*« – »iß!« – hinstellte, hob er den Kopf, sah sie an und sagte: »*Jeg vil spise.*«

Ione schlug die Hände auf die Brust und trat zurück.

»*Forstår du?* – Du verstehst mich?«

»*Ja, jeg forstår deg. Har du kaffe?*«

»Er versteht mich!« schrie Ione laut. »Er will Kaffee haben.«

Die Ärzte waren beeindruckt, daß Thor sich einer Sprache erinnerte, die er als Kind gelernt hatte, doch wie Dr. Lumley sagte: »So etwas kommt manchmal vor. Daraus folgt nicht automatisch, daß er seine geistigen und emotionalen Fähigkeiten in vollem Umfang zurückgewinnen wird.« Und damit hatte er recht. Ione erklärte ihm beispielsweise auf norwegisch, daß sie seine Mutter war; dann deutete sie auf Nora und Patty Jane und erläuterte, wie sie zu ihm standen. Doch auch wenn Thor ihr folgsam nachsagte: »Mutti? *Datter? Min Fru?«*, hatte er keine Vorstellung davon, was die Wörter bedeuteten.

Patty Jane nahm ihn mit in den Salon und stellte ihn ihren Kundinnen und Angestellten vor. Sie wollte ihn soweit wie möglich in das tägliche Leben im Haus integrieren. Ione ging mit ihm zur Kirche, und die ganze Gemeinde applaudierte, als Pastor Nelson die Heimkehr des verlorenen Sohnes bekanntgab.

In Patty Janes Keller stellte Clyde Chuka hinter dem Heizkessel eine Werkbank für Thor auf. Temple Currys Rechtsanwalt fuhr mit ihnen in die West River Road, um Thors Werkzeuge zu holen und so viele seiner Vogelhäuschen, wie im Kofferraum des DeSoto Platz hatten.

Der Anwalt erging sich in Entschuldigungen. »Wirklich, wenn ich die Umstände gekannt hätte, hätte ich sie sofort einliefern lassen. Ich wußte ja, daß bei ihr ein oder zwei Schrauben locker waren, aber ich hatte keine Ahnung, daß sie eine vermißte Person bei sich versteckt hielt.«

Patty Jane und Ione fuhren mit, um sich das Haus anzusehen, das jetzt ihnen gehörte. »Als Geste des guten Willens«, sagte der Anwalt, »werd ich eine Reinigungsfirma beauftragen, die diesen ganzen Müll hinauswirft und die Wertgegenstände in Sicherheit bringt.« Er musterte die Türme von Zeitungen, Kartons und Müllsäcken. »Wenn sie welche finden können.«

Schweigend und voll trauriger Verwunderung erkundeten Patty Jane und Ione den Keller. Fest umschlungen standen sie vor einer Zeile von Vogelhäuschen, die eine Miniaturstraße viktorianischer Häuser in San Francisco hätte sein können.

»Er ist also doch Architekt geworden«, flüsterte Patty Jane. »Ein Erbauer von Vogelhäusern.«

Ione schüttelte den Kopf. »Nicht Vogelhäuser, Patty Jane. Weißt du nicht mehr?«

Patty Jane erinnerte sich an den Herbstabend vor so vielen Jahren, als ihr Ione das Modellhaus gezeigt hatte, das Thor für sie gebaut hatte.

»Liebesnester?« meinte sie. »Du glaubst, Thor hat Liebesnester gebaut?«

»Er hat Liebesnester für *dich* gebaut«, sagte Ione.

»Oh, Ione, das ist mir alles viel zuviel«, flüsterte Patty Jane.

Nora hatte von allen Seiten gute Ratschläge bekommen. (Wie oft hatte jemand leise an ihre Schlafzimmertür geklopft, wie oft hatte jemand gefragt, »Nora, magst du nicht aufmachen und mit mir reden?«) Die Zeit, hatten sie alle übereinstimmend gesagt, war das Mittel, das alle Wunden heilen würde; aber was sollte sie tun, bis diese Zeit vergangen war?

Eines Nachmittags nahm sie ihre beste Freundin, Lori

Mellstrom, mit nach Hause und führte sie eilig in ihr Zimmer hinauf.

»Nora, bist du das?« rief Ione, als die beiden Mädchen den oberen Flur erreicht hatten.

»Ja, Grandma. Ich hab Lori mitgebracht.«

»In der Küche steht frischer Kuchen.«

»*Takk*«, sagte Nora und schloß ihre Zimmertür.

Lori ließ sich rückwärts auf Noras ungemachtes Bett fallen. »Mensch, Nora, warum hast du's eigentlich so eilig?«

Nora antwortete nicht. Sie kramte in ihren Singles und legte schließlich *The Last Train to Clarksville* auf, obwohl beide Mädchen der Meinung waren, sie seien mittlerweile etwas zu alt für die Monkees.

Sie legten sich beide auf Noras Bett, die Hände auf dem Bauch gefaltet, und starrten zur Decke hinauf. Nora hatte aus glänzender gelber Klebefolie eine riesige Sonnenblume gemacht, deren Blütenblätter die Deckenlampe umrahmten.

»Miles Coombs hat heute im Korridor Hallo zu mir gesagt«, bemerkte Lori.

»Wetten, daß du den kriegen könntest«, sagte Nora. »Ich hab gehört, daß er seinen Ring von Brenda zurückverlangen will.«

Einen Moment lang gestattete sich Nora den Luxus, an Jungen zu denken, aber dann setzte sie sich mit einem tiefen Seufzer auf und drückte ein Kopfkissen an ihre Brust.

»Lori, versprichst du mir, daß du keinem Menschen was sagst, wenn ich dir ein Geheimnis verrate?«

»Natürlich nicht«, beteuerte Lori. Sie stemmte sich in die Höhe und setzte sich, ans Kopfbrett des Bettes gelehnt, neben Nora. »Was ist es?«

Nora betrachtete ihre Fingernägel. Clyde Chuka hatte ihr

eine Maniküre gemacht, aber sie hatte den glitzernden weißen Lack größtenteils schon wieder heruntergepult.

»Mein Dad ist hier«, sagte sie so rasch, daß Lori verständnislos den Kopf schüttelte. »Mein Dad ist hier im Haus.«

»Was?«

Der Tonarm des Plattenspielers hob sich, und mit einem Klicken schaltete sich das Gerät ab.

»Tante Harriet und Clyde Chuka haben ihn vor einer Woche gefunden. Er hat bei dieser Verrückten gewohnt, und er ist selber total komisch – weißt du, als wär er zurückgeblieben. Er weiß nicht mal, wer ich bin.«

Sie stieß die letzten Worte unter Schluchzen hervor, und Lori nahm ihre Freundin in den Arm und drückte sie.

»Ich hasse ihn, Lori. Ich hasse ihn! Er kommt mir vor wie ein kleines Kind in einem Erwachsenenkörper.« Sie wischte sich die Nase mit dem Handrücken. »Ich halt's nicht aus, wenn ich neben ihm sitzen muß. Er sieht so gruslig aus – so weiß wie ein Gespenst und ganz mager und gekrümmt, und ich hab doch mein Leben lang gehört, daß ich aussehe wie er, und weißt du, ich kann das auch erkennen, obwohl er eigentlich die meiste Zeit ausschaut wie ein Troll – ich seh mich, wenn ich ihn anschau, und das macht mich wahnsinnig! Ich hab mir immer vorgestellt, ich würd ihn eines Tages ganz zufällig auf einer Kanufahrt durch das Seengebiet treffen. Er wäre der Führer, verstehst du, und ich würde in Stromschnellen geraten, und er würde mich retten. Ich hab mir das so cool vorgestellt. Und jetzt sabbert er beim Essen.«

Patty Jane bemerkte die rotverschwollenen Augen ihrer Tochter, als diese Hand in Hand mit ihrer besten Freundin herunterkam. Sie beobachtete, wie Nora Lori zu dem Ohrensessel führte, in dem Thor saß, und sagte: »Dad, das ist meine beste Freundin, Lori Mellstrom. Lori, das ist mein Dad.«

Eigentlich hatte Nora vorgehabt, ihre Freundin durch die Hintertür hinauszuführen und noch einmal versprechen zu lassen, daß sie keinem Menschen erzählen würde, was sie gehört hatte; aber als sie die Treppe hinunterging und sah, wie Patty Jane Thor gerade eine Decke um die Schultern legte, erwachte blitzartig ein Entschluß in ihr: Solange ich mit der Sache nicht umgehen kann, werd ich einfach so tun, als könnte ich mit ihr umgehen.

Die Einfachheit dieses Plans erstaunte sie; sie empfand den gleichen Überschwang wie bei der Lösung einer schwierigen Algebraaufgabe. Im stillen wiederholte sie sich die neue Formel: Solange ich mit der Sache nicht umgehen kann, tu ich einfach so, als könnte ich mit ihr umgehen.

24

BLASSES winterliches Licht fiel durch die Ritze unter der Jalousie, als Patty Jane am Morgen des Hochzeitstags ihrer Schwester erwachte. Sie hatte kaum geschlafen, dennoch erwachte sie gutgelaunt und voller Tatendrang.

Am Abend zuvor hatten die Männer bei Clyde Chuka unter sich gefeiert. Patty Jane und Harriet hatten sie uneingeladen überfallen. Sie hatten mit Fäusten an die Tür gedonnert und mit barscher Stimme gerufen: »Polizeirazzia!« Sie hatten nichts Sündigeres als ein Pokerspiel gestört.

»Harriet, ich fürchte, ich verliere unser ganzes Geld für die Flitterwochen«, sagte Reese.

»Dann gewinn es lieber zurück«, versetzte Harriet lachend und gab ihm einen Kuß auf den Kopf. »Sonst kommst du mir nicht nach Hause.« Clyde Chuka hatte auch Thor eingeladen, aber Nora sagte, nein, sie würde sich um ihn kümmern; Thor würde sich sicherlich nicht ausgeschlossen fühlen.

Patty Jane beobachtete ihre Tochter mit einer Mischung aus Stolz und Bewunderung und auch – sie konnte nicht dagegen an – mit einem gewissen Zynismus. Sie sah zu, wie Nora Thor sein Essen brachte, ihm die Serviette in den Kragen steckte, sein Fleisch schnitt, sein Glas immer wieder mit Milch füllte, von der er anscheinend nicht genug bekommen konnte. Ione nannte sie einen kleinen Engel, und Harriet sagte: »Wir können alle von ihr lernen«, aber Patty Jane wurde das Gefühl nicht los, daß Nora in ihrer Rolle als hingebungsvolle Tochter nicht ganz echt wirkte.

»Was soll das heißen?« fragte Nora, die gerade im Rückspiegel des Autos ihrer Mutter einen Pickel an ihrem Kinn inspizierte. Patty Jane fuhr sie zur Schule.

»Woher kommt dieser plötzliche Sinneswandel deinem Vater gegenüber?«

»Was für ein Sinneswandel?«

Patty Jane seufzte und trommelte mit den Fingern auf das Lenkrad. »Nora, als Thor nach Hause kam, konntest du ihn kaum ansehen, und jetzt kannst du nicht genug für ihn tun.«

Nora wischte das beschlagene Fenster klar und schaute hinaus. »He, da ist Greg Kraus. Setz mich doch gleich hier ab, okay?«

Ehe sie die Tür zuschlug, schob sie den Kopf noch einmal in den Wagen und sagte: »Er ist mein Vater.«

»Damit ist meine Frage eigentlich nicht beantwortet«, gab Patty Jane zurück, als ihre Tochter schon ihrem neuesten Freund entgegenrannte.

Noras Vorsatz, solange sie nicht mit den Dingen umgehen konnte, einfach so zu tun, als könnte sie es, hatte eine überraschende Wirkung: Sie begann Zuneigung, echte Zuneigung, zu ihrem Vater zu empfinden.

»Er ist ziemlich daneben«, vertraute sie Lori an, »und nicht ganz da ... aber er gehört mir.«

Als der letzte Gast der Junggesellenfeier gegangen war, drückte Patty Jane Clyde Chuka gegen die Tür und küßte ihn mit Inbrunst. Es war seit Thors Rückkehr die erste Nacht, die sie bei ihm verbrachte.

Natürlich hatte niemand von ihr erwartet, daß sie ihre neue Liebe für eine aufgeben würde, die nur in der Erinnerung existierte, aber sie merkte selbst, daß sie sich Clyde Chuka vom Leibe hielt. Schließlich wurde ihr klar, daß nicht ein Loyalitätskonflikt oder eine Verwirrung der Gefühle sie von Clyde Chukas Bett fernhielt, sondern schlicht und einfach Erschöpfung: Die neuen Pflichten, die sie zu bewältigen hatte, hatten sie körperlich und emotional völlig ausgepumpt.

Jetzt, am Morgen danach, schaltete Patty Jane das Radio ein und kochte, fröhlich vor sich hinsummend, den Kaffee. Sie räumte in aller Ruhe auf, warf Bierdosen in eine große braune Einkaufstüte und säuberte die Aschenbecher.

Für den Herrenabend hatte Clyde Chuka seine Kunstwerke alle in eine Ecke geschoben. Patty Jane betrachtete eines, das auf einem Sockel aus zusammengedrücktem Draht stand: eine Figur, die aus einem alten Kotflügel, Spiegelscherben und Drahtbügeln gebildet war und die Gestalt einer Frau oder eines Tieres hatte – Patty Jane war sich nicht ganz sicher. Wie ein neugieriger Hund umrundete sie das Werk mit langsamen Schritten.

»Gefällt's dir?«

Patty Jane fuhr zusammen. Clyde Chuka lehnte nackt, mit verschränkten Armen, am Türpfosten.

Patty Jane zog die Augenbrauen hoch. »Da fragst du noch?«

Er ging auf sie zu, und Patty Jane trat ein wenig zurück, um ihn, die Hand am Kinn, zu mustern. »Hm«, sagte sie, »die Linienführung ist ganz gut, allerdings sieht es mir weniger nach harmonischer Übereinstimmung aus als nach ... Kampf.«

»Hast du Kampf gesagt?« Er war beinahe bei ihr, aber Patty Jane trat noch einmal zurück und hielt einen guten Schritt Abstand zwischen ihnen.

»Nein, das nehme ich zurück.« Demonstrativ ließ sie ihren Blick langsam über seine Brust zu seinen Lenden hinunterwandern. »Nicht Kampf. Niederlage.«

Clyde Chuka lachte. »Niederlage, sagst du? Dieser Turm in der Schlacht sieht geschlagen aus?«

»Ach so, ein Turm in der Schlacht soll das sein! Komisch, wie subjektiv Kunst sein kann.«

Sie streckten die Arme zueinander aus und tanzten rückwärts zur Couch.

Der erste Schnee des Winters 1968 fiel, als Patty Jane, die Brautführerin, an der Spitze des kleinen Hochzeitszugs durch den Gang von Iones Kirche schritt. Sie trug ein himmelblaues Samtkleid. Clyde Chuka, der schon seinen Platz als Trauzeuge vorn in der Kirche eingenommen hatte, beobachtete sie und fand, sie sähe aus wie eine betörende Mischung aus Prinzessin und Ballkönigin.

Patty Jane wackelte ein bißchen beim Gehen. Sie hatte hochhackige Pumps an, die auf die Farbe ihres Kleides eingefärbt worden war. Harriet hatte darauf bestanden, daß ihre Schwester für diesen Tag auf ihre bequemen Treter verzichtete.

Ehe der Organist den Hochzeitsmarsch angestimmt hatte, hatte Patty Jane noch Nora über das Haar gebürstet und Thor das Revers seines Anzugs geradegezogen; sie hatte Harriets Brautstrauß bewundert – ein Arrangement aus Casablanca-Lilien, Wachsblumen und Teerosen – und an den Strauß aus Gartenblumen gedacht, den sie zu ihrer Hochzeit zusammengestohlen hatten; nervös hatten sie alle noch ein paar Worte gewechselt, schnell das Make–up überprüft und Nora daran erinnert, daß sie nicht zu schnell gehen solle. Erst jetzt, als sie vorn in der Kirche stand, erlaubte sich Patty Jane, innerlich ein wenig Abstand zu nehmen und einfach Zuschauerin zu sein. Clyde Chuka, das Haar zu einem festen Zopf geflochten, sah so gut aus, wie ein Mann in einem geliehenen Smoking aussehen konnte. Ione, elegant in ihrem beigefarbenen Kostüm, saß in der ersten Reihe zwischen ihrem Sohn und ihrer Enkelin. Thor war immer noch mager und gebeugt, doch dank seiner täglichen Spaziergänge mit Patty Jane und Clyde Chuka hatte er jetzt mehr Farbe, und die dunklen halbmondförmigen Ringe unter seinen Augen begannen zu verblassen. Wenn er lächelte, zeigte er kräftige, blitzend weiße Zähne; Temple Curry hatte die Wahrheit gesagt, sie hatte für seine Zähne gesorgt.

Bei der Betrachtung Noras verspürte Patty Jane eine heftige Anwandlung mütterlicher Liebe. Ihre Tochter trug ein Taftkleid in der Farbe dunkler Rosen, das Ione genäht hatte. Als sie durch den Gang schritt, machte Inky Kolstat ein Foto und bemerkte laut: »Sie sieht aus wie die junge Tuesday Weld.«

Der Organist schlug einen mächtigen Akkord an, ehe er *Trumpet Voluntary* begann. Harriet kam in dem Kleid, das sie für ihre Hochzeit mit Avel ausgesucht hatte, langsam den Gang herauf. Unter dem hauchdünnen Schleier fiel ihr das lose Haar in Wellen den Rücken hinunter. Sie trug den Brautstrauß und eine Lilie, die sie auf Avels Grab gepflückt hatte. (»Ich weiß, daß er unsere Hochzeit feiern würde«, hatte Harriet zu Reese gesagt. »So kann er wenigstens Blumen schicken.«)

Reese hielt Harriets Hand und fuhr dabei zärtlich mit dem Daumen über ihre Innenfläche. Er war fast dreißig Zentimeter größer als Harriet und mehr als doppelt so schwer wie sie, und doch war es ihre schützende, ruhige Hand, die ihn aufrechthielt und verhinderte, daß er vor Demut und Glück in die Knie ging.

Harriet drückte sich an ihn und fühlte sich in seiner zuverlässigen Kraft sicher aufgehoben. Sie dachte an ihre schlimmsten Zeiten – die Tage, als ihre Trauer um Avel so vernichtend gewesen war; die Tage, als sie auf der Straße gelebt und sich für eine Flasche Alkohol verkauft hatte –, doch all diese Tage waren nicht so schlimm gewesen, wie dieser eine Tag gut war.

Pastor Nelson sprach ein Gebet um Frieden und Einigkeit, und als er fertig war, trat Evelyn Bright in einem raschelnden Kleid aus hundert Chiffonfalten aus der Kirchenbank und ging zu der Harfe beim Taufbrunnen. Sie setzte sich, rieb ihre Hände aneinander und begann *Greensleeves* zu spielen. Ihr Gesicht leuchtete vor Hingabe. Sie hatte dem Hochzeitspaar Kissenbezüge mit Monogrammen gekauft, doch dieses Lied war ihr Geschenk an Harriet.

Nora bewegte nervös ihren Fuß auf und ab, kratzte sich im Gesicht und rutschte unruhig auf der Bank hin und her, bis ihre Großmutter ihr einen tadelnden Blick zuwarf. Sie war eine der wenigen, die wußten, was als nächstes kommen würde, und es fiel ihr schwer, ihre Aufregung in Zaum zu halten. Dem Programm zufolge sollte nach dem Harfensolo das Eheversprechen abgegeben werden, doch Nora, die Mitverschworene, wußte, daß vorher noch eine Überraschung geplant war.

Evelyn Bright beendete das Lied mit einem hellen Zupfton am Ende ihres Glissandos, und es folgte ein Moment ehrfürchtigen Schweigens, in einer Kirche das Äquivalent für Applaus.

Nora sah das leichte Nicken des Pastors, sein Signal. Harriet ließ Reeses Hand los, tätschelte sie kurz und drehte sich herum. Die lange Schleppe ihres Kleides glitt über den Teppich, als sie zur linken Seite der Kirche ging. Unter dem Getuschel der Gemeinde trat sie zum Podium und verneigte sich leicht, mit einem Lächeln zu Nora. Die Hochzeitsgäste tauschten achselzuckend fragende Blicke.

Harriet hob den Schleier, der ihr Gesicht bedeckte, warf Reese einen Blick zu und nahm dann ihre Trompete, die dort gewartet hatte, vom Podium. Sie berührte kurz die Ventile, befeuchtete ihre Lippen und setzte das Instrument an ihren Mund. Sie spielte das Stück, das zu spielen sie sich endlich fähig fühlte, das Lied, das Louis Armstrong zu seiner Hymne gemacht hatte, *What a Wonderful World*.

Den ganzen vergangenen Monat hatte sie Nora fast täglich von der Schule abgeholt (Patty Jane hatte sie erklärt, sie bekomme ihre Nichte dieser Tage einfach nicht oft genug zu sehen), und sie waren auf den Parkplatz des Tierkrankenhauses gefahren, um dort mit ihren Trompeten zu üben. Nora war erstaunt, wie gut ihre Tante Technik und Gefühl behalten hatte – sie hatte seit Avels Tod nicht mehr gespielt –, aber Harriet sagte, nein, ihre Atemtechnik sei miserabel, und ob Nora denn nicht höre, wie stumpf ihre Töne am Ende wurden?

Tante und Nichte hatten glückliche Stunden in dem DeSoto verbracht, während sie unter späten, langsam dunkler werdenden Herbsthimmeln Tonleiter und Duette geübt hatten. Hin und wieder blieben Leute neben ihren Autos stehen und hörten eine Weile zu, ehe sie in das Krankenhaus gingen.

Patty Jane hätte am liebsten ihren Strauß bis zu den Dachbalken hinaufgeschleudert, als sie Harriets erste Töne hörte. Sie war so aufgeregt, daß sie gar nicht merkte, wie ihre Tochter aus der Kirchenbank schlüpfte, sondern sah sie erst, als sie neben ihrer Tante stand und ihre eigene Trompete herausnahm. Nora begleitete Harriet, als diese ihr Instrument niederlegte, um ihre Lieblingsstrophe zu singen:

»I see skies of blue and clouds of white,
The bright blessed day, the dark sacred night ...
And I think to myself,
What a wonderful world.«

Nach dem Gesang übernahm Nora die Melodie und spielte zur linken Seite der Kirche, während Harriet auf der rechten Seite blies. Nora hielt den letzten Ton, und Harriet flog eine Tonleiter zu schwindelnden Höhen hinauf, ehe sie ihren Vortrag beendeten. Gleichzeitig setzten sie die Trompeten ab. Die Hochzeitsgäste konnten nicht anders; sie klatschten so laut, daß die Lilien in den Blumenständern schwankten. Harriet küßte ihre Nichte, und Nora nahm die

Trompete mit zur Kirchenbank zurück, wo Thor sie mit einem Zeichen empfing, das er aus einem Werbespot im Fernsehen gelernt hatte, einem Ring aus Daumen und Zeigefinger.

»Wau«, sagte er. »Wau, Nora.«

25

»DIE brauchst du doch nicht, Ione«, sagte Patty Jane.

»Ja, Grandma«, stimmte Nora ein und nahm ihr die Strickjacke aus der Hand, »du hast doch schon drei Pullis eingepackt.«

»Ich bin gern auf alles vorbereitet«, entgegnete Ione. Sie stand, die Hände in die Hüften gestemmt, in der Mitte ihres Zimmers. Auf dem Bett lagen die grünen Koffer, die jahrelang nichts enthalten hatten als Hoffnung und Staub. Sie hatte davon geträumt, sie in Pariser Hotels zu schleppen, in Dampferkabinen und in Zelte in der Kalahari, doch jetzt machte es ihr beinahe Angst, sie tatsächlich zu packen.

Norman und Ruth Fitch, ein älteres Ehepaar im Ruhestand, das sie aus ihrer Kirche kannte, wollten mit dem Wohnwagen durch die ganzen Vereinigten Staaten fahren und hatten Ione angeboten mitzukommen.

»Du redest doch seit Jahren davon, daß du gerne reisen

möchtest«, sagte Ruth, die im Naomi-Kreis Iones engste Freundin war. »Jetzt bekommst du die Chance.«

»Aber bin ich euch denn nicht im Weg?« fragte Ione.

»Wenn es soweit kommt, schicken wir dich nach Hause«, erwiderte Ruth.

»Per Paketpost«, fügte ihr Mann hinzu.

Als Ione Patty Jane von ihren Plänen erzählte, applaudierte sie. »Ach, Ione, davon hast du doch immer geträumt.«

»Na ja«, sagte Ione mit einem Blick auf ihren Sohn, der in eine Decke gehüllt im Armsessel schlief, »ich weiß nicht recht. Ich glaube, ich sag lieber ab. Ich muß mich um Thor kümmern.«

Patty Jane stieß einen Seufzer der Gereiztheit aus. »Ione, du beleidigst mich. Ich bin hier. Nora ist hier – verdamm mich, wir sind alle hier. Du bist zwar seine Mutter, aber das heißt doch noch lange nicht, daß du die einzige bist, die sich um ihn kümmern kann.«

Ione wurde rot. »*Uff-da*, Patty Jane, so hab ich das nicht gemeint.« Sie schüttelte den Kopf, als wollte sie die heißen Wangen kühlen. »Ich ... ich möchte doch nur nicht andere damit belasten, daß ich mir meine Wünsche erfülle.«

Patty Jane stellte ihre Kaffeetasse ziemlich unwirsch auf die Untertasse. »Ione, ich bin jetzt wirklich nicht in Stimmung für nordische Schuldgefühle. Denk doch zur Abwechslung mal an dich.«

Ione und die Fitches hatten eine umfassende Liste all jener Sehenswürdigkeiten zusammengestellt, die absolutes Muß waren: Herrenhäuser in den Südstaaten aus der Zeit vor dem Bürgerkrieg, der Grand Canyon, die Amish-Gemeinde in Pennsylvania (Ione konnte zwar verstehen, daß man ganz ohne elektrischen Strom und moderne Verkehrsmittel leben konnte, aber ohne Reißverschlüsse?), die Küste von Maine. Wann sie zurück in Minneapolis sein würden, stand nicht fest.

Ione betrachtete die Berge von Kleidungsstücken.

»Du glaubst also nicht, daß ich das alles brauchen werde?«

Impulsiv drückte Patty Jane sie an sich. »Lieber Himmel, Ione«, sagte sie, ihre Hände fest auf dem kräftigen Rücken ihrer Schwiegermutter, »du hast ja sämtliche Schubladen und deinen ganzen Schrank ausgeleert.«

»O meine Sterne«, hauchte Ione wie ein junges Mädchen, »meine Träume sind in Erfüllung gegangen, und jetzt hab ich Angst, daß ich nicht weiß, was ich mit ihnen anfangen soll.«

Aber sie wußte es dann doch. Sie überschüttete die *Flotte Locke* mit Ansichtskarten in Technicolor: Mesas bei Sonnenuntergang, die Weizenfelder von Nebraska bei Sonnenuntergang, der Hollywood Boulevard bei Sonnenuntergang, Sonnenuntergang im Yellowstone Park. Nora steckte die Reiseroute der drei unternehmungslustigen Senioren mit bunten Stecknadeln ab, die sie in eine Straßenkarte über dem Empfangstisch im Salon piekste. Die farbigen Köpfchen bildeten eine mäandernde Linie zur Westküste, die sich allmählich zu einem weiten Bogen spannte, als Ione und die Fitches ostwärts zu reisen begannen.

»Du meine Güte«, sagte Grimmy Bultram, die die Karte betrachtete, während ihre Lockenwickler trockneten, »diese Frau macht sich ja völlig kaputt.«

»San Francisco«, murmelte Paige Larkin träumerisch, während sie sich die Karte ansah. »Spence und ich haben mal ein Wochenende im Top of the Mark verbracht. War das romantisch!«

»Los Angeles«, flüsterte Inky Kolstat fasziniert. »Ich hoffe nur, sie vergißt nicht meine Streichholzheftchen vom Brown Derby.«

Der Briefträger hatte soeben eine weitere Ansichtskarte gebracht (Sonnenuntergang über dem Alamo), und Patty Jane las sie vor.

»›Ich esse gerade ein Chili mit Rindfleisch und Paprika. Gestern abend haben Ruth und ich die Schlafsäcke rausgeholt und unter einem riesigen Sternenhimmel geschlafen. Wir überlegen, ob wir nicht Cowgirls werden sollen.‹«

»Mein Verflossener lebt in Texas«, bemerkte Alva Bundt, die gerade ausgekämmt wurde. »Er bohrt nach Öl, aber nach der Höhe der letzten Unterhaltszahlung zu urteilen ist er noch nicht fündig geworden.«

»Ich würde auch gern mal eine schöne Reise machen«, sagte Bev. Sie besprühte den Spiegel vor ihrem Frisiertisch mit Glasreiniger und polierte mit der Manschette ihres Kittelärmels nach. »Zehn Grad minus heute, habt ihr's gehört?«

Patty Jane zog die Brauen hoch. Sie hatte Bev schon einmal angesprochen, weil sie ihre Kämme und Bürsten nicht säuberte. Aber Bev war so widerborstig geworden, daß sie es für besser hielt, ihr keinen Vortrag darüber zu halten, daß zum Spiegelreinigen Putzlappen besser geeignet waren als der Frisierkittel. Bevs Sohn Ricky war beim Militär in der Grundausbildung, und sie mußte ständig daran denken, daß er bald nach Vietnam gehen würde.

Patty Jane warf einen Blick in den Terminkalender. Um elf kam eine neue Kundin, die sich Strähnchen machen lassen wollte. Sie hatte jetzt also eine halbe Stunde Zeit.

»Harriet, komm, machen wir eine Pause.« Sie sah von ihrem Kalender auf. »Harriet!«

Harriet, die hinter ihrer Harfe eingenickt war, öffnete die Augen und kippte ihren Stuhl nach vorn. »Bitte?«

»Ich wollte mit dir zusammen Pause machen, aber du hast wohl deine Pause schon gemacht.«

Harriet gähnte. »Setz Kaffee auf. Ich brauch ihn dringend.«

Begleitet von den rhythmischen Hammerschlägen Thors, der unten im Keller klopfte, setzte Patty Jane den Kaffee auf und kramte auf der Suche nach einem Leckerbissen die Küchenschränke durch. Seit Ione fort war, gab es statt der selbstgemachten Naschereien gekaufte Kekse und Fertigkuchen in Zellophan mit unbegrenzter Haltbarkeit.

»Harriet, geht es dir nicht gut?« fragte Patty Jane und sah ihre Schwester prüfend an.

»Ich bin nur müde, das ist alles«, antwortete Harriet und zündete sich eine Zigarette an.

»Vielleicht solltest du mal zum Arzt gehen.«

Harriet stieß eine Rauchwolke aus und versuchte, ein Lächeln zu unterdrücken.

»Hey?« fragte Patty Jane. »Was geht hier vor?«

»Sex. Sex, Sex, Sex. Ich bin frisch verheiratet, Patty Jane, und ich leide an den Nachwirkungen von zuviel Liebe.« Sie trank einen Schluck von ihrem Kaffee. »Oder am Endergebnis der Liebe.«

Ein Lächeln breitete sich auf Patty Janes Gesicht aus. »Wie weit bist du?«

Harriet zuckte die Achseln. »In der zweiten Woche vielleicht? Ich kann es nicht sagen. Du weißt doch, wie unregelmäßig meine Periode kommt. Ich glaube, im letzten Jahr hatte ich sie insgesamt fünfmal.«

Patty Jane musterte mit zusammengekniffenen Augen die

mageren Schlüsselbeine ihrer Schwester, die unter dem geöffneten Kragen hervorsprangen. »Ich hätte zwar nicht geglaubt, daß das möglich ist, aber ich hab den Eindruck, du hast abgenommen.«

»Genau wie du damals, weißt du noch?«

Patty Jane nickte lächelnd. »Anfangs, ja. Thor hat damals gesagt: ›Man kann nicht schwanger sein und gleichzeitig dünner werden.‹« Sie neigte ein wenig den Kopf zur Seite und lauschte dem Gehämmer. Thor hatte in den fünf Monaten, seit er wieder bei ihnen lebte, zwei Dutzend weitere Vogelhäuser fabriziert. »Mußt du dich auch übergeben?«

Harriet schüttelte den Kopf. »Nur wenn ich an die Wehen denke.«

Patty Jane streckte ihre Arme über den Tisch und nahm Harriets Hände. »Was sagt denn Reese dazu?«

Mit einer plötzlichen Scheuheit entzog Harriet Patty Jane ihre Hände und wischte einen Tropfen Kaffee von ihrer Tasse. »Ich hab es ihm noch nicht gesagt. Ich wollte es erst mit Sicherheit wissen.«

»Dann geh zum Arzt.«

Harriet lachte. »Und das von der Frau, die das erstemal zum Arzt gegangen ist, als sie im siebten Monat war?«

»Die Zeiten haben sich geändert. Außerdem wußte ich, daß alles in Ordnung war.«

Ein Schatten fiel über Harriets Gesicht. »Und du glaubst, bei mit sei nicht alles in Ordnung?«

»Ich war einundzwanzig, Harriet. Du bist fünfunddreißig. Du solltest dich von einem Arzt betreuen lassen.«

Harriet riß ein Streichholz an, blies es aber wieder aus. »Ich versuch, weniger zu rauchen.«

Beim Abendessen, das aus gummizähen Makkaroni und Hackfleischsoße bestand, fragte Clyde Chuka: »Nora, was ist eigentlich mit deiner Mutter und Harriet los? Die kichern ja wie zwei Verrückte.«

Nora spießte eine schlappe Nudel auf ihre Gabel. »Ja, findest du denn dieses Zeug nicht komisch?«

Thor, der Patty Janes ruckzuck zusammengebrutzelte Mahlzeiten mit dem gleichen Genuß aß wie die aus Iones Meisterküche, blickte lächelnd von seinem Teller auf. Wenn auch das komplexe Räderwerk, das einen Witz oder eine Pointe transportierte, in ihm zusammengebrochen war, so liebte er doch den Klang von Gelächter und reagierte darauf.

»Oh, Dad«, sagte Nora, »jetzt ermutige sie nicht noch.« Sie nahm seinen Teller und ihren eigenen und wusch beide in der Spüle ab.

Sie war in der Woche zuvor fünfzehn geworden und kam sich ungleich reifer vor als die kichernden älteren Frauen. Sie stellte den Kessel auf; nach dem Abendessen trank Thor gern heißes Wasser mit Zitrone.

»Nora, Schatz, nicht böse sein.« Patty Jane wischte sich die Tränen aus den Augen.

»Ich bin nicht böse, Mutter«, sagte Nora, während sie ein Zitronenschnitz abschnitt. »Aber ich«, erklärte Clyde Chuka, Unmut vortäuschend. »Hat euch beiden eigentlich keiner Manieren beigebracht?«

»Nein!« kreischten Patty Jane und Harriet gleichzeitig.

Nora stellte den Becher mit heißem Zitronenwasser vor Thor hin. Danach entschuldigte sie sich. Sie müsse noch Hausaufgaben machen, sagte sie. Patty Jane sah Harriet an, und Harriet, die die Frage im Blick ihrer Schwester verstand, nickte.

»Wir treffen uns in Noras Zimmer«, sagte Patty Jane und stand auf. »Die Männer spülen ab.«

Nora stöhnte, als ihre Mutter und ihre Tante ihr in ihr Zimmer folgten. Sie hatte zwar vorgehabt, ein paar Hausaufgaben zu machen, aber wichtiger war, daß Greg Kraus sie um halb acht anrufen wollte, und dabei brauchte sie weiß Gott kein Publikum. Patty Jane hatte ihr ein Geburtstagsgeschenk gemacht, das sie sich lange gewünscht hatte – ein eigenes Telefon.

»Ich bekomme einen Cousin oder eine Cousine?« fragte Nora. »Ehrlich?« Sie saß, ans Kopfbrett gelehnt, auf ihrem Bett. Patty Jane und Harriet lagen quer darüber auf den Bäuchen und schlenkerten ihre Beine in der Luft.

»Ich bin noch nicht absolut sicher, aber ich hab so ein Gefühl«, sagte Harriet. »Sag nur vorläufig niemandem was.«

»Und Onkel Reese?«

Harriet lächelte. »Nora, der wird sich freuen wie ein Schneekönig, wenn er das erfährt. Er setzt sich immer in Dales oder Bonnies Zimmer, wenn ihm die beiden fehlen. Er würde sich bestimmt über ein Kind freuen.« Ihre Stimme wurde weich. »Mein Instinkt ist ziemlich zuverlässig, aber ich möchte hundertprozentig sicher sein, ehe ich es ihm sage.«

»Du kannst doch einen Test machen«, beriet Nora ihre Tante.

Patty Jane lächelte ihre Tochter an. »Wir haben heute nachmittag schon beim Arzt angerufen. Am Donnerstag geht Harriet hin.«

Nora betrachtete ihre Mutter voller Bewunderung. Sie sah so hübsch und jung aus, wie sie da, wie eine ihrer

Freundinnen, bäuchlings auf ihrem Bett lag und mit den erhobenen, an den Knöcheln gekreuzten Beinen wippte.

»Du bist ulkig, Mama«, sagte sie und versetzte ihrer Mutter mit den Füßen einen leichten Stoß in die Seite.

»Ich bin ulkig?« Patty Jane wälzte sich herum und packte Nora bei den Füßen. »Und was ist mit deiner verrückten Tante hier?«

»Ich stör ja nicht gern«, sagte Clyde Chuka, die Tür öffnend, »aber Myrna ist unten in der Küche. Ihr Kochkurs fängt gleich an.«

»Na und?« sagte Patty Jane.

»Das Thema heute abend ist ›Himmlische Hauptgerichte‹«, erklärte Clyde Chuka. »Meinst du nicht, du solltest da mitmachen, Patty Jane?« fragte er mit ironischer Fürsorglichkeit.

»Zweiundvierzig Staaten«, sagte Ione. Sie sah auf die Karte hinunter, die über ihrem Schoß ausgebreitet lag. »Ich kann nicht glauben, daß wir zweiundvierzig Staaten gesehen haben.«

»Und vier weitere sehen wir noch auf der Heimfahrt«, sagte Norman Fitch. »Das macht dann insgesamt sechsundvierzig.«

»Ob du's glaubst oder nicht, wir können selbst rechnen, Schatz«, bemerkte Ruth.

Ione lächelte. Sie war seit fast fünf Monaten mit den Fitches unterwegs, und sie waren immer noch Freunde. Sie saßen auf den Klappstühlen aus Plastik neben dem Wohnwagen und bewunderten die felsige Küste Maines im schwindenden Licht. Der rußgeschwärzte Kaffeetopf blubberte über dem offenen Feuer; vorher hatten sie sich zum Abendessen Maiskolben und drei Hummer gegrillt, die sie einem Fischer abgekauft hatten. Es war die beste Mahlzeit, die Ione je gegessen hatte.

Es war später Mai, und in der Luft mischte sich der tiefgrüne Duft der Tannenwälder mit dem Salzgeruch des Atlantischen Ozeans. Ione faltete sorgfältig die Karte, die vom vielen Gebrauch abgegriffen und zerschlissen war. Sie wollte sie zu Hause einrahmen und an einem Ehrenplatz aufhängen.

»Ich danke euch beiden«, sagte sie leise. »Danke, daß ihr mich mitgenommen habt.«

»Jetzt fängt sie schon wieder an, sich zu bedanken«, beschwerte sich Ruth. »Dabei müßten wir ihr danken.« Sie schüttete den Kaffeesatz ins Feuer. »Soll ich dir mal was sagen? Norm und ich können gar nicht mehr allein reisen. Das halten unsere Nerven nicht aus.«

»Genau«, stimmte Norman zu. »Ruth und ich haben erst neulich abend darüber gesprochen. Wir hätten dich gern als Schiedsrichter auf all unseren Reisen dabei.«

Obwohl das Heimweh sie manchmal plagte wie ein leichtes Fieber, hoffte Ione von Herzen, ihr Angebot möge ernst gemeint sein.

»Grandma ist auf der Heimfahrt!« verkündete Nora, nachdem sie die Ansichtskarte (Sonnenuntergang über Bangor) gelesen hatte.

»Hoffentlich hat sie an meine Streichholzheftchen gedacht«, sagte Inky Kolstat.

Es war Samstagmorgen, und im Salon ging es zu wie in einem Bienenhaus – lauter junge Mädchen, die alle hofften, beim Abschlußfest der Schule zur Ballkönigin gewählt zu werden. Das große Fest war nur noch Stunden entfernt, und Mädchen von der Roosevelt–High–School und der Minnehaha Academy blätterten, als würden sie dafür bezahlt, in der *Seventeen*, *Mademoiselle* und *Vogue*, um sich die neuesten Frisuren anzusehen und zu überlegen, ob sie sich lieber einen French Twist wie Jean Shrimpton machen lassen sollten oder einen geometrischen Schnitt, wie Lauren Hutton ihn trug. Mehrere der Stammkundinnen erklärten sich bereit, den jungen Damen den Vortritt zu lassen, und spielten im Eßzimmer Scrabble, während Patty Jane, Dixie und Bev sich redlich bemühten, auf dem »Kriegsschauplatz im Dienste der Weiblichkeit«, wie Clyde Chuka es nannte, Ordnung zu halten.

Harriet hatte sich in ihr altes Zimmer zurückgezogen, um sich ein wenig hinzulegen. Ihre Harfe könne bei diesem Geschnatter sowieso niemand hören, behauptete sie. Nora saß am Anmeldetisch und sah den Rest der Post durch, wobei sie hin und wieder verstohlene Blicke auf die Mädchen der Oberklasse warf. Sie selbst würde im Herbst ins zweite Jahr der High–School kommen.

»Was schreibt sie denn, wann sie zurückkommt?« fragte Clyde Chuka. Er feilte gerade einem jungen Mädchen die Nägel, das ihm erklärt hatte, es hätte noch nie zuvor einen Indianer berührt.

»Gar nichts«, antwortete Nora und griff nach dem läutenden Telefon. »Patty Janes *Flotte Locke* ... Einen Augenblick bitte.«

Sie hielt ihre Hand auf die Sprechmuschel. »Mama, hast du heute nachmittag Zeit für einmal Waschen und Legen?«

»Noch eine Ballkönigin?« fragte Patty Jane, während sie mit den Händen eine Wolke Haarspray wegwedelte.

Nora nickte.

»Meinetwegen«, sagte Patty seufzend. »Aber erst nach drei.«

Obwohl sie von der vielen Arbeit gehörig ins Schwitzen geraten war, machte Patty Jane der Trubel großen Spaß. Sie selbst hatte den Abend ihres ersten Abschlußballs in der Notaufnahme des Krankenhauses verbracht, während die Ärzte ihren Vater, der gegen eine Tischkante gefallen war, zusammenflickten. Zur Feier von Patty Janes Abschlußball hatte er mehr als ein Glas gehoben und war dann vornübergekippt, wobei seine Stirn unangenehmerweise mit der Tischkante in Berührung kam. Anna hatte geschlafen, und Patty Jane, die gerade ihren Führerschein gemacht hatte, war klar gewesen, daß sie ihren Vater ins Krankenhaus fahren mußte. Sie hatte seinen Arm um ihre Schulter gelegt und ihn vom Boden hochgezogen. Blut aus seiner Kopfverletzung tröpfelte auf das Mieder ihres blaßgelben Ballkleids und bildete ein unregelmäßiges rotes Muster.

»Zu spät«, sagte sie, »mein Kleid ist hin.«

Sie war sich wie eine Märtyrerin vorgekommen, während sie im Warteraum des Krankenhauses gesessen hatte und draußen Leute in diversen Stadien von Krankheit oder Verletzung vorbeigewankt waren.

»Hat jemand auf dich geschossen?« fragte ein kleiner Junge mit frisch eingegipstem Arm.

Patty Jane schüttelte den Kopf und kreuzte in dem Bemühen, die Blutflecken zu verbergen, ihre Arme über der Brust.

Auf dem Heimweg hatte Elmo geweint. »Ich hab dir den Abschlußball verdorben, Baby.«

»Es ist nicht das erstemal, daß du mir was verdorben hast, Dad.«

»Oh, Baby.« Er hatte noch stärker zu weinen angefangen und die Hände vor sein Gesicht geschlagen.

»Ach, komm, Dad«, sagte Patty Jane schließlich und haßte ihren Vater dafür, daß er ihr unweigerlich das Gefühl gab, sie müsse ihn entlasten. »Ich bin ja erst in der vorletzten Klasse. Ich kann nächstes Jahr auf den Abschlußball gehen.«

»Hatten Sie es sich so gedacht?« fragte Patty Jane und drehte den Stuhl, in dem das junge Mädchen saß, vor dem Spiegel. Sie hatte ihr das Haar in großen Locken auf dem Kopf festgesteckt und das ganze mit einem rosafarbenen Satinband gekrönt.

»Toll«, sagte das Mädchen und lächelte ihr Spiegelbild selbstsicher an. »Das ist genau das Richtige für eine Ballkönigin.«

Am Ende des Tages waren einundzwanzig junge Mädchen mit Hoffnungen auf den Titel der Ballkönigin in der *Flotten Locke* verarztet worden. Patty Jane sank todmüde auf das Sofa. Fliederduft wehte durch die offenen Fenster herein, und sie schloß die Augen und atmete tief das zarte Aroma ein, eine Wohltat nach den Gerüchen von Haarsprays, Gels und überhitzten Brennscheren. Thor lag zusammengerollt auf der anderen Seite der Couch und schlief. Patty Jane tätschelte liebevoll seinen Fuß.

»Thor, jetzt kommt deine Mutter bald wieder nach Hause.«

Er rührte sich nicht. Patty Jane hatte gelernt, daß der Unterschied zwischen Thors Schlaf und einem Koma lediglich darin bestand, daß Thor regelmäßig zum Abendessen aufwachte.

»Also wirklich, Mama«, sagte Nora, die ihrer Mutter eine Flasche Limonade brachte, »diese Mädchen sind doch unglaublich, oder? Haare, Make-up, Jungs. Haare, Make-up, Jungs. Über was anderes haben die doch den ganzen Tag nicht geredet.«

»Ich habe den Eindruck, du hast zu diesen Themen auch deine Meinung.«

Nora setzte sich und legte ihre Füße auf den Couchtisch.

»Ja, okay, ich hab über viele Dinge eine Meinung. Über den Krieg zum Beispiel. Was meinst du, wie viele von diesen Mädchen, die nichts anderes im Kopf haben, als Ballkönigin zu werden, an Demos gegen den Krieg teilnehmen? Bestimmt keine einzige. Da könnten ja die Haare naß werden, wenn's regnet.«

Bevs Sohn Ricky – Noras erste Liebe – war in der zweiten Woche seines Frontdiensts gefallen, und das hatte Noras Gewissen wachgerüttelt und sie veranlaßt, an Demonstrationen der Universtität teilzunehmen. Gemeinsam mit den Studenten skandierte sie: »Was wollen wir? Frieden! Wann wollen wir ihn? Jetzt!« Sie hatte außerdem im Sozialkundeunterricht alle Mitschüler angeregt, Protestbriefe an den Senat zu schreiben, und sie hatte sich Friedenszeichen auf ihre Jeans gestickt.

»Wo ist Clyde?« fragte Patty Jane, als Nora die Nachrichten einschaltete.

»Er ist zu Charlie raufgefahren, um ein paar Hamburger zu holen. Er hat gesagt, er wäre nicht in Stimmung für eines von deinen Überraschungsmenüs.«

»Tja, ich kann's auch kaum erwarten, daß Ione wieder die Küche übernimmt«, entgegnete Patty Jane leicht beleidigt.

»Du hast selbst gesagt – und ich zitiere dich, Mama –:

›Wenn Ione weg ist, ist das für mich die ideale Gelegenheit, wieder kochen zu lernen.‹«

»Wieder!« Patty Jane lachte. »Als hätte ich je kochen können.« Sie streckte sich, während auf dem Bildschirm des Fernsehapparates eine Blondine mit schwedischem Akzent für ein Shampoo warb. »Und wo ist überhaupt Harriet, diese faule Trine? Die sitzt schon den ganzen Tag in ihrem Zimmer.«

Harriet schlief, die Laken um ihre Beine gewickelt.

»Harriet! Wach auf, Schatz. Reese wird bald hier sein.«

Nora, die ihrer Mutter ins Zimmer folgte, stieß gegen einen Papierkorb. »Mama!«

Patty Jane neigte sich zu ihrer Tochter und reckte den Hals, um in den Papierkorb hineinsehen zu können. Er war mit zusammengeknüllten blutigen Papiertüchern gefüllt.

»Hat sie Nasenbluten gehabt?« fragte Nora.

Patty Jane zuckte die Achseln und wandte sich wieder Harriet zu. Sie schüttelte sie. »Harriet, wach auf! Wach auf!«

Harriet brabbelte irgend etwas vor sich hin und wollte gähnen, doch es kam ihr ein Hustenanfall dazwischen. Es war etwas Gehetztes in ihrem Blick, und sie wies auf die Kleenexschachtel auf dem Nachttisch.

Sie riß mehrere Tücher heraus und hielt sie an ihren Mund. Ihr Gesicht lief rot an vor Anstrengung, während sie hustete.

Als der Anfall nachließ, blieb Harriet still sitzen, die Tücher immer noch auf den Mund gedrückt.

»Laß mich mal sehen«, sagte Patty Jane und drückte die Hand ihrer Schwester auf. Sie waren mit braunem Schleim und Blut befleckt, und Patty Jane war zu Tode erschrocken.

»Harriet, was ist das? Was ist los?«

Nora war kreidebleich, und der Pappbecher mit Wasser, den sie ihrer Tante geholt hatte, zitterte in ihrer Hand.

Harriet rieb sich das Gesicht mit den Händen, um die Müdigkeit fortzuwischen. »Ach, nichts«, antwortete sie schließlich, und ihre Stimme klang rauh und heiser. »Ich hab einen Hustenanfall gehabt, weiter nichts.«

Patty Jane nahm den Papierkorb und schüttelte ihn. »Ich würde sagen, du hast nicht nur einen gehabt.«

Harriet trank das Wasser, das Nora ihr reichte. »Was?« Ihr unschuldsvoller Ton war reine Schauspielerei.

»Wie lange spuckst du schon Blut?«

Harriet schüttelte den Kopf.

»Was sagt Reese dazu?«

»Das ist nun wirklich nichts, worüber ich mit meinem Mann sprechen möchte, Patty Jane. ›Oh, schau mal, der viele Glibber in meinem Kleenex, Schatz.‹«

»Am Montag gehen wir zum Arzt«, erklärte Patty Jane.

»Au ja«, rief Nora erfreut, »dann können wir auch gleich sehen, wie sich das Baby macht.«

»Gut«, sagte Harriet schließlich. »Es wird wohl langsam Zeit.«

Ione drückte auf die Hupe, um die Ankunft des Wohnwagens vor dem Haus zu verkünden. Die letzte Etappe ihrer Reise, von Des Moines aus, wo sie am Mittag aufgebrochen waren, war sie gefahren, doch alle Müdigkeit verflog, als sie die Stadtgrenze von Minneapolis erreichten. Sie sprang aus der Fahrerkabine, rief den Fitches zu, sie sollten bitte an die Geschenke denken, riß die Hintertür auf und stellte sich auf der Schwelle in Pose wie eine Revuetänzerin, die eben ihre Nummer beendet hat.

Aber die Küche war leer. Sie lief durch das Eßzimmer ins Wohnzimmer; sie sah im Badezimmer und in Patty Janes Zimmer nach und rannte dann die Treppe hinauf, aber auch die Zimmer oben waren alle leer.

»Es ist niemand zu Hause«, sagte sie zu Norman Fitch, der ihr mit Geschenken beladen ins Haus gefolgt war.

»Macht's dir was aus, wenn Ruth und ich dann jetzt fahren? Wir freuen uns jetzt auch auf unsere eigenen vier Wände.«

»Und vergiß nicht«, sagte Ruth, »das ist erst der Anfang.«

Nora sah die offene Hintertür zuerst.

»Grandma ist wieder da!«

Patty Jane biß sich auf die Unterlippe und sah Clyde Chuka an.

»Also, vergeßt nicht«, sagte er, »wir wollen ihr ein bißchen Zeit lassen, damit sie ihre Heimkehr genießen kann. Laßt sie ein paar Geschichten erzählen und ein paar Fotos zeigen. Sie erfährt es noch früh genug.« Er schaltete die Zündung aus, und sie blieben einen Augenblick im dunklen Auto sitzen.

»Okay, Nora?« fragte Patty Jane.

»Okay«, antwortete Nora gereizt. »Du brauchst mir nicht alles zweimal zu sagen.« Sie weckte ihren Vater, der auf dem Rücksitz eingenickt war. »Komm, Dad, deine Mama ist wieder zu Hause.«

Patty Jane ging der stillen Gruppe voran durch den milden Abend. Sie lächelte ein paarmal zur Übung und hoffte einen Moment lang, Ione wäre müde gewesen und schon zu Bett gegangen. Aber Ione erwartete sie und führte sie gleich zum Küchentisch.

»Geschenke für alle.« Sie nahm Thor beim Arm. »*Hvordan har du det?*«

Er antwortete in Norwegisch, daß es ihm gut gehe, und Patty Jane lächelte; Thors Stimme klang wie die eines Kindes, klar und hell in ihrem norwegischen Singsang. Was für ein Wunder, daß die Sprache seiner Mutter eines der wenigen Dinge war, die dieses Gedächtnis, in dem so vieles ausgelöscht worden war, sich bewahrt hatte. Plötzlich aber bemerkte sie einen seltsamen Ausdruck auf Iones Gesicht und sah, wie sie sich erschreckt an den Hals griff.

»Ione?« sagte sie.

Ione gebot ihr mit einem heftigen »Pscht« zu schweigen, und starrte wie gebannt auf ihren Sohn, während dieser zu sprechen fortfuhr. Als er fertig war, lächelte er und wandte seine Aufmerksamkeit dem Karamelpudding zu, der auf der Arbeitsplatte stand.

Ione beobachtete einen Moment lang ihren Sohn, der seinen Finger in den Pudding tauchte, dann richtete sie ihren Blick auf ihre Schwiegertochter, und Patty Jane sah die Herausforderung in ihren Augen.

»Thor hat mir erzählt, daß Harriet krank ist.« Ihre Stimme zitterte. »Er hat gesagt, sie muß sterben.«

Eine tiefe Müdigkeit überfiel Patty Jane, als sie Iones Worte mit einem Nicken bestätigte.

»Es ist Krebs, Ione. In der Lunge, und er wächst rasch.«

Ione stand auf. Nora fand, daß sie aussah wie ein tieftrauriges altes Kind. Sie schniefte, wischte sich die Tränen mit den Fingerspitzen weg und wurde plötzlich ganz sachlich.

»Würdest du mit mir zu Reese fahren, Patty Jane?« fragte sie. »Ich würde Harriet gern die Spieluhr bringen, die ich ihr gekauft habe.«

Es war halb zwölf, und die meisten Häuser der Straße, in der Reese Brown wohnte, waren dunkel. Ein leichter Sommerwind blies den Duft taufeuchten Grases und blühender Büsche durch die mit Fliegendraht geschützten Fenster. Auch im Haus von Reese und Harriet brannte kein Licht, doch die beiden waren noch auf und saßen in Liegestühlen in ihrem Garten. Auf einem schmiedeeisernen Tisch brannten flakkernd mehrere Windlichter. Reeses Oberkörper war nackt, und ein Schweißfilm zog sich oberhalb seines Hosenbundes rund um seinen Körper. Harriet saß fröstelnd unter einer Decke. Nachdem sie die Diagnose gehört hatte, hatte sie tapfer erklärt: »Keine Zigaretten mehr.« Sie hatte zwar nicht von einem Moment auf den anderen aufgehört zu rauchen (»Wie soll ich gerade jetzt aufhören, wo mich das so mitnimmt?« hatte sie Patty Jane gefragt, als sie sich im Auto auf der Heimfahrt vom Arzt eine Zigarette angezündet hatte), aber sie beschränkte sich auf weniger als eine halbe Packung pro Tag. Sie hatte Reese und Patty Jane immer wieder versichert, daß sie den Krebs besiegen würde, aber tief in ihrem Inneren wußte sie, daß der Tod seinen Marsch begonnen hatte. Dennoch, sagte sie sich, sie hatte sich auch früher schon geirrt.

Ihre Hauptsorge war es jetzt, draußen auf dem Liegestuhl, den sie zusammen mit den anderen Gartenmöbeln erst vor einer Woche gekauft hatten, ihren Mann nicht zu beunruhigen, den wütenden Husten unter Kontrolle zu halten und dem Bedürfnis, rund um die Uhr zu schlafen, zu widerstehen.

»Es ist jemand draußen in der Auffahrt«, sagte Reese und stellte sein Glas auf den Tisch. Er machte das Tor auf und sah im Licht der Straßenlampe Ione, die sachte an die Tür klopfte.

»Hallo, Ione«, rief er. »Wir sind hier hinten.«

Harriet schob ihre Decke hinunter, aber Ione, die mit

raschem Schritt auf sie zukam, sagte: »Bleib sitzen, meinetwegen brauchst du nicht aufzustehen.«

Harriet lächelte. »Hallo, wann ist unsere Zigeunerin denn zurückgekommen?«

Ione schluckte krampfhaft. Beinahe hätte sie entsetzt gerufen, dein Haar! Dein schönes Haar! Es war kaum etwas übrig von Harriets langem kastanienbraunen Haar; nichts als ein paar hartnäckige Büschel, die von ihrem Kopf abstanden.

»Wir – sind gerade erst angekommen«, sagte sie. »Ich habe euch ein paar Geschenke mitgebracht.« Sie wandte sich Reese zu. »Für dich.«

Reese öffnete eine kleine silberne Dose und entnahm ihr eine Fingerspitze voll Erde.

»Die Erde ist aus Gettysburg«, erklärte Ione. »Und die Tabaksdose soll einem Südstaatensoldaten aus Savannah gehört haben, hat der Verkäufer gesagt.«

»Sollte mir da was entgangen sein?« fragte Harriet.

»Ione und ich interessieren uns seit neuestem für den Bürgerkrieg«, sagte Reese.

»Was?« Harriet sah Patty Jane an, aber die zuckte nur die Achseln. »Seit wann denn das?«

»Seit wir im Fernsehen *Jezebel – Die boshafte Lady* gesehen haben«, antwortete Reese. »Ihr Frauen wart bei einem von Inkys Vorträgen, und wir haben vor der Glotze gesessen und alles über den Fall der Konföderierten gelernt.«

»Und diese Betty Davis!« Ione schüttelte den Kopf. »*Uff-da mayda.*«

»Tja, vielen Dank, Ione«, sagte Reese, während er mit einem Finger über die Initialen strich, die auf dem Deckel der Dose eingraviert waren. »Jetzt kann ich eine Sammlung von Bürgerkriegsandenken anlegen.«

Harriet sah ihren Mann lächelnd an. »Und ich dachte, dein einziges Hobby wäre, den Rasen zu sprengen.« Ihr letztes Wort ging in einem Hustenanfall unter.

Als Harriet sich schließlich nach Luft schnappend zurücklehnte, war die Stille fast greifbar. Als sie wieder ruhig atmen konnte, fragte sie Ione: »Und was hast du mir mitgebracht? Wenn es was für meine Haare ist, bring ich dich um.«

Die Übelkeit, die mit der Chemotherapie einherging, war für sie leichter zu ertragen gewesen, als der Verlust ihres Haares, das ihr danach in Büscheln ausging. Patty Jane hatte es kurzgeschnitten, damit der Haarausfall nicht so auffallen würde, aber sehr bald war es nicht mehr möglich, Harriets Kahlheit zu verbergen. An diesem Abend hatte sie es unterlassen, sich ein Tuch umzubinden, da sie keinen Besuch mehr erwartet hatte.

Ione stellte Harriet ihr Geschenk auf den Schoß, und Harriet packte es langsam und sorgfältig aus, zog jedes Stück Tesafilm so vorsichtig ab wie ein Pflaster vom aufgeschrammten Knie eines Kindes.

»Eine Spieluhr!«

»Wir haben sie in Vermont gekauft. Es ist ein altes Stück. Jedenfalls hat der Verkäufer das gesagt. Aber sie sieht auch alt aus, findest du nicht? Man weiß natürlich nie, ob man in diesen Geschäften übers Ohr gehauen wird.« Ione preßte ihre Lippen zusammen, um mit dem nervösen Gebabbel aufzuhören.

Harriet klappte den Deckel auf. Die klimpernden Töne der *Wassermusik* stiegen in die Luft.

»Händel«, sagte Harriet. Ihre Augen leuchteten. »Danke dir. Du weißt wohl schon Bescheid, nicht wahr?«

Ione nickte bedrückt.

»Petze«, sagte Harriet zu ihrer Schwester.

Patty Jane lächelte bitter. »Wir dachten, sie wäre schwanger.«

Harriet schüttelte den Kopf. Das Kerzenlicht warf flakkernde Schatten über ihr Gesicht, und Ione sah, daß Harriets Ekzem neu aufgeblüht war.

»Ich habe es mir so gewünscht. Mein Gott, hab ich mir das gewünscht.« Reese hatte ihre Hand gefaßt. »Ich meine, ein Kind von Reese zu bekommen. Und schwanger zu sein ... ich meine, es wäre eine Erklärung dafür gewesen, wie ich mich gefühlt habe.«

»Wir helfen dir. Du kannst dich auf uns verlassen«, sagte Ione.

»Ich weiß«, sagte Harriet.

Irgendwo bellte ein Hund. Harriet klappte die Spieluhr auf und hörte schweigend den Klängen Händels zu.

26

DER Sommer 1969 war regnerisch, und in den Zwillingsstädten St. Paul und Minneapolis brach das Grün überall machtvoll hervor. Das Gras in den Gärten wuchs in doppeltem Tempo. Die Minnehaha-Fälle donnerten in einen brodelnden Fluß hinunter. Wer von einem blauen Morgenhimmel verlockt zum Sonntagspicknick ausflog, mußte häufig unter ein Dach flüchten, wenn über dem Park strömender Regen losbrach. Reese und Harriet waren in Harriets altes Zimmer über der *Flotten Locke* gezogen. Zweimal in der Woche fuhren sie nach St. Paul, um den Rasen zu pflegen, das Haus instandzuhalten und, wie Harriet scherzend sagte, die ehelichen Pflichten zu erfüllen.

Harriet in ihrer Nähe zu haben, war eine Erleichterung für Patty Jane. Sie nahm sich Harriet zum Vorbild, die entschlossen zu sein schien, sich an jedem Tag zu freuen, jede Stunde zu genießen wie einen Lotteriegewinn.

Auch jetzt noch unterhielt Harriet die Kundinnen und Angestellten der *Flotten Locke* mit ihrem Harfenspiel, wenn auch immer nur für kurze Zeit, und ab und zu rief sie auch Tanzpausen aus. Patty Jane hatte die Sommerkurse eigentlich ausfallen lassen wollen, aber Harriet hatte energisch dagegen protestiert – »Kommt nicht in Frage! Ich warte schon das ganze Jahr auf Inkys Diavortrag ›Extravaganzen made in Hollywood‹.«

Ihrem Rundschreiben mit dem Titel »Der Unabhängigkeitstag ist bei uns der Schnäppchentag für Dauerwellen« fügte Patty Jane den Nachsatz an: »Ihre Treue brauchen wir immer, aber jetzt brauchen wir vor allem Ihre Freundschaft. Besuchen Sie uns oft.«

Jeden Tag war der Salon voll: Myrna Johnson ließ sich am Montag ihr Haar stutzen, kam aber schon am Mittwoch wieder, um ihr neues Waffeleisen vorzuführen; Paige Larkin erschien jeden Morgen, um ihr neugeborenes blondes Baby herumzureichen; Inky brachte Alben mit Kinoprogrammen und Zeitungsausschnitten aus der Zeit mit, als sie noch Platzanweiserin im Orpheum gewesen war. Düstere Gedanken wurden von Scherzen, Klatsch und der Kameradschaft der Frauen vertrieben, die sich zusammentaten, um den Schwestern ihr Los zu erleichtern.

Eines Abends, als Reese und Harriet ins Kino gegangen waren, machte Patty Jane einen Anruf. Sie ließ der Stimme am anderen Ende der Leitung nur Zeit zu einem »Hallo?«, ehe sie ihre Schimpftirade vom Stapel ließ.

»Evelyn Bright, du solltest dich in Grund und Boden schämen!«

Einen Moment lang blieb es still, dann kam ein zaghaftes: »Patty Jane?«

»Glaubst du denn, Harriet bemerkt dein Fernbleiben nicht? Natürlich fällt es ihr auf. Wie kommst du nur dazu, dich gerade jetzt nicht sehen zu lassen, wo sie dich am dringendsten braucht?«

»Patty Jane –«

»Wenn du morgen nicht hier erscheinst, brauchst du dich nie wieder blicken zu lassen.«

»Patty Jane, ich liebe Harriet, das weißt du, aber ich kann es einfach nicht ertragen, sie krank zu sehen. Ich kann es nicht.«

Patty Jane legte auf.

Am nächsten Morgen, als der Salon öffnete, stand Evelyn Bright schon vor der Tür.

»Hier bin ich!« rief sie mit ausgebreiteten Armen. Sie trank eine Tasse zuckersüßen Kaffee nach der anderen und hielt ängstlich nach Harriet Ausschau, während sie sich ab und zu an Dixies und Karen Spaeths Disput darüber beteiligte, ob man sich Wissen aneignen könne, indem man mit einem Buch unter dem Kopfkissen schlief.

»Das ist doch Quatsch«, behauptete Karen. »Glauben Sie vielleicht, das Ohr tastet die Seiten ab und gibt die Informationen dann ans Gehirn weiter?«

Dixie zog einen Stielkamm durch Karens Haar. »Ich weiß nur eines: Meine Tochter schläft jede Nacht mit ihrem Geometriebuch unter dem Kopfkissen, und zum Halbjahr hat sie ein ›Gut‹ nach Hause gebracht.« Sie spritzte Haarlack auf Karens Kopf – eine Riesenladung, dachte Evelyn Bright. »Ich kann nur sagen, Debbie ist wahrhaftig kein Mathematikgenie – wie erklären Sie dann also das ›Gut‹?«

»Vielleicht hat sie gespickt«, sagte Evelyn.

Karen lachte, doch Dixies Lächeln war leicht säuerlich.

Evelyn war froh, daß sie gerade Paige Larkins Baby in den Armen hielt, als Harriet endlich kam. Sie versteckte sich hinter dem Säugling, der mit seinen dicken Beinchen strampelte, bis es ihr gelungen war, eine Miene aufzusetzen, die von Schock und Entsetzen nichts verriet.

»Evelyn, du treulose Tomate«, sagte Harriet lachend. »Ich dachte schon, du hättest mir wegen einer anderen musikalischen Wundermaid den Laufpaß gegeben.«

Evelyns angestrengtes Lächeln fiel plötzlich in sich zusammen, und sie brach in Tränen aus. Beschämt senkte sie den Kopf, als Harriet sie in die Arme nahm. Anstatt die Freundin zu trösten, mußte diese nun sie trösten.

»Es tut mir so leid«, sagte sie schließlich, während sie sich die Augen mit einem parfümierten Tuch tupfte, das genauso aussah wie das, das Harriet um den Kopf hatte. »Ich hatte solche Angst davor, dich zu sehen.«

»Das kann ich verstehen«, erwiderte Harriet. »Ich habe selbst Angst, wenn ich mich sehe.« Sie begann zu husten, trocken und keuchend, so heftig, daß ihr Körper sich krümmte. Evelyns erneuter Tränenstrom machte die stillschweigende Vereinbarung der Frauen im Salon, Optimismus zu bewahren, mit einem Schlag zunichte. Gerade als sie sich alle weinend die Augen wischten und die Nasen schneuzten, öffnete eine neue Kundin die Tür zur *Flotten Locke*. Sie machte auf dem Absatz kehrt und ging wieder. Da muß jemand eine völlig verpfuschte Dauerwelle bekommen haben, dachte sie.

»Was meinst du?« fragte Harriet und warf sich in Pose. »Kleopatra?« Sie stülpte sich eine blonde Perücke über den Kopf. »Yvette Mimieux?«

Patty Jane nickte. »Gar nicht so übel. Aber die dunkle gefällt mir besser. Damit siehst du so knabenhaft aus – wie Audrey Hepburn oder Leslie Caron.«

»Knabenhaft gefällt mir«, sagte Harriet. Sie setzte wieder die Kurzhaarperücke auf und bauschte die Locken mit den Fingern auf. Als sie in den Spiegel blickte, sog sie ihre sowieso schon eingefallenen Wangen ein. »Okay, die nehme ich.«

Sie und Patty Jane suchten seit fast einer Stunde in Powers Hut- und Perückenabteilung nach einer Bedeckung für ihren haarlosen Kopf, die nicht allzu lächerlich aussah. In stillschweigender Übereinstimmung bemühten sich die Schwestern, das Beste aus dem Unternehmen zu machen, sprudelten vor Witz und Heiterkeit, während sie doch im Begriff waren zu kapitulieren.

Kapitulation war dem Arzt zufolge, von dem sie gerade gekommen waren, ein Schritt, der mittlerweile durchaus in Betracht zu ziehen war.

»Wir könnten natürlich mit einer neuen Behandlungseinheit beginnen«, hatte er gesagt und dabei Harriet nicht in die Augen geblickt, sondern über sie hinweg gesehen. »Aber ich glaube, das würde Sie nur kränker machen.« Patty Jane hatte Dr. Hurleys Aufrichtigkeit immer geschätzt, aber jetzt wünschte sie, er würde lügen; lügen wie gedruckt.

»Was soll ich also tun?« fragte Harriet, unablässig ihren Schal bindend und wieder lösend.

Der Arzt hob die Hände. »Ich würde meine Angelegenheiten in Ordnung bringen«, sagte er.

Die Kassiererin tippte den Preis der Perücke ein.

»Die sieht wirklich gut aus an Ihnen«, sagte sie, als sie Harriet den Kassenzettel reichte.

Harriet betastete die steifen Locken. »Auf jeden Fall wird's einem schön heiß darunter.«

»Das ist bei allen Perücken so«, sagte die Kassiererin. »Daran werden Sie sich schon gewöhnen.«

Als die Türen des Aufzugs zum Restaurant sich schlossen, rief Harriet plötzlich laut und nachdrücklich: »Ärzte können sich irren!«

Fünf fremde Frauen drehten die Köpfe nach Harriet um und wandten sich wie am Schnürchen gezogen wieder ab.

»Stimmt«, sagte Patty Jane. »Weißt du was«, fügte sie in leichtem Ton hinzu, »ich bin sicher, der hier weiß nicht mal, wovon er überhaupt redet.«

Harriet lachte verzweifelt. »Er hat seine Zulassung als Arzt wahrscheinlich aus dem Versandhaus.«

Die fünf fremden Frauen starrten angestrengt auf die Etagenanzeige.

»Ich hab gehört, er wollte eigentlich Urologe werden«, sagte Patty Jane, »aber er konnte seinen du-weißt-schon-was nicht von seinem Ellbogen unterscheiden.«

»Guter Gott«, sagte eine der Frauen.

Harriet schüttelte mit ungläubigem Zungenschnalzen den Kopf. »Was du nicht sagst. Ich hab gehört, er wollte Gehirnchirurg werden, aber sie haben ihn nicht genommen, weil sie meinten, niemand solle an was rumoperieren, das er selbst nicht hat.«

»Er ist der dümmste Arzt auf Gottes Erde«, sagte Patty Jane.

Harriet nickte. »Hast du gesehen, wie er mir mit dem Stethoskop die Temperatur messen wollte?«

Die Aufzugtür öffnete sich, und die anderen Frauen drängten eilig hinaus. »Fahren wir nach Hause«, meinte

Patty Jane. »Hat Ione nicht gesagt, sie wolle Apfeltaschen backen?«

Die Gruppe, die zu Paige Larkins Seminar »Wie mache ich mehr aus meinem Geld« gekommen war, hatte bereits ein gut Teil der Apfeltaschen vertilgt.

»Die kann leicht mehr aus ihrem Geld machen«, flüsterte Bev Beal Dixie zu. »Ihre Großtante hat ihr gerade zehn Riesen vermacht.«

»Und außerdem hat sie noch die Versicherung von ihrem Mann«, flüsterte Dixie zurück.

Es war nicht die Art von Seminar, für das sich die beiden Friseusinnen normalerweise interessiert hätten, aber sie hatten beide gerade keinen Termin, und Iones Gebäck machte jeden Kurs erträglich.

»Wollen Sie beide wohl endlich still sein?« fragte Alva Bundt. Von Clyde Chuka ermutigt, hatte sie begonnen, ihre volkstümlichen Kunstwerke und Malereien im traditionellen Stil des *rosemaling* zu vermarkten, und träumte davon, einen kleinen Laden aufzumachen.

Karen Spaeth fragte gerade, warum man als alleinstehende Frau solche Schwierigkeiten hatte, einen Bankkredit zu bekommen, als Gudrun Mueller die Hand hob und fragte, ob jemand etwas dagegen hätte, über Harriet zu sprechen.

»Was hat Harriet mit finanzieller Unabhängigkeit zu tun?« fragte Alva.

»Nichts«, antwortete die Deutsche ruhig. »Ich denke nur, es würde uns helfen, über sie zu sprechen.«

»Das glaube ich auch«, stimmte Grimmy zu. »Wer hält in Zukunft das Musikverständnis-Seminar? Und wer übernimmt die Chorgruppe?« Ihr Hängekinn zitterte, als sie den

Kopf senkte. »Ich kann euch nicht sagen, wie sehr sie mir fehlen wird. Und wie sehr mir die Musik fehlen wird, die sie in mein Leben gebracht hat.«

»Sehen Sie?« sagte Gudrun. »Es kann uns nur helfen, miteinander zu reden.«

»Ich hatte gar kein besonderes Vertrauen in meine Stimme, aber sie hat mich das Solo in *That Old Black Magic* singen lassen«, erzählte Grimmy schniefend. »Sie sagte, meine Stimme erinnere sie an die von Rosemary Clooney.«

»Mir reicht's«, sagte Bev Beal. Sie stand auf und fegte sich die Kuchenkrümel vom Kittel. »Ich halte doch hier keine Totenfeier für jemanden, der noch gar nicht tot ist.«

Grimmy schneuzte sich. »Sie sagte, ich hätte Rhythmusgefühl. Mein ganzes Leben lang hat mir noch keiner gesagt, daß ich Rhythmusgefühl habe.«

27

REESE nahm unbezahlten Urlaub von der Polizei und verstärkte die männliche Bevölkerung der *Flotten Locke*. Er saß neben Harriet auf dem kleinen Stuhl am Anmeldetisch und lauschte ihrem Harfenspiel. Er reichte ihr Papiertücher, wenn der Husten sich verschlimmerte. Und er hatte es übernommen, die Anrufe im Salon zu beantworten, da Nora ihren ersten Job außer Haus gefunden hatte und in weißer Schürze und weißer Papiermütze die Kunden des Airloha Drive-in mit Stratoburgern versorgte.

»*Patty Janes Flotte Locke*«, pflegte sich Reese mit seiner tiefen Stimme zu melden. »Bitte bleiben Sie am Apparat.«

Harriet fühlte sich jetzt, da aus ihrer Krankheit allgemein kein Geheimnis mehr gemacht wurde, als wäre ihr eine Zentnerlast von den Schultern genommen worden. Sie brauchte nicht mehr so zu tun, als litte sie unter nichts Ernsterem als einer bösartigen Erkältung. Dennoch kämpfte sie immer wieder mit Panik, mit der Angst vor der Schwärze. »Reese«, flehte sie, »laß mich nicht gehen.«

»Bestimmt nicht«, versicherte Reese und betete darum, daß es sich bewahrheiten möge.

Eines Nachts, sehr spät, wurde Patty Jane aus dem tiefsten Schlaf gerissen. »Was ist denn?« schrie sie auf, als ihr bewußt wurde, daß die Hand an ihrer Schulter nicht die Clyde Chukas sein konnte. Er hatte ihr gesagt, daß er bis in die Nacht hinein in seinem Atelier arbeiten wollte.

»Patty Jane«, flüsterte Harriet und kroch zu ihr ins Bett. »Ich bin's.«

»Wie spät ist es?« fragt Patty Jane. »Alles in Ordnung?«

»Nein.«

Patty Jane umschlang den schmalen, knochigen Körper ihrer Schwester, der unter dem schweißfeuchten Nachthemd zitterte.

»Was ist denn los, Liebes?«

Harriet rang keuchend nach Atem. »Ich hab solche Angst, Patty Jane. Ich hab solche Angst, daß ich glaube, ich werde verrückt.«

»Ach, Liebes. Wenn man Angst hat, ist man doch nicht verrückt.«

»Was wird nur mit mir geschehen?« fragte Harriet. »Stell dir mal vor, es gibt wirklich eine Ewigkeit! Ich will nicht in alle Ewigkeit ich sein!«

Die absurde Wahrheit von Harriets Worten reichte aus, um eine winzige Bresche in Patty Janes Traurigkeit zu schlagen, und sie lachte.

»Was ist daran so komisch?« fragte Harriet empört.

»Ach, Harriet. Ich möchte nicht in alle Ewigkeit ich sein«, äffte Patty Jane sie nach. »Wenigstens könntest du mit den übrigen Engeln zusammen die Harfe spielen – oder die himmlischen Chöre verstärken. Was soll *ich* denn in alle Ewigkeit tun?«

Harriets Lachen war schwach, aber es war ein Lachen. »Vielleicht brauchen die Engel Dauerwellen.«

Patty Jane lupfte den Rücken von Harriets Nachthemd und schwenkte den Stoff, um ihn so zu trocknen. »Aber Harriet, wenn Gott so was wie die Ewigkeit erfinden kann, dann kann er für uns auch eine Möglichkeit erfinden, mit ihr umzugehen.«

»Glaubst du wirklich?«

Patty Jane spürte, wie Harriets Körper sich endlich entspannte. »He, ich bin deine große Schwester. Ich *weiß* es.«

Nora hielt sich so wenig wie möglich in der *Flotten Locke* auf. Sie übernahm freiwillig den Dienst anderer Mädchen im Drive-in; weil sie auf ein eigenes Auto spare, behauptete sie.

»Aber du kannst doch den Führerschein erst mit sechzehn machen«, erinnerte sie Patty Jane.

»So weit ist das gar nicht mehr weg«, sagte Nora.

Wenn sie nach Hause kam, roch sie nach Hamburgern und gebratenen Zwiebeln und dem schwülen Parfum, das die Drive-in-Eigentümerin benutzte, um ihre Küche zu desodorieren. Sie lag stundenlang in der Badewanne und arbeitete sich langsam, aber sicher durch ganze Kartons von Iones tropischen Badesalzen. Wenn sie nicht arbeitete oder mit ihren Freunden in der Stadt oder am Nokomis-See unterwegs war, saß sie unten im Keller bei Thor und seinen Vogelhäusern und half ihm, ein Dach zu streichen, einen Fensterladen anzuleimen oder eine Haustür für einen Blauhäher zurechtzuschneiden. Für sie war Thors Kellerwerkstatt der einzige friedliche Ort im Haus, ihr Vater der einzige Mensch, dem sie nichts vormachen mußte.

»Es ist so ungerecht«, sagte Nora. »Warum muß es gerade Harriet treffen? Sie hat keinem Menschen was getan.«

Thor sah von seinem Hobel auf und zuckte die Achseln. Seine Augen blickten freundlich, aber seine Brauen waren verwirrt zusammengezogen.

»Sie raucht – na wenn schon! Eine Menge Leute rauchen.«

»Ich rauche nicht«, sagte Thor mit seiner langsamen Kinderstimme.

Nora ging zwischen zwei Reihen Vogelhäusern hin und her. »Hey, Dad, das hier ist neu, stimmt's?« Sie umrundete ein Hochhaus für Rotkehlchen und strich mit den Fingern über seine Kanten. »Cool.« Einen Moment lang ließ sie sich ablenken und zählte die Balkone.

Dann stürzte sie plötzlich zur Werkbank hinüber und warf sich dem einfältigen Mann, der ihr Vater war, weinend in die Arme.

Als die Tage vergingen und jeder Tag ihr mehr Kraft raubte, dachte Harriet viel über Nora nach.

»Ich halte es nicht aus, daß sie mir aus dem Weg geht«, sagte sie zu Reese.

»Sie hat Angst, Harriet.«

»Pff«, machte sie, eine Entgegnung, die Nora gern gebrauchte. »Das ändert nichts daran, daß sie mir fehlt.«

Reese bog auf den Parkway ab. Die Scheibenwischer fegten in weiten Bögen den Regen vom Glas. Harriet hatte den Wunsch geäußert, durch den Regen zu fahren; nichts entspannte sie mehr, als dicht neben Reese zu sitzen, das Radio auf einen Sender eingestellt, der Musik der vierziger Jahre brachte, und das Gefühl von Geborgenheit zu genießen, wenn der Wagen durch tiefe Pfützen pflügte.

»Ich krieg langsam Hunger«, bemerkte Reese, als Glenn Miller mit seinem Orchester *Moonlight Serenade* anstimmte.

»Du hast immer Hunger«, konstatierte Harriet. »Hast du was Bestimmtes im Auge?«

Reese bog nach links ab. »Wie wär's mit einem saftigen Stratoburger?«

Das Airloha stand am Rand der 34. Avenue, auf der Straßenseite gegenüber den Hangars des Page-Flughafens. Eine holzgeschnitzte Palme ragte hinter dem flachen weißen Bau in die Höhe. Ihr Anstrich war von der Sonne aufgeplatzt und teilweise abgeblättert. Ein halbes Dutzend Lautsprecher säumte die halbkreisförmige Auffahrt.

Reese legte den Leerlauf ein, und er und Harriet lasen die drei Meter hohe Speisekarte auf einer Holztafel.

»Willkommen im Airloha«, lautete die Überschrift, »Heimat der berühmten Stratoburger«.

Reese kurbelte das Fenster ein Stück herunter. Kühle Luft wehte herein.

»Was kann ich für Sie tun? Ihr Wunsch ist uns Befehl«, klang Noras Stimme kratzig durch den Lautsprecher.

»Deine Mutter sagt, du nimmst nicht gern Befehle entgegen«, sagte Reese.

Über das Auto vor ihnen hinweg sahen Harriet und Reese Nora zu ihnen hinausschauen.

»Onkel Reese – Tante Harriet – Hallo!«

»Wann bist du hier fertig, Schatz?« fragte Harriet.

Nora sah auf ihre Uhr. »Äh – ziemlich bald.«

»Gut. Wir warten auf dich.«

»Aber–«

Reese beugte sich zum Lautsprecher. »Und wir nehmen zwei Stratoburger mit allem – und eine normale Cola und–« Er sah Harriet an.

»Und eine mit Zimt«, sagte Harriet.

Nora schob ihnen das Bestellte auf einem Tablett hinaus. »Ich bin in zehn Minuten fertig«, sagte sie, jeden Blickkontakt vermeidend.

Sie parkten auf der anderen Seite des Anwesens, wo ein paar Bänke und eine Gruppe Birken standen. Harriet tränten die Augen von ihrer Zimtcola, und sie tat so, als schmeckten ihr der Hamburger und die Fritten.

Reese hatte eine Woche, nachdem Harriet die Diagnose bekommen hatte, zu rauchen aufgehört, und Harriet war es nun unmöglich, vor ihm oder irgendeinem anderen Menschen zu rauchen, ohne sich zu schämen und schuldig zu fühlen. Dabei lechzte sie gerade in diesem Moment nach einer Zigarette.

»Puh, ist das naß da draußen«, sagte Nora, als sie hinten ins Auto einstieg. Ihre weiße Bluse klebte feucht an ihren Schultern. »Also, was macht ihr beiden denn hier draußen?«

Das ist meine Nora, dachte Harriet. Immer gleich zur Sache. Sie legte ihren Arm auf die Rückenlehne.

»Ich hab dich vermißt.«

»Vermißt?« Nora wurde rot und sah zum Fenster hinaus. »Wieso? Ich bin doch da.«

Harriet sagte: »Nora, ich weiß, daß du mir aus dem Weg gehst, und ich nehme es dir nicht übel – so was macht große Angst. Aber ich möchte noch ein bißchen Zeit mit dir verbringen, bevor –«

»Bevor du stirbst?« Noras Worte hingen wie eine Sturmwolke in der Luft.

»Reese, Schatz, bist du fertig? Wenn ja, könnten wir doch einfach ein bißchen rumfahren, ja?«

Sie fuhren am Bossen-Baseballplatz vorbei, der voller Pfützen war, und zur anderen Seite des Nokomis-Sees hinüber. Keiner sprach.

Schließlich holte Harriet tief Atem. »Du bist böse auf mich, stimmt's?« Sie spürte Noras Achselzucken hinten auf dem Rücksitz. »Ich habe mir die Krankheit nicht ausgesucht, Nora.«

»Ach, es steht doch schon seit langem fest, daß Rauchen ungesund ist.« Noras Stimme war laut.

»Seit zwei Jahren weiß man das. Und da war es bei mir längst eine Sucht.« Harriet drehte an ihrem Ehering. »Außerdem weiß keiner mit Sicherheit, ob der Krebs bei mir durch die Zigaretten verursacht worden ist.«

Noras Stimme hatte einen aggressiven Unterton. »Na klar. Vielleicht waren's ja die Streichhölzer.«

Reese fuhr die regennasse Uferstraße am See entlang. Harriet sah ihn hilfesuchend an, aber er spreizte nur die Finger am Lenkrad, eine Geste, die sagen sollte: »Frag mich nicht.«

Sie versuchte es anders. »Wenn ich es nicht schaffe, möchte ich, daß du meine Harfe bekommst.« Sie blickte in den Rückspiegel, um Noras Reaktion sehen zu können. »Die Trompete natürlich auch; sie ist viel besser als deine alte Schultrompete – aber nimm auch die Harfe. Ich glaube, du würdest es schnell lernen.«

Nora saß reglos, mit zusammengebissenen Zähnen.

»Und kümmre dich um Patty Jane. Ich weiß, für sie wird es sehr schwer werden –«

»Tante Harriet!« Nora warf sich nach vorn und umklammerte Harriets dünnen Arm, der auf der Rückenlehne lag. »Du darfst nicht sterben! Bitte, du darfst nicht sterben!«

Reese fuhr auf den Parkplatz am Großen Strand, der groß nur genannt wurde im Vergleich zu dem schmalen Sandstreifen des Kleinen Strandes.

»Komm nach vorn, Kind«, sagte Harriet, und Nora kletterte auf den Vordersitz, zwischen Reese und Harriet. Sie legten die Arme um sie.

»Warum du?« fragte Nora. »Warum gerade du und nicht jemand wie Grimmy Bultram oder meine Handarbeitslehrerin?«

»Nora«, sagte Harriet mit einem halben Lächeln, »hast du denn noch nicht gelernt, wie schwer es ist, das Leben zu verstehen?«

»Warum passiert allen, die ich liebhabe, immer etwas Schlimmes?«

»Irgend etwas Schlimmes passiert eigentlich jedem«, sagte Harriet.

Nora prustete wegwerfend. »Aber im *Vergleich*!« Sie zog das Wort in die Länge. »Im Vergleich zu anderen passiert unserer Familie viel mehr Schlimmes als den meisten Leuten.«

Harriet lehnte sich zurück. Sie war ehrlich erstaunt. »Nein, das stimmt nicht.«

»Na klar!« Noras Ton war sarkastisch. »Grandmas Mann wird von einer Straßenbahn überfahren; meine anderen Großeltern waren Säufer – nichts für ungut. Mamas Ehemann verschwindet, und als er endlich wieder zurückkommt, hat er ungefähr zwei Drittel seines Verstandes verloren; Avel – entschuldige, Reese –, Avel stürzt mit dem Flugzeug ab, und du wirst Alkoholikerin. Ich bin doch nicht blöd, Tante Harriet. Ich kenn unsere Geschichte.«

Reese nickte. »So gesehen kann ich das verstehen.«

»Wie deine Mutter sagen würde, Nora: ›Wie bin ich eigentlich in dieses Scheißspiel reingeraten?‹« Harriet nahm Noras Hand. »Ach, schau mal, Reese. Nora läßt sich die Fingernägel wachsen.« Sie hob Noras Hand, umfaßte sie fest und zog sie auf ihren Schoß. »Nora, ich werde dir jetzt was sagen, das vielleicht schmalzig klingt, aber hör mir trotzdem zu. Es gibt vielleicht einen Test. Unsere Familie hat schwere Zeiten durchgemacht, ja – sehr schwere Zeiten, aber weißt du was? Die guten Zeiten wiegen insgesamt doch schwerer. Und weißt du, warum? Dank der guten alten Liebe, der wunderbaren Liebe.«

Es blieb lange still im Auto, und als Nora sprach, zitterte ihre Stimme. »Du hast recht. Das war ziemlich schmalzig.«

»Schmalz hat seinen Platz«, sagte Harriet. »Ich könnte dir jetzt endlos davon erzählen, wie ich dich manchmal ansehe und hingerissen bin, was für ein wunderbarer Mensch du bist. Verzaubert, weil du geworden bist wie – wie eine Beethoven-Symphonie, so voller Herausforderungen und unerwarteter Entwicklungen. Ich könnte endlos von meinem Mann schwärmen«, sie neigte den Kopf, um Reese anzusehen, »und euch erzählen, daß für mich der sicherste Ort auf der Welt in seinen Armen ist... Ich könnte endlos weitermachen, aber ich kann es nicht, weil ich nicht genug Luft bekomme.« Sie atmete mühsam und lächelte. »Und wie Patty Jane sagt, wenn ich in den Himmel komme, brauche ich keinen Harfenunterricht.«

Nora blähte die Nasenflügel und schluckte die Tränen hinunter. »Nein, du gibst ihn, Tante Harriet.«

28

AM Morgen des 20. August erwachte Patty Jane sehr früh. »Clyde«, flüsterte sie.

»Harriet?«

Patty Jane nickte. »Ich gehe Kaffee machen.«

»Soll ich mitkommen?«

Sie zog das Leintuch über seinen dunklen Körper. »Gib mir ein paar Minuten, ja?«

Als sie das Licht in der Küche anmachte, sah sie, daß die Morgendämmerung von einem dunklen, regnerischen Himmel verhüllt war. Gut, dachte sie, das wird Harriet recht sein. Anfang der Woche, als die Sonne herausgekommen war und mächtig geschienen hatte, hatte Harriet gesagt, es deprimiere sie, bei schönem Wetter krank zu sein.

Seit einem Monat trug Reese Harriet täglich die Treppe hinauf und hinunter. Immer wollte sie eigentlich in den Salon, aber sie kam nie weiter als bis ins Wohnzimmer. Dort pflegte sie zu Reese zu sagen: »Die Couch da ist sehr verlokkend.«

Sie hatte es abgelehnt, in ein Krankenhaus zu gehen. Ihre letzten Wünsche waren, ihrem Körper Schläuche und starke Medikamente zu ersparen, die Teilnahme von Evelyn Brights Studentenquartett beim Talentwettbewerb auf der Staatlichen Messe mitzuerleben und zu Hause zu sterben.

Zwei von ihren Wünschen werden jedenfalls in Erfüllung gehen, dachte Patty Jane, als sie sich eine Tasse Kaffee einschenkte. Die Messe allerdings würde erst in zwei Tagen eröffnet werden.

Der erste Schluck brannte in ihrer Brust. Das Gras ist schon wieder so hoch, dachte sie. Sie würde Nora bitten müssen, es zu mähen. Sie erinnerte sich, wie sie und Harriet als Kinder abwechselnd einen rostigen Handrasenmäher durch einen Garten voller Unkraut und Löwenzahn geschoben hatten. Manchmal mußten sie beide anpacken und sich mit schweißnassen, roten Gesichtern Schulter an Schulter gegen den Holzgriff stemmen, um den Mäher überhaupt vorwärtsbewegen zu können.

Sie pflegten dabei zu singen oder sich Witze auszudenken oder »Wenn ich ...« zu spielen. Eine begann einen Satz mit: »Wenn ich groß bin ...«, und die andere mußte ihn dann beenden: »... sorge ich dafür, daß es keine Lebensmittelmarken gibt und jeder soviel Butter essen kann, wie er will.«

Eines Nachmittags schoben sie den Mäher bei drückender Hitze durch den Garten, während ihre Mutter auf dem Sofa auf der Veranda ihren Rausch ausschlief. Patty Jane sagte laut und sarkastisch: »Wenn ich mal Mutter bin ...«, und Harriet hörte auf zu schieben und strich sich das Haar hinter das Ohr. Sie blickte zu Anna hinüber, deren Bein von der Couch herabhing, und sagte: »...werd ich's hoffentlich leichter haben.«

Patty Jane hatte höhnisch gelacht und Harriets Antwort wie eine lästige Mücke verscheuchen wollen, aber der Blick in Harriets Augen hatte sie sogleich beschämt. Er war voller Liebe, so zart und zerbrechlich wie die Purpurwinden, die sich an dem Spalier emporrankten, unter dem Anna schnarchte. Als ihre Mutter an diesem Nachmittag erwachte, brachten die beiden Mädchen ihr das Mittagessen – ein überbackenes Käsesandwich und eine Birne –, und Anna hatte gelacht und gesagt, sie käme sich vor wie im Ritz.

»Patty Jane?«

»Ione. Ich bin ausnahmsweise mal früher auf als du.«

»Es ist wegen Harriet, nicht?«

Patty Jane setzte sich schwer. »Fühlst du es auch?«

Ione rieb sich den Arm. »Ja, irgendwas. Irgendwas fühlt sich heute einfach – anders an.«

Als die zweite Ladung Kaffee in der Maschine blubberte, gesellten sich Clyde Chuka und Nora zu ihnen.

»Ich glaube, ich geh heute nicht in die Schule«, sagte Nora.

»Ich glaube, das ist eine gute Idee«, meinte Patty Jane. Sie betrachtete ihre Tochter, die Milch in ihren Kaffee gab. Wann würde sie nur dem Limonadenalter entwachsen?

Ione schnitt etwas Zimtbrot auf, und Clyde Chuka röstete es, dann setzten sie sich an den Tisch und aßen, bis Reese herunterkam. Er hatte seine Polizeiuniform an.

»Reese – du arbeitest heute?« rief Patty Jane.

Reese strich sich mit seiner großen Hand über das schüttere rote Haar. »Harriet wollte gern, daß ich mich so anziehe, wie ich an dem Tag angezogen war, als wir uns kennengelernt haben.« Seine Stimme wurde brüchig. »An dem Tag, als ich sie in das Motel getragen habe und sie nicht wußte, ob ich ein Polizist oder ein Briefträger bin.« Er stand sehr gerade und hielt die Hände auf der Lehne des Küchenstuhls, auf dem Harriet sonst saß. »Sie ist ziemlich – äh – sie meint, es sei Zeit, Abschied zu nehmen.«

»Schon?« sagte Patty Jane.

Schweigend folgten sie Reese nach oben. »Alle sind hier, Harriet«, sagte er und berührte ihre Wange.

Harriet, die halb aufgerichtet in einem Berg von Kissen lag, öffnete die Augen. Sie hatte ein weißes Baumwollnachthemd an. Ihr dünner Hals und ihr haarloser Kopf schienen ihm wie einer Wolke zu entsteigen.

»Hallo«, flüsterte sie. Obwohl ihr Gesicht so weiß war wie die Leintücher, dachte Clyde Chuka bei sich, der Tod kann heute feiern. Sich ein so schönes Geschöpf wie Harriet zu holen.

Durch das offene Fenster strömte kühle, feuchte Luft. »Es riecht so frisch hier drinnen.« Harriet versuchte, tief zu atmen. »Ich hätte nie gedacht, daß ich einmal auf dem Totenbett liegen und Abschied nehmen würde«, sagte sie langsam. »Ich dachte immer, bei mir würde es ganz schnell gehen – vom Blitz erschlagen oder so was. Aber es ist schön. Ich bin froh, daß ihr alle hier seid.«

Sie schloß wieder die Augen, und Patty Jane legte ihr die Hand auf den Arm, der sich so dünn und leblos anfühlte wie ein Gummischlauch.

»Ich liebe euch alle«, sagte Harriet, und sie drängten alle näher bei ihren Worten. »Aber das ist für euch ja nichts Neues.«

Harriet war unangenehm heiß. Es war eine Hitze, die aus ihrem Inneren kam und jede Ader, jeden Nerv durchpulste.

»Meine Ione«, flüsterte Harriet und hob die Hand zu Iones Wangen, »die weltreisende Meisterköchin.«

Dann löste Nora Ione ab, und Harriet fühlte die Tränen des jungen Mädchens.

»Üb auf deiner Trompete, Herzenskind«, sagte sie. »Ich werde dir zuhören.«

Patty Jane kroch zu Harriet unter die Decke. »Heißt das, daß du nicht zur Messe kommst?« fragte sie.

»Tut mir leid«, flüsterte Harriet. »Iß einen Hot dog für mich, ja?«

Patty Jane nickte. »So ist's richtig. Einfach gehen und mich sitzenlassen.«

»Du bist doch nicht böse?«

»Doch. Aber ich werd drüber wegkommen.«

»Glaubst du, daß Mama und Dad da sein werden?«

»Ja«, antwortete Patty Jane. »Sie werden da sein. Das Beste von ihnen wird da sein.«

»Habe ich dir je danke gesagt?«

Patty Jane schluckte. »Wofür denn, Liebes?«

»Daß du mich immer zur Schule gebracht hast. Daß du mir die Zehennägel lackiert hast, als ich Mumps hatte.«

Harriet spürte die Müdigkeit an sich ziehen wie Ebbe im Meer, und sie schloß die Augen und ließ los. Sie hörte die *Wassermusik* und wurde in einen sonnigen Spätsommertag geführt.

Sie stand in einem Kleid, das eine Spur mehr Bein zeigte, als es sich gehörte, an einer Straßenecke. Ein Auto kam langsam auf sie zu, ein schöner austerfarbener Packard, in dessen Chromverzierung sich das Licht brach wie in einem Prisma.

Als das Auto vor ihr anhielt, stieg sie ein. »Avel!« sagte sie laut zu dem kleinen Mann am Steuer.

Harriet öffnete die Augen. »Keine Sorge, Reese, wir heben dir einen Platz auf dem Vordersitz auf.«

Ihre Augenlider flatterten, als Avel das Gaspedal durchdrückte.

Immer noch trommelte der Regen aufs Dach, und Patty Jane dachte, wie musikalisch das klang. Halb in Erwartung, himmlische Chöre zu hören, blickte sie zur Decke hinauf, aber sie bot nicht mehr als Rauhverputz und die Milchglaslampe. Doch jemand Neues war im Zimmer spürbar. An der Tür stand Thor mit schläfrigen Augen und wirrem blonden Haar. Er hielt Harriets Spieluhr. Er stand so gerade wie ein Wachposten, bis die letzten Töne klimpernd verklungen waren. Dann sagte er nur: »Auf Wiedersehen, Harriet.«

Patty Jane trug zehn Zentimeter hohe Absätze zu Harriets Beerdigung.

»Heiß«, sagte Clyde Chuka und pfiff leise.

»Ich komme mir saublöd vor«, sagte sie, eine Grasböschung zum Grab hinaufstolpernd, »aber Harriet fand meine alten Treter immer furchtbar.«

Die Sonne schien, und ein leichter Wind, der an den nahenden September mahnte, spielte im Haar der Frauen und zupfte an den Hosenbeinen der Männer. Patty Jane hörte die Worte des Geistlichen, aber lauter noch sprach zu ihr die große Gemeinde der Trauernden, die im Halbkreis um sie herum standen.

»Schau dir das an, Harriet«, flüsterte sie. Sie sprach nicht zu dem blaßgrünen Sarg, der mit Buketts wächserner Blumen beladen war, sondern zum Grün und Blau von Erde und Himmel, zu den Bäumen, die noch voller Laub und von Vögeln bevolkert waren, zu den Wolken, die sich wie weiße Leinwandballen entrollten.

Später ging sie mit der Gruppe von der *Flotten Locke* zu den Autos.

»Ich hab in einer von ihren Tanzpausen den Jerk gelernt«, sagte Alva Bundt zu Evelyn Bright.

»Sie hat mich an Cyd Charisse erinnert«, sagte Inky Kolstat. »Nur mit langem Haar.«

»Sie und ich haben einmal mit dem Geist meines Bruders kommuniziert«, sagte Esme Ames.

Grimmy Bultram wischte sich das Gesicht mit einem Taschentuch. »Sie hat gesagt, ich hätte Rhythmusgefühl.«

Patty Jane hörte nur mit halbem Ohr auf diese Reminiszenzen; sie konzentrierte sich auf Pläne für später. Sie würde zu Fuß durch das Viertel gehen und in den Straßen und Häusern und Seen, die sie zusammen gekannt hatten, Harriet sehen und hören. Sie wollte eine lange Wanderung machen und dann in Dankbarkeit und Trauer nach Hause gehen. Immer war Zuhause der Ort, den sie aufsuchte, wenn sie von vorn anfangen mußte.

Epilog

REESE sagte, der Schmerz sei dem Verzicht auf Alkohol sehr ähnlich; man bewältige ihn Tag für Tag. Wir hatten alle Angst, besonders meine Mutter, daß Reese wieder bei seinem alten Freund, dem Alkohol, Trost suchen würde, aber er blieb trocken. Jahrelang kam er jeden Mittwoch- und Freitagabend zum Essen. Später konnten wir darüber lachen, aber damals war es bedrückend: Während des Hauptgerichts war Reese von stoischer Ruhe, aber beim Nachtisch fing er unweigerlich an zu schluchzen. So ging das über Monate, bis er eines Abends, als Ione eine Bananencremespeise mit einer Riesenbaiserhaube auftrug, in die Hände klatschte und sagte: »Mhm. Vielleicht lasse ich die Tränen heute mal.«

Fünfundzwanzig Jahre sind seit Tante Harriets Tod vergangen. Den bleichen, krummen Mann mit den gefärbten schwarzen Haaren, den Temple Curry damals zu uns nach Hause führte, gibt es nicht mehr. Mein Vater, Thor Rolvaag, unternimmt tägliche Wanderungen, die ihn zweimal um den Nokomis-See herumführen. Er weiß seine Telefonnummer auswendig für den Fall, daß er sich verläuft. Er besitzt eine unglaubliche Energie, und das ist bewundernswert, auch wenn es traurig ist zu sehen, wie wenig davon sein Gehirn erreicht.

Dennoch gibt es immer wieder Überraschungen. Wir entdeckten, daß er das Eishockeyspiel wie die norwegische Sprache noch vollkommen beherrscht. Gleich beim erstenmal, als er wieder aufs Eis ging, flitzte er – nach ein paar Stürzen zu Beginn – über die Bahn wie ein Superstar der National Hockey League. Ich sah sofort, daß er ein Naturtalent war, als ich mit meiner Mutter draußen am Rand stand und ihn beobachtete.

»In seiner Jugend«, sagte Patty Jane so leise, daß ich sie kaum hören konnte, »war dein Vater ein toller Bursche.«

Er spielt regelmäßig auf dem Hiawatha-See, und manchmal fahre ich hin und schaue zu, wie er Männern, die Jahrzehnte jünger sind als er, den Puck wegschnappt und ihn übers Eis treibt, ehe er ihn an einem völlig überraschten Torhüter vorbeischiebt.

Emotional hat Thor sich Türen zu neuen Räumen aufgestoßen. Er liebt es, mich in den Arm zu nehmen, und sagt mindestens zweimal am Tag »*Jeg elsker deg*, Nora« zu mir. Er lacht, wenn ich ihm sage, daß auch ich ihn liebe. Sein Gehirn mag Schaden genommen haben, aber nicht sein Herz.

Mein Vater ist auch ein erfolgreicher Geschäftsmann geworden. Der Anfang wurde gemacht, als Paige Larkin, die an einem von Inky Kolstats Hollywood-Seminaren im Keller teilnahm, Thors Werkstatt sah und gleich fünf Vogelhäuschen für ihren Garten kaufte. Später brachte sie einige ihrer reichen Freundinnen mit, die mit Wörtern wie »entzückend« und »amerikanische Volkskunst« um sich warfen, während sie Vogelhäuschen in ihre Kombis packten. Alle Häuser, die er in der Zeit seiner Gefangenschaft bei Temple Curry gebaut hat – sechshundertdreißig hat meine Mutter gezählt –, sind längst verkauft, und er arbeitet fleißig, um neue Aufträge zu erfüllen. Wir stellen die Vogelhäuschen in dem Teil des Hauses aus, wo früher der Frisörsalon war.

Als ich im vorletzten Jahr meines Studiums in Stanford war, hatte meine Mutter beschlossen, die Arbeit im Frisörsalon aufzugeben. Sie war vollauf damit beschäftigt, die Kurse der *Flotten Locke* zu leiten und mit Clyde Chuka zu reisen; aber der Hauptgrund dafür, daß sie die Brennschere aus der Hand legte, war Harry. Es sei einfach zu schwierig, erklärte sie, mit einer Hand eine Dauerwelle auszukämmen und mit der anderen ein Baby zu stillen.

Harry ist mein kleiner Bruder – nach meiner Tante benannt – und die größte Überraschung, die Patty Jane in ihrem zweiundvierzigsten Lebensjahr erlebte.

»Ich dachte, ich hätte Hitzewallungen«, sagte sie am Telefon zu mir. »Haha! Tolle Hitzewallungen.«

»Sag ihr den Tag, an dem das Kind kommt«, rief Clyde Chuka aus dem Hintergrund.

Patty Jane kicherte. »An unserem Hochzeitstag.«

»Aber Mama«, sagte ich und legte die Hand über den Hörer, damit der Kommilitone am Telefon nebenan es nicht mitbekommen würde, »ihr seid doch überhaupt nicht verheiratet.«

Patty Jane lachte wieder. »Ich meine den Tag, an dem wir das erstemal miteinander geschlafen haben.«

»Mama!«

Der Kommilitone sah auf, und ich lächelte gequält.

Als ich in den Sommerferien nach Hause kam, verliebte ich mich in Harry Freeman Chuka, sobald ich seinen knubbeligen kleinen Körper in den Armen hielt, er nach meinem Ohrring grapschte und mich um ein Ohrläppchen ärmer machen wollte. Mit Harry zog eine wunderbare Stimmung der Erneuerung ins Haus ein. Mit seiner Geburt schien sich nicht nur das Kapitel unseres Schmerzes zu schließen, es schien ein ganz neues Buch anzufangen. Clyde Chuka war ganz vernarrt in seine Rolle als Vater. Die Figur meiner Mutter wurde ein wenig rundlicher, wandelnde Reklame für das Glück der Mutterschaft.

Merry Chuka nähte mit eigener Hand einen Rehlederkittel mit Perlenstickerei für ihren Enkel, aber sie bekam ihn nie darin zu sehen. Sie starb ein paar Monate vor seiner Geburt.

Ione übernahm die Rolle der Großmutter. Einmal, als sie mit Harry prahlte, wies Alva Bundt darauf hin, daß sie genaugenommen gar nicht Harrys Großmutter sei, worauf Ione scharf und kurz erwiderte: »Sie können sich Ihre Spitzfindigkeiten an den Hut stecken.«

Vor langer Zeit schon hat meine Großmutter ihre grünen Koffer durch strapazierfähigeres Gepäck ersetzt; sie und die Fitches gehen jeden Winter auf Reisen. In den letzten Jahren haben sie sich mit ihrem Wohnwagen in Arizona niedergelassen, aber vorher waren sie in Skandinavien, haben eine Kreuzfahrt in der Karibik gemacht und Asien bereist.

Alle in unserer Familie haben Reisepässe voller Stempel. Clyde Chukas Kunstwerke sind mittlerweile in der Kunstwelt vielbegehrt. Er hat in New York, London und Tokio ausgestellt. Er ist gerade zu seiner dritten Ausstellung nach Moskau eingeladen worden. Seine Skulptur *Revenge of*

Mount Rushmore (eine zweieinhalb Meter hohe Nachbildung der Freiheitsstatue, deren Torso nach Art eines Totempfahls geschnitzt ist) war auf Wanderaufstellungen in sämtlichen Republiken zu sehen und hat große Menschenmengen angelockt. In den russischen Zeitungen wird er »Mr. Amerika« genannt.

Aber wenn er zu Hause ist, sitzt er immer noch gern jede Woche ein paar Stunden am Maniküretisch. Er behauptet, ihm kämen immer die besten Einfälle, wenn er die Hand einer Frau in der seinen hält. Sein Maniküretisch ist zusammen mit der ganzen Ausrüstung, die einmal in unserem Salon stand, in dem Keller des Hauses installiert, das wir von Temple Curry geerbt haben. Was früher einmal Thor Rolvaags Gefängnis war, ist heute *Patty Janes Flotte Locke, etc.*

Wo einstmals Thors Vogelhäuschen Staub ansammelten, stehen heute Frisiertische und Drehsessel. Bev Beal und Dixie Anderson führen hier das Regiment. Dixie hat auch ihre Tochter Karen (die ich damals in den Obstkeller eingesperrt hatte) für das Friseurgewerbe angeworben. Im Erdgeschoß der *Flotten Locke, etc.* werden Unterrichtskurse und Seminare abgehalten, die von Phrenologie bis zu »Verstehen Sie den Dow-Jones-Index?« reichen.

Und ich sitze jetzt als Rechtsanwältin in Temple Currys ehemaliger Zahnarztpraxis. Ich habe an den Wänden Bücherregale aufgestellt und all ihre Sachen abtransportieren lassen, bis auf einen Porzellanspucknapf, den ich meinen Mandanten zum gefälligen Gebrauch hinstelle.

Ich weiß noch, wie ich in meiner Kindheit Stunden damit zubrachte, die spätabendlichen Gespräche meiner Mutter und Tante Harriets zu belauschen. Ich weiß noch, wie ich quietschvergnügt unter einer abgeschalteten Trockenhaube in der *Flotten Locke* saß und mir mit großen Ohren die Diskussionen der Frauen anhörte. Ich habe immer gern die Geschichten anderer Menschen gehört; jetzt, als Anwältin, habe ich die Chance, manchen der Geschichten, die sie mir erzählen, eine neue Wendung zu geben.

Die persönlichen Unterlagen von Clyde Chuka und Patty Jane liegen in einem Aktenschrank aus Ahornholz, den Thor gezimmert hat. Clyde Chuka baut im Prairie–Island–Reservat eine Kunstschule mit Werkstätten; wegen dieses Auftrages bin ich im Moment mit Vorverhandlungen und dergleichen stark beschäftigt. Er bezahlt mir mit der schlichten Begründung »warum nicht?« ein sündhaft hohes Honorar. Ich betreue auch Patty Jane, auf deren Visitenkarte steht »Beraterin für Lebensveränderungen«, in allen rechtlichen Angelegenheiten. Sie hält Vorträge für Frauengruppen in St. Paul und Minneapolis.

Nach dem Jurastudium habe ich als Rechtsanwältin in Los Angeles angefangen. Vielleicht hatte ich Inky Kolstats Schwärmereien von Hollywood zu lange zugehört. Erste Antriebe zu einer Heimkehr der verlorenen Tochter regten sich, als meine Mutter und ich in einem Naturkostrestaurant auf dem Sunset Boulevard zusammen zu Mittag aßen.

»Erzähl mir bloß nicht, daß du immer so ißt«, sagte Patty Jane. Mit den Zinken ihrer Gabel schnippte sie kleine Tofubällchen auf ihrem Teller hin und her.

»Mutter, der Mensch lebt nicht von Cheeseburgern allein.«

»Warum auch«, versetzte Patty Jane, »wenn es Nußkuchen und Karamelcreme und Popcorn gibt?«

Sie, Clyde Chuka und Harry waren zu einem Bankett der Vereinigung der Filmregisseure zu Ehren von Geoff Bell gekommen, dem Mann, dessen Kurzfilme vor Jahren das Publikum in der *Flotten Locke* so tief schockiert hatten. Seit jenem »Pornofestival« war aus ihm ein bekannter Regisseur von Action- und Abenteuerfilmen geworden.

»Geoff sagt, du könntest sofort zum Film«, bemerkte Patty Jane und schnalzte mit den Fingern.

»Wie wär's denn mit dir?« Ich schnalzte zurück. »Ich könnte mir gut vorstellen, daß er eine Rolle für eine dralle Mittfünfzigerin hat.«

»Drall?« Meine Mutter, die immer noch Größe 38 trug, fand das komisch. Lachend winkte sie dem Kellner. »Sagen Sie, was für Desserts haben Sie?«

»Unsere Spezialität des Tages ist Karottenkuchen aus Vollweizen und ohne Zucker. Allgemein sehr beliebt.«

»Ich hab Dessert gesagt«, entgegnete meine Mutter, »nicht Bestrafung.«

Nachdem sie sich für einen Mokka entschieden hatte, sah sie mich mit seitlich geneigtem Kopf nachdenklich an. »Nora, was würdest du davon halten, nach Hause zu kommen und für mich zu arbeiten?«

Mir sprudelte der Pfefferminztee aus dem Mund. »Na hör mal, Mama. Es muß doch in Minneapolis jemanden geben, der Tücher binden und Kaffee servieren kann.«

Patty Jane lächelte. Sie nahm einen ihrer Ohrringe ab und rieb sich das Ohrläppchen. »Ich könnte deinen rechtlichen Beistand brauchen. Du kannst dir nicht vorstellen, wie viele Anfragen ich ständig von Leuten bekomme, die sich für die Art von offener Schule interessieren, wie wir sie leiten. Ich bin sogar nach Chicago eingeladen worden, um einen Vortrag darüber zu halten.«

»Tatsächlich?«

»Ja. Im Moment passiert eine Menge, Nora. Und Clyde Chuka könnte auch einen guten Anwalt brauchen – du verstehst doch was von Verträgen, und er bekommt Aufträge in rauhen Mengen.«

»Mama«, sagte ich, »mein Leben ist hier.«

Patty Jane griff über den Tisch nach meiner Hand. »Das weiß ich, Herzenskind. Ich bitte dich ja nur, es zwei Staaten weiter nach Osten zu verlegen.«

Ich glaubte, ich hätte meiner Mutter auf ihre wenig praktikable Einladung eine klare Absage erteilt; aber als die Monate in einem eintönigen Nebel warmer Tage und smogdumpfer sternloser Nächte ins Land zogen, ertappte ich mich dabei, wie ich meine Kanzleiblöcke mit Zeichnungen von Schneemännern und Tannenbäumen dekorierte. Im Griffith Park suchte ich nach Herbstblättern, um sie zu pressen. Ich fing an, in eine Eislaufhalle zu gehen, wo ich so angab, wie das nur jemand kann, der auf Schlittschuhen großgeworden ist.

Eigentlich hatte ich ein schönes Leben. Gleich nach dem Studium hatte ich eine Stellung bei Jasperson, Oakes und Belzer bekommen, einer der angesehensten Kanzleien in Los Angeles.

Aber die Rechtsstreitigkeiten der Unterhaltungsbranche verloren von Jahr zu Jahr an Attraktivität. Ich vertrat Fernsehstars, die hinter Publicity her waren wie der Teufel hinter der armen Seele, aber Zeitschriften verklagten, die ihre Art der Publicity nicht verstanden. Ich handelte einen Vergleich für einen Schauspieler aus, dessen Kollege ihm eins auf die Nase gegeben hatte, weil er sich in der Schlange am Buffet vorgedrängelt hatte, und ich betreute einen Hundetrainer, der behauptete, sein Pudel, Star der Erfolgsserie

Knochen und Kaviar, hätte nicht seinen gerechten Anteil an den Einspielgewinnen erhalten.

Im ersten Winter, als ich wieder in Minnesota war und der eisige Wind die Luft zwei Wochen lang auf fast 30 Grad unter Null abkühlen ließ, zweifelte ich an meiner Vernunft, aber als ich mich daran erinnerte, mich nach dem Zwiebelsystem anzuziehen, Schicht auf Schicht, entdeckte ich den Spaß am Winter wieder: auf einem zugefrorenen See Schlittschuh zu laufen oder mit dem Schlitten den Cedar Hill hinunterzusausen und dann mit einem Becher heißer Schokolade vor einem offenen Feuer zu sitzen. Das mag nicht das Nirwana sein, aber es ist nicht weit davon entfernt.

Ich hatte mir vorgestellt, in ein Apartmenthaus mit Blick auf den Fluß oder einen der Seen zu ziehen, aber nach drei Jahren wohne ich immer noch in meinem ehemaligen Mädchenzimmer. Ich habe die Rockstarposter abgenommen und die Sonnenblume aus Klebefolie von der Decke geschält, aber selbst mit dem neuen sandfarbenen Anstrich und den Jalousien ist es immer noch mein altes Zimmer. Meine beste Freundin, Lori Mellstrom (geschieden und berufstätige Mutter von zwei Kindern), kommt mit Wonne herauf und wirft sich auf mein Bett. Sie sagt, das erinnere sie an die Tage, als die Zukunft noch ein ferner exotischer Ort zu sein schien.

Wir leben alle noch hier im ursprünglichen *Haus der Flotten Locke,* und solange ich nicht eine eigene Familie habe, bin ich mit dieser glücklich. Ich setze mich gern mit Patty Jane zu einem Ratsch und einer Tasse Kaffee in die Küche. Ich sitze gern am Computer und lasse mir von meinem schlauen kleinen Bruder seine verzwickten Programme erklären. Ich mag es, wenn Clyde Chuka mit Gipsstaub oder Farbe bedeckt aus seinem Atelier nach Hause kommt.

Und ich bin gern in Thors Nähe. Es macht mir Freude, in seiner Werkstatt zu sitzen und ihm beim Anstreichen der Briefkästen oder Fahnenstangen für die Vogelhäuschen zu helfen. Es macht mir Freude, im Sommer mit ihm zum Kiosk bei den Wasserfällen zu marschieren und mir ein Kirscheis zu kaufen. Manchmal singt er ein norwegisches Lied, das Ione ihn vor langer Zeit gelehrt hat.

Meine berufliche Karriere ist nicht weltbewegend, und ich verdiene nicht soviel wie vorher, als ich Filmstars zu ihren Rechten verholfen habe. Ich bekomme Aufträge von Iones Naomi-Schwestern, und ich habe gerade erst im Auftrag von Evelyn Bright Klage wegen des Plagiats eines Werbesongs erhoben. Ich arbeite pro bono für WAMM – Women Against Military Madness – und freue mich, daß mein Seminar »Lernen Sie Ihre Rechte kennen« in der *Flotten Locke, etc.* großen Zulauf hat. Als ich mir die Teilnehmerlisten der letzten Wochen angesehen habe, konnte ich feststellen, daß nur zwei Kurse mehr Teilnehmer angelockt haben als meiner: Paige Larkins »Menschliche Sexualität« und Inky Kolstats »Der Tod Marilyn Monroes: FBI, CIA oder KGB?«

Eine Zeitlang sah es so aus, als stünde Patty Jane am Beginn einer dynamischen Karriere mit Vorträgen über den Frisiersalon als Bildungsstätte. Aber nach einem Wochenende in St. Louis stellte sie fest, daß der Beruf einer reisenden Geschäftsfrau sie überhaupt nicht reizte.

»Das Leben ist auch so schon anstrengend genug«, erklärte sie mir, nachdem ich sie dafür ausgeschimpft hatte, daß sie eine Einladung nach New York ausgeschlagen hatte. »Was ist denn so toll daran, mutterseelenallein auf Flughäfen, in Hotels und Konferenzräumen mit schlechter Beleuchtung rumzuhocken? Wenn jemand mich für Geld reden hören will – obwohl er es umsonst hätte haben können und eine Haarwäsche dazu –, bitte schön. Aber dann muß er schon von meinem Haus aus mit dem Auto zu erreichen sein, denn für mich ist die erste Regel, jeden Abend neben Clyde Chuka im Bett zu liegen und Harry zuzuhören, wenn er nebenan die Schlager im Radio mitsingt.«

Heute abend steht, wie Ione sagt, Großes bevor. Wir feiern das fünfunddreißigjährige Jubiläum der Eröffnung der *Flotten Locke*. Evelyn Bright hat eine Combo zusammengetrommelt – Harry sitzt am Schlagzeug, und sogar ich werde bei einigen Songs mitmachen. Ich spiele immer noch Trompete; das ist ein guter Ausgleich zur Juristerei. Evelyn hat einen Keyboarder mitgebracht, der an der McKern–Musikschule unterrichtet. Sie möchte sich als Kupplerin versuchen. Einen kleinen Erfolg hat sie gehabt; der Lehrer und ich trinken nächste Woche zusammen Kaffee.

Thor hat ein Podium gezimmert, auf dem die Ehrengäste (die Ur-Angstellten der *Flotten Locke* – Patty Jane, Ione, Dixie, Bev und Clyde Chuka) Platz nehmen werden. Harriets Harfe wird links von Patty Jane stehen.

Es werden Reden gehalten und Toasts ausgebracht werden, und dann werde ich meiner Mutter einen Quilt aus fünfunddreißig Quadraten überreichen, den die Gemeinde der *Flotten Locke* entworfen und genäht hat. Die Qualität der Handarbeiten reicht von »erstklassig« bis »danke, daß Sie mitgemacht haben«. Iones Quadrat ist natürlich eine Pracht, die Darstellung einer Laterne auf einem Tisch. Ein helles Dreieck aus gelber Gaze, das wie ein Lichtkegel aussieht, entpuppt sich bei näherem Hinsehen als Herz. Winzige, gleichmäßige Stiche halten jedes Stückchen Stoff fest, und unten steht, in schöner Schrift gestickt: »Oh, das Licht in unseren Herzen.«

Inky Kolstat hat einen Scherenschnitt von Patty Jane gemacht, aber er sieht eher aus wie das Profil eines Wasserbüffels, und Dixie, die überhaupt nicht nähen kann, hat einfach mit Wäschetinte geschrieben: »Ich danke dir für deine Freundschaft.«

Nach der Überreichung des Quilt soll ich meine Rede halten.

Meine Rede. Die Arbeiten, die ich für mein Examen geschrieben habe, waren leichter. Ich habe stundenlang dagesessen, in meinem Zahnarztsessel zurückgelehnt, und gegrübelt, was ich sagen soll. Erst wollte ich darüber sprechen, wie ich heim zu Mama gekommen bin anstatt zu einem Ehemann. Aber diesen Einfall habe ich wieder fallengelassen, weil meine Mutter empfindlich reagiert, wenn es um die fehlende »Zündflamme« in meinem Leben geht. Mehr als alles andere wünscht sie mir einen Clyde Chuka oder Avel/Reese in meinem Leben.

»Mama«, sagte ich, »es ist sexistisch zu glauben, daß eine Frau ohne einen Mann keine Erfüllung finden kann.«

»Ach, Nora«, gab Patty Jane zurück, »ich möchte doch nur nicht, daß du die schweren Stürme allein durchstehen mußt.«

Ich dachte daran, die Frage zu stellen: »Wer ist Patty Jane?« und dann einige der witzigeren Fakten aus der Biographie meiner Mutter aufzuzählen: sie hat in ihrem ganzen Leben nur ein einziges Loch im Zahn gehabt, obwohl sie Süßigkeiten in Mengen verdrückte; sie fing an Basketball zu spielen, als Clyde Chuka für Harry einen Korb aufhängte, und hat seitdem jedes Spiel gewonnen; und sie hat sich nie von meinem Vater scheiden lassen.

»Ich fand, damit wären mehr Bande als notwendig zerschnitten worden«, erklärte sie. »Clyde Chuka und ich brauchen keinen Trauschein, wozu also das ganze Theater?«

Ione lächelte. »Sie möchte gern, daß ich ihre Schwiegermutter bleibe.«

Ich kritzelte zwei Kanzleiblöcke voll, aber als ich las, was ich geschrieben hatte, stellte ich fest, daß ich nicht viel gesagt hatte. Am Ende war es ein Brief von Avels Schwester Esme, der mir als Aufhänger für meine Worte diente. Esme reist seit Jahren auf einer »spirituellen Odyssee«, wie sie es nennt, durch die Welt. Ione und die Fitches trafen sie vor zehn Jahren einmal in Kalkutta. Den Nachsatz in ihrem letzten Brief werde ich heute abend in meiner Rede an meine Mutter verwenden.

In dem olivgrünen Seidenkleid, das Ione mir für diesen Anlaß genäht hat, werde ich auf das Podium steigen. Ich werde das beifällige Gemurmel hören und wahrscheinlich die Stimme Inky Kolstats, die wie immer sagen wird: »Also, sie hat in Hollywood eindeutig die falsche Karriere gewählt.« Ich werde in die Gesichter der Frauen blicken, die das Glück hatten, einen Ort zu finden, wo sie nicht nur sprechen konnten, sondern auch gehört wurden. Ich werde in die Gesichter der Menschen blicken, die ich liebe, und an den Nachsatz denken, den Avel Ames' achtzigjährige Schwester aus einer Wellblechhütte in Nepal geschrieben hat.

Manchmal lache ich über mich, eine dumme alte Frau, die Gott in mächtigem Beschwörungszauber sucht. Aber dieses Lachen ist mit

Bitterkeit gemischt, weil ich heute weiß, daß ich Gott vielleicht vor meiner Haustür gefunden hätte, wenn ich die Menschen geliebt hätte, die versucht haben, mich zu lieben.

Dann werde ich mich Tante Harriets Harfe und Patty Jane zuwenden und den letzten Teil dieses Nachsatzes zitieren: »Himmelherrgott, man braucht doch nur einem Menschen ins Gesicht zu blicken, den man liebt, um einen Riesenbrokken Gott zu finden.«

Ich weiß, daß wir dann weinen werden, aber es wird sich Gelächter einschleichen, so wie Tränen uns oft den Spaß verdorben haben. Und wenn wir uns dann alle gründlich geschneuzt haben, stellen wir den Kaffee auf den Tisch und essen unser Dessert dazu wie immer.

DANKSAGUNG

TUSEN takk allen, die mir auf dem Weg geholfen haben; denen, die dieses Buch in Manuskriptform gelesen haben: Greg Triggs, Tom und EmiJo Winner, Renee Albert, Ginny Eckstein, Patricia Weaver Francisco, Roger Larson, Kimberly Hoffer und Susan Rolandelli; Shelly Haagenson und ihrem Sohn Tim für das angenehme Kinderbetreuungsarrangement in der Zeit, als dieses Buch geschrieben wurde; den öffentlichen Bibliotheken von Minneapolis, besonders der Zweigstelle Nokomis, und den hilfsbereiten Mitarbeitern dort: Mary, Lucy, Pat und Mary; meinem kosmischen Zwilling Lori Naslund und meiner Freundin Betty Lou Henson für die Jahre der Freundschaft und des gemeinsamen Lachens; Diane Sasaki für ihren Glauben; Mike Sobota für seine Großzügigkeit; Alexandra Shelley für ihre Hilfe bei der Bearbeitung; Betsy Nolan, meiner Freundin und Agentin, für Zuspruch aus der Ferne; und Warren und Barbara Phillips, die meinen Traum zu Druck gebracht haben. Schließlich meiner Mutter, der Erstaunlichen Ollie, Evie, meiner Schwiegermutter, meinen Töchtern Harleigh und Kinga und meinem Mann Chuck – danke für alles.

Lorna Landvik

Das Haus am Flammensee

Roman. Aus dem Amerikanischen von Mechtild Sandberg. 366 Seiten. Serie Piper

Devera und BiDi, zwei Busenfreundinnen, gehen flott auf die Vierzig zu und teilen alle Probleme, die sie mit Mann und Kindern haben – und mit dem Älterwerden. Devera stürzt sich in eine Affäre, BiDi verfällt dem Schlankheitswahn. Und ihre Ehemänner verfolgen ziemlich hilflos den emotionalen Zickzack-Kurs der beiden Damen. Doch dann drohen die kleinen Alltagsturbulenzen zu eskalieren ...

»Lorna Landviks ironisch-kluger Familienroman schildert die mittleren und großen Katastrophen eines Sommers in Minnesota. Bis alle Beteiligten erkennen, daß das große Glück mit dem kleinen beginnt.«
Brigitte

Marika Cobbold

Das Leben, wie es sein sollte

Roman. Aus dem Englischen von Sonja Hauser. 480 Seiten. Serie Piper

Ihre Mütter waren in Kindertagen gute Freundinnen, doch Esther aus London und Linus aus Göteborg sind sich nie begegnet. Persönliche Bedenken und gegenseitige Skepsis stehen am Anfang dessen, was sich im Licht einer zauberhaften Insel vor der schwedischen Westküste und im Kreis einer ungewöhnlichen Familie zur großen Liebe entwickelt. Voller Wärme und Humor erzählt Marika Cobbold, die in England und Schweden als neuer Star der Unterhaltungsliteratur gefeiert wird, diese verrückte und hinreißende Liebesgeschichte.

»Zwischen Strandhafer und Schlick entwickelt sich eine große Liebe. Zum Nachahmen schön.«
Madame

05/1502/01/L

05/1358/01/R